Das Buch

Seit vor gut vierhundert Jahren die Elfen an den Küsten der Daonéa auftauchten, breitet sich ihr Imperium unaufhaltsam immer weiter aus. Der Menschenjunge Liam zählt mit seinem Dorf zu den erst kürzlich Unterworfenen. Seine göttergegebene Fähigkeit, sich in einen Falken verwandeln zu können, hat dem Druidenlehrling schon manches Mal aus der Patsche geholfen. Als er den verirrten Elfen Aurelius vor einem wütenden Eber rettet, wird sein beschauliches Leben völlig auf den Kopf gestellt. Zusammen begeben sie sich auf die Suche nach den letzten Spuren des mysteriösen Alten Volkes, das vor mehr als tausend Jahren scheinbar spurlos verschwunden ist.

Der Autor

Alfred R Berntaler kam schon früh mit der griechischen, ägyptischen und nordischen Mythologie in Berührung, was letztendlich seine Liebe zum Fantasy-Genre begründete. Nach seinem Studium der Geschichte wandte er sich wieder dem literarischen Schreiben zu und veröffentlichte 2021 sein Erstlingswerk »Der Falke erhebt sich«.

Bislang in der Raktonis-Saga erschienene Bände

Der Falke erhebt sich
Rückkehr nach Arcomar

Alfred R Berntaler

Die Raktonis-Saga

Erster Teil: Der Falke erhebt sich

Roman

Erstausgabe

Dies ist eine fiktive Geschichte. Mögliche Ähnlichkeiten mit Personen, Institutionen und Ereignissen sind rein zufällig und nicht beabsichtigt.

2., durchgesehene und aktualisierte Auflage. August 2021

1. Auflage. März 2021

Impressum:

c/o AutorenServices.de
Birkenallee 24
36037 Fulda
Logo, Umschlaggestaltung und Karte: Studio Jais
https://studio-jais.de/
ISBN 978-3-9823117-0-8

Für meine Familie und meine Freunde, deren Unterstützung mir alles bedeutet und dieses Buch erst ermöglicht hat

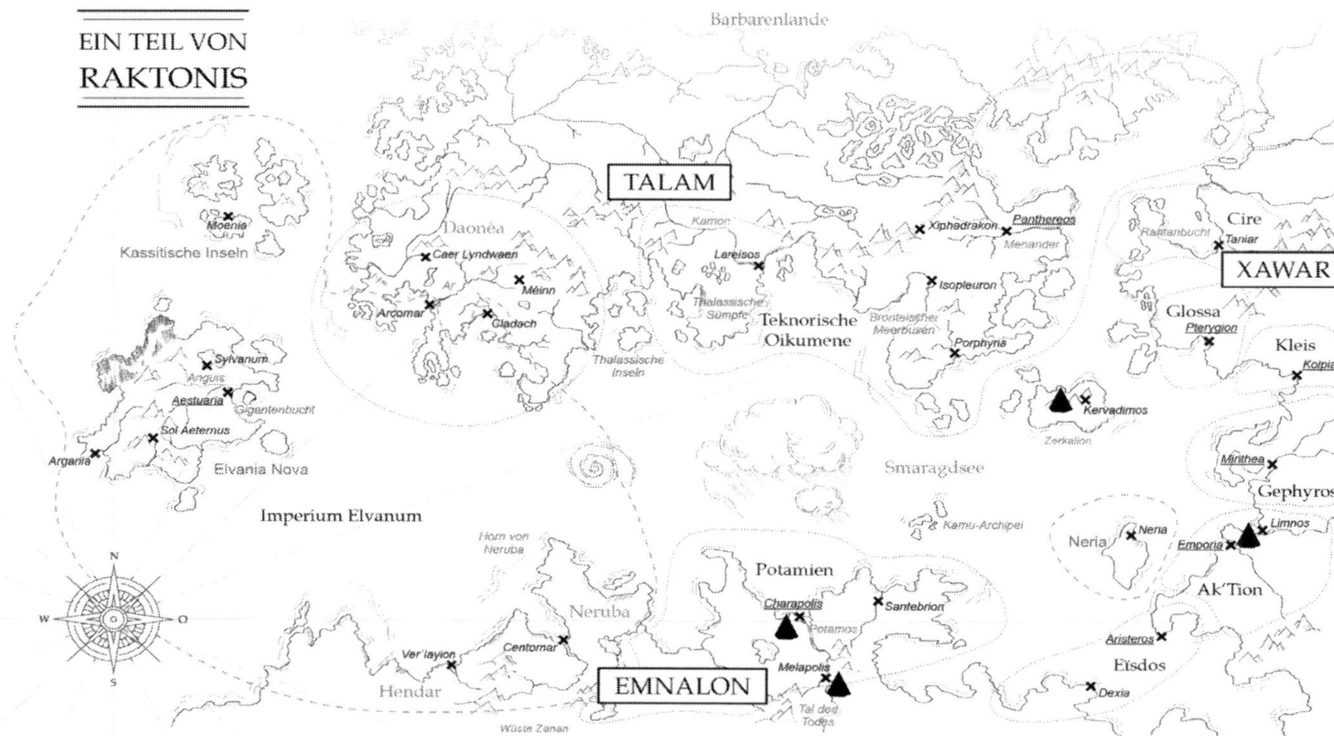

EIN TEIL VON
RAKTONIS
Barbarenlande
TALAM
XAWAR
EMNALON
Kassitische Inseln
Moenia
Daonéa
Caer Lyndwaen
Méinn
Arcomar
Gladach
Kamon
Lereisos
Thalassische Sümpfe
Thalassische Inseln
Teknorische Oikumene
Xiphadrakon
Panthereos
Menander
Isopleuron
Brontaischer Meerbusen
Porphyria
Cire
Raittanbucht
Taniar
Glossa
Pterygion
Kleis
Kolpia
Kervadimos
Zerkalion
Sylvanum
Anguis
Aestuaria
Gigantenbucht
Sol Aeternus
Argania
Elvania Nova
Imperium Elvanum
Smaragdsee
Kamu-Archipel
Mirithea
Gephyros
Neria
Emporia
Limnos
Ak'Tion
Horn von Neruba
Neruba
Potamien
Charapolis
Potamos
Santebrion
Aristeros
Eisdos
Dexia
Ver'layion
Centomar
Hendar
Melapolis
Tal des Todes
Wüste Zanan
N
W
O
S

Der Falke erhebt sich

Das Ende eines Zeitalters - Prolog

Kervadimos. Allerheiligstes im Tempel des Zerkalon.
Sommer. Eine Stunde vor dem Kataklysmus.

Zelekon hatte sich seinen fünfhundertsten Geburtstag ganz anders vorgestellt. Und dann noch diese Nachricht! Das konnte einem gehörig die Stimmung verhageln. Der Hohepriester legte den Schlüsselstein zurück auf sein Podest. Ein letzter Rest des giftgrünen Lichts flimmerte über die glatten Wände der Kammer. Die große Kugel war nun wieder pechschwarz.

Er seufzte. Heute war wirklich nicht sein Tag.

Obwohl es gerade einmal früher Nachmittag war, fiel kein einziger Sonnenstrahl durch die sechseckigen Fenster in das Innere der düsteren Tempelmauern.

Von draußen drang einiger Lärm in die Gemächer des Hohepriesters. Soldaten riefen Befehle, das Getrappel tausender Paar Füße, die wild durcheinander rannten, panische Schreie und frevlerische Flüche gegen die Götter quälten seine empfindlichen Ohren.

Der Hohepriester warf einen Blick nach unten. Das Chaos starrte ihm entgegen. In der Ferne stiegen Rauchsäulen auf, die der Wind dankenswerterweise Richtung Meer trieb. Es war nur eine Frage der Zeit, bis die Strömung drehen und der beißende Geruch den Tempel erreichen würde, dessen war sich Zelekon sicher. Kervadimos stand am Abgrund. Die Bessergestellten tummelten sich auf dem Vorplatz des oberen Bezirks. Sie verließen Hals über Kopf die Stadt. Nicht wenige versuchten, ihre Reichtümer an sich zu raffen, um zumindest einen kleinen Teil ihres Vermögens zu retten.

Zwecklos, dachte Zelekon. Sie verschwendeten nur wertvolle Zeit. Der Feind würde bald hier sein. Er seufzte erneut, noch tiefer als zuvor. Doch *er* konnte nicht gehen. Noch nicht. Zuerst musste er Vorkehrungen treffen, sich Gewissheit verschaffen.

»Kategon!«, rief er seinen Ersten Akolyten. »Kategon, komm sofort hierher.«

»Ihr habt gerufen, Eure Heiligkeit?«, fragte der Diener unterwürfig. Als er die Stimme seines Herren vernommen hatte, war er mit gebeugtem Haupt und so rasch er konnte herbeigeeilt. »Gibt es Neuigkeiten aus dem Krieg?«

»Ja, die gibt es.« Zelekons Gesicht nahm einen harten Ausdruck an. »Charapolis ist gefallen. Die Heerscharen des Dunklen Prälaten machen unsere Leute nieder, wo sie sie nur finden können. Andernorts sieht es nicht besser aus. Bald werden sie hier sein. Wir müssen vorbereitet sein. Wie steht es um unsere Verteidigung?«

Kategon zögerte. Sein Herr konnte bei schlechten Nachrichten äußerst aufbrausend werden.

»Na los, sprich!«, fauchte ihn Zelekon an.

Der Diener überschlug sich beinahe, als er versuchte, schnellstmöglich zu gehorchen. »Sie bricht zusammen, fürchte ich, Eure Heiligkeit. Wir wurden verraten. Hohepriesterin Daltenike, dieses Miststück, hat ihre Truppen zurückbefohlen. Sie werden sich in *ihrer* Stadt verschanzen und darauf warten, dass der Krieg ohne sie zu Ende geht.«

Das hatte ihm gerade noch gefehlt. Fahnenflucht! Verrat in den eigenen Reihen! Zelekon versuchte, sich zu beherrschen. Vergeblich.

»Was fällt ihr ein!«, donnerte er. »Soll Emithos sie holen, verräterische Hure! Uns so in den Rücken zu fallen. Ich nehme an, sie hat keinen Grund genannt?«, fragte er wutentbrannt. Von allen Hohepriestern der Pentarchie hatte er Daltenike eigentlich immer am meisten gemocht.

»Doch, das hat sie, in der Tat. Sie sagte, sie wolle nicht länger sinnlos das Leben der ihren opfern, für eine verlorene Sache kämpfen. Jetzt sei sich jeder selbst der Nächste. Äußerst egoistisch von ihr, wenn Ihr mich fragt«, fügte Kategon kriecherisch hinzu.

Der Hohepriester spürte die ungezügelte Wut jede Zelle seines Körpers durchfluten. Doch hätte er an ihrer statt anders gehandelt?

»Wir werden mit ihr abrechnen. Ruf die Generäle zusammen, auf der Stelle! Sie soll die Wut des Vollstreckers der Stürme kennenlernen! Phylassia soll brennen!«

Kategon bewegte sich kein Stück. Er schaute nur betreten zu Boden.

»Na mach schon, oder soll ich dir erst Beine machen?«, blaffte sein Herr ihn an.

»Wie es Euch beliebt, Eure Heiligkeit. Aber das wird die Generäle auch nicht zurückbringen. Sie haben gemeinsam mit den Truppen gemeutert. Sie verlassen die Stadt bereits in Scharen und begeben sich zum Hafen. Außer natürlich, wenn sie nicht auf dem Weg dorthin von den Sklaven niedergestreckt werden.« Kategon konnte sich den Anflug eines Lächelns nicht verkneifen. Doch fing er sich sofort wieder. Zum Glück hatte der Hohepriester es nicht bemerkt. »Sie nutzen die Gunst der Stunde, um sich an ihren Meistern zu rächen, Herr.«

Zelekon erbleichte. Die Armee war seine letzte Bastion gewesen, der stählerne Arm, mit dem er noch immer seine zahllosen Feinde zerschmettert hatte. Und jetzt auch noch ein Sklavenaufstand? Er hatte es gewusst. Die Sklaven zu bewaffnen, war ein Fehler gewesen, auch wenn es die letzte Chance der Stadt auf ein Überleben gewesen war. Das Feuer im äußeren Ring ging gewiss ebenfalls auf ihr Konto.

»Was? Wie ist das möglich ...«, hauchte er.

»Die elenden Feiglinge versuchen, den letzten Transport nach Bythia zu erreichen. Die gesamte Oberschicht und die Priester sind bereits mit eingekniffenen Schwänzen geflohen. Sie glauben, der Dunkle Prälat könnte sie dort nicht erreichen.«

Bythia, natürlich. Das war schließlich auch sein Ziel, dachte Zelekon grimmig.

»Ja, ja. Es wird gelingen, es muss einfach …«, murmelte er vor sich hin. Fiebrig durchschritt Zelekon sein Gemach. Zweimal hatte er die Kammer bereits durchquert, da wandte er sich erneut an seinen Diener.

»Kategon. Ich habe eine Aufgabe für dich!«

»Was auch immer Ihr befehlt.« Er machte eine so tiefe Verbeugung, dass seine Nase beinahe den schwarzen Boden berührte. Kategons hässliches Gesicht spiegelte sich matt in der glänzenden Oberfläche aus poliertem Onyx.

»Nimm den Schlüsselstein und bringe ihn zum Transport. Er muss Bythia sicher erreichen.«

Zelekon zögerte einen Moment.

»Hier nimm auch meine Roben. Und meine Maske. Die Leute sollen dich für mich halten. Sie werden dich dann ohne Schwierigkeiten ziehen lassen.«

Der Hohepriester nahm die Adlermaske vom Gesicht und zog sich seine purpurnen und mit Gold bestickten Gewänder über den Kopf und reichte sie zusammen mit Maske und Stein dem Diener.

Kategons Augen weiteten sich vor Ehrfurcht. Tränen des Glücks stiegen in ihnen auf.

»Eure Heiligkeit sind zu gut zu mir, mir solches Vertrauen entgegenzubringen. Ich werde Euch nicht enttäuschen!«

Soweit dies überhaupt möglich war, hatte sich Zelekons Miene noch weiter verfinstert. »Wir werden zurückkehren, Kategon. Darauf kannst du dich verlassen. Wir werden unsere Rache nehmen und wenn es tausend Jahre dauert. Wir werden zurückkehren.«

Der Diener verbeugte sich tief. Er schickte sich an, aus dem Raum zu wuseln, als sein Herr ihn noch einmal zurückrief.

»Ach, und Kategon.«

»Ja, Meister?«

»Wenn du hinausgehst, vergiss nicht, meine kleine Schönheit zu füttern. Eigentlich wollte ich ihr den Dunklen Prälaten als besonderen Leckerbissen anbieten und habe ihr eine Woche lang nichts gegeben, um ihren Appetit zu steigern. Doch daraus wird wohl leider nichts. Lass dich also nicht fressen. Sie ist äußert missgelaunt heute.« Zelekon lachte kalt. Wer konnte es seinem Liebling verdenken?, fügte er stillschweigend hinzu. Zu gerne hätte er dabei zugesehen, wie der alte Narr von Helondar von ihr zerfleischt wurde.

»Wie Ihr es wünscht.« Mit einem gequälten Gesichtsausdruck eilte Kategon von dannen.

Zelekon stand nun alleine in der großen Kammer. Er lachte immer noch. Kategon war wirklich ein Idiot. Die Menge würde ihn lynchen, wenn sie in ihm den Hohepriester zu erkennen glaubte. Und er, Zelekon, würde sich währenddessen unbehelligt aus dem Staub machen. Sein Plan war einfach zu perfekt.

Er wandte sich ab und ging in sein privates Schlafgemach. Es war ein einfacher Raum. Außer einem Bett, ein paar Bücherregalen und dem steinernen Schreibtisch unter dem Fester war er völlig leer. Eilig suchte Zelekon ein paar Habseligkeiten zusammen. Er zögerte, doch dann nahm er auch den großen Beutel Gelderit an sich, der auf seinem Schreibtisch lag. Womöglich würde er jemanden bestechen müssen, um noch einen Platz auf dem letzten Transport zu ergattern.

Triumphierend betätigte er den versteckten Mechanismus, der ihn ungesehen aus dem Allerheiligsten bringen würde. Ein Gang öffnete sich und Zelekon trat hinein. Kaum hatte sich die Geheimtüre geräuschlos hinter ihm geschlossen, passierten mehrere Dinge gleichzeitig. Ein höllischer Lärm brach los, der Zelekon beinahe taub werden ließ. Die Erde unter seinen Füßen erbebte.

Rücklings warf es ihn auf den Boden. Hilflos wandte der Hohepriester seinen Blick zur Decke. Flehentlich streckte er die Hände aus. Zum ersten Mal seit Jahren sprach er ein ehrliches Gebet.

»Oh, großer Zerkalon, Herr der Stürme, hilf! Vergib mir meine Sünden. Ich schwöre, in Zukunft stets dein treuer Diener zu sein, ganz so, wie ich es einst war. Nur lass mich leben, lass mich entkommen.«

Dann bebte die Erde erneut. Staub rieselte von der vibrierenden Decke und füllte Zelekons Lungen. Große Gesteinsblöcke stürzten herab. Im Korridor wurde es schwarz.

Der Hohepriester war nicht der einzige, den an diesem Tag die rasenden Elemente einholten. Überall rannten und schrien Leute durcheinander, zertrampelten in ihrer Todesangst einander wie eine Herde wild gewordener Elefanten. Hunderttausende fielen auf die Knie und flehten zu den Göttern. Kein einziger wurde erhört.

Die Städte der Erstgeborenen brannten. Rote Wolken wurden von einem unbarmherzigen Wind über den aschgrauen Himmel getrieben. Die Götter blieben stumm, mitleidlos, als die Reiche ihrer Auserwählten zu Staub zerfielen.

Die Meere brausten wütend auf und schmetterten gegen die Küsten bis das Land zerbrach. Die Erde bebte und bebte und bebte. Ob die Götter taub waren oder die Hilferufe der Gläubigen sie nicht kümmerten, wer vermochte es zu sagen? Doch eines war sicher:

Die Welt ging unter. Alles war zu Ende.
Eine ganze Zivilisation war für immer ausgelöscht.
Nichts würde jemals wieder so sein wie zuvor.

Eine Ewigkeit später

Kapitel 1 - Der Eber

Daonéeische Küste bei Arcomar. 435 SAE. Spätsommer.

Es war ein makelloser Tag. Die Sonne stand bereits hoch am Himmel und wärmte mit ihren Strahlen die Erde weit unter ihr. Die Fluten des Ar glitzerten im Licht, bevor sie sich in die unendlichen Weiten des Saphirozeans ergossen. Der Wind blies die Überreste des bereits geernteten Korns über die Felder, die Brombeerbüsche wiegten sich sanft in der Brise und die roten Äpfel an den Bäumen, die inmitten der saftig grünen Wiesen standen, würden bald herabfallen. Weit und breit war keine Wolke zu erkennen. Einzig ein Falke zog in den Höhen einsam seine Kreise.

Offenbar suchte er etwas. Über das kleine Dorf Arcomar flog er, über die Felder und den Heiligen Hain mit dem großen Steinkreis hinweg. Dort, an den schneeweißen Kreideklippen, hoch über dem Meer, erkannte er seine Beute. Ein Hirsch und ein Wolf standen friedlich nebeneinander und blickten gebannt hinaus auf den funkelnden Saphirozean. Der Vogel setzte zum Sturzflug an.

Kurz bevor er den Boden berührte, hüllte sich der Falke in Schatten und im nächsten Moment stand dort, wo Sekunden zuvor noch der Raubvogel gewesen war, ein junger Mann von siebzehn Jahren. Er war kleiner und schmaler als die meisten Jungen seines Alters. Er hatte rotblondes Haar, aus dem er auf der rechten Seite einen kleinen Zopf geflochten hatte. Er trug eine einfache Tunika aus grauem Leinen, die mit einem Seil aus Flachs umgürtet war, das in einem komplizierten Knoten endete und eine lederne Umhängetasche voller Krimskrams.

»Ihr hättet mir ruhig sagen können, wo ihr hingegangen seid«, beschwerte sich Liam. »Meister Keenan sucht schon nach euch. Was macht ihr überhaupt hier draußen?« Seine bernsteinfarbenen Augen musterten die Tiere mit strengem Blick.

Jetzt verwandelten sich auch die beiden anderen. An Stelle von Wolf und Hirsch standen Liam nun seine besten Freunde Uisdean und Ryan gegenüber.

Uisdean war ein Jahr älter als Liam, hatte hellbraunes Haar, einen listigen Gesichtsausdruck und blaue Augen.

»Wir haben den Mädchen beim Baden in der Quelle drüben beim Wasserfall zugesehen«, grinste Uisdean.

»Wir waren eigentlich schon auf dem Rückweg. Meister Keenan soll sich nicht so haben«, ergänzte Ryan.

Er war zwar jünger als Liam und Uisdean, dafür um einiges größer und kräftiger als seine Freunde. Ryan hatte rabenschwarzes Haar, braune Augen und hohe Wangenknochen. Trotz seiner Jugend war er ihr Anführer. Wie die beiden anderen besuchte auch Ryan die Druidenschule bei Meister Keenan, obgleich er nie ein Druide werden, sondern eines Tages seinem Vater Kendrick als Häuptling nachfolgen würde.

Beide waren ähnlich gekleidet wie Liam. Doch allein Ryan hatte eine bronzene Gürtelschnalle und war mir einem Dolch umgürtet, der in einer hübsch verzierten Scheide an seiner Seite steckte.

»Wir haben einen kleinen Zwischenstopp eingelegt. Wegen des Schiffs«, sagte Uisdean aufgeregt.

»Schiffe sind doch nichts besonderes, immerhin leben wir in einem Fischerdorf«, gab Liam sarkastisch zurück.

»*Dieses* ist etwas Besonders«, sagte Ryan und deutete hinaus aufs Meer.

In der Bucht ankerte ein großes Schiff. Es verfügte über einen Masten und ein Rahsegel. Auf den purpurnen Segeln waren Symbole gemalt, die Liam nicht erkennen konnte, da sie gerefft worden waren. Am Bug prangte als Galionsfigur eine Art Vogel.

»Es ist riesig, das ganze Dorf hätte darauf Platz. Wir glauben, es gehört den Elfen«, fuhr Ryan fort.

Liam war zwar immer noch skeptisch, doch war seine beträchtliche Neugier geweckt worden.

»Elfen sagst du? Was wollen die wohl hier? Meinst du, die kommen zu uns ins Dorf?«

»Näss dich mal nicht gleich ein«, sagte Ryan abschätzig. »Wir wissen ja, du hast an allem einen Narren gefressen, was von außerhalb des Dorfes kommt. Wenn sie zu uns wollen, werden wir es noch früh genug erfahren. Mein Vater hat mir jedenfalls nichts davon erzählt.«

»Komm Uisdean, wir wollen den Alten nicht noch länger warten lassen. Ich habe keine Lust, noch eine Strafpredigt über mich ergehen zu lassen.«

Mit diesen Worten umgab sich Ryan mit Schatten und verwandelte sich zurück in den Hirsch. Kurz wandte er den Kopf noch einmal zu Liam und Uisdean um, dann machte Ryan sich im Galopp auf den Weg, zurück in Richtung Dorf.

Uisdean blickte Liam kurz ins Gesicht und zuckte lediglich mit den Schultern, bevor er sich ebenfalls verwandelte und seinem Freund folgte.

Liam blickte dem Wolf einen Augenblick lang nach. Er brannte darauf, die Elfen zu sehen. Er hatte bisher nur Geschichten von ihnen gehört. Der Druide hatte oft davon gesprochen. Sie lebten angeblich auf einer großen Insel im Südwesten und waren vor langer Zeit mit ihren Schiffen über den Saphirozean von weit, weit jenseits des Horizonts gekommen. Dort waren sie dann für Generationen unter sich geblieben, bevor sie sich gegenüber dem Rest Talams geöffnet hatten.

»Zieh den Kopf aus den Wolken und mach dich auf den Weg. Wenn ich mich beeile, bin ich vielleicht noch vor den anderen am Hain«, murmelte Liam an sich selbst gewandt.

Er zögerte.

»Vielleicht sollte ich aber noch einen kleinen Umweg über die Quelle einlegen. Es kann ja nicht schaden. Womöglich ist die schöne Ilona mit ihren Sommersprossen dort. Wenn ich ein wenig zu spät komme, wird das Meister Keenan schon nicht zu sauer aufstoßen«, überlegte er laut.

Die Welt schrumpfte unter ihm zusammen und nahm die Größe von Kinderspielzug an. Es war einfach herrlich, so durch die Lüfte zu segeln. So frei fühlte sich Liam in seiner menschlichen Gestalt selten.

Sein ganzes Leben hatte er mit seiner Familie in dem Dorf an der Küste verbracht. Die ersten Jahre waren sorglos und ohne große Ereignisse im Strom der Zeit dahingeplätschert. Dann, kurz nach seinem siebten Geburtstag, hatten seine Fähigkeiten sich zu manifestieren begonnen. Zunächst war er eines Morgens mit ein paar Federn aufgewacht, das war ein erstes Zeichen seiner Bestimmung gewesen. Kurz darauf hatte er sich unwillentlich für einige Augenblicke in den Falken verwandelt.

Alsbald hatten ihn seine Eltern zum Druiden gebracht, wo er lernen sollte, seine Magie zu beherrschen. Gerade rechtzeitig, denn bald hätte er sich entscheiden müssen, welches Handwerk er erlernen wollte. Zu seinem und seines Vaters großem Verdruss war Liam mit den Händen fast gänzlich unbegabt.

Manche hatten schon geunkt, aus ihm könne gar nichts Anständiges mehr werden. Denn er war an einem dreizehnten Vollmond geboren worden, der zu allem Überfluss mit der Wintersonnenwende zusammenfiel. Unter normalen Umständen hätte das großes Unglück bedeutet. Doch nachdem seine druidische Begabung bekannt geworden war, hatte sich das Gerede ins Gegenteil verkehrt. Von jenem Tag an galt Liam als Glückskind.

Liam hatte die Erfahrungen seiner ersten Lebensjahre und das damit verbundene Gerede der Dörfler, die ihre Ansichten häufiger wechselten als ihre Kleider, nie so ganz vergessen können und zweifelte manchmal immer noch daran, ob er nun verflucht oder gesegnet war. Auch wenn er sich darüber freute, nicht mehr als Ausgestoßener behandelt zu werden, so hatte ihn die Leichtigkeit, mit der die Menschen ihre Meinung über ihn geändert hatten, doch verdrossen. Ihrer fortgesetzten Abneigung, zwar unerfreulich, aber prinzipienfest, hätte er ungleich mehr Respekt entgegengebracht.

Während er so über seine Vergangenheit nachdachte, hielt er zielstrebig auf den Wasserfall hinter den Bäumen zu. Dort plantsche der Dorfnachwuchs im Sommer gerne herum, um sich in der Hitze ein wenig abzukühlen. Falls Uisdean und Ryan die Wahrheit gesagt hatten, würde er dort auch seine Angebetete finden. Er stieß hinab und verwandelte sich erneut.

Nur, außer ihm war da niemand. Liam seufzte enttäuscht. Die Mädchen waren wohl schon verschwunden. Außer natürlich, die anderen hatten ihm mal wieder einen Streich gespielt, und sie waren nie dort gewesen. Besonders Uisdean genoss es, Liam an der Nase herumzuführen.

Nun musste er sich aber wirklich sputen. Sonst würde es ein Donnerwetter vom Alten setzen. Er warf einen letzten sehnsuchtsvollen Blick auf das kühle Nass. Liam stieg abermals hoch in die Lüfte und hielt auf das Wäldchen auf der anderen Seite der Klippen zu, wo der Heilige Hain versteckt war.

Als er über die Bäume hinwegflog, hörte er einen undeutlichen Schrei. Dort unten, auf einer Lichtung, machte Liam die Geräuschquelle aus. Ein Mann, der von etwas Monströsem bedrängt wurde. Liam beeilte sich. Jetzt hörte er den Hilferuf deutlicher und erkannte einen gigantischen Eber, der seinem Gegenüber immer näher kam. Er stürzte sich beherzt in die Tiefe.

Dann erkannte Liam seinen Fehler. Es war kein Mensch, sondern ein Elf. Er war in eine fein gearbeitete purpurne Tunika gekleidet, über der er eine prunkvolle goldene Rüstung mit allerlei Ornamenten trug. Seine Füße steckten in fest verschnürten Sandalen. Um seine Mitte trug er einen braunen Gürtel, an dem zahlreiche kleine Taschen befestigt waren. Er schien unbewaffnet. Ein

Speer lag ein paar Schritte hinter dem Biest, nutzlos und außer Reichweite des Mannes.

Immer tiefer flog Liam, bis er kurz über dem Erdboden war. Der Elf war nicht so wehrlos, wie Liam angenommen hatte. Er zog einen Dolch aus der Scheide an seinem Gürtel und richtete ihn auf den Eber. Doch dieser war zu kurz, um ihm im Kampf gute Dienste leisten zu können.

Ohne lange zu überlegen, flog Liam auf den Eber zu. Er kreischte wütend und kreiste um seinen Kopf. Wenn er das Biest nur lange genug beschäftigte, konnte der Elf ihm vielleicht den Garaus machen oder zumindest fliehen.

Der Keiler war zwar von seiner Beute abgelenkt worden, dafür wurde er umso rasender. Er galoppierte auf Liam zu, den er natürlich nicht erreichen konnte. Dennoch musste Liam aufpassen, nicht von den spitzen Hauern getroffen zu werden. Ein gut gezielter Hieb und es wäre vorbei mit ihm.

Der Elf schien verunsichert ob seines neuen Kampfgenossen, schüttelte diese Verwirrung jedoch schnell ab. Er deutete auf seinen weit entfernt liegenden Speer und rief etwas. Liam hörte seine Worte nicht, doch er verstand sofort und flog in Richtung der im hohen Gras liegenden Waffe.

Der Eber, so für einen Augenblick von seinem Peiniger befreit, wandte sich wieder dem Elfen zu. Mit atemberaubender Geschwindigkeit raste er auf ihn zu. Er würde ihn aufspießen, schoss es Liam durch den Kopf. Der Elf konnte sich nur knapp zur Seite wegrollen. So hatte er gerade noch einen Volltreffer verhindern können.

Liam packte den Speer fest mit beiden Klauen und erhob sich wieder in die Lüfte. Er konnte etwas Rotes auf dem goldenen Harnisch glitzern sehen. Der Eber hatte den Brustpanzer auf Höhe der rechten Niere durchstoßen.

Liam kreischte erneut. Der Elf sah zu ihm auf. In diesem Augenblick ließ Liam den Speer fallen. Der Elf fing ihn behände, noch bevor er den Boden berührt hatte. Dankbar nickte er mit dem Kopf.

Er wand sich wieder seinem Gegner zu. Vor Schreck weiteten sich seine Augen. Der kurze Moment der Unachtsamkeit hatte dem Eber die Möglichkeit zu einem erneuten Angriff gegeben. Er galoppierte auf den Elf zu, zweifellos um ihm endgültig den Todesstoß zu versetzen. Diesmal würde er nicht so leicht ausweichen können.

Liam stieß blitzschnell nach unten, direkt auf den Kopf des Ebers zu. Er blockierte dessen Sichtfeld, doch der Keiler hieb mit seinen blutbefleckten Hauern wütend direkt nach dem Falken.

Liam flog nach vorne und landete auf seinem Kopf. Während er sich mit seinen Krallen so fest im Fell des Untiers eingrub, dass blutige Male entstanden, hackte er ihm mit seinem rasiermesserscharfen Schnabel beide Augen aus. Der geblendete Eber brüllte vor Qualen. Liam flatterte eilig davon, um den bilden Hieben der Hauer zu entgehen.

Bevor das Untier wusste, wie ihm geschah, war der Elf über ihm und rammte ihm seinen Speer mitten durch den Schädel. Liam konnte die Knochen splittern hören, genau an der Stelle, wo noch wenige Augenblicke zuvor der Vogel gewesen war. Das Biest brach auf der Stelle tot zusammen.

Der Kampf war vorüber. Liam landete sanft auf dem Boden. Zum wiederholten Male an diesem Tag hüllte er sich in Schatten.

Statt des Falken trat erneut der Junge in Erscheinung. Sein Herz pochte ihm bis zum Hals. Er keuchte. Nur langsam begann er, sich von den Strapazen des Kampfes zu erholen. Darauf hatte ihn Meister Keenan nun wirklich nicht vorbereitet.

Nun schon etwas ruhiger blickte Liam den Elfen an. Der hielt sich mit schmerzverzerrtem Gesicht die Seite. Er hatte beide Hände auf die offene Wunde gelegt, um das Blut in seinem Körper zu halten. Voll aufgerichtet war er etwa anderthalb Köpfe größer als Liam. Er hatte langes schwarzes Haar, eine gerade Nase, spitze Ohren und ein Paar mandelförmige dunkelgrüne Augen. Seine

Haut hatte einen leicht bronzefarbenen Ton. Er war bartlos und obwohl es schwer zu sagen war, hätte Liam ihn auf etwa zwanzig Jahre geschätzt. Sollte der Elf von der Verwandlung des Vogels überrascht worden sein, zeigte er es in keinster Weise.

Der Alte hatte Liam ein paar Brocken Elvana beigebracht, die er nur mühsam aus seinem Gedächtnis hervorkramte.

»Bist du verletzt?« fragte er. Dumme Frage, schnauzte er sich innerlich an. Wie immer nur das Offensichtliche aussprechen.

Der Elf schaute ihn verdutzt an und erwiderte dann in fließendem Daonéisch.

»Nur ein Kratzer, nichts was man nicht wieder hinbekommt.«

Er zeigte ihm die Stelle der Rüstung, die der Hauer durchstoßen hatte. Eine pulsierende Verletzung war zu sehen. Der Elf lockerte seine daraufgelegten Hände etwas, schloss die Augen und murmelte ein paar unverständliche Worte. Die Wunde schloss sich von Zauberhand. Nur das ramponierte Metall und der zerfetzte Stoff der Tunika zeugten noch davon, dass es vor nur wenigen Augenblicken einen Kampf gegebenen hatte.

»Das sollte vorerst genügen«, sagte der Elf und deutete auf das neugewachsene, zartrosa Gewebe. »Zuhause sollte ich das einem richtigen Heiler zeigen, sonst bleibt mir noch diese hässliche Narbe.«

Liam starrte ihn verblüfft an.

»Du sprichst *meine* Sprache?«

»Meine Lehrer bestanden darauf, mir Daonéisch beizubringen. Sie meinten, wir sollten die Sprachen unserer Völker zumindest im Groben beherrschen. Danke, dass du mich gerettet hast. Ich schulde dir mein Leben. Mein Name ist übrigens Aurelius«, erklärte der Elf. Lächelnd streckte er Liam die Hand hin.

Dieser nahm sie verdattert.

»Ich bin Liam aus Arcomar. Liam, der Sohn des Schmieds«, erwiderte er.

»Nun Liam aus Arcomar, der Sohn des Schmieds, freut mich dich kennenzulernen. Da werden wir heute Nacht ein ordentliches Festmahl haben.« Er wies grinsend auf den Leichnam des Ebers, dem immer noch der Speer im Schädel steckte.

Liam, nach wie vor ganz verdattert, brachte kein Wort heraus.

»Du fragst dich vielleicht, was ich hier mache, so ganz alleine im Wald«, fuhr Aurelius fort. »Ich wollte seltene Pflanzen sammeln. In meiner Freizeit bin ich nämlich so etwas wie ein leidenschaftlicher Botaniker. Leichtsinnigerweise habe ich mich von meiner Gruppe getrennt. Dann hat mich unser großer Freund hier gefunden. Den Rest der Geschichte kennst du ja.«

Er sprach in einem Plauderton, als wäre er gerade nicht beinahe von einem wahnsinnig gewordenen Wildschwein aufgespießt worden.

»Der Rest deiner Gruppe?« Liam hatte seine Sprache offenkundig wiedergefunden. »Du meinst, es gibt noch mehr von deiner Sorte hier? Seid ihr von dem Schiff in der Bucht gekommen?«, plapperte er drauf los.

Aurelius lachte laut auf.

»Ja, es gibt hier noch mehr von ›meiner Sorte‹. Die anderen werden schon im Dorf auf mich warten. Merkwürdig, du hast das Schiff gesehen, aber unsere kleinen Beiboote sind dir wohl entgangen.« Er zwinkerte ihm zu. »Wir haben sie in der Bucht dort hinten vertäut.« Er warf eine Hand über den Rücken in Richtung der Klippen. »Eine Schande, dass es hier keinen anständigen Hafen gibt. So mussten wir selbst bis zum Ufer rudern.«

»Im Dorf?« Liam war ganz aufgeregt. »Da komme ich her. Ich kann dich hinbringen, wenn du magst. Ich freue mich so, endlich einem Elfen zu begegnen. Meister Keenan hat schon so viel von euch erzählt.«

»Und wer ist Meister Keenan?«, fragte Aurelius neugierig.

»Das ist unser Druide. Ich bin einer seiner Lehrlinge.«

»Ah, ich verstehe. Dort hast du also gelernt, dich in einen Falken zu verwandeln? Und auch Elvana, nehme ich an?«

»Ja, zumindest ein wenig«, sagte Liam bescheiden. »Der Druide meint, dem Imperium gehöre die Zukunft.«

»Das hoffe ich doch.« Aurelius lächelte. »Bringst du mich jetzt zum Dorf?«

Er zog seinen Speer aus dem Untier und wischte ihn im Gras sauber.

»Ja, natürlich. Hier entlang. Aber was ist mit dem Eber?«, fragte Liam unentschlossen.

»Sobald ich beim Häuptling bin, werde ich veranlassen, dass er abgeholt wird. Wir wollen deine Trophäe doch nicht einfach so verrotten lassen«, erwiderte Aurelius.

Die beiden gingen aus dem Wald und in die Richtung, aus der Liam gekommen war. Eine Zeit lang liefen sie auf dem Feldweg, der aus dem Wald herausführte, stumm nebeneinander her. Aurelius pfiff ein Liedchen und betrachtete interessiert die Gräser am Wegesrand. Liam brannten tausend Fragen auf den Lippen, doch er wollte nicht unhöflich sein.

Nach einer Weile nahm er all seinen Mut zusammen und sagte:

»Bist du auch ein Druide? Ich meine, du hast deine Wunde von selbst verheilen lassen!«

»Oh nein, ich bin kein großer Magier. Zwar besitzen alle Elfen ein bisschen magisches Potenzial, doch bei den wenigsten manifestiert es sich in nennenswertem Umfang. Das würde den echten Magiern nur wie ein Taschenspielertrick erscheinen.« Er lachte. »Meine Schwester Marcella ist die begabtere von uns beiden, zumindest was Zauberei angeht. Soweit ich weiß, gibt es Druiden nur bei den Clans der Daonéer. Ich habe sonst noch nie gehört, dass sich jemand anderes so einfach in Tiere verwandeln konnte. Das muss wohl eine ganz eigene Art der Magie sein«, schloss Aurelius.

Liam war etwas betroffen. Heilung sollte keine große Sache sein? Er hätte das nicht so einfach geschafft. Der Alte bestimmt. Vielleicht auch Uisdean, mit etwas Glück. Dennoch empfand er ein Gefühl neu gefundenen Selbstbewusstseins angesichts seiner Verwandlungskünste.

»Wie viele von euch sind auf dem Schiff?«, fragte Liam nach einer erneuten Pause.

»Eine ganze Menge«, antwortete Aurelius ausweichend. »Es sind außer mir jedoch nur ein paar an Land gegangen. Wir wollen morgen wieder weitersegeln. Das hier sollte nur ein kleiner Abstecher werden. Wir kamen aus dem weiten Norden und haben die Mission, alle Häuptlinge der Küste aufzusuchen und ihnen eine Nachricht zu überbringen. Das sind eine Menge Häuptlinge, wie du dir sicher vorstellen kannst.«

»Wie lautet denn diese Nachricht?«

»Das wirst du noch früh genug erfahren.« Aurelius zwinkerte ihm erneut zu. Er schien nicht verärgert, signalisierte jedoch eindeutig, lieber nicht mehr nachzubohren. Mehr würde Liam zu diesem Zeitpunkt also nicht erfahren. Er musste sich eben gedulden.

»Nun will ich dir aber eine Frage stellen«, sagte Aurelius.

»Nur zu.«

»Dieses Symbol«, Aurelius deutete auf den Seilknoten an Liams Gürtel, was bedeutet es?«

Liam ließ den Knoten durch seine Hände gleiten.

»Der zwölffache Knoten steht für unsere Götter, ein Zeichen meiner Hingabe als Druide«, erklärte er. »Siehst du hier, jeder Knotenpunkt entspricht einer Gottheit. Sechs Zwillinge«, er legte das Seil übereinander, sodass nur noch sechs Knoten zu sehen waren, »aufgeteilt in vier Triaden, zweimal drei des Glücks und zweimal drei des Unglücks«, er fächerte den Gürtel wieder auf und legte ihn anders zusammen, sodass nun vier Knotenpunkte zu sehen waren. Jedes Mal ergab sich ein anderes Muster.

»Verstehe. Äußerst raffiniert«, sagte Aurelius. »Also verehrt ihr zwölf Götter?«

»Dreizehn. Siehst du den einzelnen Knoten in der Mitte? Der steht für den Blinden Gott, der keine Verbindung zu den übrigen Zwölf hat. Kein Zwilling, keine Triade.« Liam war sichtlich stolz, dass er etwas wusste, das Aurelius nicht wusste. Er war eben doch nicht ganz ahnungslos.

»Faszinierend«, murmelte Aurelius.

Sie marschierten beständig weiter, überquerten einen plätschernden Bach und manchmal blieb Aurelius stehen, um eine Blume zu pflücken. Inzwischen hielt er ein ansehnliches Büschel in den buntesten Farben in Händen. Nach kurzer Zeit kamen sie an ein paar Hügeln an, von denen einige mit spitz behauenen Findlingen gekrönt wurden. Ausnahmslos alle waren mit winzigen mitternachtsblauen Blüten bewachsen.

Erneut blieb Aurelius stehen und betrachtete die kleinen Gewächse.

»Das sind Termassterne«, sagte Liam bevor Aurelius seine Frage stellen konnte. »Sie wachsen auf den Gräbern unserer Vorfahren. Niemand weiß warum, keiner hat sie gepflanzt oder so. Sie kommen von alleine, wo auch immer einer von uns bestattet wird.«

»Oh, dann pflücke ich *die* besser nicht«, sagte Aurelius und zog die bereits ausgestreckte Hand zurück.

»Das dort«, sagte Liam und zeigte auf die Findlinge, »das sind die Gräber bedeutender Personen. Häuptlinge, Druiden, große Krieger. Die Steine helfen ihnen, den Weg in die Anderswelt zu finden.«

Sie machten sich erneut auf den Weg und sprachen noch weiter über die daonéischen Gebräuche. Liam fand zunehmend Gefallen daran, Aurelius alles mitzuteilen, was er über sein Volk wusste.

Inzwischen waren sie in Sichtweite des Dorfes angelangt.

»Nun ist es an der Zeit, mich von dir zu verabschieden, Liam, Sohn des Schmieds. Die anderen werden im Haupthaus auf mich warten. Von hier finde ich den Weg alleine, denke ich. Du warst mir ein guter Führer. Vielen Dank für den Einblick in euer Leben. Ich bin sicher, wir laufen uns noch einmal über den Weg, bevor ich mich wieder auf die Reise begebe. Bis dahin, lebe wohl.«

Er deutete eine kleine Verbeugung an, dann brach Aurelius Richtung Haupthaus auf.

Liam blickte ihm noch eine Weile nach. Eine ganze Gruppe Elfen war hier. Das musste wahrhaftig ein Traum sein.

Siedend heiß fiel Liam ein, dass er eigentlich schon vor einer Ewigkeit im Heiligen Hain hätte sein sollen. Der Alte würde sauer sein. Liam verwandelte sich zurück in den Falken und flog in Windeseile zum Steinkreis, wo er und seine Freunde Unterricht hatten. Heute sollten sie sich im Schatten einer kleinen Gruppe Cernonlinden treffen, um etwas über Kräuter und Elixiere zu lernen.

Als er endlich dort ankam, wurde er bereits erwartet.

Kapitel 2 – Zukunftsperspektiven

Arcomar. Heiliger Hain. 435 SAE. Spätsommer.

Wo zur Anderswelt hast du gesteckt, Liam? Du hast den ersten Teil unseres Unterrichts verpasst. Misteln und ihre magischen Eigenschaften! Dass Ryan und Uisdean zu spät kommen, daran bin ich gewöhnt, aber du? Dafür hast du besser einen triftigen Grund.« Meister Keenan war so gut gelaunt, wie Liam es vorhergesehen hatte.

Der Alte, wie er seit Generationen ebenso spöttisch wie liebevoll genannt wurde, hatte sich seinen Spitznamen redlich verdient. Er war bereits zu Zeiten von Ryans Großvater der Druide des Dorfes gewesen. Niemand wusste so ganz genau, wie alt er eigentlich war. Von seiner Betagtheit ließ er jedoch im Moment nichts spüren und bis auf gelegentliche Miesepetrigkeit deutete kaum etwas auf die üblichen Schwächen des Alters hin. Meister Keenan war hoch gewachsen, hatte wasserblaue Augen, langes weißes Haar und einen langen grauen Bart, der ihm bis zu den Hüften reichte. Die Spitze hatte er in seinen schwarzen Gürtel gesteckt, der mit heiligen Symbolen der Daonéer verziert war. Er trug ein weißes Gewand und bequeme Lederschuhe. Am Gürtel hing eine Tasche, aus der mehrere Misteln herausragten sowie eine Sichel aus Bronze.

»Ich bitte Euch vielmals um Verzeihung, Meister Keenan. Ich bin ausgeflogen, um Ryan und Uisdean zu holen, wie Ihr es mir aufgetragen habt. Ich war auch schon dabei, mit den anderen zurückzukehren, da wurde ich abgelenkt.«

»Von den Mädchen am Wasserfall?«, fragte Uisdean mit verschmitzter Miene. Der Druide warf ihm einen bösen Blick zu und brachte ihn damit sofort zum Schweigen.

Liam blickte schuldbewusst zu Boden. »Ich war tatsächlich auf dem Weg dorthin.«

Meister Keenan zog eine Augenbraue hoch.

Liam lief rot an. Uisdean und Ryan warfen sich verstohlene Blicke zu.

»Aber im Wald habe ich einen Elfen gefunden, der mit einem Eber gekämpft hat. Ich habe ihn gerettet!« Der Rest der Geschichte sprudelte förmlich aus Liam heraus.

»Wenn das so ist … Gut gemacht, Liam.«

Ryan und Uisdean konnten ihrer Empörung ob des unerwarteten Lobes durch den Alten nur stumm Ausdruck verleihen, ohne Gefahr zu laufen, aufs Neue gemaßregelt zu werden.

»Es freut mich zu sehen, dass wenigstens einer von euch«, Meister Keenan wandte sich zu Ryan und Uisdean um, »seine Tiergestalt für etwas Nützliches einsetzt. Nicht nur, um Andere heimlich beim Baden zu bespitzeln. Die Gesandtschaft der Elfen wird erleichtert sein, Aurelius unbeschadet wieder in ihre Reihen aufnehmen zu können.«

»Dann wusstet Ihr also von der Ankunft der Elfen?« fragte Liam entgeistert.

»Ja, ich wusste davon. Vor ein paar Tagen kam ein Rabe mit einer Botschaft von Rudians Clan zu mir. Doch nun genug davon.« Er klatschte in die Hände. Mit einem Mal war der Alte zurück in seinem üblichen gestrengem Selbst.

»Das bietet einen wunderbaren Anknüpfungspunkt für den zweiten Teil unserer heutigen Studien. Aus aktuellem Anlass setzen wir die Beschäftigung mit der Geschichte der Elfen fort. Immerhin gehören wir zu ihrem Imperium, auch wenn ihr das vielleicht im alltäglichen Leben nicht spürt.«

Ryan und Uisdean seufzten. Geschichte, das hatte ihnen gerade noch gefehlt. Doch Liams Gesicht leuchtete auf vor Freude. Dies war seine Chance, sich dem Meister abermals zu beweisen.

»Wer von euch dreien kann mir sagen, wann die Elfen zum ersten Mal in Talam auftauchten?« Der Druide blickte erwartungsvoll in die Runde. Nur Liam meldete sich.

Meister Keenan schien etwas resigniert, doch er fing sich rasch wieder. Der Mangel an Begeisterung unter seinen Schülern war nichts Neues für ihn. Als sie noch Kinder waren, war es noch nicht so schlimm gewesen. Doch seit sie einer nach dem anderen in die Pubertät gekommen waren, hatten sich ihre Interessen in andere Gebiet verlagert.

»Ja, Liam. Erleuchte uns«, sagte Meister Keenan.

»Die Elfen kamen vor etwa vierhundert Jahren nach Talam. Sie waren mit unzähligen Schiffen aus ihrer Heimat nach Osten gesegelt. Wo diese Heimat liegt und warum genau sie diese verlassen haben, wissen wir allerdings nicht. Hier angekommen, ließen sie sich auf den Inseln im Westen des Kontinents nieder. Die Größte von ihnen nannten sie in ihrer Sprache Elvania Nova, was so viel wie ›Das neue Land der Elfen‹ bedeutet. Dort gründeten sie auch ihre Hauptstadt Aestuaria, von der aus sie ihr Reich regieren.« Liam war deutlich anzumerken, dass er für dieses Thema Feuer und Flamme war.

»Danke Liam. Sehr schön. Ausgezeichnet. Das hast du dir gut gemerkt.«

Liams Kopf nahm eine noch dunklere Rotfärbung an, wie immer wenn er im Zentrum der Aufmerksamkeit stand oder ihn jemand lobte.

»In der Tat wissen wir nicht, warum die Elfen hierher kamen«, fuhr der Druide fort. »Was wir wissen ist, sobald sie sich in ihrem neuen Zuhause eingerichtet hatten, begannen sie mit dem Aufbau ihrer Zivilisation und schickten gleichzeitig ihre beträchtliche Flotte auf Expeditionen in alle Himmelsrichtungen. Was genau sie suchen, kann ich euch nicht sagen. Ich vermute jedoch, dass sie ihre neue Heimat möglichst genau kennenlernen und auf alles, dem sie hier begegnen, vorbereitet sein wollen.«

Uisdean hob die Hand.

»Wie kommt es, dass wir so wenig über die Elfen wissen?«

»Eine berechtigte Frage«, sagte der Druide. »Die Elfen teilen ihr Wissen und ihre Beweggründe nicht gerne mit Außenseitern. Wir haben jedoch keinen Grund zu der Annahme, sie würden uns etwas Schlechtes wollen. Bislang haben sie unser Volk mit Respekt behandelt und so lange das auch so bleibt, habe ich keinerlei Problem mit ihnen.«

»Wie kommt Ihr zu dieser Meinung?«, bohrte Ryan nach.

»Nun Ryan«, antwortete Meister Keenan geduldig, »wie du weißt, war ich bereits unter deinem Großvater für das Wohlergehen des Dorfes mitverantwortlich. Es begab sich vor etwa dreißig Jahren. Ein junger Elfenprinz, der nunmehrige Kaiser Lucius, kam mit seinem Heer zu uns und verlangte Arcomars Unterwerfung. Er hätte uns einfach angreifen und vernichten können, hätte er das gewollt. Doch er tat es nicht. Die Einzelheiten, die an diesem Tag besprochen wurden, sind einem bestimmten Personenkreis vorbehalten. Wenn du neugierig bist, kannst du deinen Vater fragen, Ryan, vielleicht sagt er es dir. Spätestens wenn du eines Tages selbst Häuptling bist, wirst du es sicher erfahren. Ansonsten werde ich darüber Schweigen bewahren.«

Der Druide machte eine nachdenkliche Pause. Er warf einen Blick in den Himmel. Inzwischen war es später Nachmittag geworden.

»Gut, damit wollen wir es für heute bewenden lassen. Prägt euch gut ein, was wir besprochen haben. Ich werde es das nächste Mal abfragen. Ich muss mich jetzt auf heute Abend vorbereiten. Wie ihr vermutlich schon gehört habt, ist eine Ratsversammlung anberaumt. Dabei sollte sich die Anwesenheit der Elfen für alle aufklären. So, und jetzt ab mit euch nach Hause, zu euren Eltern. Sollen die sich doch den Rest des Tages mit euch herumschlagen. Ryan, Uisdean. Husch, husch. Liam, du bleibst bitte noch hier. Ich will mit dir sprechen.«

»Schon gut alter Mann, wir gehen. Nichts täte ich lieber«, murmelte Uisdean.

Ryan warf Liam einen bedeutungsvollen Blick zu. Die beiden würden draußen auf ihn warten, dessen war sich Liam sicher. Sie brannten gewiss darauf, zu erfahren, was der Alte noch so Wichtiges mit ihm zu bereden hatte.

Liam, dem Unheil schwante, beschloss sogleich in die Offensive zu gehen.

»Meister Keenan, es tut mir wirklich leid. Ich komme auch nie wieder zu spät. Es war alles nur wegen des Ebers …«

Doch der Alte hob eine Hand, um Liam zum Schweigen zu bringen.

»Darum geht es nicht«, sagte er mit einer viel sanfteren Stimme als Liam erwartet hatte. »Im Gegenteil, ich bin sehr zufrieden mit dir, was das angeht. Du hast sehr mutig und entschlossen gehandelt. Und zu spät kommen,« Meister Keenans Lippen kräuselten sich, »wirst du wahrscheinlich ohnehin wieder. Entschuldige dich nur, wenn du sicher sein kannst, es nicht wieder zu tun.«

Liam schluckte. Er nickte bedächtig, er war überaus dankbar, kein Donnerwetter über sich ergehen lassen zu müssen.

»Aber warum wolltet Ihr dann mit mir sprechen?«, fragte Liam neugierig.

»Nun, die Sache ist die«, sagte Meister Keenan und schien nach den passenden Worten zu suchen. »Wie du weißt, ist deine Druidenausbildung nächstes Jahr beendet. Ich bin der Überzeugung, ich würde dir einen schlechten Dienst erweisen, würde ich es dir nicht sagen.« Er legte erneut eine Pause ein.

Der Alte brauchte es nicht laut auszusprechen. Liam wusste, was kommen würde.

»Ich bin nicht mehr der Jüngste. Bald wird es an der Zeit sein, einen Nachfolger für mich auszuwählen, den ich beim Konzil der

Druiden im Herbst in Caer Lyndwaen präsentieren werde. Und du, du wirst es leider nicht werden, fürchte ich.

Ryan wird Häuptling werden. Er fällt also aus. Uisdean auf der anderen Seite hat mehr Erfahrung als du. Mehr Begabung. Und trotz kleinerer Charakterschwächen wird er einen guten Druiden abgeben. Tut mir leid, Liam.« Der Alte legte ihm mitfühlend die Hand auf die Schulter.

»Aber ... aber, was wird dann aus mir?«, fragte Liam bedrückt. Jeder Clan konnte immer nur einen Druiden unterstützen.

»Wenn ich nach Caer Lyndwaen reise, werde ich nachfragen, ob einer der anderen Clans einen Platz für dich hat. Ich halte es jedoch für vernünftiger, du siehst dich nach etwas anderem um.«

Liam ließ den Kopf hängen. Druide sein war das Einzige, worin er halbwegs gut war. Sollte er etwa den Rest seines Leben als Gehilfe seines Bruders in der Schmiede verbringen? Dann eher fortgehen. Nur wohin?

»Du wirst deinen Weg finden, da bin ich mir sicher«, versuchte Meister Keenan ihn aufzumuntern.

Liam wandte sich um und schlurfte langsam aus dem Heiligen Hain. Kaum war er aus dem Wäldchen getreten, sah er Ryan und Uisdean, wie sie schon begierig auf ihn warteten. Die drei Freunde machten sich gemeinsam auf den Weg zurück zum Dorf.

»Was wollte der Alte von dir?«, fragte Uisdean in einem betont lässigen Ton.

»Du hast uns doch nicht verpetzt, oder?«, unterbrach ihn Ryan.

»Verpetzt?«, fragte Liam verständnislos.

»Ja, wegen der Sache mit dem Wasserfall«, sagte Ryan.

»Oh.« Sein Gespräch mit dem Druiden hatten die Ereignisse des Tages aus Liams Gedächtnis gewischt.

»Nein, nein. Macht euch deswegen keine Sorgen.«

Ryan machte einen zufriedenen Gesichtsausdruck, doch Uisdean beäugte ihn misstrauisch.

»Was wollte er dann?«

Liam schluckte. »Er meinte, er nimmt dich mit im Herbst nach Caer Lyndwaen.« Er konnte nicht weitersprechen.

Doch Uisdean hatte auch ohne weitere Worte verstanden. Seine Miene entspannte sich.

Ryan hatte anscheinend nicht begriffen, worüber die beiden sprachen. »Wer als letzter beim Dorf ist, liebt Meister Keenan«, rief er. »Ich wette, ihr könnt es nicht mit dem König der Wälder aufnehmen.«

Er verwandelte sich in den Hirsch und galoppierte los. Der Wolf folgte ihm auf den Fersen. Ryan musste aus wirklich allem einen Wettbewerb machen.

»König der Wälder«, murmelte Liam verächtlich, »ein aufgeblasener Gockel wäre für den eine passendere Tiergestalt gewesen.«

Liam seufzte. Er hatte genug körperliche Betätigung für einen Tag gehabt und es kam ihm nicht darauf an, zu gewinnen. So blieb er in seiner Menschenform und schlenderte zu Fuß zurück nachhause.

Durch die Wiesen und Felder ging er. Die Vögel zwitscherten. Der Himmel war nun nicht mehr ganz so strahlend. Langsam begannen sich Wolkenmassen aufzutürmen, die für den Abend ein reinigendes Gewitter ankündigten.

Die bescheidenen Hütten des Dorfes waren aus Lehm gebaut. Sie gruppierten sich um das lange Haupthaus mit dem gewölbten Giebel, wo Häuptling Kendrick mit seiner Familie lebte. Etwa siebzig Menschen wohnten hier. Die meisten von ihnen waren Fischer. Daneben gab es noch einige spezialisierte Handwerker. Ein Zimmerer, ein Bootsbauer und ein Korbmacher, der sich auch um das Decken und die Instandhaltung der Schilfdächer kümmerte.

Liams Vater Aodh nahm unter ihnen eine herausgehobene Stellung ein, da er als Schmied ihnen ihre Werkzeuge anfertigte. Etwas weiter abgelegen gab es noch ein paar Höfe, die Korn für die Mühle von Uisdeans Vater produzierten und sich auch um die Obstbäume kümmerten. Wenn einmal jemand erkrankte, ein Kind auf die Welt gebracht oder der Segen der Götter benötigt wurde, stand Meister Keenan mit Rat und Tat zur Seite.

Umgeben war die Ansiedlung von einer Palisade aus spitzen Holzpfählen. Sie stammte noch aus einer Zeit, als sich die Bewohner aufgrund der günstigen Lage an der Flussmündung häufig der Überfälle feindlich gesinnter Stämme zu erwehren hatten. Seit ihrer Eingliederung in das Imperium Elvanum war das jedoch kaum noch vorgekommen. Da alle Dörfer der Küstenstriche unter ihrem Schutz standen, entfiel die kriegerische Auseinandersetzung mit den Nachbarn. Lediglich die Rivalität mit den Clans des Hinterlandes bestand fort. Deren Grummeln über Häuptling Kendricks bereitwillige Zusammenarbeit mit den Elfen war in den letzten Jahren jedoch deutlich lauter geworden.

Doch war mit ihnen in naher Zukunft keine Auseinandersetzung zu befürchten, das hatte der Alte Liam versichert. Den letzten Kampf hatte es einige Jahre vor Liams Geburt gegebenen. So hatte es ihm zumindest sein Bruder Tearlach, der als ganz kleiner Junge dabei gewesen war, in Schauergeschichten vor dem Schlafengehen zugeflüstert. Liam vermutete jedoch, dass die blutigen Erzählungen etwas übertrieben waren. Tearlach dürfte damals nicht älter als drei gewesen sein und sich kaum an etwas erinnern können. Ihre Mutter hatte nie Wind davon bekommen, wie die Erzählungen Liam ängstigten. Ansonsten hätte sie Tearlach sicher ein paar saftige Ohrfeigen verpasst.

Als er den Dorfeingang erreicht hatte, blieb Liam kurz stehen, um mit Barrax, der Wache, zu sprechen. Er war einer der wenigen im Dorf, die ausschließlich soldatischen Aufgaben nachgingen. An der Wand neben ihm lehnte sein Speer und am Gürtel trug er ein Kurzschwert. Es war in einem erbärmlichen Zustand. Die Klinge war schartig und stumpf. Liam hatte Barrax einmal beobachtet, wie er einmal aus Langweile damit auf einen Baumstumpf eingehauen hatte. Seinen Vater hätte das zur Weißglut getrieben, da war sich Liam sicher. Vielleicht war das der Grund, weshalb Barrax seine Waffe lieber so beließ, als sie reparieren zu lassen und sich dem Wutanfall von Aodh auszusetzen. Barrax hatte sich auf einem Hocker niedergelassen und döste ein wenig vor sich hin. Seinen Helm hatte er wegen der Hitze abgenommen.

»Barrax, he Barrax. Wach auf, du alte Schlafmütze«, schrie Liam ihm direkt ins Ohr.

»U-ah, waa?« Barrax erwachte und sah sich bedröppelt nach dem Grund für die unsanfte Unterbrechung seines Schlummers um.

»Ach Liam, du bist das. Warum machst du denn so einen Lärm? Da kann doch kein Mensch schlafen.« Barrax gähnte ausgiebig und blickte ihn von unten mit seinen grünen Augen an, in denen keinerlei Schuldbewusstsein zu erkennen war.

»Nun, ich dachte mir, in wachem Zustand kannst du deine Aufgabe viel besser versehen. Ich wollte dir nur behilflich sein«. Liam grinste ihn frech an.

»Sehr lustig«, knurrte Barrax. »Wozu brauchen wir überhaupt einen Wachposten im Dorf? Kommt doch eh nie jemand vorbei.« Er stand auf und streckte sich.

»Ach wirklich?«, sagte Liam. »Dann kannst du mir sicher sagen, ob die Elfen noch im Dorf sind.«

»Wa-was? Wovon redest du da? Elfen? Hier, im Dorf? Hat dich Uisdean überredet, mir einen seiner Streiche zu spielen? Weil, wenn dem so ist, dann …« Zornig funkelte er ihn an und wedelte drohend mit dem Zeigefinger.

Liam unterbrach ihn. »Nein, nein. Das ist kein Streich, ich schwöre es bei Ar. Also, du weißt nichts darüber?«

Barrax wischte sich mit dem Handrücken über die schweißnasse Stirn. »Kann ich nicht behaupten, ne. Wo sagst du sind die?«

»Im Haupthaus schätze ich, bei Häuptling Kendrick.«

»Soso. Dann mache ich mich mal lieber auf den Weg dorthin und frage nach. Mach's gut Liam«, sagte er und trottete von dannen.

»He, und wer soll dann das Tor bewachen?«, rief Liam ihm nach.

Ohne sich noch einmal umzudrehen, machte Barrax mit seiner Hand nur eine wegwerfende Bewegung. Es war einfach zwecklos. Der Kerl war ein hoffnungsloser Fall. Womöglich hatte man ihn nur deswegen zur Wache gemacht, damit er anderorts keinen Schaden anrichten konnte. Liam schüttelte den Kopf, dann machte er sich wieder auf den Weg und betrat das Dorf.

Die lehmigen Pfade zwischen den kleinen Behausungen waren noch recht bevölkert. Kinder spielten Fangen und liefen lachend und schreiend umher. Hühner pickten nach Körnern und aus der Ferne war das stetige Hämmern der Schmiede zu vernehmen. Sie war Liams Zuhause. Dort lebte er zusammen mit seinem alten Vater Aodh, der bereits über fünfzig war, seiner Mutter Damona und seinem um vier Jahre älteren Bruder Tearlach, dem Gesellen seines Vaters. Aus dem Abzug über der Esse quoll eine große Menge gräulichen Rauchs.

Er war keine zwanzig Schritte gegangen, da rief auch schon jemand nach ihm.

»Liam, hier drüben. Liam!«

Vor dem Haus des Zimmerers hatte es sich eine Gruppe Männer auf Hockern an einem Fass gemütlich gemacht. Zu dritt saßen sie da und tranken Bier aus grobschlächtigen Tonkrügen. Liam erkannte den Zimmerer Corenos sowie die Zwillingsbrüder Bolvin und Bervin, zwei Fischer.

»Komm, setz dich zu uns und nimm einen Krug Bier«, sagte Corenos und bot ihm einen leeren Hocker an.

Corenos hatte vor einigen Jahren damit begonnen, selbst Bier zu brauen. Zu Beginn hatte es fürchterlich geschmeckt, wie Regenwasser aus einer Pfütze. Auch mit der Zeit war er kaum besser geworden. Inzwischen konnte man das Gesöff zumindest halbwegs trinkbar nennen.

»Danke, sehr nett, aber ich kann nicht«, sagte Liam, heilfroh, dass er keine Zeit hatte. Das letzte Mal, als er sich zu einem Krug überreden ließ, hatte er drei Tage lang Durchfall gehabt. »Ich muss nach Hause. Meine Eltern warten sicher schon.«

»Einen Moment noch«, sagte Bervin. »Weißt du zufällig, was es mit dem plötzlichen Besuch unserer spitzohrigen Freunde auf sich hat?«, fragte er und deutete mit einer Hand abfällig in Richtung Haupthaus.

»Du meinst die Elfen? Ich weiß nur, dass sie heute Mittag mit dem Schiff angekommen sind«, sagte Liam.

»Hmpf«, grunzte Bolvin.

»Was hat dir denn die Laune verhagelt?«, fragte Corenos. »Ist mit dem Bier alles in Ordnung?«, fügte er besorgt hinzu.

»Damit ist alles gut, keine Sorge«, lachte Bervin und klopfte dem Zimmerer gönnerhaft auf die Schulter.

Liam bezweifelte es, sagte jedoch nichts.

»Mein Bruder glaubt, dass das Auftauchen der Elfen etwas mit dem schlechten Fang heute zu tun hat«, sagte Bervin.

»Wie meinst du das?«, fragte Liam.

»Wir haben den ganzen Tag fast nichts gefangen. Nur ein paar magere Heringe«, sagte Bolvin.

»Und was haben die Elfen damit zu schaffen?«, fragte Liam.

»Vielleicht nichts«, sagte Bolvin und zuckte mit den Schultern. Komisch ist das schon. Kaum tauchen die auf, fangen wir nichts mehr.«

»Die anderen Fischer haben von einem großen dunklen Schatten unter Wasser berichtet, der ihren Fang vertreibt«, sagte Bervin. »Und solange du mir nicht erklärst, wie die Elfen unter Wasser gekommen sind, glaube ich nicht, dass sie was damit zu zu haben.«

Bolvin zuckte mit den Schultern. »Merkwürdige Leute sind das, mit Magie und so. Und letzte Nacht, da habe ich draußen bei den Felsen ein helles Licht gesehen. Es schien direkt aus dem Meer zu kommen! Das kann kein Zufall sein.«

»Oder ihr habt Farla verärgert und jetzt schickt sie euch keine Fische mehr«, lachte Corenos.

»Sag sowas nicht, Cor. Du willst doch die Götter nicht verärgern«, erwiderte Bervin bestürzt.

Liam hatte genug gehört. Die Sonne war bereits am Untergehen und seine Mutter würde sich bestimmt schon Sorgen machen. Er verabschiedete sich hastig und eilte von dannen.

Als Liam zuhause ankam, war das Schlagen des Schmiedehammers noch nicht verstummt. Dann war er also noch nicht zu spät zum Abendessen.

Als die Schmiede in Sichtweite war, musste Liam unwillkürlich lächeln. Sein Vater brachte Tearlach seit einiger Zeit bei, wie man ein Schwert richtig schmiedet und auch heute waren sie wieder gemeinsam bei der Sache. Wegen der Hitze des Feuers arbeiteten beide mit bloßem Oberkörper. Sein Vater und Bruder waren um einiges stämmiger und durch ihre harte Arbeit weitaus muskulöser als Liam. Sie hatten blau-graue Augen, jedoch das selbe rotblonde Haar, das auch Liams Kopf zierte.

Sein Vater blickte auf, während Tearlach mit höchster Konzentration weiter das Schwert bearbeitete.

»Ah, da bist du ja«, sagte Aodh. »Hat euch der alte Keenan wieder hart rangenommen, so ramponiert wie du aussiehst?« Aodh lachte herzhaft über seinen eigenen Scherz.

»Das ist eine lange Geschichte«, erwiderte Liam. »Ich erzähle sie euch beim Abendessen.

»Da bin ich mal gespannt. Wir machen eben noch unsere Arbeit fertig«, sagte Aodh. »Deine Mutter ist im Haus und bereitet es gerade vor. Heute gibt es Rübeneintopf mit Brot. Genau das Richtige nach einem langen Tag voller Mühen und Schweiß.« Wieder lachte er.«

Liam ging ins Haus. Es hatte nur einen einzigen großen Raum. Der Boden bestand aus festgestampftem Lehm, der mit Stroh bedeckt war. Allein die Feuerstelle war mit gebrannten Ziegelsteinen gemauert worden, auf der bereits in einem Kessel das Abendessen vor sich hin blubberte. Liam und sein Bruder schliefen auf Strohbetten in der Nähe der Ziegen. Seine Eltern hatten ihr großes Ehebett auf einer kleinen Erhöhung am anderen Ende des Raumes. In der Mitte des Zimmers stand ein großer Holztisch mit sechs Hockern. Vier für die Familie und zwei zusätzliche für den Fall, dass einmal Besuch vorbeikam. Jeder von ihnen hatte außerdem ein kleines Regal für seine Habseligkeiten. Liam hatte den ihm zustehenden Platz mit bunten Steinen und Kohlezeichnungen gefüllt, die er anfertigte, wenn er gerade keinen Unterricht hatte. Die Hügelgräber, der große Steinkreis, aber auch die schöne Ilona waren unter den Motiven, an denen er sich versucht hatte.

»Mutter?«, rief Liam.

»Hier draußen«, kam es als Antwort aus dem kleinen Garten von der anderen Seite des Hauses, wo Liams Mutter Obst, Gemüse und ein paar Heilkräuter zog. »Ich melke noch die Ziegen. Du kannst derweil den Tisch decken.«

Liam nahm vier Holzteller, vier Trinkbecher und Messer aus der Küchentruhe und platzierte sie auf dem Tisch. Danach ging er in die Vorratsecke und holte das Brot.

Seine Mutter betrat das Zimmer mit einer Kanne frischer Ziegenmilch in Händen. Damona war um etwa fünfzehn Jahre jünger als ihr Mann. Sie hatte feuerrotes Haar, eine zierliche Taille und warme, bernsteinfarbene Augen, genau wie Liam.

»Vielen Dank mein Schatz, du bist mir eine große Hilfe.«

Sie stellte den Krug auf den Tisch und gab ihrem Sohn zur Begrüßung einen Kuss auf die Stirn.

»Ach, lass das Mama.«

»Sagst du den anderen bitte Bescheid, dass das Essen fertig ist?«

»Papa! Tearlach! Essen fertig!«, brüllte Liam.

»Wir kommen!«, kam es von draußen zurück.

»Na das hätte ich auch selbst gekonnt«, scholt Damona ihren Sohn.

»Warum hast du es dann nicht gemacht?«, fragte Liam spöttisch.

Damona hieb spielerisch mit ihrem großen Holzlöffel nach ihm.

Aodh und Tearlach kamen in diesem Moment zur Tür herein mit Mienen wie hungrige Berglöwen.

»So ungewaschen kommt ihr mir nicht ins Haus. Ihr seid ja ganz verschwitzt. Ab zum Trog und wascht euch, vorher gibt es kein Essen«, befahl Liams Mutter.

Damona verteilte das Essen auf die Teller, während die beiden sich mehr schlecht als recht wuschen.

Sobald sich die vier gesetzt hatten, aßen alle stumm vor sich hin. Bald gingen sie dazu über, den Rest des Eintopfes mit Brot auszutunken. Plötzlich erinnerte sich Aodh an die Geschichte, die sein Sohn ihnen hatte erzählen wollen.

»Also Liam, was hast du heute so gemacht?«

Liam berichtete nun schon zum zweiten Mal an diesem Tag, was ihm im Wald widerfahren war und von dem anschließenden Gespräch mit Aurelius und Meister Keenan. Nicht die kleinste Einzelheit seiner Ruhmestat ließ er aus.

»Hm,« kam es von seinem Vater, der nachdenklich auf einem Stück Brotrinde kaute. »Du magst keinen besonders starken Schwertarm haben, aber womöglich wird doch noch ein Krieger aus dir.«

Ein unerhörtes Lob, fand Liam. Er blickte grinsend in seinen Eintopf.

»Ja, gut gemacht kleiner Bruder, hast es diesem Mistvieh richtig gezeigt«, sagte Tearlach. »Ich hoffe, der Eber liegt nicht noch im Wald und verrottet vor sich hin. Das wäre der rechte Festschmaus für mich.« Als er grinste, sah er seinem Vater zum Verwechseln ähnlich.

»Ich habe gesehen, wie die Wachen des Häuptlings ihn heute Nachmittag ins Dorf getragen haben«, berichtete Damona. »Ob du allerdings was davon abkriegst, bezweifele ich. Das wird ein Häuptling Kendrick und seinen Gästen vorbehaltenes Mahl bleiben.«

Tearlach machte eine säuerliche Miene.

»Liam sollte etwas abbekommen. Immerhin hat er geholfen, ihn zu töten.«

Liam schenkte ihm ein dankbares Lächeln, dann wandte er sich an seinen Vater.

»Papa«, begann Liam, »ich habe von Aurelius dem Elfen und von Meister Keenan gehört, heute Abend sei Ratsversammlung. Du gehst auch hin oder? Darf ich mitkommen? Ich würde so gerne die Elfen sehen und hören, was besprochen wird«, sagte er.

Aodh dachte eine Weile nach.

»In Anbetracht der Tatsachen ist das, denke ich, durchaus möglich. Du kannst mich begleiten.«

»Oh wunderbar, vielen vielen Dank.«

»Was ist mit mir? Ich bin dein Ältester!«, beschwerte sich Tearlach.

»Das stimmt. Und weil das so ist, brauche ich dich hier. Du musst auf die Esse achtgeben, während ich weg bin. Außerdem kannst du das Schwert alleine fertig schmieden. Du solltest inzwischen genug gelernt haben. Ich habe vollstes Vertrauen in deine Fähigkeiten«, fügte er mit ernstem Gesichtsausdruck hinzu.

Das besänftigte Tearlach ein wenig. So hatte schließlich auch er einen Sieg für sich verbuchen können. Sie saßen noch eine Weile zusammen und schwatzten glücklich.

Kapitel 3 - Die Ratsversammlung

Arcomar. 435 SAE. Spätsommer.

Sie hatten ihr Abendessen beendet. Die Nacht war inzwischen vollends hereingebrochen, als Damona die Talglampen entzündete, die ihnen zumindest ein wenig Licht spendeten.

»Die Versammlung wird bald beginnen«, erinnerte Damona ihren Ehemann.

»Ha! Dann ziehe ich mich besser um. So kann ich schließlich nicht dort auftauchen.« Aodh lachte und klatschte sich mit der flachen Hand auf die nackte Brust. »Liam, du machst dich am besten auch bereit, wir wollen deine neuen Freunde doch nicht warten lassen. Schließlich haben wir eine gute Wegstrecke vor uns.«

Als Aodh sich endlich ein Hemd übergestreift hatte, wartete Liam bereits mit einer Fackel in Händen auf ihn. Die Wolken hatten sich verzogen, das Gewitter war ausgeblieben. Heute Nacht würde es also keinen Regen geben. Gemeinsam traten die beiden hinaus in eine milde und sternklare Nacht. Die Versammlung würde, wie es der Brauch war, im Heiligen Hain unter den Augen der Götter stattfinden. So wurde gewährleistet, dass die richtigen Entscheidungen gefällt wurden. Sollte es zum Streit kommen, musste dieser friedlich beigelegt werden, da ein etwaiges Blutvergießen an diesem besonderen Ort ein schweres Vergehen war. Doch so weit kam es Götter sei Dank nur sehr selten.

Schweigend und in gespannter Erwartung zogen Liam und sein Vater im Licht des Fackelscheins zum Steinkreis. Sie schlugen dort einen anderen Weg ein, als Liam ihn noch am Nachmittag gegangen war. Cernons Linden ließen sie links liegen und zogen zu den Weiden, die Ar geweiht waren. In Fragen der Gerechtigkeit und Problemlösung galt Ar zuverlässiger als der launische Cernon.

Als sie sich dem Wäldchen nährten, hörten sie Stimmen. Doch die Ratsversammlung hatte anscheinend noch nicht begonnen. Ein Kreis aus Fackeln tauchte die Lichtung in einen gespenstisch fahlen Schein. Die Schatten der Anwesenden tanzten seltsam verzerrt über die Bäume. Etwa ein Dutzend Männer war da, die Oberhäupter ihrer Familien. Sie alle hatten Sitz und Stimme im Rat. Liam erkannte Bervin, Bolvin und Corenos. Uisdeans Vater Osdean war ebenfalls anwesend. Häuptling Kendrick, ein stämmiger Mann auf der Höhe seiner Kraft, hatte den Vorsitz. Dem Anlass entsprechend hatte er seinen Stirnreif aus blühendem Lindenholz aufgesetzt, der wunderbar mit seinem üppigen kastanienbraunen Bart harmonierte. Meister Keenan hatte als Druide und wichtigster Berater rechts neben ihm Platz genommen.

Frauen gab es hier nur eine einzige: Annea, die Schwester von Liams Mutter. Sie war eine hochgewachsene Frau mit langem blondem Haar. Auf ihrem zierlichen Gesicht lastete der Schatten von Sorgen und sie trug tiefe Falten als Zeichen ihrer vorzeitigen Alterung. Anneas Mann Varrex war letzten Sommer eines Tages nicht mehr vom Fischen zurückgekommen und hatte seine Frau mit drei kleinen Kinder zurückgelassen. Manche sagten, er habe Annea verlassen, doch andere behaupteten, sie hätten später sein Boot am Strand gefunden. Bis auf einen unangenehmen Geruch nach alten Algen, einer halbleeren Falsche Elfenschnaps und ein paar Blutspritzern hatte man jedoch keinen Hinweis auf sein Schicksal entdecken können. Nach drei Wochen hatte man die Suche aufgegeben und Häuptling Kendrick ihn für tot erklärt. Seitdem hatte seine Witwe Annea den Familiensitz im Rat inne. Zumindest bis zur Volljährigkeit ihres ältesten Sohnes, denn Frauen waren normalerweise bei den Verhandlungen nicht zugelassen. Allerdings hatte Liam auch schon Gerüchte über Druidinnen gehört, die herausgehobene Stellungen einnahmen und großen Respekt genossen, jedoch hatte er noch nie eine mit eigenen Augen gesehen.

Liam und Aodh waren scheinbar die letzten. Liam war nicht überrascht, Ryan zur Linken seines Vaters sitzen zu sehen. Immerhin würde er eines Tages seinen Platz einnehmen und musste mit den Aufgaben des Clanoberhaupts vertraut gemacht werden. Gegenüber von Häuptling Kendrick hatte sich eine handvoll Elfen niedergelassen, die einander recht ähnlich sahen. Sie waren allesamt wie Aurelius gekleidet. Doch trug keiner von ihnen eine goldene Rüstung und ihre Tuniken waren rot, nicht purpur und bei weitem nicht so extravagant verziert.

Als Liam und Aodh den Kreis betreten hatten, nickte Kendrick ihnen zur Begrüßung kurz zu, dann erhob er sich und ergriff als Erster das Wort.

»Liebe Freunde, ich freue mich, dass ihr alle heute Abend hier so zahlreich erschienen seid. Meister Keenan, bitte vollzieht den Ritus.«

Der Alte erhob sich und wandte sich zuerst an die Menge, dann drehte er sich zu den Weiden um und erhob die Hände zum Himmel.

»Ar! Oh mächtiger und gerechter Allvater, Herr des Guten, Hüter des Grünen Flusses. Ich flehe Deinen Segen auf diese Versammlung herab. Schenke diesen Männern Weisheit, damit sie Deinen Willen vollziehen. Schenke ihnen Kraft, damit sie die Herausforderungen des Lebens meistern. Schenke ihnen Mut, damit sie Deine Ehre verteidigen.«

Er wurde still und schloss die Augen. Langsam begann er, sich wie in Trance hin und her zu wiegen. Die Menge schwieg und starrte ihn wie gebannt an. Plötzlich wirbelte er herum und riss die Augen weit auf.

»Der Allvater hat mir offenbart, dass der Ratschluss dieser Versammlung ein gerechter sein wird. Er ist der Wille der Götter.«

Die Menge brach in Jubel aus. Meister Keenan setzte sich und die Männer verstummten abermals.

Häuptling Kendrick erhob sich erneut. »Wie die meisten von euch schon bemerkt haben dürften, haben wir heute eine Gruppe ganz besonderer Gäste in unserer Mitte.« Er deutete mit einer salbungsvollen Handbewegung auf die Elfen. »Wie mir ihr Anführer mitgeteilt hat, bringt er uns Nachrichten aus dem Herzen des Imperiums, die für uns von höchster Bedeutung sind. Prinz Aurelius, Ihr habt das Wort.«

Er setzte sich und legte die Fingerspitzen in einer Geste gespannter Aufmerksamkeit aneinander.

Prinz?, dachte Liam. Seine Augen weiteten sich schockiert. Aurelius hatte nie erwähnt, dass er ein Prinz war. Was wenn er ihn nicht gefunden und er gestorben wäre? Wie hätte das Imperium reagiert?

Der Elf war aufgestanden und räusperte sich.

»Zunächst einmal lasst Euch für die Gastfreundschaft danken, die uns widerfahren ist. Ohne diesen jungen Mann dort«, er deutete auf Liam, »wäre ich nicht hier. Er hat mich heldenhaft vor dem bösartigen Eber gerettet, der mich im Wald auf der anderen Seite der Klippen angriff.«

Ein Raunen ging durch die Menge. Aller Augen waren auf Liam gerichtet. Der Druide lächelte ihm zu und nickte bedächtig. Liam lächelte nervös zurück. Sonst waren es immer Ryan oder Uisdean, die bei solchen Gelegenheiten im Rampenlicht standen.

»Ihm gebührt mein ewiger Dank, ihm schulde ich mein Leben.« Aurelius machte eine kleine Verbeugung in Richtung Liam. Aodh machte den Eindruck, als würde er gleich vor Stolz platzen.

»Doch deshalb bin ich nicht hier«, fuhr Aurelius fort. »Mein Vater, Seine Herrlichkeit Kaiser Lucius, hat Euch ein Angebot zu machen. Häuptling Kendrick, als Euer Vater sich vor dreißig Jahren dem Imperium unterwarf, machte mein Vater ihm die Zusage, ihn für seine Weisheit zu belohnen. Vielleicht erinnert Ihr Euch nicht mehr daran, Ihr müsst damals ein kleiner Junge gewesen sein.

Doch bevor er sein Vorhaben, alle Stämme der Daonéer dem Reich anzugliedern, umsetzen und sein Versprechen einhalten konnte, rief ihn die Pflicht zurück in unsere Heimat. Nun, da er seine Herrschaft gefestigt hat, möchte er zu Ende bringen, was er vor so vielen Jahren begonnen hat.«

Die Dorfbewohner begannen zu murmeln. Meister Keenan strich sich bedächtig durch den langen grauen Bart.

»Seine Herrlichkeit wünscht, die Präsenz der Elfen in der Daonéa zu verstärken. Er hat Euer Dorf mit seiner Lage an der Mündung des Ar als idealen Ausgangspunkt für seine zukünftigen Feldzüge bestimmt. Der Kaiser wünscht, dass Eure Bucht zu einem aus Stein gemauerten Hafen ausgebaut wird, damit unsere Schiffe direkt an der Küste anlegen können und um so auch den Handel zu beleben.

Des Weiteren befiehlt er den Bau gepflasterter Straßen sowie die Einrichtung einer kleinen Garnison von Legionären, etwa fünfzig Mann. Zumindest für den Anfang.«

Die Zuhörer wurden langsam unruhig. Viele warfen sich besorgte Blicke zu. Was würde das für die Zukunft des Dorfes bedeuten?

Prinz Aurelius, der die veränderte Stimmung bemerkt hatte, hob beschwichtigend die Hand.

»Seid unbesorgt, das Imperium käme für den Bau der Befestigungen und den Unterhalt unserer Soldaten auf, sodass Euch keine Kosten entstehen. Wenn Ihr dem Ansinnen meines Vaters zustimmt, würdet Ihr nur Vorteile daraus ziehen. Arcomar würde zur bedeutendsten und mächtigsten Siedlung dieser Breiten aufsteigen und in den Genuss der elvanischen Zivilisation gelangen. Also, wie lautet Eure Entscheidung?« Er setze sich wieder hin und blickte erwartungsvoll in die Runde.

Der Druide trat vor.

»Ich erinnere mich noch gut an jenen Tag, als Euer Vater zu uns kam. Er schien ein ehrenvoller und weiser Mann zu sein. Er gab uns die Möglichkeit, kampflos zu kapitulieren. Und es war die richtige Entscheidung, dieses Angebot anzunehmen. Ich war damals dieser Meinung und ich bin es heute. Andere täten gut daran, sich dessen zu erinnern.« Er warf einen strengen Blick Richtung Bolvin und Osdean.

»Es wäre ein Kampf gewesen, den wir unmöglich hätten gewinnen können. Er schonte so nicht nur das Leben unserer, sondern auch seiner Männer. Es ist eine wichtige Qualität eines Anführers, keine sinnlosen Opfer zu bringen.«

Er nickte zuerst Prinz Aurelius, dann Häuptling Kendrick zu.

»Es ist der Lauf der Dinge, dass das Imperium sich immer weiter ausbreiten und seine Macht noch zunehmen wird. Daran können wir nichts ändern. Doch womöglich können wir den Kurs, den es einschlagen wird, ein wenig mitbestimmen.

Doch bevor ich meine Zustimmung zum Ansinnen des Kaisers gebe, frage ich Euch, Prinz Aurelius, wie hält es das Imperium mit den Göttern seiner untergebenen Völker? Würdet Ihr uns unsrer Traditionen und Riten berauben?«

Zustimmendes Getuschel war zu hören.

»Meister Keenan, diese Frage kennt eine einfache Antwort. Wir zwingen niemandem unseren Glauben auf, nötigen niemanden, seinen Göttern abzuschwören und sich dem Einen Weg zuzuwenden. Wir fordern allein die Treue dem Imperium gegenüber. Solange diese gewährleistet ist, könnt Ihr in Frieden leben.

Sollte sich jedoch jemand von Euch aus freien Stücken entschließen, sich unseren Sitten und Gebräuchen anschließen zu wollen, so werden wir ihn oder sie, wer auch immer es sei, mit offenen Armen aufnehmen.«

Der Druide schien zufrieden und setzte sich wieder.

Annea stand nun auf. Sie sammelte sich einen Moment, dann sprach sie mit fester Stimme. »Gut und schön, Herr Elf, aber bedeutet das auch, dass wir unsere Söhne nicht zum Dienst in eure Legionen schicken müssen?«

»Seid unbesorgt gute Frau«, antwortete der Prinz, »wir haben genug Soldaten und übertreffen jedes andere Reich bei weitem an Stärke. Sollten sich Eure Söhne allerdings als Hilfstruppen verdingen wollen, weil sie an unsere Sache glauben und die Welt sehen wollen, so sind sie jederzeit willkommen.«

Liam horchte auf. Vielleicht war das seine Chance, endlich das Dorf verlassen zu können. Er wünschte es sich so sehr, einmal die großen Städte dieser Welt mit eigenen Augen zu erblicken. Seit er als kleiner Junge zum ersten Mal von den Gärten und prachtvollen Palästen des Imperiums gehört hatte, waren sie beständig das Zentrum seiner Träume gewesen.

Doch dann fiel ihm ein, dass er nicht gut genug kämpfen konnte und für das Soldatenleben völlig unbrauchbar war. Niedergeschlagen ließ er den Kopf hängen.

Die Versammlung war sehr ruhig geworden. Alle Blicke waren auf Häuptling Kendrick gerichtet. Er schaute Prinz Aurelius lange schweigend an, dann sprach er in die Runde.

»Wenn die Dinge so stehen wie Ihr sagt, und wir haben keine Veranlassung, Euch nicht zu glauben, bin ich geneigt die Annahme Eurer Vorschläge zu empfehlen. Doch was würde geschehen, wenn wir ablehnen? Wie würde Euer Vater reagieren?«

Aurelius zögerte einen Moment. Seine nächsten Worte wählte er mit Bedacht.

»Es ist so, wie Euer Druide gesagt hat. Es wäre nicht weise, sich dem Willen des Kaiser zu widersetzen. Seine Herrlichkeit ist es gewohnt, genau das zu bekommen, was er möchte. Auf die eine oder andere Weise. Daher schlage ich Euch vor, ehrwürdiger Häuptling, handelt klug, wie es einst Euer Vater getan hat.«

Liam war die unterschwellige Drohung nicht entgangen. Und sie gefielt ihm ganz und gar nicht. Ein eventueller Kampf mit den Elfen würde ihm das Herz zerreißen.

Kendrick sah zu Meister Keenan hinüber. Dieser nickte kaum merklich.

»Nun denn, es hat den Anschein, als hätten wir nicht viele Optionen.« Mit lauter Stimme fuhr er fort. »Ich empfehle der Versammlung die Annahme der Vorschläge. Alle, die dafür sind, heben die Hand.«

Eine große Mehrheit an Händen hob sich, manche jedoch nur zögerlich. Es waren fast drei Viertel der Versammelten, darunter der Druide und Corenos.

»Gegenstimmen?«

Nur drei oder vier meldeten sich, unter ihnen Uisdeans Vater und Bolvin.

»Enthaltungen?«

Aodh und Annea zeigten auf.

»Damit ist es beschlossene Sache«, verkündete der Häuptling. »Auf euch alle wartet noch ein vorzügliches Eberragout im Haupthaus. Die Versammlung ist hiermit aufgehoben.«

Kaum hatte er zu Ende gesprochen, sprang Prinz Aurelius auf.

»Ausgezeichnet, Ihr werdet Eure Entscheidung nicht bereuen. Ich segle schon morgen zurück nach Elvania Nova. Wenn die Dinge gut laufen, sollten wir in etwa zwei Monden mit den Baumaßnahmen beginnen können.«

Alle hatten sich erhoben und machten sich auf den Rückweg zu ihren Häusern oder zum Festmahl. Viele unterhielten sich noch auf dem Weg über das, was gerade geschehen war. Osdean und Bolvin hatten die Köpfe zusammengesteckt und verließen gemeinsam flüsternd den Heiligen Hain.

Liam konnte nur einige Gesprächsfetzen auffangen.

»Was bildet sich das Spitzohr eigentlich ein?«

»Denen sollte mal jemand ihre Grenzen aufzeigen, arrogantes Pack.«

Liam seufzte. Manche Leute konnte er einfach nicht verstehen. Das Imperium war doch sehr gut zu ihnen. Häuptling Kendrick und Meister Keenan würden die beiden schon im Zaum halten.

Und solange Bervin einen mäßigenden Einfluss auf seinen Bruder besaß, musste man sich keine allzu großen Sorgen machen.

Da die Männer alle ihre Fackeln mitnahmen, wurde es zunehmend düster im Wäldchen. In der schwarzen Nacht funkelten die Sterne am wolkenlosen Himmel. Grillen zirpten und eine Eule schuhute ganz in der Nähe. Der Geruch der frischen Nachtluft kroch Liam sanft in die Nase. Das Imperium hatte laut an ihre Tür geklopft und vehement Einlass verlangt. Es würde sich wohl in Zukunft bei ihnen gemütlich machen.

Eine kleine Gruppe Männer blieb zurück und sprach noch in gedämpftem Ton miteinander. Unter ihnen Kendrick, der Druide und die Elfen um Prinz Aurelius. Auch Liam wollte gerade zusammen mit seinem Vater fortgehen, als Meister Keenan die beiden zu sich herüberwinkte.

»Wir haben gerade über dich gesprochen Liam«, sagte der Alte. »Dich und deine Belohnung.«

»Über meine Belohnung?«, fragte Liam verdutzt.

»Allerdings«, sagte Aurelius. »Für meine Rettung verdienst du eine Belohnung, meinst du nicht?«

Liam blickte Meister Keenan an.

Der Druide schmunzelte. Gedankenverloren strich er sich über den Bart. »Wir, das heißt Kendrick und ich, haben uns überlegt, es wäre doch eine schöne Sache für dich, wenn du Prinz Aurelius begleiten könntest. Ich weiß, wie gerne du die Welt sehen willst.«

Aodh machte ein besorgtes Gesicht. »Wie lange würde er weg sein?«

Es war Aurelius, der antwortete. »Für etwa zwei bis drei Monde. Liam würde mit mir nach Aestuaria segeln, dort die Stadt und die Leute kennenlernen. Mit der Lieferung der Baumaterialien für den Hafen und die Garnison würde er zurückkehren.

Meister Keenan hat mir berichtet, du hegst seit langem eine Faszination für alles Elfische. Das ist deine Chance«, fügte er an Liam gewandt hinzu.

»Hm, ich denke das ist wirklich eine einmalige Gelegenheit für dich, mein Sohn«, sagte Aodh nachdenklich.

Fortgehen? Begeisterung machte sich auf Liams Gesicht breit.

»Sobald du zurück bist, könntest du in Zukunft als Vermittler zwischen uns und den Legionären der Garnison dienen. Wer wäre besser geeignet als du, der doch beide Welten kennen wird?«, sagte Häuptling Kendrick freundlich.

»Eine glänzende Idee«, warf der Druide ein. »Das wäre eine ideale Aufgabe für dich.«

»Ich … mir fehlen die Worte. Tausend Dank, ihr alle. Ich akzeptiere. Natürlich. Das heißt, wenn du einverstanden bist?« Liam wandte sich an seinen Vater.

Aodh blickte tief in die Augen seines Sohnes.

»Ich bin einverstanden. Es ist wohl der Wille der Götter. Und es ist ja nur für ein paar Monde. Das sollte auch deine Mutter überzeugen.«

Prinz Aurelius streckte Liam erneut die Hand hin.

Dieser ergriff sie und schüttelte sie überschwänglich.

»Ich freue mich, dich auf meinem Schiff begrüßen zu dürfen. Ab jetzt stehst du unter meinem persönlichen Schutz und gehörst zu meinem Gefolge. Morgen Vormittag legen wir ab. Also solltest du noch eine gehörige Mütze Schlaf einlegen«, sagte Aurelius. Er zwinkerte Liam zu, dann wandte er sich zum Gehen.

Liam nahm in seiner Euphorie kaum noch wahr, was um ihn herum geschah. Er konnte es kaum begreifen. Noch heute Morgen hatte er sich ausgemalt, was wohl jenseits des Saphirozeans für fantastische Welten auf ihn warten könnten. Und nun sollte es soweit sein, von jetzt auf gleich? Doch sein Vater riss ihn unsanft aus seinen Träumen.

»Prinz Aurelius hat recht. Komm, wir gehen nach Hause.«

»Vergiss nicht, dich von allen zu verabschieden«, rief ihm der Alte noch nach.

Kapitel 4 – Auf zu neuen Ufern!

Daonéeische Küste bei Arcomar. 435 SAE. Spätsommer.

Liam hatte sehr wenig geschlafen. Er war einfach zu aufgeregt gewesen. In aller Hast hatte er seine wenigen Habseligkeiten zusammengepackt: Seine Kleidung, seine Zeichenutensilien, ein paar Kräuter für magische Salben und einen kleinen Holzfalken, den sein Vater ihm einst geschnitzt hatte, als er noch kleiner gewesen war. Damona hatte ihm einen Beutel mit Proviant und einen Trinkschlauch zurecht gemacht. Ein letztes Mal ging er durch die Hütte und versuchte, sich alles genau einzuprägen. Gestern hatte er sich nichts mehr gewünscht als seine Heimat zu verlassen, doch heute wurde er von Wehmut beinahe überwältigt.

Den ganzen Morgen hatte er damit verbracht, sich von allen Dorfbewohnern zu verabschieden. Das nahm er sehr ernst. Liam nahm sich besonders viel Zeit, denn er wollte niemanden vergessen. Als er Corenos zum dritten Mal Lebewohl gesagt hatte, gab es keine Ausreden mehr, sich nicht zum Strand zu begeben.

So stand er nun unten in der Bucht. Das kleine Ruderboot, das sie zum Schiff bringen sollte, wartete bereits, wie auch zwei muskelbepackte Ruderlegionäre. Für Liam sahen die beiden identisch aus, was nicht nur an ihren marineblauen Uniformen lag. Wie Aurelius hatten auch sie spitze Ohren und mandelförmige Augen. Anders als das des Prinzen, waren ihr schwarzes Haar kurzgeschoren.

Am Strand waren um Liam seine Familie, Meister Keenan, Uisdean und Ryan versammelt. Auch Prinz Aurelius wartete geduldig darauf, dass sein neuer Schützling Lebewohl sagte. Von scheinbar ungemeinem Interesse beseelt, stocherte er mit einem Stück Treibholz in den Algen der Bucht herum.

»Nun denn …« Liam hatte einen Kloß im Hals. Er konnte es nicht aussprechen.

»Schon gut. Wir wissen, was du sagen willst. Vergiss auf deinem großen Abenteuer nicht, dass wir dich lieben«, sagte Damona verständnisvoll.

»Genau, das tun wir. Und es ist ja nicht für immer«, sagte Aodh und lächelte ihm aufmunternd zu.

»Ich … Vielen Dank. Das ist dann wohl der Abschied.«

Damona trat vor und gab ihrem Sohn einen Kuss. Sein Vater zog ihn in eine kurze, aber herzliche Umarmung.

»Lass dich nicht von den Haien fressen«, grinste Tearlach ihn an. »Keine Sorge, Bruder. Du kommst zurück und dann gehen wir uns wieder auf die Nerven. Alles wie immer.«

Liam brachte sogar ein kleines Lächeln zustande.

»Anderen auf die Nerven gehen kannst du ja am besten, das wissen wir«, sagte Uisdean schelmisch.

»Genau, wird Zeit, dass auch die Elfen in den Genuss kommen, von dir Löcher in den Bauch gefragt zu bekommen«, ergänzte Ryan.

»Liam«, sagte Meister Keenan, »halte deine Augen offen und lerne fleißig. Alles Wissen, das du dir aneignest, wird dem Dorf noch gute Dienste leisten. Ich zähle auf dich.«

Liam nickte und wandte sich zu Aurelius um.

Dieser gab ihm ein stummes Zeichen des Aufbruchs.

Die beiden Legionäre halfen ihnen, an Bord zu klettern und ihre Sachen sicher zu verstauen. Dann zogen die Soldaten das Boot in das flache Wasser und begannen zu rudern.

Als Liam Platz genommen hatte, wandte er sich um. Seine Mutter winkte ihm. Sie weinte. Liam winkte zurück. Auch sein Vater blinzelte, als ob er etwas im Auge hatte.

Nun war es also soweit. Eine Weile blieb es still. Das Boot entfernte sich. Nur das Klatschen der Ruder war zu hören.

Liam schaute nach vorne und fing Aurelius' Blick auf, der ihn interessiert musterte.

»Dein erstes Mal von zuhause weg?«, fragte er.

»Ja, ich war noch nie länger als eine Nacht vom Dorf entfernt. Und auch dann nur zum Jagen.«

»Mach dir keine Sorgen. Ich bin sicher, du wirst es lieben«, erwiderte Aurelius. »Bevor wir an Bord der *Ateia* gehen, möchte ich aber noch ein paar Dinge mit dir besprechen.

Ab sofort sollten wir nur noch Elvana miteinander sprechen. Du wirst es recht schnell lernen, wenn du gezwungen bist, es zu ständig gebrauchen. Das wird dir nicht allzu schwer fallen, schließlich beherrscht du bereits einige Grundlagen.«

»Gut, das verstehe ich«, sagte Liam. »Wie lange werden wir unterwegs sein?«

»Schön, dann sind wir einer Meinung. Etwa drei bis fünf Tage, je nachdem, wie der Wind weht. Und je nachdem, wie gut die Männer rudern. Falls du seekrank wirst, übergib dich am besten direkt über Bord. Sonst gibt das eine Riesensauerei.«

Liam machte ob dieser Ankündigung ein deutlich besorgteres Gesicht.

»Dann, ein weiterer Punkt«, fuhr Aurelius unbeirrt fort. »Ich weiß nicht, kannst du lesen und schreiben?«

»Der Alte hat uns Runen beigebracht. Sonst schreiben wir eigentlich nichts auf, sondern verwenden viel Zeit darauf, uns möglichst alles Wichtige gut ins Gedächtnis einzuprägen«, sagte Liam.

»Nun, auch das sollte kein großes Problem sein. Ich bin kein besonders guter Lehrer, für den Anfang wirst du aber wohl oder übel mit mir Vorlieb nehmen müssen.« Er lächelte. »Spätestens wenn wir wieder an Land sind, besorge ich dir einen anständigen Lehrmeister. Wenn du mehr über unser Volk lernen willst, ist es unerlässlich, die Schriftrollen und Bücher lesen zu können.«

»Ich will lernen!«, versicherte Liam ihm nachdrücklich. »Das ist ja der Grund, warum ich überhaupt mitkomme, oder? Ich will alles wissen. Sprache, Geschichte, Kultur. Einfach alles.«

Aurelius lachte. »Eine lobenswerte Einstellung. Vielleicht ein wenig überambitioniert. Aber wir werden sehen.«

Sie näherten sich der *Ateia*. Was Liam am Vortag noch für eine Art Vogel gehalten hatte, stellte sich nun als Irrtum heraus. Die Figur, die den Bug zierte, war eine geflügelte Schlange, ihr mit zwei scharfen Fangzähnen bewehrtes Maul diente als Galionsfigur. Ihr Schwanz war zu einem Rammsporn gebogen, der gegnerische Schiffe ohne viel Federlesen auf den Grund des Meeres schicken konnte.

Als sie an Steuerbord angekommen waren, erblickte Liam eine Strickleiter, die zum Oberdeck hinaufführte. Sie kletterten hinauf. Die Ruderlegionäre reichten ihnen ihr Gepäck nach oben, bevor sie das kleine Boot mit Tauen umschlangen und es ebenfalls an Bord der *Ateia* zogen.

Auf Deck herrschte ein großes Getümmel. Soldaten und Matrosen machten sich bereit abzulegen. Liam versuchte, sie alle zu zählen, doch sie rannten ständig durcheinander. Es waren einfach zu viele. Schlussendlich musste er resigniert aufgeben.

Ein Elf in blauer Uniform und mit blauem Federbuschen auf dem Helm kam auf sie zu. Im Aussehen ähnelte auch er den Ruderlegionären. Allerdings hatte er Schläfenlocken, die bereits ein erstes Grau zeigten. Während er sich seinen Weg zu ihnen bahnte, rief er den anderen Crewmitgliedern Befehle zu. Das musste der Kapitän sein.

Als er sie erreicht hatte, neigte er vor Aurelius den Kopf, dann salutierte er. Er machte einen scharfsinnigen Eindruck. Aus der Nähe betrachtet stellte Liam fest, dass ihm ein Stück des linken

Ohres fehlte. Hatte er es bei einem Kampf verloren? Um seinen Hals hing eine kleine Pfeife aus Ton.

»Kaiserliche Hoheit. Alles ist bereit für die Abfahrt. Wir erwarten Euren Befehl.«

»Ausgezeichnet. Liam, das ist Kapitän Horacius. Kapitän, das ist der Gast, den ich bereits angekündigt hatte.«

»Willkommen an Bord, junger Herr.« Der Kapitän nickte Liam freundlich zu.

Liam erwiderte die Geste.

»Alle Mann in guter Verfassung?«, fragte Aurelius.

»Alles bestens. Die Männer freuen sich, bald die Heimat wiederzusehen. Es waren ein paar anstrengende Wochen.«

»Das waren sie, ohne Zweifel. Nun denn, Anker lichten. Legt euch in die Riemen, Jungs. Aestuaria wartet!«

Der Kapitän nahm seine Pfeife zur Hand und blies einmal kräftig hinein. Ein schriller Ton war zu hören. Alle Mann beeilten sich, ihre Plätze einzunehmen. Sie standen Habacht und salutierten Aurelius.

»Für das Imperium. Elvania Invicta!«, riefen sie wie aus einer Kehle.

»Elvania Invicta!«, gab Aurelius bellend zurück.

Die Ruder tauchten geräuschvoll ins Meer ein und sogleich nahm die *Ateia* Fahrt auf. Eine frische Brise kam auf und der Geruch des Unbekannten kitzelte Liams Nase.

Als sie abgelegt hatten, warf Liam einen letzten Blick zurück auf seine Heimat. Aus einem Wäldchen sah er etwas Großes aufsteigen.

Es war ein geflügelter Hirsch.

»Aurelius, schnell komm her und sieh dir das an.«

Aurelius, der mit einem Matrosen gesprochen hatte, wandte sich um.

»Was gibt es denn?«

»Dort, ein Peryton!« Liam zeigte es ihm aufgeregt. »Das ist ein gutes Vorzeichen.«

Aurelius grinste. »Ich glaube zwar nicht an so etwas wie Vorzeichen, aber wenn es dir hilft, nur zu. Jetzt komm, ich zeige dir deinen Schlafplatz.«

Er bugsierte Liam zu einem dunkelroten Zelt am Bug des Schiffes. Dort drinnen waren an Stangen zwei Hängematten befestigt. Auf einem am Boden verankerten Tisch lagen zahlreiche Karten und Navigationsinstrumente. Etliche Bücher stapelten sich in den Ecken. Vom Gestänge an der Zeltdecke hing eine Öllampe, die im Wellengang hin und her schwankte.

»Das da ist deine«, sagte Aurelius und deutete auf die linke Hängematte. »Normalerweise gehört sie dem Kapitän, doch er hat angeboten, sie dir zu überlassen. Er wird solange bei der Mannschaft schlafen.«

»Wie großzügig von ihm. Ich muss ihm später dafür danken«, sagte Liam und ging hinüber zu seiner Schlafstatt.

Mit einiger Mühe kletterte er hinein. Es war bequemer als er vermutet hatte. Hier würde es sich fürs Erste aushalten lassen. Aurelius ging hinüber zu dem Tischchen und begann, die aufliegenden Karten zu studieren.

»Aurelius«, sagte Liam nach einer Weile. Dieser blickte mit konzentriertem Blick auf.

»Hm?«, sagte er.

»Wie viele Leute sind denn an Bord? Ich habe versucht, sie zu zählen, doch ich habe es nicht geschafft. Es müssen bestimmt dreißig sein.«

Aurelius lächelte sanft. »Das waren nur die Legionäre und Matrosen. Damit kommst du ungefähr auf dreißig. Du hast allerdings nicht an die Ruderer unter Deck gedacht. Das sind noch einmal knapp zweihundert.«

Liam blickte ihn schockiert an. Ryan hatte also recht gehabt. Das waren mehr Leute als im Dorf lebten.

»Du siehst also«, sagte Aurelius, »wenn du die wahre Natur einer Sache erkennen willst, darfst du nicht nur ihre Oberfläche betrachten.«

Liam dachte darüber nach, was Aurelius ihm gesagt hatte. Doch ehe er zu einem Schluss gelangt war, hatte seine Hängematte ihn bereits in den Schlaf gewiegt.

Als er plötzlich aufschreckte, stand draußen die Sonne bereits hoch am Himmel. Für einen Moment hatte Liam vergessen, wo er war. Beinahe wäre er unsanft zu Boden gefallen. Er fing sich jedoch noch rechtzeitig, um nicht zu stürzen. Etwas unbeholfen und mit noch schlaftrunkenem Geist kletterte er aus der Hängematte. Aurelius war verschwunden. Liam war nun ganz alleine.

Doch war er wirklich alleine? Ein leises Kratzen zog seine Aufmerksamkeit auf sich. Nach kurzer Suche hatte er die Ursache des Geräuschs identifiziert. Eine fette Ratte war in seinen Beutel geklettert und bediente sich seelenruhig an dem Proviant, den ihm seine Mutter eingepackt hatte.

»He, das ist nichts für dich. Hau ab«, sagte Liam und schüttelte die Tasche ordentlich durch. Verschreckt sauste die Ratte davon und entschlüpfte durch ein Loch in den Bauch des Schiffes. »Ja lauf nur, und komm nicht wieder«, rief er ihr nach.

Liam überlegte, ob er sich auf die Suche nach Aurelius machen sollte, dann fiel sein Blick auf die sich stapelnden Bücher. Neugierig schlug er eines vor ihnen auf. Es handelte von der Seefahrt. Er verstand nicht einmal die Hälfte davon. Enttäuscht legte er es beiseite. So erging es ihm auch beim Nächsten und beim Übernächsten.

Liam wollte schon aufgeben, da fiel ihm eine daonéische Rune ins Auge. Er zog das Pergament aus dem Stapel hervor und entrollte es vollständig. Es war eine Ausgabe einer Geschichte des Imperiums, die wohl für Kinder gedacht war. In zwei Spalten waren da Sätze in daonéischer Schrift und einfachem Elvana zu lesen. Aurelius musste sie benutzt haben, um seine Sprachkenntnisse aufzufrischen.

Vor Freude klatschte Liam in die Hände. Begierig begann er zu lesen. Wenn er einmal etwas nicht verstand, wechselte Liam auf die Seite in seiner Muttersprache.

Die Geschichte unseres Volkes beginnt mit seiner Ankunft in Talam. Was, höre ich euch fragen, liebe Kinder, wie kann das sein? Es muss doch auch ein Davor gegeben haben. Darauf werde ich euch antworten: Ja und nein.

Natürlich müssen Elfen bereits davor existiert haben, doch über sie wissen wir allzu wenig. Das Dunkel der Vergangenheit beginnt sich erst mit dem Ende der Großen Überfahrt zu lichten. In den Erzählungen, die ihr sicher alle kennt, ist nur die Rede von einer schrecklichen Katastrophe, die unsere Vorfahren zur Auswanderung zwang. War es Hunger oder Krieg oder eine Krankheit, was die Altelfen dazu brachte, ihre Heimat zu verlassen? Wir vermögen es nicht zu sagen.

Dennoch kann diese Entscheidung nicht von einem Tag auf den anderen gefallen sein. Lange und intensive Vorbereitungen waren nötig. Unsere Vorfahren bauten hunderte Schiffe. Auf die Große Überfahrt nahmen sie die Nutztiere und Pflanzen ihrer alten Heimat mit. Mais und Liebesäpfel, Vicunias und der wunderbare Pharomachrus-Vogel waren zuvor in Talam nicht bekannt. Und seht, wie wohl sie sich nun hier fühlen.

Niemand wusste, wie lange es dauern würde, einen neuen Platz zum Siedeln zu finden. Gewiss wurden zahlreiche Kinder auf der Überfahrt geboren, zahlreiche Alte starben. Viele hatten die Hoffnung bereits aufgegeben und wollten umkehren. Dann, eines Tages erblickte eines der Kundschafterschiffe unter seinem mutigen Kapitän Macronius Aurelius jenes fruchtbare Land, das wir heute Elvania Nova nennen.

Die Admiräle hielten Rat und befragten die Priester. War dies das Ziel ihrer langen Reise? Der Erzpriester zog sich mit seinen Akolyten drei Tage und drei Nächte zurück und befragte die Feueromen. Als sie wieder hervortraten, konnten sie einer jubelnden Menge die frohe Botschaft verkünden: Dies war ihre neue Heimat!

Und so wurde unsere große Stadt Aestuaria gegründet, in der ihr heute mit euren Eltern lebt. Das alles verdanken wir den tapferen Männern unter dem unvergleichlichen Kapitän Macronius Aurelius!

Liam legte die Schriftrolle beiseite. Der Alte hatte also nicht gelogen. Die Herkunft der Elfen war sogar ihnen anscheinend selbst ein Rätsel. Liam begann, die übrigen Schriftstücke nach weiteren interessanten Geschichten zu durchstöbern, als Aurelius durch die Zeltöffnung trat.

»Na, hast du dich gut erholt, du Schlafmütze?«, gluckste er. »Was machst du da?«, fragte er neugierig.

»Ich habe deine Schriftrolle gefunden.« Liam hielt sie hoch, damit Aurelius sie sehen konnte.

»Ah, gut«, sagte Aurelius. »Du kannst sie behalten, wenn du möchtest. Ich brauche sie nicht mehr.«

»Was, wirklich? Vielen Dank.«

»Nicht der Rede wert.« Aurelius machte eine abwehrende Geste. »Du solltest allerdings nicht alles, was dort behauptet wird, für bare Münze nehmen.« Er nickte in Richtung des Pergaments. »Diese ganze Geschichte mit dem ›mutigen Kapitän Macronius Aurelius‹, das ist nicht die ursprüngliche Fassung. Diese Stelle wurde nachträglich eingefügt, um einem meiner Vorfahren zu gefallen.«

Liam war verblüfft. »Woher weißt du das?«

»So etwas geschieht ständig. Leute, die die Gunst des Kaisers erlangen wollen, um sich einen Vorteil über einen Konkurrenten zu sichern, ein lukratives Amt oder eine gewinnbringende Ehe vermittelt zu bekommen.«

»Aber ist das nicht eine Lüge?«, fragte Liam schockiert.

Aurelius zuckte mit den Schultern. »Ein guter Handel für beide Seiten, würde ich meinen. Der Schreiber bekommt, was er sich wünscht. Im Gegenzug wird das Kaiserhaus vor den Augen des Volkes verherrlicht. So sichern wir unsere Stellung weiter ab.

Stimmt schon, es ist nicht ganz ehrlich. Aber solange die Wahrheit irgendwo erhalten bleibt, soll es mir recht sein.«

Diese Erklärung gefiel Liam überhaupt nicht.

Aurelius, der Liams kritischen Blick bemerkte, sagte rasch, »aber das heißt nicht, dass ich kein Interesse an der Wahrheit hätte. Ganz im Gegenteil. Mir liegt sehr viel daran, die tatsächlichen Begebenheiten zu erfahren, das kannst du mir glauben. Nur muss das nicht unbedingt vor aller Augen geschehen.«

Nicht ganz überzeugt, ließ Liam die Angelegenheit bis auf Weiteres auf sich beruhen. Behutsam verstaute er den neuen Schatz in seinem Seesack.

Die folgenden Tage verbrachte Liam zumeist auf Deck, um der Enge und dem Gestank im Inneren des Schiffes zu entfliehen. Über seine eigene Unterbringung konnte er sich nicht beklagen. Doch im Bereich der Matrosen verhielt es sich ganz anders. Überall roch es nach den Ausdünstungen der Ruderer, ranzigem Essen und aus irgendeinem Grund lag der beißende Duft von Katzenurin in der Luft.

Aurelius, der sich nach eigenem Bekunden auf der Überfahrt nur gelangweilt hätte, tat sein Möglichstes, Liam die Grundlagen des Elvana beizubringen. Das Schreiben mit Tinte und Pergament fiel ihm noch etwas schwer. Oft verwischte er frische Sätze zu einem unleserlichen schwarzen Etwas, das Liam an die gruseligen alten Bäume im Herzen des Heiligen Hains erinnerte.

Liam versuchte auch, sich mit einigen der Ruderlegionäre anzufreunden, doch sie waren eine einsilbige und einschüchternde Bande. Selbst untereinander wechselten sie kaum je ein Wort. Einmal hatte er gehört, wie sie sich über seine Ruhmestat mit dem Eber lustig machten. Wie konnte so ein windiger Menschenjunge es mit einem ausgewachsenen Wildschwein aufnehmen? Doch anstatt sie zu konfrontieren, zog er sich gekränkt in sein Quartier zurück. Im Grunde konnte er es ihnen nicht verübeln. Er selbst konnte es nach wie vor kaum glauben.

Neben Aurelius sprach er lediglich ein wenig mit Kapitän Horacius. Wie sich herausstellte, fuhr er bereits seit über dreißig Jahren zur See. Das Meer war sein Zuhause, seit er sich als kleiner Junge als blinder Passagier an Bord eines Schiffes geschlichen hatte. Es hatte Orangen geladen, die er eigentlich hatte stehlen wollen. Natürlich war er erwischt worden und hatte bereits das Schlimmste befürchtet. Doch statt seine Hand zu verlieren, hatte ihn der Kapitän zur Strafe an die Ruder gesetzt. Durch Arbeitseifer und starke Arme hatte er es schließlich selbst zum Kapitän gebracht, erzählte er Liam stolz.

Besonders begierig war Liam darauf, mehr über die Vergangenheit der Elfen zu erfahren. Das Pergament über die Große Überfahrt hatte er inzwischen so oft gelesen, dass er es bereits auswendig konnte.

Doch Aurelius vertröstete ihn immer wieder auf ihre Ankunft in Aestuaria. »Sieh selbst, dann lernst du viel mehr, als ich dir jemals beibringen könnte«, pflegte der Prinz dann zu sagen.

Doch so einfach ließ sich Liam nicht abspeisen. Er blieb hartnäckig und lag Aurelius bei jeder Gelegenheit damit in den Ohren. Am Ende des dritten Tages hatte er schließlich Glück. Die Sonne tauchte das Schiff in ihr rot-goldenes Licht, das dem großen Segel den Anschein gab, in Flammen zu stehen.

»Na schön, na schön. Du hast gewonnen.« Aurelius warf resigniert die Arme nach oben. »Ich kapituliere. Was willst du wissen?«

»Alles!«

Aurelius lachte. »Na großartig. Das wird ein langer Abend.«

Liam überlegte einen Moment. Was interessierte ihn am meisten?

»Na schön. Dann fangen wir mit dem an, was vor dreißig Jahren mit dem Elfengeneral passiert ist. Das was in der Ratsversammlung besprochen wurde. Was ist da vorgefallen?«

»Du meinst als mein Vater zu euch ins Dorf kam?«

Liam nickte begierig.

»Lass mich überlegen. Wo fange ich am besten an? Achja. Also, das war so. Mein Vater hatte schon immer den Drang sich zu beweisen. Sein eigener Vater, Marcellus II., war ein großer Kriegsherr und Eroberer. Seine ganze Liebe und Aufmerksamkeit steckte er in seinen ältesten Sohn, meinen Onkel Valerius. Mein

Vater liebte seinen Bruder sehr, doch neidete er ihm die Zuneigung des Kaisers. Also beschloss er, ausziehen und selbst Heldentaten zu vollbringen. So kam er an die Küste dieser Länder und auch in dein Dorf. Die Häuptlinge der Fischerdörfer unterwarfen sich bereitwillig, als sie die Macht des Imperiums erkannten.«

Liam hatte seinen Kopf auf die verschränkten Arme gelegt und hörte Aurelius aufmerksam zu. »Dann muss dein Vater sehr zufrieden gewesen sein.«

»Das war er auch, anfangs. Er hatte dem Imperium eine neue Provinz verschafft. Doch war sein Durst nach Ruhmestaten nicht gestillt. Er war damals jung und voller Tatendrang, musst du wissen. Also wandte er seine Aufmerksamkeit dem daonéischen Hinterland zu.«

»Aber er hat es nicht erobert, oder? Meister Keenan sagt, die Clans abseits der Küste seien noch unabhängig.«

»Das stimmt. Denn ehe mein Vater aufbrechen konnte, ereilte ihn die Schreckensnachricht. Onkel Valerius war bei einem Jagdunfall ums Leben gekommen und der Kaiser war von Trauer überwältigt. Also musste er zurück nach Elvania Nova und seine großen Pläne blieben unvollendet. Man sagt, Großvater war nach dem Tod von Onkel Valerius nicht mehr derselbe. Irgendwann hat er aufgehört zu essen und sich nur noch in seinen Gemächern eingeschlossen. Vater war von diesem Zeitpunkt an Prinzregent. Bald darauf starb Kaiser Marcellus und mein Vater Lucius folgte ihm auf dem Sonnenthron nach.«

Liam schwieg eine Weile und dachte über das Gesagte nach.

»Eine sehr traurige Geschichte. Danke, dass du sie mir erzählt hast.«

»Keine Ursache,« erwiderte Aurelius. »Das ist zumindest die Version, wie mein Vater sie erzählt.«

»Zweifelst du daran?«, fragte Liam.

»Nicht unbedingt«, sagte Aurelius. »Allerdings ist das alles sehr lange her. Eifersucht, Wut und Trauer oder der Verlust geliebter Elfen können die Erinnerungen verzerren.« Er seufzte bedächtig.

Liam blickte auf die weite See. Gerade verschwand die Sonne unter dem Horizont im Meer.

»Woran denkst du?«, fragte Aurelius.

»Ich denke an Belena, unsere Sonnengöttin. Jeden Tag fährt sie mit ihrem von Schwänen gezogenen Wagen über den Himmel und schenkt uns Wärme und Licht. Doch dann wird sie müde und ruht sich aus«, sagte Liam.

»Wie kommst du darauf?«

»Im Grunde ist Belena doch auch eine Herrscherin. Genau wie dein Vater und sein Vater vor ihm. Oder Häuptling Kendrick und sein Vater vor ihm. Sie müssen sicher auch müde werden von der Last, dem Wohl ihrer Schutzbefohlenen auf ihren Schultern. So wie Belena. Früher habe ich den Häuptling und Ryan beneidet. Wer wäre nicht gern ein Anführer? Doch jetzt kommt es mir so vor, als wäre die Herrschaft nichts Erstrebenswertes. So viel Verantwortung. So viele Möglichkeiten das Leben zahlloser Menschen negativ zu beeinflussen.«

Aurelius lächelte. »Für dein Alter bist du ziemlich weise, kleiner Daonéer. Mir geht es ähnlich. Ich bin froh, nur der Zweitgeborene zu sein.« Er legte eine nachdenkliche Pause ein. »Allerdings hat das meinem Vater auch nichts genützt.«

So saßen die beiden noch eine ganze Weile schweigend da und blickten auf den immer dunkler werdenden Himmel hinaus. Erst als immer mehr winzige goldene Sterne über ihnen auftauchten, gingen sie zu Bett.

Die restliche Überfahrt verlief größtenteils reibungslos. Seit dem dritten Tag musste sich Liam nicht mehr übergeben und in der Nacht des vierten Tages hinterließ eine Möwe ein unerwünschtes Geschenk auf seiner Schulter, als sich dieser gerade über die Reling erleichterte.

»Das bringt Glück«, lachte der Kapitän. »Außerdem heißt das, wir müssen in Küstennähe sein. Morgen Vormittag werden wir im großen Hafen von Aestuaria einlaufen.«

Kapitel 5 - Ein Zauber der anderen Art

Elvania Nova. Gigantenbucht. 435 SAE. Frühherbst.

Wie es der Kapitän vorhergesagt hatte, war es in der dritten Stunde nach Sonnenaufgang soweit.

»Land in Sicht!«, rief der Ausguck.

Liam fiel vor Überraschung aus seiner Hängematte, in der er gerade noch das Lesen geübt hatte und rannte so schnell er konnte an Deck. Vor ihm öffnete sich eine breite Bucht, die vom einen Ende des Horizonts bis zum anderen reichte. Am Bug angekommen, erblickte er etwas wahrhaft Riesenhaftes und Wunderbares. Auf einem Felsen in der Mitte der Bucht ragte eine grünliche Statue empor, die mindestens dreißig Schritt maß. Abgebildet war ein muskulöser Elf mit langem Haar, das ihm über beide Schultern fiel. Ein goldener Lorbeerkranz lag auf seinem Haupt wie eine Krone. Der strahlende Kranz schien deutlich jünger zu sein als die Statue selbst. Bis auf eine Art Ledergürtel, von dem mehrere beschlagene Streifen herabfielen, die seine Scham bedeckten, war der Elf nicht bekleidet. Mit ernstem Blick und stolzer Haltung hatte er seine Augen in den Osten, auf das Meer hinaus gerichtet. Auf seinem flach nach oben zeigenden linken Handteller trug er eine blau-grüne Flamme, in seiner Rechten hielt er ein merkwürdig gezacktes Langschwert, dessen Spitze nach unten gerichtet war.

»Ah, das ist nur das erste Wunder, das du heute bestaunen wirst«, sagte Aurelius zufrieden. Von Liam unbemerkt, war er von hinten an ihn herangetreten.

»Das ist der große Kupfergigant. Er dient unseren Schiffen in der Nacht als Leuchtturm. Zeigt ihnen, wie sie sicher in den Hafen gelangen«, erklärte er.

»Stellt er jemand Bestimmtes dar?«, fragte Liam sichtlich beeindruckt.

»Der goldene Lorbeerkranz soll ihn als Aurelius den Großen ausweisen. Mein Namenspatron und der erste aus meiner Familie, der vor knapp zweihundert Jahren den Sonnenthron bestieg. Auf einer allgemeineren Ebene könnte es aber auch jeder Kaiser seit ihm sein. Die zeremonielle Obsidianklinge symbolisiert den Schutz, den jeder Amtsinhaber unserem Volk vor jeglichen Gefahren bietet. Das magische Feuer ist das Licht in der Dunkelheit, das uns leiten und den rechten Weg zeigen soll. Weder Regen noch Sturm können ihm etwas anhaben. Beides kann uns nur der Kaiser gewähren«, sagte Aurelius mit sichtbarem Stolz.

Liam atmete pfeifend aus.

»Zweihundert Jahre. In meinen Clan weiß keiner, was vor zweihundert Jahren war.«

»Genau genommen«, korrigierte ihn Aurelius, »ist das Ding etwa doppelt so alt. Es war eines der ersten Bauwerke, die wir Elfen nach unserer Ankunft errichteten.«

Liam verharrte einige Zeit in stummer Bewunderung des Kupferaurelius, während der Aurelius aus Fleisch und Blut schweigend neben ihm stand.

Langsam kam auch die Stadt in Sicht. In der Ferne konnte Liam vage die Silhouette von zahllosen Gebäuden erkennen, die sich von einem Hafen gigantischen Ausmaßes den sanft ansteigenden Hang hinauf erstreckten, bis sie sich über dessen Kuppe verloren. Liam hatte keine Ahnung gehabt, dass es so viele Menschen auf der Welt gab. Oder, nun ja, Elfen.

Der Hafen bestand eigentlich aus drei einzelnen Häfen, die sich entlang einer Nord-Süd-Achse aufteilten. Ihnen am nächsten ankerte eine Vielzahl Kriegsschiffe, alle mit den selben purpurnen Segeln, welche die geflügelten Schlangen mit der goldenen

Sonne in ihren Mäulern zeigten. Hier landete auch die *Ateia* an. Im Süden tummelten sich dagegen unzählige kleine Fischerboote, wie Liam sie von zuhause her kannte. Ganz in der Nähe des Kriegshafen lagen Schiffe in allen erdenklichen Größen vor Anker: Flache, Hohe, mit vielen Masten, mit wenigen Masten. Manche hatten große indigoblaue Segel, andere safrangelbe. Eines hatte ein hellrosa Banner gehisst, auf dem ein blütenweißes geflügeltes Pferd zu erkennen war. Ihrem Aussehen nach mussten sie aus allen Ecken der Welt stammen.

Als sie den Giganten passiert hatten, ertönte ein Hornsignal.

»Das ist das Zeichen, dass sie uns gesehen haben. Wir müssen in gleicher Weise antworten, um uns als Freunde auszuweisen.«

Kaum hatte Aurelius gesprochen, blies einer der Legionäre an Bord in das Horn eines Auerochsen. Drei tiefe Stöße erschallten und versetzten Liams Herz in Vibration.

»Am besten du gehst jetzt und packst deine Sachen. Wir werden gleich anlegen«, sagte Aurelius und lächelte Liam an.

Als Liam wieder an Deck kam, hatte sich die *Ateia* bis auf einige Schritt schon dem Quai genähert. Eine kleine Ansammlung an Elfen schien dort bereits auf sie zu warten.

Die Matrosen vertäuten das Schiff. Die Holzplanke wurde ausgefahren.

»Valerius! Das gibt es doch nicht!«, rief Aurelius entzückt.

Unversehens warf er seinen Seesack von sich und lief über die Planke an Land. Der Elf, der im Hafen auf ihn wartete, war groß, schlank und kräftig gebaut. Er trug eine mit goldenen Fäden durchwirkte blütenweiße Tunika. Er hatte kinnlanges schwarzes Haar, das zu einem Zopf gebunden war. Auf seinem Gesicht zeigte er ein breites Grinsen.

»Die Überraschung ist mir ja wohl gelungen. Willkommen daheim, kleiner Bruder.« Sie fielen sich um den Hals und umarmten sich herzlich.

»Wer ist denn dein Freund da? Von dem stand nichts in der Nachricht, die dein Falke überbracht hat«, sagte Valerius.

Aurelius strahlte. »Weißt du, wenn man es genau nimmt, *ist* das mein Falke.«

Valerius machte ein verwirrtes Gesicht. Aurelius lachte.

»Ich glaube, es ist an der Zeit, euch einander vorzustellen. Valerius, das ist Liam, ein Druide der Daonéer. Er hat mich vor einem wild gewordenen Eber gerettet. Lange Geschichte. Liam, das ist mein großer Bruder, Seine Kaiserliche Hoheit Kronprinz Valerius.«

Die beiden schüttelten sich die Hände.

»Druidenlehrling, um genau zu sein«, meldete sich Liam schüchtern zu Wort.

»Ha!«, kam es von Valerius. »Er spricht unsere Sprache. Sicher dein Werk, Bruderherz?«

Aurelius lächelte. »Ich hab ihn mitgenommen, ihm unsere Welt zu zeigen, als Belohnung für meine Rettung. Sprachkurs inbegriffen.«

»Wie aufregend! Aber ich weiß immer noch nicht, was es mit dem Falken auf sich hat«, sagte Valerius.

»Das erkläre ich dir auf dem Weg zum Palast. Ich nehme an, du bist hier, uns abzuholen?«, sagte Aurelius.

»Ja so ist es. Vater hatte darauf bestanden, die Prätorianer zu schicken. ›Der Hafen ist gefährlich, Sohn. Treib dich da nicht rum, Sohn‹«, äffte Valerius seinen Vater nach. »Am Ende hab ich mich durchgesetzt. Ich lasse es mir doch nicht nehmen, meinem kleinen Bruder die kaiserliche Begrüßung zukommen zu lassen, die er verdient.«

Valerius verstrubbelte Aurelius das Haar.

»Wie kommen wir zum Palast?«, fragte Liam.

Die Stadt musste riesig sein. Zu Fuß würde es bestimmt eine Ewigkeit dauern.

»Damit!« Valerius deutete auf eine große Sänfte aus Zypressenholz.

Ein Dutzend Diener stand bereit, die drei überall hinzutragen. Liam konnte rote Samtvorhänge und Polsterung im Inneren erkennen. Sobald sie hineingeklettert waren und ihr Gepäck verstaut hatten, ging es auch schon los. Von drinnen hatte man einen guten Blick. Liam und die beiden Elfen schienen auf halber Höhe über die Pflastersteine zu schweben.

Sie kamen an den Handelsschiffen vorbei, die gerade dabei waren, ihre Ladung zu löschen. Einer der Kapitäne war in einen handfesten Streit mit einem Gehilfen des Hafenmeisters verwickelt. Neben ihm auf der Erde standen mehrere geöffnete Kisten mit exotisch aussehenden Früchten und Walrossstoßzähnen, die der Gehilfe gerade inspizierte. Einige Schritte weiter waren drei schwere Metalltruhen aufgestellt, die von jeweils zwei Soldaten bewacht wurden. Liam konnte nur einen flüchtigen Blick auf ihren Inhalt erhaschen, bevor die Kisten wieder verschlossen wurden. Merkwürdig anmutende blassrosa Kristalle hatten sich darin befunden, die ihm eher unauffällig erschienen waren. Was mochte solche Sicherheitsvorkehrungen rechtfertigen?

Der Hafenmeister selbst stand nur wenige Schritte entfernt und konsultierte eine Liste von Waren. Ihm zu Füßen waren auf einem Tuch Oliven, Weizen und Amphoren unbekannten Inhalts aufgereiht, deren Qualität er zu überprüfen schien. Er nahm eine der Früchte in den Mund. Anscheinend fand er nichts zu beanstanden. Die Waren wurden jedenfalls zusammengepackt und von einer Gruppe Diener auf ein wartendes Schiff geschafft.

Die Mehrzahl der Leute im Hafenviertel waren Elfen. Doch waren auch einige Menschen unter ihnen. Manche wiesen einen dunklen Hautton auf, wie Liam ihn nur aus Erzählungen kannte. Verschiedene Gesprächsfetzen drangen an sein Ohr. Allerdings gebrauchten sie keine Sprache, die er verstanden hätte.

Die Häuser des Hafenviertels waren aus groben Steinen gebaut. Die ohnehin schmalen Gassen wurden durch hölzerne Baracken, die eher Verschlägen glichen, noch verengt. Windschief und heruntergekommen, machten sie keinen besonders wohnlichen Eindruck. Anders als die Hauptachse, auf der sich ihre Sänfte befand, waren die Seitenstraßen nicht gepflastert. Sie bestanden stattdessen aus festgetrampeltem Lehm, wie es auch in Liams Dorf die Sitte war.

»Du bist also ein Daonéer«, nahm Valerius den Gesprächsfaden wieder auf. »Ich möchte auch bald die Überfahrt wagen. Aurelius macht das schließlich ständig. Ich würde so gerne einmal Schnee sehen, einen richtigen Winter«, fuhr er begeistert fort. »Vater kann mich wohl oder übel nicht ewig hier behalten. Ich muss die Welt bereisen und unsere Völker kennenlernen. Wenn ich ihm eines Tages auf dem Thron nachfolge, muss ich bereit sein. Mehr vom Imperium kennen als nur diese verdammte Insel.« Valerius' Stimme hatte einen verbitterten Unterton angenommen.

»Ich wäre froh, wenn ich einmal länger als ein paar Monde hierbleiben könnte. Die Sterne fremder Himmel funkeln wohl immer heller, nehme ich an«, sagte Aurelius.

»Du hast leicht reden. Du warst sogar schon bei den Zwergen, hoch oben im Norden. Erzähl mir nicht, das hätte keinen Eindruck auf dich gemacht.«

»Sicher, das Polarlicht ist wunderschön. Als ob der Himmel in tausend Farben entflammt wäre. Und Dverkenhem ist immer eine Reise wert. Ich meine, eine ganze Zivilisation unter der Erde?«, erwiderte Aurelius.

Valerius' Augen glitzerten bei der Vorstellung an diese exotischen Wunder. Doch dann erlosch seine Begeisterung im Angesicht der Realität. »Du findest immer die richtigen Worte, Bruderherz«, sagte er etwas säuerlich.

Es ging nur langsam voran. Trotz ihrer Eskorte hatten sie alle Mühe, sich einen Weg durch die Menge zu bahnen. Nach etwa einer halben Stunde hatte sich der Anblick draußen verändert. Die Straßen wurden sauberer, die Häuser größer. Einigermaßen symmetrische und mit weißen Kalk verputzte Steingebäude reihten sich nun aneinander. Im Gegensatz zum Hafenviertel gab es hier einfache Brunnen und sogar kleinere Grünflächen.

Statt auf auf dem Boden ausgebreiteten Teppichen, wurde die Waren der Händler in hübschen Holzständen zum Verkauf angeboten. Buntes Tuch, allerlei fremdartig anmutende Sorten von Gemüse, lebendige Vögel in Käfigen und Papyrusrollen, hunderte und aberhunderte von Papyrusrollen, in die Liam zu gerne seine Nase gesteckt hätte.

Er war einfach hin und weg. So viele Elfen. Mehr als er jemals zählen konnte. Sie waren feiner gekleidet als unten am Hafen und trugen aufwendigere Frisuren. Menschen gab es hier allerdings keine mehr.

Der atemberaubende Anblick wurde durch den unbeschreiblichen Lärm, eine Kakophonie aus abertausenden Stimmen, Hämmern und Klappern und einen unerträglichen Gestank nach Fäkalien getrübt. Selbst Elfen mussten sich erleichtern, so schien es. Viele scherten sich keinen Deut, wenn sie ihr Geschäft direkt auf der Straße verrichteten.

In der Ferne konnte er auf einem Hügel eine Mauerkrone erblicken, hinter der goldene Dächer in der Sonne glitzerten. Liam wurde etwas schwindelig ob all der Sinneseindrücke. Bei seiner Ankunft hatte er sich gewundert, da die Unterstadt von keiner Stadtmauer umgeben war. Die Elfen schienen wohl mit keinem Angriff zu rechnen. Nun gelangten sie allerdings an einen hohen Wall aus mit weißem Mörtel verputzen Steinen, sodass die Mauern im Sonnenlicht bis weit in die Ferne strahlten.

»Gleich sind wir da«, sagte Valerius frohgemut. »Nur noch durch das Tor und du betrittst zum ersten Mal in deinem Leben das Palastviertel Aestuarias. Das Herz und das Gehirn des Imperiums.«

Als sie das Tor erreichten, machten die Wachen Anstalten, sie anzuhalten und ihre Sänften zu durchsuchen, doch der Kommandant ihrer Eskorte winkte ab. Sobald sie die Mauern passiert hatten, stockte Liam der Atem. Hatte er Aestuaria zuvor für die erstaunlichste Stadt des Universums gehalten, so war dies nichts im Vergleich zu dem, was ihn hier erwartete. Das Palastviertel war ein einziger großer Garten. In ihm verstreut lagen etwa zehn Dutzend großzügig gestaltete Villen, etliche Brunnen und bemalte Marmorstatuten, die in allen erdenklichen Farben in der Sonne glänzten. An einem Teich tummelte sich eine Gruppe Flamingos, die seelenruhig durch das seichte Wasser staksten.

Von der gepflasterten Hauptstraße zweigten weitere, nicht weniger breite Straßen ab, die in hell gesandeten Wegen mündeten. Auf ihnen schritten extravagant gekleidete Elfen. Manche trugen Togen, die über und über mit Gold bestickt waren. Die Frauen hatten sich mit Edelsteinen behängt, so groß wie Hühnereier. Zu ihnen passte die Umgebung. Luxuriöse Anwesen mit Säulenaufgängen aus weißem und purpurnem Marmor und hohen Giebeldächern, aufwendige Parks voller Springbrunnen, exotische Pflanzen und Vögel, die herrlichsten Melodien pfeifend. Vor den Aufgängen zu besonders großen Gebäuden standen Feuerschalen und überall, ja wirklich überall waren die Symbole des Imperiums zu sehen.

»Sieh sie dir an«, kam es unvermittelt von Aurelius, der seit einer ganzen Weile kein Wort mehr von sich gegeben und nur trübsinnig in die Ferne gestarrt hatte. »Stolzieren herum wie die Gockel. Aufgeputzt und mit bemalten Gesichtern.«

»Und dann erst ihre Ehefrauen«, gluckste Valerius.

»Was du hier siehst«, erklärte Aurelius an Liam gewandt, »ist die stolze Elite der Senatoren, die ihren gewichtigen Geschäften nachgeht. Zumindest wollen sie sich das alle selbst gerne glauben machen. Pathetische Narren.« Aurelius schnaubte verächtlich.

»Was meinst du damit?«, fragte Liam verständnislos.

»Was mein Bruder sagen will«, sagte Valerius, »ist folgendes: Die Leute, die du hier siehst - die Senatoren und ihre Frauen - sind nur noch ein Schatten ihrer selbst. Sie suhlen sich in Dekadenz und nehmen kaum noch eine Rolle im Staat ein. Zumindest nicht wirklich.«

»Und warum tun sie das?«, bohrte Liam nach.

»Weil mein Vater es so wünscht. Wie auch alle Kaiser vor ihm. Und das aus gutem Grund. Wenn sie nicht den ganzen Tag mit Fressen und Herumhuren beschäftigt wären, würden sie vielleicht noch auf die Idee kommen, echte Macht ausüben zu wollen«, erwiderte Aurelius mit harter Stimme.

Valerius lachte laut auf.

Liam schwieg eine Weile. Dann kamen sie an einem Gebäude vorbei, das gar nicht recht zu den übrigen passen wollte und er konnte nicht mehr an sich halten. Waren die anderen Bauten hell und luftig, war dieser dunkel und gedrängt. Es ähnelte einem massiven Quader, etwa zwölf Schritt hoch und von einer Farbe wie ein mattgrauer Onyx. An den Seiten rankten sich ausgefallene goldene Ornamente empor, die Liam an Wilden Wein erinnerten.

Aurelius, der seine Aufregung bemerkt hatte, beantwortete die Frage, bevor Liam sie überhaupt stellen konnte.

»Das ist die Botschaft der Zwerge.«

»Errichtet unter der Herrschaft unseres Urgroßvaters Aurelius II. Im Einvernehmen mit Zwergenkönig Nyrad III. anlässlich des Ewigen Bundes zwischen dem Imperium und dem Dverkasrak«, leierte Valerius mechanisch herunter. »Die sind sogar kleiner als du, Liam«, fügte er lachend hinzu, »dafür breiter und um einiges behaarter.«

Liam überlegte kurz, ob er beleidigt sein sollte, entschied sich aber für den Moment dagegen.

»Ich habe noch nie einen Zwerg gesehen«, sagte er.

»Das wundert mich nicht«, antwortete Aurelius. »Soweit ich weiß, ist dies hier der einzige Platz außerhalb Dverkenhems, an dem sie sich aufhalten. Das ist hoch oben im Norden, wo im Sommer die Sonne niemals untergeht und die Winter so kalt sind, dass dein Atmen dir ins Gesicht friert«, fügte er auf Liams fragenden Blick hin hinzu.

»Ich weiß nicht recht, was ich von ihnen halten soll«, sagte Valerius. »Angeblich sagen sie immer die Wahrheit, aber ihre Absichten durchschaue ich trotzdem nicht.«

Aurelius schnitt eine Grimasse. »Das heißt Botschafter Gelek macht seine Aufgabe gut.«

»Wenn es so kalt ist, wie überleben sie dann?«, fragte Liam.

»Ganz einfach. Sie leben unter den Bergen. Dverkenhem liegt tief unter dem Gronarmassiv. Dort ist es immer angenehm warm. Nun, warm im Vergleich zu draußen. Normalerweise verlassen sie ihr unterirdisches Reich nicht. Die Botschaft in Aestuaria ist die einzige mir bekannte Ausnahme von dieser Regel«, sagte Aurelius.

»Wahrscheinlich sind deshalb die Gärtner bei den Zwergen so angesehen«, überlegte Valerius. »Ich habe mich schon lange gefragt, wie sie es schaffen, ihre Lebensmittel zu züchten.«

»Künstliche Sonnen, Bruderherz«, sagte Aurelius. »Ich habe sie gesehen, als ich zuletzt dort war.«

»Ach, das hätte ich mir denken können«, erwiderte Valerius in einem Ton, als ob es sich um etwas Alltägliches handelte.

Künstliche Sonnen? Was zur Anderswelt sollte das sein? Liam musste sich verhört haben, doch bevor er weitere Nachfragen stellen konnte, kam ihre Sänfte zum Stehen.

»Wir sind da«, sagte Aurelius knapp. Er nahm sein Gepäck auf und sprang auf den gekiesten Boden. Vor ihren Augen erhob sich die kaiserliche Villa von Aestuaria. Die beiden anderen taten es ihm nach. Liam war überrascht, er hatte noch mehr Grandezza erwartet, doch der Palast unterschied sich nicht so sehr von den Villen der Senatoren. Zugegeben, er schien um einiges größer zu sein und der ihn umgebende Park wirkte weitläufiger, doch der zur Schau gestellte Prunk hielt sich im direkten Vergleich dennoch in Grenzen.

Valerius breitete theatralisch die Arme aus. »Ah, endlich zuhause. Wie lange habe ich dich nicht gesehen. Es müssen Stunden gewesen sein.« Er schielte zu seinem Bruder, der zunächst einen genervten Gesichtsausdruck aufgesetzt hatte. Als Valerius enttäuscht wegschaute, ließ sich Aurelius doch noch zu einem Schmunzeln hinreißen.

»Der Kindskopf muss immer einen Scherz machen. Und wehe, man lacht nicht darüber. Wenn wir zusammen sind, führen wir uns auf wie zwei Grünschnäbel. Das war schon immer so«, murmelte er lächelnd Liam zu.

Ein besorgt aussehender älterer Elf mit den Armen voller Schriftrollen kam schnellen Schrittes durch die Gärten auf sie zu. Valerius seufzte.

»Ihr müsst mich entschuldigen. Die Pflicht ruft. Das Leben eines Kronprinzen ist eine nicht enden wollende Kette von Späßen und Tollereien.«

Valerius ging hastig zu dem Elfen mit den Schriftrollen hinüber, der sogleich begann, hastig auf ihn einzureden.

»Ich denke, es ist das Beste, wenn wir zuerst ein ordentliches Gästezimmer für dich organisieren, Liam. Danach gehen wir zu meinem Vater. Er wird nicht gerne darüber im Dunkeln gelassen, wenn etwas im Palast vor sich geht«, sagte Aurelius.

Ihre Garde bildete ein Spalier und entbot ihnen den Gruß, als sie die Treppen zum Palast emporstiegen. Oben angekommen warteten bereits zwei Diener auf sie, die ihnen das Gepäck abnahmen. Bevor sie eintraten, wandte sich Liam noch einmal um.

»Dies ist also mein Zuhause für die nächsten Monde. Einfach Wahnsinn«, murmelte er.

»Was gibt es zu berichten, Marconius?«, fragte Aurelius an einen der Diener gewandt.

»Einiges, doch nichts, was ich Euch zu sagen gegenwärtig im Stande wäre, Herr.« Marconius blickte vielsagend auf Liam. »Euer Vater wird Euch über die kürzlichen Entwicklungen aufklären. Und Eure Schwester erwartet Euch im Amalienhof. Sie war es auch, die Eure Nachricht empfangen hat.«

»Nun gut, wir werden sehen. Es scheint ganz so, als würde sich meine gesamte Familie brennend für dich interessieren, Liam.«

Sobald sie den Palast betreten hatten, verflüchtigte sich sofort die nach außen zur Schau gestellte Bescheidenheit. Die ebenfalls aus weißen und purpurnem Marmor bestehenden Flure zogen sich scheinbar unendlich in die Tiefe. An den Wänden prangten kunterbunte Mosaike, die Elfen in heroischen Posen und pärchtigen Gewändern zeigten. Schlachtengemälde waren ebenso zu sehen wie idyllische Szenen im Grünen oder Baustellen gewaltiger Tempelanlagen. Die massiven Decken wurden gelegentlich von lichtdurchlässigen Holzgittern durchbrochen, die mit Ranken überwuchert waren.

Anscheinend regnete es nicht sehr häufig in Aestuaria, überlegte Liam. Ansonsten würden die Diener wohl mit nichts anderem als Wischen beschäftigt sein. Und überall entlang der Gänge standen kleine Tische mit Büsten und allerlei Reichtümern, die im Sonnenlicht glitzerten, das durch die schmalen Fenster fiel.

Inzwischen war die Gruppe an einer Kreuzung angelangt, von der zwei Gänge abgingen. Einer führte nach rechts, weiter ins Innere, der Linke hingegen mündete nach ein paar Schritten in einen sonnendurchfluteten Innenhof. Die Diener verabschiedeten sich mit einer stummen Verbeugung von ihnen und nahmen die rechte Abzweigung. Aurelius schlug den Weg nach links ein. Liam folgte ihm auf den Fersen.

Liam befand das Wort »Innenhof« wurde dem Schauspiel, das sich ihnen bot, nicht gerecht. In einem Quadrat, das sicher gut zwanzig Schritt an jeder Seite maß, gruppierten sich einige Palmen, die über die Dächer der umlaufenden Gänge hinausragten. Buntgefiederte Papageien hockten auf den Ästen und krakelten um die Wette. Das Zentrum des Hofes bildete ein hübscher Brunnen, der eine Elfe in schlichtem Gewand zeigte. In ihren Händen hielt sie Blumen, aus deren Mitte munter Wasserstrahlen hinunter in das Becken plätscherten.

Auf einer steinernen Bank vor dem Brunnen spielten einige der merkwürdigsten Katzen, die Liam je gesehen hatte. Sie hatten überquellende Augen und besaßen kein Fell. Auf der Bank saß, in ein blaues Kleid mit silbernen Verzierungen gehüllt, eine schlanke Elfe. Sie trug ihr Haar in zwei Zöpfen, die an ihrem Hinterkopf in eine aufwendige Schnecke mündeten. Sie mochte etwa in Liams Alter sein. Nachdenklich starrte sie über ihre Schulter und sah den Lichtreflexen zu, die sich gleichsam Goldfischen im Becken des Springbrunnens tummelten. Die Katzen streiften genussvoll mit ihren Schwänzen um die Beine der Elfe. Als Aurelius und Liam sich näherten, begannen die Katzen zu fauchen.

Durch ihre aufgebrachten Begleiter aufgeschreckt, drehte die Elfe ihren schönen Kopf in ihre Richtung, der ein noch schöneres Gesicht mit feinen Zügen beherbergte, und erkannte in ihnen den Grund für diese plötzliche Ruhestörung.

Ohne sich zu erheben, begann sie mit einer getragenen Stimme zu sprechen. »Ihr habt euch reichlich Zeit gelassen. Ich habe euch schon vor einer Stunde erwartet.«

Sie blickte zuerst ihrem Bruder für einige Wimpernschläge direkt in die Augen. Dann wandte sie sich mit höflichem Interesse Liam zu. Der erwiderte wie gebannt ihren Blick. Liam konnte seinen Finger nicht darauf legen, doch an ihr war etwas, das sie von allen anderen Mädchen abhob, die er je getroffen hatte. Vielleicht lag es auch einfach nur daran, dass sie eine elvanische Prinzessin war, hier im prunkvollen Haus ihres kaiserlichen Vaters.

»Es ist auch schön, dich zu sehen, Marcella«, erwiderte Aurelius in beleidigtem Ton.

Marcella wandte ihre aquamarinblauen Augen, die so wundervoll zu ihrem Gewand passten, von Liam ab. Stattdessen musterte sie Aurelius abschätzig. Das Feuer, das in Liam noch vor einem Augenblick entzündet worden war, erlosch sogleich wieder, als hätte jemand mehrere Fässer Eiswasser über ihm ausgeschüttet.

»Warum hast du meine Nachricht an Vater abgefangen? Und deine Biester sollen mich ja in Ruhe lassen«, fügte Aurelius mit grimmigem Gesicht zurück, da die Katzen ihn immer noch bedrohlich angeiferten.

Marcella schnippte gelangweilt mit den Fingern und sofort fiel des aggressive Gebaren von ihnen ab. Mit einem Mal waren sie wieder die unschuldigen, verspielten Kätzchen.

»Zufrieden?«, sagte sie schleppend. »Vater war beschäftigt, also habe ich mich um deinen Falken gekümmert und ihm die Nachricht vom Bein genommen. Es handelte sich kaum um Staatsgeheimnisse. Oder etwa doch? Wer ist dein kleiner Freund hier? Davon hast du nichts Konkretes geschrieben«, sagte Marcella spitzbübisch und wedelte mit einem kleinen Streifen Pergament durch die Luft. Sie genoss es sichtlich, Aurelius mit ihren Worten zu malträtieren.

»In der Tat«, sagte Aurelius, der offenkundig in ihre Falle getappt war. »Mein kleiner Freund hier«, er imitierte seine Schwester in einem nicht sehr überzeugenden Ton, »wird für die nächste Zeit unser Gast sein. Sein Name ist Liam und er kann durchaus für sich selbst sprechen! Los Liam, sag mal was.«

Überrascht, dass seine Person gefragt war, druckste Liam einen Moment herum, bevor ein gemurmeltes »Grüße« herausbrachte.

»Ganz possierlich, wirklich«, sagte Marcella und klatschte in die Hände. »Vater wird sicher begeistert sein über deine eigenmächtige Entscheidung.«

»Im Gegensatz zu dir, ist es mir erlaubt, für mich selbst zu entscheiden«, giftete Aurelius zurück. »Es ist sowieso an der Zeit für unsere Audienz.«

Er wandte sich zum Gehen. Diesmal war es ihm gelungen, Marcella aus der Fassung zu bringen. Mit hochrotem Kopf und verschränkten Armen schaute sie demonstrativ in die andere Richtung.

»Das war ein Erfolg«, kommentierte Aurelius das Geschehen, sobald sie sich wieder in den schattigen Gängen befanden.

»Ein reizendes Geschöpf, meine Schwester, nicht wahr?« Er atmete ein paar Mal tief durch. »Aber das sollte dir eine gute Vorstellung davon vermitteln, dass dir hier nicht nur mit Liebe begegnet werden wird. Doch sorge dich deswegen nicht, Liam. Solange Valerius oder ich bei dir sind, wird dir nichts geschehen.«

»Gut«, sagte Liam etwas einsilbig.

»Ach, das wird schon«, sagte Aurelius und klopfte ihm aufmunternd auf die Schulter. »Nächste Station: Kaiser Lucius!«

Zusammen machten sie sich auf den Weg zum Thronsaal.

Kapitel 6 - Herrlichkeiten über Herrlichkeiten

Aestuaria. Kaiserlicher Palast. 435 SAE. Frühherbst.

»Wenn wir gleich hineingehen, dann mach mir am besten alles nach. Verstanden?«

Liam nickte. Er hatte vor Aufregung einen Kloß im Hals.

»Also gut, wir sind bereit«, sagte Aurelius an den Zeremonienmeister gewandt.

Dieser nickte den zwei Dienern zu, die daraufhin die beiden großen Flügeltüren aufzogen. Der Zeremonienmeister trat in den Thronsaal, in dem es bereits von nobel aussehenden Elfen wimmelte, die bei ihrem Anblick miteinander zu tuscheln begannen. Dreimal schlug er mit seinem Stab auf den marmorgeflisten Boden.

»Seine Kaiserliche Hoheit, Prinz Aurelius. Ihn begleitet: Sein Gefährte, Liam von den Daonéern.«

Ein Raunen ging durch die versammelte Menge. Aurelius trat nach vorne, die Elfen rechts und links machten ihm Platz. Liam hielt immer einen Schritt Abstand. Ihm wurde unangenehm bewusst, dass alle Augenpaare im Raum auf ihn gerichtet waren.

In der Mitte des Saales angekommen blieb der Zeremonienmeister erneut stehen und verkündete gravitätisch: »Ihr befindet Euch in Gegenwart Seiner Herrlichkeit Kaiser Lucius', des ersten Seines Namens; Bezwinger der Daonéer, Herr von Elvania Nova, Kassitien, Neria, Hendar und Neruba, Großadmiral der elvanischen Flotten, Oberster Schutzherr des Einen Weges und Hüter der Heiligen Feuer Elvhanions. Ihm Ruhm und Ehre!«

»Ruhm und Ehre«, echoten die Elfen.

»Ruhm und Ehre«, sagte auch Liam.

Prinz Aurelius kniete sich mit einem Bein nieder und senkte den Kopf. Er bedeutete Liam mit einer Handbewegung es ihm nachzutun. Dieser gehorchte umgehend.

»Erhebt euch, erhebt euch. Eine Freude Dich wiederzusehen, Mein Sohn.« Nun hatte der Kaiser gesprochen.

Liam erhob sich ebenfalls und blickte an die gegenüberliegende Seite des Raumes. Aurelius' Vater saß auf einem goldenen Thron, dessen Rückenlehne aus einer massiven Strahlensonne bestand. Der Thron stand auf einem steinernem Podium, zu dem drei Stufen hinaufführten. Der Kaiser hatte ungewöhnlich kurzes, rabenschwarzes Haar, das bereits mit einigen grauen Strähnen durchzogen war. Wie die übrigen Elfen hatte auch er bronzefarbene Haut. Aurelius teilte mit ihm die dunkelgrünen Augen.

Er trug eine rubinrote Tunika, die über und über mit goldenen Mustern bestickt war, um die er eine weiße Toga mit purpurnen Streifen gewickelt hatte und auf dem Kopf trug er einen goldenen Lorbeerkranz – genau wie der Kupfergigant am Hafen.

»Meine Freunde«, sprach Lucius recht formell an das Publikum gewandt, »soeben ist mein Sohn von einer für das Fortkommen des Imperiums überaus wichtigen Mission aus der Daonéa zurückgekehrt. Kannst Du uns Deinen Erfolg bestätigen?«, fragte der Kaiser.

»Das kann ich«, antwortete Aurelius mit fester Stimme. »Der Clan von Arcomar hat sich bereiterklärt, uns als Ausgangsbasis für die weitere Expansion und die Errichtung eines steinernen Hafens zu dienen, Euer Herrlichkeit.«

Die Menge applaudierte mit einer Mischung aus aufgesetzter Höflichkeit und echtem Enthusiasmus.

»Ruhm und Ehre«, erschallte es erneut aus den Kehlen sämtlicher Anwesenden.

»Hervorragend. Über die Einzelheiten werden wir sogleich sprechen. Ich erkläre die Audienz für beendet.«

Die Menge verbeugte sich tief und achtete beim Hinausgehen mit gesenktem Haupt penibel darauf, dem Kaiser niemals den Rücken zuzudrehen.

Die Tür fiel ins Schloss und im selben Moment fiel auch das formelle Gebaren des Kaisers von ihm ab. Er ging auf die beiden zu und schloss seinen Sohn fest die Arme.

»Wirklich schön, dich wohlbehalten zurückzuhaben. Nun erzähl, wer ist dieser Knabe genau?«

Aurelius hatte die Geschichte rasch wiedergegeben. Die raupengleichen Augenbrauen des Kaisers waren während der Erzählung immer höher gekrochen, beinahe bis zu seinem sich bereits zurückziehenden Haaransatz.

»Und deshalb«, endete Aurelius, »hoffe ich, dass du mir meine Eigenmächtigkeit verzeihst.«

»Wenn ich deinem Urteilsvermögen nicht vertrauen würde, hätte ich dich nicht auf diese Mission geschickt«, erwiderte Lucius schlicht.

Aurelius schien sichtlich erleichtert.

»Lass dir allerdings mehr Vorsicht angeraten sein, als alleine durch einen fremden Wald zu wandern. Diese Narrheit mit den Blumen hast du von deiner Mutter.«

Aurelius errötete und wandte den Blick ab.

»Dir schulde ich meinen Dank«, fuhr Lucius an Liam gewandt fort. »Ich stimme voll mit der Belohnung überein, die mein Sohn für dich ausgewählt hat.«

»Vielen Dank, Euer Herrlichkeit«, antwortete Liam schüchtern, »ich freue mich außerordentlich über diese Möglichkeit, Herr.«

Der Kaiser lachte leutselig. »Nun aber raus mit euch, ich habe noch wichtige Geschäfte zu erledigen.«

Als die Flügeltüren sich hinter ihnen geschlossen hatten, wandte sich Aurelius spürbar erleichtert an Liam. »Das ist besser gelaufen als gedacht. Er war in ungewöhnlich guter Stimmung. Komm, ich bringe dich auf dein Zimmer.«

Am nächsten Morgen erwachte Liam in aller Frühe. Er hatte zu seiner Überraschung geschlafen wie ein Stein. Die Strapazen der Reise und die Aufregung des gestrigen Tages hatten ihn anscheinend seine gesamte Energie gekostet. Die ersten Strahlen der Sonne kitzelten seine Nasenspitze. Durch das offene Fenster drang das Gezwitscher der Vögel und eine sanfte Brise lies die Vorhänge im Wind wehen. Sein Bett fühlte sich an wie eine Wolke. Am liebsten wäre er den ganzen Tag liegen geblieben.

Nach etwa einer halben Stunde stand er dann doch auf und streckte sich ausgiebig. Er besah sich sein neues Zimmer etwas genauer. Gestern Abend war er nach den aufregenden Ereignissen des Tages einfach zu müde und nicht mehr aufnahmefähig gewesen.

Es war ein schöner Raum. In Vasen auf hohen Schemeln standen frische Blumen mit langen Stielen und großen roten Blüten, die einen schweren, benebelnden Duft verbreiteten. Ein Liegesofa mit weichen Kissen und samtenen Troddeln zierte sein Gemach wie auch ein großer Spiegel auf Klauenfüßen.

Jemand hatte auf einem Stuhl ein paar neue Kleider für ihn bereit gelegt. Eine hellblaue Tunika, die einfach, aber hübsch gearbeitet war, einen Hirschledergürtel und ein Paar neuer Sandalen.

Liam sah aus dem Fenster in Richtung Westen. Da sein Zimmer in der oberen Etage des Palastes untergebracht war, hatte er einen wunderbaren Blick über das Hinterland von Aestuaria. Von der Sonne ausgedörrte Wiesen und karge Gräser erstreckten sich über viele Meilen. Olivenbäume und Zypressen boten dem Auge eine angenehme Abwechselung. Bauern gingen auf durch steinerne Mauern voneinander abgetrennten Feldern ihrer Arbeit nach. Vereinzelt war der Ochsenkarren eines Händlers zu sehen oder eine Gruppe Legionäre, die im Gleichschritt die Wege entlangzogen. Gepflasterte Straßen führten hinaus in das weite Land und monumentale Brücken überspannten den Anguis, den gewaltigen Strom, der sich bei Aestuaria ins Meer ergoss. In der

Ferne, beinahe jenseits des Horizonts, hoben sich dunkle Berge gegen den Himmel ab. Ihre Spitzen erglühten in der aufgehenden Sonne. Wie steinerne Schlangen zogen sich einige Aquädukte vom Gebirge über das Hinterland hinweg, um die Brunnen und Bäder der Hauptstadt mit frischem Wasser zu versorgen.

Nachdem Liam sich satt gesehen hatte, ging er hinüber zum Waschtisch, goss kristallklares Wasser aus einem Krug in die silberne Schüssel und säuberte sich gründlich. Nach der langen Überfahrt fühlte das kühle Nass sich fast so gut an wie der Wasserfall, zu dem er so oft mit Ryan und Uisdean gezogen war.

Es klopfte an der Tür. Herein drang die Stimme eines Dieners.

»Aufstehen, junger Herr. Das Frühstück beginnt in einer halben Stunde im Kleinen Salon.«

Schritte waren zu hören und der Diener ging weiter, zweifellos um die anderen Palastbewohner zu wecken.

Liam zog sich rasch an und machte sich auf den Weg. Er irrte in den Eingeweiden des Palastes herum, ließ verlassene Gänge und endlose Treppen hinter sich. Leere Räume durchquerte er, doch den Kleinen Salon konnte Liam partout nicht finden. Endlich hatte er einen weiteren Diener ausfindig gemacht, den er nach dem Weg fragen konnte.

»Der junge Herr beeilt sich besser, Seine Herrlichkeit werden sich bereits zum Mahl niedergelassen haben.«

Gemeinsam huschten sie durch die Gänge. Mit der Hilfe des Dieners hatte Liam den richtigen Raum in wenigen Augenblicken erreicht.

Als sie an den Türen des Salons angelangt waren, öffnete er diese wortlos und ließ Liam ein.

»Vielen Dank, ich weiß nicht, was ich ohne Euch getan hätte«, sagte Liam und schenkte dem Diener ein Lächeln.

Dieser ließ durch nichts erkennen, dass er ihn auch nur gehört hatte und verschwand durch einen Geheimgang.

Liam betrat den Raum. In dessen Mitte stand ein rechteckiger Tisch, an dessen langer Seite der Kaiser saß. Er war gerade im Begriff, sein Frühstücksei zu köpfen. Zu seiner Rechten saß Kronprinz Valerius, zu seiner Linken eine elegant gekleidete Frau, die nur die Kaiserin sein konnte. Ihr langes Haar und ihr schöner Mund wollten so gar nicht zu ihren strengen Gesichtszügen passen. Sie trug ein wunderbar grünes Kleid, das mit silbernen Vögeln bestickt war. Ihre Arme waren mit Ketten und Spangen geschmückt. Dem Kaiser gegenüber hatte Aurelius Platz gefunden, rechts von ihm saß seine Schwester. Der Stuhl zu Aurelius' Linken war noch frei und auch ein unbenutztes Gedeck lag dort für ihn bereit.

Als Liam noch zehn Schritte vom Tisch entfernt war, ging er auf die Knie und senkte den Kopf. So wie man es ihm tags zuvor beigebracht hatte.

»Ruhm und Ehre Eurer Herrlichkeit. Lange lebe Kaiser Lucius, der erste Seines Namens; Bezwinger der Daonéer, Herr von Elvania Nova, Kassitien, Neria, Hendar und Neruba, Großadmiral der elvanischen Flotten, Oberster Schutzherr des Einen Weges und Hüter der Heiligen Feuer Elvhanions. Ihm Ruhm und Ehre!«

Dieser blickte auf und realisierte jetzt erst Liams Anwesenheit.

»Ich bin erfreut über deine Manieren und den Respekt, den du mir erweist«, sagte er. »Man hat dich gut vorbereitet. Doch als unser Ehrengast und in diesem familiären Kreis verzichten wir auf solche Förmlichkeiten. Euer Herrlichkeit genügt vollkommen.«

Liam lief rot an. Er erhob sich, ging zum Tisch und ließ sich auf seinen Stuhl sinken. Der Tisch war übersät mit den verblüffendsten Köstlichkeiten. Allerlei exotisches Obst, Schinken, Käse, Eier und duftendes Backwerk, das Liam gänzlich unbekannt war. Dazu zahlreiche Karaffen, deren Inhalt er nur raten konnte.

»Wie großzügig von dir, Vater«, spottete Valerius, der sich ausgiebig vom Schinken auftat.

»Mein Sohn, auch du wirst irgendwann erkennen, dass Schein und zeremonieller Abstand in unserer Stellung ein mindestens ebenso großes Unterpfand darstellen, wie ein paar gute Legionen. Damit müssen wir wuchern«, entgegnete der Kaiser.

»Wenn du meinst«, schmatzte Valerius.

»Du tätest gut daran, auf deinen Vater zu hören«, warf die Kaiserin ein. »Und man spricht nicht mit vollem Mund. Was soll nur unser Gast von dir denken?«

»Vielleicht, dass ich keinen Stock im Arsch habe«, murmelte Valerius zwischen zwei Bissen Schinken.

Marcella kicherte. Aurelius warf seinem Bruder einen scharfen Blick zu, doch zum Glück hatten ihn seine Eltern nicht gehört.

Liam tat sich ein paar Oliven, Brot, Butter und etwas Speck auf. Für ausgefallenere Speisen fehlte ihm im Moment der Mut.

Der Kaiser reichte seiner Frau auf ihren stummen Blick hin eine einzelne Orange.

»Liam, ich glaube, du kennst meine wunderbare Frau noch nicht? Das ist Ihre Hoheit, Kaiserin Cornelia. Liebling, das ist Liam, der Daonéer und Retter unseres Sohnes«, sagte er auf einen weiteren strengen Blick seiner Frau hin.

Liam versuchte, sich im Sitzen so tief zu verbeugen, wie er konnte, ohne seine Haare in die Butter zu tauchen. »Euer Hoheit, es ist mir eine Ehre.«

Die Kaiserin, sichtlich beleidigt, weil sie nicht früher vorgestellt worden war, sagte nichts, sondern erwiderte die Höflichkeit lediglich mit einem salbungsvollen Blick und einem starren Nicken.

»Was habt ihr Kinder heute so vor?«, fragte Lucius an die Runde gewandt und wedelte mit seinem Silberlöffel in ihre Richtung.

»Ich werde meine Magie üben«, flötete Marcella prompt. Sie warf Aurelius einen überlegenen Blick zu. »Danach werde ich mit Clara und Drusilla musizieren.«

»Meister Laertus will mich in die Münze schleifen und in die höhere Ökonomie einführen«, grollte Valerius.

»Sehr schön, es ist wichtig, stets an sich zu arbeiten«, sagte der Kaiser, dem der Unterton seines Sohnes scheinbar entgangen war. »Und du Aurelius? Was hast du heute mit Liam vor?«

»Ich werde einige Schriftrollen über unsere Geschichte zusammensuchen. Das ist schließlich der Grund, weshalb er hier ist.«

»Wunderbar, dann wissen wir ja alle, was wir zu tun haben. Ich erwarte von euch allen, dass ihr euch der Verantwortung bewusst seid, die auf euren Schultern lastet. Die Augen des gesamten Imperiums ruhen zu allen Zeiten auf euch. Macht mir keine Schande, sonst gehen die Aurelier womöglich noch den Weg der Republik. Als siebter unserer Linie wäre ich ungern der letzte. Ich erkläre die Tafel für aufgehoben«, sagte der Kaiser, als er den letzten Löffel weichgekochten Eis zur Seite gelegt hatte.

Liam war sich nicht sicher, doch konnte es das selbe Ei vom Anfang des Mahles gewesen sein?

Alle erhoben sich und verbeugten sich vor dem Kaiserpaar, das untergehakt aus dem Saal schritt. Diener kamen eilends herein, die Reste vom Tisch aufzusammeln. Valerius stibitze noch eine handvoll Käse, dann wuselte auch er davon.

»Ist dein Vater immer so streng?«, fragte Liam beim Hinausgehen an Aurelius gewandt.

»In letzter Zeit ist es ... intensiver geworden. Vor ein paar Wochen wurde der fünfte Mordanschlag seiner Regierungszeit auf ihn vereitelt«, antwortete Aurelius ernst.

Liam machte ein schockiertes Gesicht.

»Das Berufsrisiko eines Kaisers«, versuchte Aurelius Liams Sorgen zu zerstreuen. »Unverbesserliche Republikaner, unzufriedene Senatoren, religiöse Fanatiker. Es gibt genug, die den Kaiser tot sehen und die Dynastie stürzen wollen. Und es gibt genug, die vom daraus folgenden Chaos profitieren würden. Doch zum Glück machen wir es ihnen nicht so einfach.« Er unterdrückte ein Lächeln und überließ Liam seinen Gedanken.

Aurelius' betonte Gelassenheit hatte Liam nicht überzeugt. Mitglied der kaiserlichen Familie zu sein, schien ihm plötzlich nicht annähernd so komfortabel, wie er sich es vorgestellt hatte.

Den Vormittag verbrachte Liam ungeplant zusammen mit Valerius, der ihm die Palastgärten zeigte. Ein ums andere Mal hatten sie sich in Nischen mit Marmorstatuen und in einem Heckenlabyrinth vor Meister Laertus versteckt, der beständig auf der Suche nach dem Kronprinzen war. Zu Mittag wurden ihnen Austern auf Eis gereicht und sie spielten im Schatten einer großen Steineiche eine Partie Novelis (ein Brettspiel, bei dem zwei Kontrahenten rote, schwarze und weiße Spielsteine in die Ecke des Gegners befördern mussten. Gewonnen hatte, wer nach zwanzig Zügen die meisten Punkte für sich verbuchen konnte).

Am späten Nachmittag stieß Aurelius mit den angekündigten Schriftrollen zu ihnen. Die immer noch große Hitze machte ihnen zu schaffen, also beschlossen sie, sich in einer großen Fontäne gegenseitig mit Wasser zu bespritzen. Marcella hatte sich auf einer Bank in Sichtweite niedergelassen und betrachtete die drei äußerst argwöhnisch aus der Ferne. Die Anspannung des Vortages hatte sich inzwischen etwas gelöst und Liam hatte so viel Spaß wie lange nicht.

Zuhause, überlegte er, würde er um diese Zeit zusammen mit Ryan und Uisdean bei Meister Keenan im Steinkreis vermodern. Alleine seine Familie vermisste er ein wenig, doch seine neuen Gefährten taten ihr Möglichstes, ihm mit allerlei Schabernack das Heimweh zu vertreiben.

So vergingen die nächsten Tage in einem Rausch von Freude. Doch vernachlässigte Liam keineswegs sein Bemühen, Elvana zu lernen. Mittlerweile ging es schon sehr gut. Die Grundlagen, die der Alte ihm beigebracht hatte, taten im Verbund mit dem ständigen Sprechen ihr Übriges. Nach einem weiteren glücklich verbrachten Nachmittag – Valerius und er hatten sich einen Spaß daraus gemacht, die Papageien mit Dulcenabeeren, kleinen rosa

Früchten, die süßer schmeckten als alles, was Liam je gekostet hatte, zu füttern – kam ihn Aurelius abends in seinem Zimmer besuchen. Zu Liams großer Überraschung hatte er den Kaiser mitgebracht. Der hatte seinen Lorbeerkranz abgelegt und trug weniger pompöse Kleidung als noch an Liams erstem Tag im Palast. Beide hatte Liam seit seiner Ankunft kaum zu Gesicht bekommen.

Er deutete eine Verbeugung an und senkte ehrerbietig den Kopf. Den allzu unterwürfigen Habitus hatte er inzwischen auf Wunsch des Kaisers im privaten Umgang abgelegt.

»Liam«, eröffnete dieser das Gespräch, »du scheinst dich inzwischen gut eingelebt zu haben. Prächtig, prächtig.« Er kratzte sich am Ohr. »Aurelius hat mich darauf aufmerksam gemacht, dass du ein Druide bist. Als solcher besitzt du ganz einzigartige Verwandlungskünste, nicht wahr?«

Liam nickte. »Ich bin ein Druidenlehrling. Druide in Ausbildung sozusagen, Euer Herrlichkeit.«

»Hm, hm«, murmelte Lucius, »wärst du so frei und würdest mir deine Kräfte einmal vorführen?«

Liam blickte unsicher zu Aurelius. Dieser nickte unmerklich hinter dem Rücken seines Vaters. Liam tat wie geheißen und hüllte sich in Schatten. Der Falke saß nun an der Stelle, wo einen Augenblick zuvor noch der Mensch gewesen war.

»Vortrefflich, ganz vortrefflich«, frohlockte der Kaiser und klatschte begeistert in die Hände.

Liam verwandelte sich zurück und blickte sein Gegenüber fragend an.

»Die Sache ist nämlich die«, sagte Lucius, »wir, das heißt das Imperium, hätten eine Mission für dich. Eine Mission von äußerster Wichtigkeit, weit weg von Aestuaria. Streng geheim versteht sich. Mit deinen Fähigkeiten wärst du ideal geeignet für diese Aufgabe. Und Aurelius versichert mir, du seist vertrauenswürdig?« Er wandte sich an seinen Sohn.

»Mehr als das«, bestätigte Aurelius nachdrücklich. »Ich würde ihm mein Leben jederzeit erneut anvertrauen.« Er lächelte breit. Dankbar grinste Liam zurück.

»Gut«, sagte der Kaiser langsam. »Hättest du dann Interesse an der Aufgabe? Allerdings würde das bedeuten, dass du deine Familie vielleicht für viele Monde nicht sehen wirst. Wenn du damit einverstanden bist und mir auf der Stelle einen Eid der absoluten Geheimhaltung schwörst, werden wir dich einweihen.«

Liam überlegte. Er vermisste seine Eltern und seine Heimat. Doch hier bot sich ihm die einmalige Chance, noch mehr Zeit mit seinen neuen Freunden zu verbringen und womöglich einige Geheimnisse der Elfen zu ergründen.

Er hatte sich entschieden. Er sank auf die Knie und sprach: »Ich bin bereit. Ich schwöre, jede Information für mich zu behalten und Euch zu gehorchen, wie Ihr es für angemessen erachtet.«

Lucius schien sehr zufrieden und auch Aurelius machte unverkennbar einen sichtlich erleichterten Eindruck.

»Wunderbar. Aurelius wird dich in alle Einzelheiten einführen. Ich kann nicht bleiben, ich habe ein Staatsbankett mit Botschafter Gelek. König Radovar versucht, bessere Konditionen für den Gelderithandel zu erpressen … Der Arbeitstag des Kaisers endet wohl nie.« Er seufzte und verzog das Gesicht zu einem gequälten Lächeln. »Einen schönen Abend noch, wünsche ich euch beiden.«

Lucius winkte ihnen zum Abschied und glitt ohne viel Federlesen zur Tür hinaus.

»Das war ja mal eine Überraschung«, sagte Liam prompt. »Ich nehme an, das war dein Werk?«

Aurelius schmunzelte.

»Ganz recht, das hast du richtig erkannt.« Er ließ sich auf Liams Bett fallen. »Du dachtest doch nicht etwa,« sprach er zur Zimmerdecke, »ich lasse meinen neuen daonéischen Kameraden mit dem nächsten Schiff wieder abfahren?«

Liam setzte sich neben ihn. »Also, was hat es mit der ganzen Geheimnistuerei auf sich?«

Aurelius wandte sich ihm zu. Liam war überrascht, als er ihn mit todernster Miene anblickte.

»Du musst verstehen, dass alles, was ich dir jetzt mitteilen werde, streng geheim ist … wie es mein Vater gesagt hat«, setzte Aurelius an.

»Das habe ich schon begriffen, als ich diesen Eid der ›absoluten Geheimhaltung‹ geleistet habe«, unterbrach ihn Liam ungeduldig.

»Schon gut, schon gut«, beschwichtigte ihn Aurelius. »Alles kann ich dir leider nicht sagen. Du bist von nun an ein Wissender der dritten Stufe.«

Liam zog eine Augenbraue hoch.

»Schau mich nicht so an. Selbst mir bleiben die höchsten Mysterien vorenthalten. In die ganz großen Dinger bin ich nicht eingeweiht. Im Gegensatz zu Vater und Valerius«, grummelte Aurelius. Er sammelte sich kurz, dann fuhr er fort.

»Nachdem wir Elfen vor über vier Jahrhunderten in Talam angekommen waren, entdeckten wir recht bald etwas Merkwürdiges. Es scheint, als habe es an den Küsten der Smaragdsee einst ein Volk gegeben, das von so hoch stehender Kultur und technologisch weiter entwickelt war als alles, was man heutzutage in der Gegend vorfindet.«

»Was ist mit ihnen passiert?«, fragte Liam entgeistert. »Ein ganzes Volk kann doch nicht spurlos vom Erdboden verschluckt werden.« Er lachte ungläubig.

Doch Aurelius stimmte nicht in sein Lachen ein. »Doch, ich fürchte nach allem was wir wissen, ist genau das passiert. Puff – und weg. Ihre Städte haben sie dabei zurückgelassen. Städte in denen jetzt neue, geringere Völker leben. Charapolis in Potamien und Emporia in Ak'Tion, Reiche an den östlichen Küsten der Smaragdsee, viele Wochen Seereise von hier im Südosten, sind der lebendige Beweis.«

Liam konnte es nicht glauben. Er wollte es nicht glauben. Wie konnte das sein?

Bevor er etwas sagen konnte, fuhr Aurelius fort. »Dieses Rätsel zu lösen, haben wir uns zur Aufgabe gemacht. Damit es sich nicht wiederholt und unserem Volk womöglich ein ähnliches Schicksal erspart bleibt. Wenn ich wir sage, meine ich eine Organisation, die sich ausschließlich in den Schatten bewegt. Dort warten und beobachten wir. Wenn der richtige Moment gekommen scheint, schlagen wir zu. Ich spreche von den Indices. Du hast von uns schon gehört?«

Liam schüttelte den Kopf.

»Das heißt, wir machen unsere Arbeit richtig. Jedenfalls bin ich ein Index, ein Sucher. Die Indices sind der Zweig der Exequites, sozusagen die Geheimpolizei des Kaisers, die sich vornehmlich mit dem Aufspüren und Sichern verlorengegangen Wissens befassen. Ich wurde viele Jahre dazu ausgebildet. Und ich bin nicht schlecht«, warf er sich mit einem für ihn ungewöhnlichen stolzen Zug in die Brust. »Einer der Besten meines Alters, wenn ich das so sagen darf.«

Liam war nicht erfreut. »Ist das der Grund, warum ich dich kaum noch zu Gesicht bekommen habe? Dieses Suchen?«

»So ist es. Ich kann verstehen, wenn du aufgebracht bist, aber das ist nun mal meine Aufgabe hier.«

»Und warum hast du mir diesen Teil deines Lebens bislang verschwiegen?«, bohrte Liam nach.

»Weil das eben alles geheimes Wissen ist. Geheimnisse bergen Macht. Macht, die nicht in Hände fallen darf, die der Verantwortung nicht gewachsen sind.«

»Du meinst Menschen«, sagte Liam aufgebracht.

»Ja«, gab Aurelius zu. »Aber nicht nur. Wenn du gesehen hättest, was ich gesehen habe. Wozu die Leute in der Lage sind … dann würdest du auch so denken. Vertrau mir in dieser Sache. Wir haben unsere Gründe«, versuchte ihn Aurelius zu beschwichtigen.

Liam, obgleich er mit der Antwort nicht zufrieden war, verkniff sich fürs Erste weitere Entgegnungen. Er war einfach zu neugierig und wollte unbedingt mehr erfahren.

»Wie passe ich hier ins Bild? Dein Vater meinte, ihr bräuchtet meine Fähigkeiten als Druide?«

»Im letzten Jahr erreichte uns ein Bericht von einer bislang unbekannten Stadt des Alten Volkes. Unbewohnt, über die Jahrhunderte hinweg erhalten. Das bietet uns die einmalige Gelegenheit, die Alten in unverfälschter Weise zu studieren und so hoffentlich mehr darüber zu erfahren, was mit ihnen passiert ist.«

»Wo ist sie?«, hauchte Liam.

Aurelius' Gesicht fiel ins sich zusammen. »Genau da liegt das Problem. Wir wissen es nicht genau. Irgendwo im Osten, verborgen in den Bergen einer Insel, mit bloßem Auge nicht zu erkennen.«

»Mit bloßen Auge ... mit bloßem Auge ...«, sagte Liam. Langsam dämmerte ihm, was der Kaiser gemeint hatte. »Wenn du denkst, was ich glaube, das du denkst ...«

»Ganz recht!« Aurelius klatschte begeistert in die Hände, nun da Liam so flink seine Absichten erkannt hatte. »Dein Falkenauge wäre uns eine unbezahlbare Hilfe. Also, was sagst du? Du kannst immer noch aussteigen. Noch hast du dich zu nichts verpflichtet.«

»Du machst wohl Witze. Natürlich bin ich dabei!«, erwiderte Liam euphorisch.

»Ausgezeichnet, sehr gut. Mein Vater wird sich freuen. Selbstverständlich musst du ausreichend vorbereitet werden. Das wird eine lange und harte Reise. Wir werden erst im Frühjahr aufbrechen können. Im Winter ist die Smaragdsee zu unwirtlich. Selbst Elfenschiffe können ihren Stürmen dann kaum trotzen. In der Zwischenzeit wirst du genug Zeit haben, all die Fähigkeiten zu erlernen, die du brauchst.«

»Was für Fähigkeiten?«

»Nun, zum Einen wirst du dein Elvana in Wort und Schrift perfektionieren müssen. Dann kommt Unterricht im Schwimmen dazu. Wir wollen ja nicht, dass du uns gleich am ersten Tag von Bord gehst und ertrinkst«, gluckste Aurelius. »Ansonsten wirst du in den Grundlagen der Magie unterwiesen. Du musst schließlich in der Lage sein, dich zu verteidigen, sollte das nötig werden. Mehr noch, als du ohnehin schon bewiesen hast«, schloss Aurelius.

»Toll. Wer unterrichtet mich?«

»Magie und Sprache wirst du von Lehrern aus der Quintilia vermittelt bekommen. Schwimmen werden Valerius und ich dir beibringen.«

»Das wird sicher ein Riesenspaß.« Liam begann bereits von kommenden Abenteuern zu träumen. Ryan und Uisdean würden schwer beeindruckt sein, wenn er ihnen davon berichtete.

»Freu dich nicht zu früh. Das wird eine Menge mühsamer Arbeit«, warnte ihn Aurelius.

Beide sagten eine Weile nichts. Während Liam all das Gehörte sacken ließ, fläzte sich Aurelius wieder in Liams Bett und begann, die frisch geschnittenen Schwertlilien auf dem Nachtisch eingehend zu studieren.

»Aber eine Sache verstehe ich noch nicht«, durchbrach Liam die Stille. »Wo sollen wir überhaupt anfangen zu suchen. Es gibt doch sicher Millionen von Bergen und Inseln auf dieser Welt.«

Sein Hochgefühl schwand ob der scheinbar unmöglich zu lösenden Aufgabe. Doch Aurelius schien keineswegs entmutigt.

»So schlimm ist es nicht. Wir haben Kenntnis von einer steinernen Karte erhalten, besser gesagt von einem Fragment, das bei einem Händler unten im Hafenviertel aufgetaucht sein soll. Das ist unser Ansatzpunkt. Sobald wir die Karte haben, ist unser Ziel klar.«

»Wahnsinn«, sagte Liam begeistert. »Na dann worauf warten wir noch?!«

»Immer langsam mit den jungen Pferden«, lachte Aurelius. »Morgen Früh beginnt erst einmal deine Ausbildung. Sobald wir den Händler identifiziert haben, werden wir beide ihm einen kleinen Besuch abstatten.«

Kapitel 7 - Nur die Grundlagen

Palastviertel von Aestuaria. 435 SAE. Frühherbst.

Liam hatte die Nacht über vor Aufregung fast kein Auge zugetan. Eine ähnliche Anspannung hatte er zuletzt bei seiner Abreise aus der Daonéa verspürt. Endlich würde er in die Anfangsgründe der elfischen Magie eingeweiht werden. Vielleicht, ja vielleicht könnte er damit Uisdean ausstechen und doch noch Druide werden, überlegte er. Als Liam endlich einschlief, war es bereits drei Stunden vor Tagesanbruch. Der Diener kam viel zu früh am Morgen und weckte ihn, gerade einmal nach wenigen Augenblicken traumlosen Schlummerns, so schien es ihm.

Für seine Übungsstunden hatte er sich mit Aurelius noch vor dem Frühstück im Innenhof verabredet, in dem er an seinem ersten Tag im Palast Marcella getroffen hatte. Als er durch den Torbogen trat, war Aurelius bereits da. Zusammen mit ihm wartete eine hochgewachsene Frau, die Liam nicht kannte. Ihre dunkelbraunen Haare hatte sie in einem Knoten hinter dem Kopf zusammengebunden. Sie trug eine lange Robe von weinroter Farbe, die mit bronzefarbenen Sonnen bestickt war.

»Ah Liam, da bist du ja«, begrüßte ihn Aurelius. In seiner Stimme lag etwas Nervöses, das Liam so nicht von ihm kannte. »Liam, das ist die Erlauchte Erzmagierin Merianda Flaminia. Sie ist die Direktorin der Quintilia, der Magierschule. Das ist Liam der Druide, Ehrwürdige.«

Ohne ein Lächeln nickte sie Liam gebieterisch zu.

»Ehrwürdige, wenn Ihr so gut wärt, uns zu sagen, was Ihr heute für uns vorbereitet habt«, sagte Aurelius mit respektvoller Miene.

»Selbstverständlich, deshalb bin ich ja hier und nicht in meiner Schule. Wie ich anmerken möchte, auf persönlichen Wunsch des Kaisers.« Sie seufzte. »Nun gut. Unter normalen Umständen erschiene es mir müßig, einen Menschen in den Grundlagen der Magie zu unterweisen«, sie sah Liam mit einem durchdringenden Blick an. »Aber in diesem Fall, denke ich, kann ich eine Ausnahme machen. Du scheinst zumindest über eine gewisse magische Begabung zu verfügen, Junge.«

Zu Liams Erleichterung verzichtete die Erzmagierin darauf, ihn um eine Demonstration seiner Fähigkeiten zu bitten. Wenn die Leute ihn darauf ansprachen, kam er sich zusehends wie ein dressierter Hund vor, der ein besonders raffiniertes Kunststück vorführen soll. Zumal er unter dem gegenwärtigen Druck womöglich mit seiner Verwandlung gescheitert wäre.

Liam hob schüchtern die Hand.

»Ja, was gibt es denn?«, fragte Merianda.

»Wenn ich Unterricht bekommen soll, warum bin dann nicht mit den anderen Schülern in der Quintilia?«

Als ihm die Direktorin antwortete, sah sie ihm direkt in die Augen. »Weil meine anderen Schüler, allesamt Elfen, dir an magischem Potenzial, Erfahrung in Theorie und Praxis meilenweit überlegen sind. Selbst ein Zehnjähriger wäre dir um Längen voraus.« Ihre Stimme war nicht unfreundlich gewesen, dennoch deprimierte ihre Antwort Liam sehr.

»Keine weiteren Fragen? Gut, also aufgepasst. Die Theorie ist bei der Anwendung von Magie elementar«, sagte die Erzmagierin. Sie amüsierte sich kurz über ihren kleinen Scherz. Als sie bemerkte, dass weder Liam noch Aurelius gelacht hatten, räusperte sie sich und fuhr fort.

»Die vier Elemente bilden die Grundlagen jeder Magie. Ignim, das Feuer«, sie beschwor mit der rechten Hand eine Flamme, die sie durch die Luft tänzeln ließ, um sie sogleich durch das Zusammenballen ihrer Faust wieder zu löschen.

»Aquarius, das Wasser.«

Diesmal ließ sie Wasser aus dem Becken aufsteigen, das in der Luft zu kunstvollen Schnörkeln aus Eis erstarrte.

Eine Wiese aus Eisblumen, dachte Liam.

»Aerion, die Luft.« Merianda wirbelte mit den Händen und erzeugte einen Windstoß, der die Blätter im Hof in wildem Reigen tänzeln ließ. »Und zu guter Letzt, die Erde. Tellur.« Sie schlug mit der Faust in ihre leere Handfläche. Die Marmorstatue im Brunnen zerbarst zu Staub, nur um sich Sekunden später ganz von selbst wieder makellos zusammenzusetzen.

»Diese Zauber sind nur ein Beispiel für die vielfältigen Eigenschaften der Elemente. Jedes der vier hat zwei Seiten. Eine Schöpferische und eine Zerstörerische. Nehmen wir zum Beispiel Aquarius. Es ist der Ursprung allen Leben. Zu viel davon und wir ertrinken. Oder Ignim. Es macht rohes Fleisch bekömmlich und wärmt uns. Doch sind wir nicht vorsichtig, macht es alles zunichte und verbrennt ganze Städte. Jeder Zauberspruch lässt sich einem von sieben Kreisen zuordnen. Die Innersten sind den Meistern ihres jeweiligen Elements vorbehalten. Laien müssen sich mit den äußeren Ringen begnügen.«

Liam notierte eifrig mit, er wollte kein Detail außer Acht lassen.

»Ateia und Arteus, so heißen die Prinzipien von Schöpfung und Zerstörung, Ordnung und Chaos, Leben und Tod«, fuhr die Erzmagierin fort. »Eines bedingt das Andere und keines kann ohne seinen jeweiligen Gegenpart existieren. Es ist ein ewiger Kreislauf. Der wahre Meister der Magie muss beide Seiten beherrschen. Durch die Kombination der Elemente mit den beiden Aspekten des Seins werdet ihr Zauber von überirdischer Schönheit und infernaler Zerstörungskraft entfesseln können. Doch gebt acht. Den Unkonzentrierten, den Leichtfertigen und Schwachen wird dies nicht zum Ruhme gereichen, sondern sie selbst vernichten. Wagt euch nur an derlei große Magie, wenn ihr über die entsprechende Begabung, die nötige Übung und das theoretische Wissen verfügt.«

Liam hatte die Grundlagen begriffen. Doch er bezweifelte, dass es einfach werden würde, die beschriebenen Zauber zu wirken.

Merianda klatschte in die Hände. »Nun denn, Zeit für die Praxis. Wir beginnen mit einem ganz einfachen Feuerzauber.«

Aurelius verzog das Gesicht.

»Übung macht den Meister, Aurelius«, sagte die Erzmagierin mit einem Lächeln. »Dies hier«, sie hob zwei Efeublätter vom Boden auf, »ist eure erste Aufgabe. Entzündet sie. Konzentriert euch, stellt euch vor eurem inneren Auge vor, wie sie in Flammen aufgehen.«

Liam kniff die Augen vor Anstrengung zusammen. Brenn wie Zunder, brenn wie Zunder, dachte er.

Er öffnete die Augen und - nichts. Und er versuchte es und er versuchte es. Nach einer halben Stunde hatte er das Gefühl, etwas Warmes in seiner Handfläche zu spüren, doch hatte er bei seinem stummen Versuch, die Blätter anzuzünden nur den Efeu zerrieben, sodass er nun in kleinen Stückchen traurig und vollkommen unverbrannt zu Boden rieselte.

Aurelius erging es zu Liams Überraschung keinen Deut besser. Zwischen zwei missglückten Versuchen hatte er zu ihm hinüber gespäht, doch auch er hatte es nicht geschafft und sich lediglich einen tadelnden Blick der Direktorin eingehandelt.

»Es kommt darauf an, die richtige Emotion zu empfinden, die mit einem jeden Element zusammenhängt. Anfängern hilft bei Feuermagie oft die Wut. Nicht jeder ist gleich begabt, das gestehe ich zu. Doch Ihr wart früher einmal besser. Löst Euch von Eurer inneren Blockade, dann geht es mit dieser Art der Magie gleich viel einfacher. Sonst habt Ihr doch auch nicht solche Schwierigkeiten«, sagte Merianda mit hochgezogener Augenbraue an Aurelius gewandt.

»Du musst deine Gefühle kontrollieren, wenn du zulässt, dass deine Gefühle dich kontrollieren, kann das schwerwiegende Folgen haben, wie der Prinz eigentlich wissen sollte«, erklärte sie Liam.

»Genug davon, Ihr vergesst Eure Position«, zischte Aurelius.

»Wie es Eurer Kaiserlichen Hoheit beliebt.« Sie machte eine übertriebene Verbeugung.

Obwohl Aurelius sichtlich nicht erfreut war, so von seiner alten Lehrerin verspottet zu werden, ließ er die Sache auf sich beruhen.

»Wut kannst du haben, alte Hexe«, murmelte Aurelius so leise, dass nur Liam ihn hören konnte.

Liam grinste und versuchte es erneut. Kaum hatte er die Augen geschlossen drang ein Schrei an sein Ohr. Aurelius hatte es tatsächlich geschafft. Sein Blatt fiel in kleinen schwarzen Flocken zu Boden. Doch das war kein Triumphgeheul gewesen. Mit schmerzverzerrtem Gesicht schüttelte Aurelius seine verbrannte Hand.

»Habe ich es nicht gesagt? Lasst Euch nicht von Euren Emotionen überwältigen! Versucht es erneut«, sagte Merianda.

Aurelius starrte Dolche auf die Magistra. Doch dann besann er sich eines Besseren. Er atmete tief durch, um sich zu beruhigen. Er versuchte es erneut. Endlich, endlich war es ihm geglückt. Zur Belohnung erntete er von Merianda ein kurzes Nicken.

Liam applaudierte. Doch wollte er neben Aurelius nicht als Trottel dastehen und konzentrierte sich so fest er konnte. Nach drei weiteren Versuchen gelang es auch ihm.

Merianda schien beeindruckt.

»Nun gut, das hätte ich dir nicht zugetraut, Junge. Gar nicht mal so schlecht. Gut, das soll für heute reichen. Ich muss nun weiter in die Quintilia. Meine Bibliothek steht euch beiden jederzeit zur Verfügung. Ich erwarte auch, dass ihr sie nutzt und fleißig lernt. Alle beide. Wer weiß, wann es euch noch einmal nützen wird? Einen guten Tag wünsche ich. Liam, *Kaiserliche Hoheit*.«

Und mit einer weiteren Verbeugung zog die Erzmagierin von dannen.

»Das war ja mal was!«, entfuhr es Liam voller Stolz.

»Ja, gut gemacht. Ich wusste, mein Vertrauen in dich war begründet.« Trotz der netten Worte, schien Aurelius missmutig.

»Ist etwas zwischen dir und der Erzmagierin vorgefallen?«, fragte Liam besorgt.

»Sagen wir einfach, sie hatte immer sehr hohe Erwartungen in mich, die ich leider nie erfüllen konnte. Doch belassen wir es dabei. Das ist kein Thema, über das ich gerne spreche«, erwiderte Aurelius.

In der folgenden Nacht schlief Liam sehr schlecht. Hier im Süden war es ihm einfach viel zu warm. Die Temperaturen waren nichts im Vergleich zu seinem kühlen Bett daheim in Arcomar. Schweißgebadet wälzte er sich beständig hin und her, versank in einen unruhigen Schlummer, nur um sofort wieder hochzuschrecken. Entnervt warf er Decke und Kissen von sich. Doch auch das nützte nichts. Seine Kehle fühlte sich wie eine Wüste an. Er musste etwas trinken. Mit vor Müdigkeit schweren Augen schleppte er sich zu seinem Nachttisch, um sich etwas Wasser aus der silbernen Kanne einzugießen. Drei Tropfen quälten sich mühsam heraus - leer. Der Diener musste vergessen haben sie nachzufüllen. Oder hatte Liam sie bereits ausgetrunken? Sein übermüdetes Gehirn konnte sich nicht erinnern.

Liam konnte das nicht auf sich beruhen lassen. Wollte er diese Nacht überhaupt noch Schlaf finden, musste er etwas trinken. Gab es nicht in einigen der Innenhöfe einen Brunnen? Dort konnte er Nachschub besorgen. Entschlossen nahm er die leere Karaffe zur Hand und schob vorsichtig seine Tür auf. Auf leisen Sohlen schlich er durch die Gänge des Palastes. Durch die Holzgitter über sich konnte er den klaren Sternenhimmel sehen. Es war ein herrlicher Anblick. Keine Wolke verdeckte die Sicht auf das südliche Firmament. Für eine Stunde, so kam es ihm vor, war er nun schon gewandert, ohne zu einem der Brunnen zu gelangen. Er begann sich zu ärgern. Was für eine bescheuerte Idee, nachts alleine loszuziehen, scholt er sich. Plötzlich kam er vor einer Treppenflucht zum Stehen. Sie führte nach unten. Er konnte von Glück reden, nicht gestolpert zu sein. Zischend amtete er aus. Das hätte böse enden können, überlegte er.

Liam hielt inne. Auf der Treppe waren gedämpfte Schritte zu hören. Hier ging etwas Seltsames vor. In der Dunkelheit stiegen zwei Gestalten herauf. Sie waren ganz in Schwarz gekleidet, ihre Gesichter vermummt. Hastig verdrückte er sich in eine Ecke. Sein Instinkt sagte ihm, dass er keinen Laut von sich geben durfte. Die Gestalten schlichen an ihm vorbei. Im Licht der Sterne konnte Liam erkennen, dass sie Tücher um ihre Füße gewickelt hatten, um beim Gehen keine Geräusche zu machen. Eigentlich sollte er gehen und Hilfe holen. Doch seine Neugier bezwang den Gedanken und wider besseres Wissen folgte er den beiden. Was mochten sie wohl vorhaben?

Eine gefühlte Ewigkeit folgte er ihnen, zwei, drei endlose Gänge entlang, eine Treppe hinauf und wieder hinunter. Dann kamen sie vor einer großen Flügeltüre aus massivem Eichenholz zum Stehen. Liam konnte gerade noch in eine Fensternische schlüpfen, da drehte sich eine der Gestalten um und flüsterte seinem Begleiter etwas Unverständliches zu. Der andere antwortete. Die erste Gestalt hatte eine weibliche Stimme, doch ihr Partner schien ein Mann zu sein. Die beiden machten sich an der Türe zu schaffen. Sie war offenbar verschlossen. Ein leiser Fluch entfuhr der Frau. Liam konnte nicht länger an sich halten, er musste wissen, was da vor sich ging. Schritt für Schritt näherte er sich, immer noch die metallenen Griffe der Karaffe mit beiden Händen fest umklammernd.

»Bist du dir sicher? Was, wenn er nicht dort drinnen ist?«, murmelte die Frau.

»Ganz sicher. Ich hab einen der Diener bestochen«, antwortete der Mann.

»Und er ist ganz alleine?«

»Das Gemach der Kaiserin ist im anderen Flügel des Palastes. Stell nicht so viele Fragen, oder bekommst du etwa kalte Füße?«

»Was, ich? Auf keinen Fall!«, entrüstete sie sich. »Heute stirbt das alte Schwein endlich. Rache für Geminius!«

»Rache für Geminius!«, gab er kaum vernehmbar zurück.

Die Erkenntnis traf Liam wie ein Donnerschlag. Sie waren gekommen, um den Kaiser zu töten. Er musste fort, jemanden warnen. Liam wandte sich um. Ein Klirren zerriss die Stille. In seiner blinden Panik hatte er eine Vase übersehen. Die Attentäter schreckten hoch und starrten ihn an. Liam starrte zurück.

»Der da! Er hat uns gesehen! Alles gehört«, rief die Frau und deutete auf ihn.

»Geh und erledige ihn, ich kümmere mich um den Kaiser«, erwiderte der Mann mit eiskalter Stimme.

Zeitgleich zogen die Attentäter ihre Langmesser. Die Frau kam schnell auf ihn zugeschritten. Liam war wie festgenagelt, er konnte sich nicht bewegen. Aus der Nähe konnte er die zu Schlitzen verengten Augen der Elfe erkennen. Der Tod blitzte ihm aus ihnen entgegen. Er musste sich rühren, sich verteidigen, doch irgendetwas hielt ihn an seinem Platz fest.

Dann passierten mehrere Dinge gleichzeitig. Die große Eichentür schwang mit einem lauten Rumms auf. Heraus drangen ein Dutzend schwer gerüsteter Prätorianer in violetten Uniformen, ein weiteres Dutzend Elfen ganz in Schwarz und Silber gekleidet, unter ihnen Aurelius, und in voller Rüstung Kaiser Lucius mit gezücktem Schwert. Im Gang breitete sich ein magisches Feuer aus, das die Szenerie in blau-grünes Licht hüllte und groteske Schatten über die Wände tänzeln ließ.

Die Elfe war so verdutzt, dass sie sich für einen Moment von Liam abwandte und in die andere Richtung starrte. Der Bann, der ihn festgehalten hatte, war mit einem Mal gelöst. Liam, dem in der Hitze des Augenblicks nichts Besseres einfiel, warf den schweren Wasserkrug nach ihr. Ohne groß zu zielen, schleuderte er ihn in ihre Richtung. Doch über die kurze Distanz war das auch gar nicht nötig. Die Karaffe traf sie an der Schläfe und knockte sie direkt aus. Ihr Gefährte, von der Übermacht an Feinden überrumpelt, warf seine Waffe von sich und kniete vor dem Kaiser nieder.

»Gnade, Gnade«, rief er mit schriller Stimme. »Ich bin nur ein Mitläufer, ich hatte eine schwere Kindheit!«

Aurelius gab ihm einen heftigen Tritt gegen den Kopf. Blutend brach der Elf auf dem Boden zusammen.

»Bringt sie nach Clandestia. Mal sehen, was die Exequites aus ihnen noch herausholen können. Ihr anderen: Ausschwärmen. Vielleicht treibt sich noch mehr von dem Gesindel herum heute Nacht«, befahl der Kaiser mit lauter Stimme, während er sein Schwert wieder in die Scheide steckte.

Jeweils vier Elfen packten die Bewusstlosen und schleppten sie wortlos fort. Der Mann zog eine unschöne Blutspur auf dem Marmorboden hinter sich her. Die anderen teilten sich in Zweiergruppen auf und verschwanden im Labyrinth der Gänge.

Aurelius' Blick fiel auf den sich schüttelnden Liam.

»Liam! Was machst du denn hier? Geht es dir gut?« Schnell kam er zu ihm herübergeeilt.

»Ich wollte doch nur Wasser holen.« Mit zitternder Hand deutete er auf den silbernen Krug, der einsam und als stummer Zeuge des Kampfes in der Mitte des Ganges lag. »Die wollten mich umbringen, nur weil ich da war. Ohne ihnen etwas getan zu haben. Nur weil ich … ich ihnen gefolgt bin und gelauscht habe«, stotterte er.

»Schon gut. Es ist ja nichts passiert«, versuchte Aurelius ihn zu beruhigen und legte ihm eine Hand auf seine Schulter.

Der Kaiser war inzwischen an ihre Seite getreten. »Du hast gelauscht? Was haben sie gesagt?«

Liam versuchte sich zu erinnern. Nur Fetzen waren ihm im Gedächtnis geblieben. »Es war so etwas wie Rache für Germinus.

Und … und heute stirbt das alte Schwein, haben sie gesagt«, fügte er kleinlaut hinzu.

Ein Ausdruck des Triumphs trat in das Gesicht des Kaisers. »Geminius. Wie ich es mir dachte.«

»Du hattest recht, Vater. Hört das denn niemals auf?«, sagte Aurelius beunruhigt.

»Einen nach dem anderen holen wir sie uns. Es ist nur eine Frage der Zeit, mein Sohn.«

Liam, der sich wieder etwas gefangen hatte, spürte seine Neugier von neuem erwachen. »Dann habt Ihr diesen Angriff erwartet?«

»Natürlich. Du glaubst doch nicht, ich wüsste nicht über alles Bescheid, was in meinem eigenen Haus vor sich geht? Manche Informanten sind eben nicht so zuverlässig, wie gewisse Attentäter sich das vielleicht wünschen.« Ein leichtes Lächeln umspielte seine Lippen. »Auf meine Exequites ist eben Verlass.«

Aurelius machte eine ungemein stolze Miene.

»Für dich wird es Zeit, wieder ins Bett zu gehen, Liam«, wandte sich der Kaiser an ihn. »Am besten du erzählst niemandem, was heute hier vorgefallen sind. Meine Gegner sollen sich lieber in falscher Sicherheit wiegen.«

Liam nickte eifrig. Von seiner Feigheit würde er ganz bestimmt keinem berichten.

»Bleib nach Einbruch der Dunkelheit in Zukunft lieber in deinem Zimmer. Eine gute Nacht wünsche ich allerseits«, schloss Lucius und ging zurück in sein Schlafgemach.

»Aber das ist doch Wahnsinn. Wer würde in ständiger Gefahr leben wollen?«, keuchte Liam, nachdem sich die schwere Eichentür geschlossen hatte.

Aurelius machte eine ernste Miene. »Man gewöhnt sich mit der Zeit daran. Komm, ich bring dich zurück in dein Zimmer.«

Immer noch fassungslos folgte ihm Liam. Jetzt würde er bestimmt kein Auge mehr zutun, da war er sich sicher.

Zwei Tage später machte sich Liam in der glühenden Hitze des Nachmittags auf den Weg zur Quintilia. Die jüngsten Ereignisse steckten ihm immer noch in den Knochen. Es war das erste Mal, dass er ganz alleine durch die Stadt ging. Obgleich er die Oberstadt nicht zu verlassen brauchte (dies war ihm ohnehin nicht gestattet), war er dennoch froh, den Weg auf Anhieb gefunden zu haben.

Die Schule war ein großes dreistöckiges Gebäude mit drei Flügeln und hohem Giebel, das wie die meisten Bauten der Oberstadt aus schneeweißem Marmor bestand. Die Front eines jeden Flügels bildete ein Portikus mit bunt verzierten Säulen, die die flachen Treppenaufgänge säumten. Im Vorhof plätscherte ein Brunnen friedlich vor sich hin. Das mit Kupfer gedeckte Dach strahlte im Schein der Sonne, sodass die Schule weithin zu erkennen war.

Liam näherte sich dem weit offen stehenden Eingangstor des Hauptflügels. Darüber war das Wort »Quintilia« in kunstvoll geschwungenen elfischen Buchstaben eingemeißelt. Die beiden anderen Flügel zierten ebenfalls Schilder. Sie verkündeten, es handle sich um das Ignatium und die Verwaltung.

Weit und breit war keine Elfenseele zu sehen. Es musste wohl gerade Unterricht sein. Liam nahm all seinen Mut zusammen und durchschritt das Eingangstor. Drinnen angekommen genoss er für einen kurzen Moment den angenehm kühlen Schatten der Eingangshalle.

Als sich seine Augen an die Dunkelheit gewöhnt hatten, erblickte er zwischen zwei geschwungenen Treppen, die in die oberen Geschosse führten, die überlebensgroße Statue einer ältlichen Frau in wallenden Gewändern mit harten Zügen stand in deren Mitte. Auf einem kleinen Messingschild stand geschrieben:

Quintilia I. (46-103). Oberste Priesterin der Jahre 72-103, Oberhaupt der Allumfassenden Kirche von Aestuaria. Stiftete im Jahre 84 die Erhabene Schule der Magie, welche seither ihren Namen trägt.

Daneben waren weitere Plaketten angebracht, die Besuchern den Weg wiesen:

Untergeschoss – Alchemielabor, Übungsräume.
Erdgeschoss – Seminarräume, Studierzimmer.
Erstes Obergeschoss – Büro der Direktorin, Bibliothek.
Zweites Obergeschoss – Sternwarte, Bibliothek.

Die Aufschrift »Alchemielabor« übte auf Liam eine ungemeine Faszination aus. Als er das Schild fasziniert betrachtete, war ein gedämpfter Knall zu vernehmen, der die Fliesen unter seinen Füßen erbeben ließ.

Liam widerstand dem Drang, hinabzusteigen und dem Grund für den Lärm nachzugehen. Der Empfehlung von Erzmagierin Merianda folgend, stieg er stattdessen die Treppen hinauf, um die Bibliothek aufzusuchen und sein theoretisches Wissen der Magie zu vertiefen.

Die Bibliothek war ein riesiger kreisförmiger Raum, der sich über zwei Stockwerke erstreckte. Scheinbar endlose Regalreihen erstreckten sich in jede Richtung. Wendeltreppen führten zu den umlaufenden Galerien hinauf, wo noch mehr Bücher darauf warteten entdeckt und gelesen zu werden. In der Mitte des Saales standen kleine Holztische, an denen vereinzelt Elfen saßen und auf denen sich einige Bücher stapelten. Offenbar waren die Schüler hierher gekommen, um zu lernen. Eine in schweren Eisenketten aufgehängte Apparatur spendete den Sitzenden großzügig Licht, damit sie ohne Probleme ihrer Lektüre nachgehen konnten. Die Apparatur bestand aus einer Glaskugel, die von Messingbänder zusammengehalten wurde. In ihrem Inneren brannte ein orangerotes Feuer. Das musste eine der künstlichen Sonnen sein, von denen Aurelius berichtet hatte.

Von der Seite drang ein sanftes Hüsteln an sein rechtes Ohr. Liam zuckte zurück. Er war so in den Anblick der Sphäre vertieft gewesen, dass er die Elfe neben ihm gar nicht bemerkt hatte. Die

Bibliothekarin wirkte wie eine Wächterin der Bücher, wie sie da mit gestrenger Miene zu ihm herüberblickte.

»Kann ich dir helfen, junger Mann?«

»Ähm, ja. Erzmagierin Merianda hat mir ans Herz gelegt, mich mit den theoretischen Grundlagen der Magie zu beschäftigen. Könnt Ihr mir den Weg weisen?«

Die Bibliothekarin blickte ihm direkt ins Gesicht. Ihre stachelbeerfarbenen Augen wirkten müde, verbraucht.

»Oh, du bist also dieser Mensch von dem alle reden. Nun gut. Grundlagen der Magie, Abteilung D, Reihe 12-16. Du kannst dich an einen freien Platz setzen. Aber sei gewarnt. Es ist verboten, die Bücher mit nach Hause zu nehmen. Sie müssen zu allen Zeiten in der Bibliothek verbleiben. Außerdem gilt absolute Ruhe. Ich behalte dich im Auge.«

Liam nickte zum Zeichen, dass er verstanden hatte. Etwas eingeschüchtert und penibel darauf bedacht, beim Gehen keinen Lärm zu machen, ging er zu dem von ihr beschriebenen Regal.

Um zu Abteilung D zu gelangen, musste Liam den gesamten Saal durchqueren. Dabei las er aufmerksam die Beschriftungen an den einzelnen Regalreihen (Abteilung A, Geschichte: Elvania Nova und das Imperium seit der Ankunft, Mythen und Legenden. Abteilung B, Geographie: Elvania Nova, Talam, Emnalon und die Länder der Östlichen Smaragdsee. Abteilung C, Botanik: Heilkräuter, magische Pflanzen und die Kunst des Trankbrauens) bis er schließlich zu Abteilung D, Magie: Die vier Elemente, Geist, Materie und Kosmos gelangte.

Liam nahm sich fest vor, zu einem späteren Zeitpunkt noch die übrigen Abteilungen E bis I auszukundschaften, die sich wie ein Labyrinth weiter in die Ferne erstreckten.

Ratlos ging Liam vor den Buchreihen auf und ab. Mit welchem sollte er beginnen? Merianda hatte ihm geraten, an der Meisterung der Flammenhand zu arbeiten. Doch gab es so viel Interessantes zu entdecken. Jemand hatte sich offenbar nicht die Mühe gemacht, jedes ausgeliehene Buch an seinen angestammten

Platz zurückzubringen. So fand er neben den einschlägigen Werken zur Feuermagie auch die *Basale Mathematik* des Quodrenius Quirinus und *Meerestiere der Bernsteinsee in der mamarischen Küche* von Zorena Philomena.

Nachdem er eine Weile hin- und herüberlegt hatte, entschied er sich für den Anfang für drei Titel: *Das Handbuch der Feuermagie* von Ignatius Ragonis, *Die drei Erscheinungsformen des Feuers* von Calpernia Desiderata und *Mehr als Zerstörung? Aus dem Leben eines Feuerpriesters* von Hieromachus Zabatorius.

Sorgsam trug Liam die drei Wälzer, welche allesamt ein beachtliches Gewicht aufwiesen, hinüber zu einem leeren Platz und begann zu lesen. Das Buch von Hieromachus Zabatorius erwies sich als reißerische Abenteuergeschichte voller Zoten, die Liam alsbald zur Seite legte. Mit *Die drei Erscheinungsformen des Feuers* hatte er große Schwierigkeiten. Der Text war äußerst kompliziert geschrieben und er verstand weniger als die Hälfte.

Das Handbuch der Feuermagie jedoch schien das Standardwerk für Einsteiger zu sein. So vertieft in seine Lektüre war er, dass er die Zeit ganz vergaß. Als die filigranen Schriftzeichen vor seinen Augen zu verschwimmen begannen, beschloss er, es für dieses Mal gut sein zu lassen. Liam notierte sich die Stelle, an der er aufgehört hatte zu lesen. Er erhob sich und stellte die Bücher zurück in ihre Regale. Als er hinausging, warf er der Bibliothekarin ein, wie er fand, gewinnendes Lächeln zu. Zur Antwort erhielt er lediglich einen skeptischen Blick.

Die nächsten Wochen verbrachte Liam hauptsächlich in der Quintilia. Nachdem er den Büchern jedes Mal den gebührenden Respekt erwies, schien die alte Elfe hinter ihrem Pult ihm nicht mehr ganz so ablehnend gegenüber zu stehen. Vorbei waren auch die Tage des unbeschwerten Staunens. Er musste zu seinem Unbehagen feststellen, dass die Direktorin recht gehabt hatte. Ausnahmslos alle Schüler der Quintilia, die ebenfalls in die Bibliothek kamen, um Magie zu studieren, waren aus ihren Erzählungen zu schließen begabter und mächtiger als er. Gewiss, einiges davon mochte Prahlerei sein, doch selbst wenn er die Übertreibungen im Geiste abzog, konnte er nicht mit ihnen mithalten. Von den Absolventen und Priesteranwärtern, allesamt einige Jahre älter als Liam, hatte er nichts anderes erwartet. Doch selbst siebenjährige Kinder schienen in ihrem kleinen Finger mehr Magie zu besitzen als sogar Meister Keenan in seinem gesamten Körper.

Das Schlimmste war nicht sein Nachholbedarf. Nein, Liam verschlang sämtliche Bücher, die ihm unter die Nase kamen. Da er Elvana in Schrift und Wort inzwischen recht gut beherrschte, verstand er die meisten arkanen Werke zumindest der Sprache nach recht schnell, obgleich er mit ihrem Inhalt zu kämpfen hatte. Es waren die anderen Schüler, die ihm zu schaffen machten. Die ganze Zeit gafften sie ihn an und wenn sie glaubten, er würde gerade nicht hinsehen, zeigten sie mit dem Finger auf ihn und tuschelten miteinander, um lachend auseinanderzulaufen, sobald Liam in ihre Richtung blickte.

Das theoretische Wissen, das er sich aneignete, machte diese Demütigungen jedoch mehr als wett. Liam lernte, dass es Elfen gab, die mit Fluggeräten aus Holz experimentiert hatten, die sie sich anschnallten und denen es mit Hilfe eines Windzaubers gelungen war, wie Vögel in die Luft zu steigen. Andere beherrschten Telekinese und konnten Gegenstände nur mit ihrem Geist bewegen. Einem Buch mit schwarzem Ledereinband hatte er auf einer befleckten Seite, die Liam unangenehm an getrocknetes Blut erinnerte, Andeutungen über den Transfer von der Lebenskraft des Magiewirkers auf unbelebte Objekte entnommen. Doch diese Zauber, da war er sich ganz sicher, würde er niemals ausführen können.

Seine Flammenhand verbesserte sich zwar ein wenig, doch blieb er bei der Erschaffung eines fingergroßen Feuers stecken. Und solange er nicht einmal einen einfachen Feuerball hervorbrachte, konnte er nicht in die höheren Kreise der Magie vorstoßen.

Aurelius bekam er immer seltener zu Gesicht. Entgegen der Mahnung von Erzmagierin Merianda kam er nie in die Bibliothek. Ob er sich seiner mangelhaften magischen Talente schämte? Valerius hingegen besuchte ihn häufig. Dann stand er Liam mit Rat und Tat zur Seite. Selbst Marcella war einmal in die Bibliothek gekommen. Sie hatte zwar etwas gemurmelt, sie wollte nur ein Buch zurück ins Regal stellen. Doch Liam war sich sicher, dass sie aus einem anderen Grund vorbeigeschaut hatte. Ein Buch hatte er nämlich nicht bei ihr gesehen. Liam grinste bei diesem Gedanken in sich hinein.

Wenn es seine Zeit zuließ, wollte er eigentlich gerne den Rest der Stadt außerhalb der Mauern des Palastviertels erkunden – »das richtige Leben«, wie Valerius es nannte. Seine Bitte war jedoch jedes Mal vom Kaiser oder Aurelius abschlägig behandelt worden. Frustriert ließ Liam es schließlich auf sich beruhen.

Umso größer war seine Freude, als Aurelius ihn eines Tages mit einer Ankündigung überraschte.

»Heute machen wir einen Ausflug. Nur du und ich.«

»Einen Ausflug?«, fragte Liam. »Wo soll es denn hingehen?«

»In den Kaiserlichen Tiergarten«, antwortete Aurelius mit stolz geschwellter Brust.

Liam war sofort begeistert. Welch ungewöhnlichen Geschöpfe mochten ihn dort wohl erwarten?

Der Kaiserliche Tiergarten befand sich unweit des Senats und des Großen Tempels. Das Eingangstor wurde von vier bronzenen Monstrositäten bewacht. Ein Löwe mit dem Kopf eines Widders, ein geflügeltes Pferd, eine geflügelte Schlange und ein unheimlich aussehender Kraken standen stumm Wache, ihre leeren Augen weit in die Ferne gerichtet.

Der Tiergarten hatte sich seinen Namen redlich verdient. Im Grunde war er eine große Parkanlage durchsetzt mit Springbrunnen, Skulpturen und Blumenbeeten. Bunte Vögel zwitscherten in den Kronen lauschiger Baumgruppen, die in der Hitze des Tages den vornehmen Besuchern angenehm kühlen Schatten spendeten.

Obwohl viele Kreaturen frei herumliefen, gab es auch Käfige aus großen Eisenstangen. Dort wurden die etwas gefährlicheren und widerspenstigen Bewohner des Parks gehalten. Neben Berglöwen, Bären und schwarz-weiß gestreiften Pferden, gab es auch einige merkwürdige Kreaturen, von denen er auch nur jemals gehört hatte.

»Was sind denn das für Tiere?«, fragte Liam entgeistert und deutete auf ein weißes Pferd mit Flügeln.

»Das«, erwiderte Aurelius, »sind Pegasoi. Ein Geschenk aus Teknorien. Das hier«, er wies auf die Allee, auf der er und Liam standen, »ist der Bereich für die Geschöpfe der Östlichen Smaragdsee. Dort hinten ist ein Mantikor. Eine Geste der Freundschaft des Archon von Gephyros.«

»Wie großzügig von ihm«, sagte Liam. Fasziniert ging er zwischen den Gehegen hin und her. Staunend sah er dabei zu, wie der Mantikor (eine Art Löwe mit einem Skorpionschwanz und den Flügeln einer Fledermaus) etwas Blutiges verschlang, das aussah wie eine halbe Kuh.

»Sie geben euch diese wundervollen Geschöpfe zum Geschenk, einfach so?«, fragte Liam verwundert.

Aurelius lachte bitter.

»Kein Herrscher gibt ein Geschenk, einfach so. Nein, das sind Versuche, sich die Freundschaft des Imperiums zu erkaufen. Vergebliche Versuche«, fügte Aurelius verschlagen hinzu.

»Weshalb vergeblich? Wollen die Elfen denn keine Freundschaft schließen? Wo liegt das Problem?«

»Sklaven, das ist das Problem«, antwortete Aurelius.

»Oh.« Liams Mund stand weit offen.

»Ja, die Östlichen Reiche betreiben Sklaverei. Ausnahmslos. Damit werden wir uns allerdings niemals abfinden. Das Imperium toleriert solche Praktiken nicht und wird sie bekämpfen, wo immer es auf sie stößt. Unser Geduldsfaden wird langsam dünn.

Trotz mehrfacher Aufforderung haben Teknorien, Potamien und die anderen keinerlei Anstalten gemacht, damit aufzuhören. Stattdessen schicken sie unsere Gesandten mit immer mehr Schiffen voller Geschenke zurück nach Elvania Nova. Sie erkaufen sich aber nur Zeit. Unsere Legionen werden früher oder später die Östlichen Reiche erobern und der Sklaverei dort ein für allemal ein Ende bereiten, darauf kannst du dich verlassen.«

Liam hatte Aurelius noch nie so grimmig gesehen. Es war beunruhigend. Jedoch nicht so sehr wie der Gedanke an tausende versklavte Männer und Frauen, von ihren Herren schlechter behandelt als Vieh.

Aurelius' Laune schien sich wieder etwas zu bessern, nachdem sie sich vom Gehege des Mantikors entfernt hatten. Zu Mittag verspeisten sie ein paar gezuckerte Orangen, die ihnen ein Diener darbrachte. Als sie mit vollen Bäuchen im Schatten einer großen Zypresse dösten, fiel Liam ein Eichhörnchen auf, das ihn neugierig beobachtete.

»Hallo. Na, wer bist du denn, mein kleiner Freund?«

Langsam kam das Eichhörnchen näher und beschnupperte Liams Finger. Es musste noch den getrockneten Saft der Orangen riechen, dachte Liam. Er kramte in seiner Umhängetasche nach etwas Essbarem, das er dem kleinen Racker geben konnte.

»Liam, was tust du da?«, kam es von Aurelius. »Sei besser vorsichtig, die können sehr gefährlich sein.«

»Gefährlich? Aber er ist doch so süß«, lachte Liam. Endlich hatte er ein paar Brotkrümel aus seiner Tasche gefischt, die er dem Eichhörnchen anbot. Es beschnupperte sie vorsichtig und öffnete sein Maul. Plötzlich stoben Flammen heraus und der Geruch von geröstetem Brot lag in der Luft.

Liam fiel vor Schreck hinten über.

»Hab ich es dir nicht gesagt?« Nun war es an Aurelius zu lachen.

»Was zur Anderswelt war das denn? Was für ein verrücktes Monster ist dieses Eichhörnchen?«

Aurelius zuckte mit den Schultern. »Muss eine magische Mutation sein, die ausgebüchst ist. Komm wir informieren einen der Wärter, der kümmert sich darum«, sagte er.

Sie stellten sicher, dass ihr neuer Freund in sicheren Gewahrsam genommen wurde, dann machte sich ein immer noch etwas benommener Liam zusammen mit Aurelius auf den Weg zurück zum Palast. So faszinierend all die Geschöpfe auch gewesen waren, Aurelius' Kommentare über die Sklaverei ließen ihn nicht los. Falls dem tatsächlich so war, wäre ein Krieg des Imperiums durchaus gerechtfertigt, dachte er verbissen.

Kapitel 8 - Der Plan

Aestuaria. Kaiserlicher Palast. 435 SAE. Herbst.

Wenn ich ihm den Plan vorschlage, wird ihn mein Vater zunächst entrüstet zurückweisen. Wenn die anderen Räte ihn ebenfalls abgelehnt haben, werde ich ihnen unsere Argumente vorbringen. Dann wird mein Vater eine Weile so tun, als würde er darüber nachdenken, um dann unter Vorbehalt zuzustimmen.«

»Ja, ich weiß«, sagte Liam etwas genervt. Innerhalb der letzten Stunde waren sie den Plan gewiss ein dutzend Mal durchgegangen.

»Also dann, bist du bereit?«

Liam nickte grimmig. Ein flaues Gefühl breitete sich in seinem Magen aus.

Auf ein Zeichen von Aurelius öffneten die Diener die großen Flügeltüren. Der Ratsraum befand sich im Obergeschoss des Palastes, direkt über dem Thronsaal. Große Fenster durchbrachen die äußeren Wände. Als sie den Raum betraten, bot sich ihnen ein fantastischer Rundumblick in die kaiserlichen Gärten, die Stadt und den Hafen. Doch von alledem war heute wenig zu sehen. Wolkenverhangen und grau goss der Himmel kübelweise Regen über der Insel aus und schien sie alle einfach ersäufen zu wollen.

In der Mitte des Saales stand ein kreisrunder Tisch, auf dem zahlreiche Karten ausgebreitet waren. Hölzerne Figuren markierten elvanische Armeen und Flotten. Goldene Weinkelche und ein halber Fasan hatten ebenfalls Platz gefunden. Umringt wurde der

Tisch von sechs Stühlen, deren Lehnen als Strahlensonnen geschnitzt waren. Der etwas erhöhte Stuhl gegenüber der Eingangstür war deutlich opulenter gestaltet als seine fünf Brüder und erinnerte eher an einen Thron. Gepolsterte Lehnen und ein Fußschemel kennzeichneten ihn als den Platz des Kaisers.

Der saß jedoch nicht darauf, sondern stand bei den übrigen Anwesenden. Sie hatten die Köpfe zusammengesteckt und waren gedankenversunken in ihre Pergamente vertieft. Neben dem Kaiser standen Kronprinz Valerius und ein Mann im besten Alter mit einem leichten Bauchansatz und Fältchen um die Augen, den ihm Aurelius im Vorübergehen als Erzpriester Ascanius vorgestellt hatte. Außerdem waren zwei Männer in prächtig gestalteten Uniformen des Heeres und der Marine zugegen, die Liam nicht kannte. Die sechste Person trug weite Gewänder, die keinen Schluss auf ihre Körperform zuließen. Sie hatte eine mit einem grotesken Gesicht bemalte Tonmaske um ihren Kopf geschnallt, sodass ihr wahres Antlitz verborgen wurde. Auf der Stirn der Maske prangte ein einzelnes Auge. Liam fühlte sich unangenehm beobachtet. Doch das war Unsinn. Schließlich waren es nur ein paar Farbstriche. Trotz ihres gedämpften Tonfalls, meinte Liam eine merkwürdig schrille Stimme aus dem Inneren der Maske hervordringen zu hören.

Falls die Räte ihr Eintreten bemerkt hatten, ließen sie es sich nicht anmerken.

»Hmchrm«, räusperte sich Aurelius. Niemand reagierte. »Hmchrm!«, wiederholte er das Geräusch so laut er konnte.

Die Gruppe blickte überrascht auf und suchte verwirrt nach der Ursache für diese Störung. Mit einer fließenden Bewegung ließ die maskierte Gestalt einige Dokumente in ihren weiten, aus schwarzem Samt gefertigten Ärmeln verschwinden.

Valerius grinste die beiden an und reckte verstohlen den Daumen.

»Aurelius! Liam! Was tut ihr hier?«, fragte der Kaiser.

Er war wirklich ein glänzender Schauspieler, dachte Liam. Hätte er es nicht besser gewusst, wäre ihm die Lüge dieser gespielten Ignoranz niemals aufgefallen.

»Vater!«, Aurelius und Liam verbeugten sich, »ich komme, Euch und dem Rat einen Vorschlag zu unterbreiten.«

»Dies hier ist der *Geheime* Rat, Prinz Aurelius. Ich hatte Euer Gedächtnis nicht für so schlecht gehalten. Außerdem, wir sind sehr beschäftigt.«

Gesprochen hatte einer der Elfen in Uniform. Seine rote Tunika war über und über mit goldenen Verzierungen bedeckt, an der breiten Brust glitzerten etliche Orden. Sein Haar war bereits dünn und ergraut. Der stählerne Gesichtsausdruck und der berechnende Blick der bernsteinfarbenen Augen ließen Liam auf einen alten Haudegen schließen.

»Aber, aber. General Pelagius. Wo bleiben denn Eure Manieren? Die beiden jungen Herren hatten sicher nicht die Absicht zu stören. Habe ich nicht recht?«, sagte Erzpriester Ascanius. Er hatte einen gutmütigen Gesichtsausdruck und ein Lächeln aufgesetzt, das sich jedoch nicht auf seine Augen erstreckte.

»Ganz im Gegenteil«, sagte Aurelius mit fester Stimme und fixierte dabei den General. »Hört uns an. Ich bringe Euch eine Lösung für Euer Problem.«

»Welch Aufmüpfigkeit«, ereiferte sich General Pelagius.

Doch bevor er ein weiteres Wort sagen konnte, hob Kaiser Lucius stumm seine Hand. Der General verstummte sofort. Auch kein anderer wagte es, an seiner Stelle das Wort zu ergreifen.

»Nun denn mein Sohn, wie lautet deine Lösung für unser Problem?«, fragte der Kaiser freundlich. »Doch zunächst, um der Höflichkeit genüge zu tun. Liam, ich glaube du kennst einige der hier Anwesenden nicht. Erlaube mir, sie dir vorzustellen.«

»Das hier«, er deutete auf den alten Haudegen, »ist General Aemilianus Pelagius, der Löwe von Neruba und der Oberbefehlshaber meiner Legionen. Ein alter Freund der Familie und Großonkel von Gordianus, Marcellas Verlobtem.«

»Ein sehr alter Freund«, murmelte Valerius so laut, dass jeder es hören konnte. Pelagius warf ihm einen drohenden Blick zu, doch Kaiser Lucius ignorierte beide und fuhr fort.

»Dies ist Admiral Cornelius Claudius, der Anführer der kaiserlichen Flotte.«

Der Mann in der blauen Uniform hatte kurz geschorene Haare und hellgraue Augen. Pflichtschuldig nickte er, als sein Name genannt wurde.

Liam hatte nur halb hingehört. Marcella hatte einen Verlobten? Niemand hatte in seiner Gegenwart jemals darüber gesprochen.

»Erzpriester Ascanius, vierter seines Namens, dürfte dir ein Begriff sein und das hier«, Lucius wandte sich der maskierten Gestalt zu, »das hier ist der Secretissimus. Haupt der Exequites. Aurelius hat dir mit Sicherheit schon von ihnen berichtet.«

»Ich hoffe nicht zu viel«, drang die schrille Stimme unter der Maske hervor. »Oder die Secritissima. Wir wollen doch nicht zu viele Hinweise auf meine Identität geben, Euer Herrlichkeit«, fügte die Gestalt etwas tadelnd an den Kaiser gewandt hinzu.

»Oder Secretissima, ja«, spottete der Kaiser. »Also, was ist dein Begehren, mein Sohn?«

Aurelius räusperte sich. »Ich bringe dem Rat die Lösung all unserer Probleme!«, wiederholte er nun zum dritten Mal. Er hatte mit fester Stimme gesprochen, getragen von der Überzeugung, nicht irren zu können.

General Pelagius runzelte die Stirn, während der Erzpriester beide Augenbrauen hochzog. Hinter der Tonmaske des Secretissimus erklang ein ungläubiges Schnauben.

»Wirklich, in der Tat?«, sagte Admiral Claudius. »Ihr unterschätzt die Vielzahl und Komplexität unserer Probleme, Prinz.«

»Mag sein, doch ist mein Freund hier die Antwort auf unser dringendstes Anliegen«, erwiderte Aurelius bestimmt.

»Und wer ist dein Freund? Was hat er überhaupt hier zu suchen?«, sagte General Pelagius etwas grob.

»Das ist Liam vom Volk der Daonéer. Er ist derjenige, der meinem Bruder das Leben gerettet hat. Ich bin sicher, Ihr habt die Geschichte bereits vernommen, General«, sagte Valerius in unterkühltem Ton.

»Das habe ich, in der Tat. Aber was macht er *hier*?«, fragte Pelagius erneut und betonte dabei jede Silbe mit Nachdruck.

»Er ist etwas ganz Besonderes. Ein Druide mit speziellen Verwandlungsfähigkeiten. Komm Liam, zeig es ihnen«, sagte Aurelius.

Liam tat wie befohlen. Er verwandelte sich und flatterte einmal im Raum umher, dann nahm er wieder seine menschliche Gestalt an.

Die Mehrzahl des Rates schien sichtlich beeindruckt. Valerius applaudierte. Der Secretissimus nickte bedächtig. Admiral Claudius stand einfach nur der Mund offen. Einzig Pelagius verzog keine Miene.

»Liam kann uns helfen, unser Ziel schnell und ohne großes Aufsehen ausfindig zu machen. Es würde ansonsten Wochen, vielleicht Monate dauern, die Berge zu durchkämmen und einiges an Mannesstärke erfordern. Eine solche Vielzahl an Legionären und Schiffen würde ungewollte Aufmerksamkeit auf unsere Aktivitäten lenken. Ak'Tion wird bereits misstrauisch, wie mir meine Kontakte mitteilen.«

Eine Pause trat ein. Aller Augen richteten sich auf den Kaiser. Dies war sein Stichwort.

»Unmöglich, tut mir leid mein Sohn, ich kann dem nicht zustimmen. Da ist nichts zu machen. Es ist zu gefährlich.«

»Was der Prinz sagt, ist allerdings wahr«, gab der Secretissimus zu bedenken.

Liam glaubte, Besorgnis aus seiner Stimme herauszuhören.

»Die Beteiligung deines jungen Freundes hier würde unsere Mission um einiges erleichtern. Ich bevorzuge es, wenn unsere Feinde keinen Wind davon bekämen.«

»Macht Euch deswegen keine Sorgen«, beschwichtigte ihn der Kaiser. »Ich habe bereits vor einiger Zeit eine diplomatische Mission nach Ak'Tion geschickt, unterstützt von zwei meiner besten Prätorianer. Das sollte sie eine Weile ablenken. Der Aussicht, seinen Sklavenhandel ungestraft nach Westen ausweiten zu können, wird Hierarch Aestrobanos nicht widerstehen können.«

»Das könnt ihr doch nicht ernsthaft erwägen, Euer Herrlichkeit?«, sagte der Erzpriester schockiert.

»Natürlich nicht. Ein Ablenkungsmanöver, nicht mehr«, versicherte ihm der Kaiser.

Ascanius nickte bedächtig.

»Dem sei wie es wolle«, mischte sich der General ein. »Der Junge ist ein Mensch. Wir können ihm nicht vertrauen.«

»Lasst das mal meine Sorge sein«, entgegnete Aurelius. »Ich spreche für die gesamte kaiserliche Familie, wenn ich sage, Liam genießt unser vollstes Vertrauen. Er hat bereits mehrere Eide zur Geheimhaltung geschworen.«

General Pelagius blickte zum Kaiser. Lucius hatte die Augen geschlossen. Er sprach kein Wort, sondern nickte nur kaum merklich. Pelagius schnaubte, erwiderte jedoch nichts.

»Ich halte das Ganze für eine glänzende Idee«, sagte Valerius. »Meine Stimme hast du, Bruderherz.«

»Aber was ist deine Position, junger Liam?«, fragte Admiral Claudius freundlich. »Von dir haben wir noch gar nichts gehört.«

Damit hatte Liam gerechnet. Dies war sein Augenblick. Seine Antwort musste perfekt sitzen. Dafür hatten sie die folgende Konversation wieder und wieder einstudiert.

»Es liegt mir fern, dem Geheimen Rat eine Entscheidung empfehlen zu wollen«, sagte Liam und machte eine kleine Verbeugung vor jedem der Anwesenden. »Ich vertraue auf die Weisheit meines Freundes Aurelius, sollte der Rat seinem Vorschlag folgen. In jedem Fall werde ich weiter als ein treuer Diener des Imperiums und seiner Ideale verbleiben.«

Admiral Claudius lächelte zufrieden.

Er hatte es geschafft, ihn zu überzeugen, da war sich Liam sicher. Valerius grinste Liam hinter dem Rücken seines Vaters anerkennend zu.

»Nun denn, es ist alles gesagt«, stellte der Kaiser fest. Ich lasse abstimmen. Wer ist für die Annahme des Plans meines Sohnes Aurelius?«

Valerius, Admiral Claudius und der Secretissimus hoben die Hände.

»Gegenstimmen?«

General Pelagius zeigte auf. Liam meinte gesehen zu haben, wie sich die Hand des Erzpriester kurz regte. Er ließ jedoch nur ein leises Hüsteln hören und kratzte sich dann an der Nase.

»Enthaltungen?«

Der Kaiser hob seine Hand, der Erzpriester schloss sich ihm widerwillig an.

»Ich unterstütze die Mehrheitsmeinung des Rates. Damit ist die Sache beschlossen. Liam wird Teil der Mission, die Stadt der Alten aufzuspüren. Aurelius, sieh zu, dass dein Freund die notwendige Vorbereitung erfährt. Und Aurelius? Ich werde keine Fehlschläge dulden.«

»Ihr werdet es nicht bereuen, das verspreche ich Euch«, sagte Aurelius, nun wieder ganz formell, und nahm Liam am Arm. »Komm, Zeit zu gehen« flüsterte er ihm ins Ohr.

Federnden Schrittes gingen die beiden hinaus. Aus den Augenwinkeln sah Liam den Rat die Köpf zusammenstecken. Pelagius war sichtlich verärgert. Als sie außer Hörweite waren, entfuhr Aurelius ein Siegesschrei.

»Ha! Ich wusste es! Du warst einfach großartig Liam. Dein Auftritt hat Claudius überzeugt. Ohne dich hätte er sicher auch dagegen gestimmt.«

»Dein Vater ist ein großartiger Schauspieler. So reserviert, so ausdruckslos. Ich habe ihm die Ablehnung glatt abgekauft«, sagte Liam.

Aurelius gluckste.

»Er hatte auch Jahrzehnte, seine Fähigkeiten zu perfektionieren. Anders überlebst du nicht in einer Position, wie er sie innehat.«

»Was jetzt?«, fragte Liam.

»Jetzt feiern wir. Valerius wird dazukommen, sobald er sich loseisen kann. Ich glaube, im Keller steht ein Weinfass mit unserem Namen drauf.«

Noch immer bis über beide Ohren grinsend, machten sich die beiden auf in den Weinkeller.

Den ganzen Nachmittag hatten sie zusammen getrunken und gelacht. Als Valerius zu ihnen stieß, fand er die beiden in kichernder Stimmung vor. Aurelius reichte seinem Bruder hicksend einen Becher Wein. Valerius ließ sich nicht lange bitten und leerte ihn in einem Zug. Den Rest des Tages verbrachten sie damit, den Palast unsicher zu machen. Zum Leidwesen der Diener jagten sie johlend durch die Gänge. Dabei kamen sie einige Male an Marcellas Lieblingsplatz im Amalienhof vorbei. Sie missbilligte ihr Tun mit strengen Blicken, doch davon ließen sie sich nicht beeindrucken. Bei dieser Gelegenheit sah Liam zum ersten Mal ihren Verlobten. Gordianus Pelagius war ein auffallend hübscher junger Mann von stattlicher Statur und ausdrucksvollen grauen Augen. Er eilte herbei, um Marcella vor ihrem Schabernack zu retten. Mit in den Nacken geworfenem Kopf stolzierte sie bei ihm untergehakt davon und würdigte sie keines weiteren Blickes. Völlig erschöpft sanken die drei bei Sonnenuntergang immer noch giggelnd ins nasse Gras. Diese Nacht würden sie gut schlafen.

Am nächsten Tag wurde Liam nach seinem Geschmack mal wieder viel zu früh geweckt. Er erwachte mit pochendem Kopf. Mit verklebten Augen schleppte er sich zum Waschtisch und spritzte ein wenig kaltes Wasser in sein verkatertes Gesicht. Heute würde er die Zeche für ihre gestrigen Eskapaden bezahlen müssen.

Den anderen beiden erging es auch nicht besser. Valerius war gar nicht erst zum Frühstück erschienen. Nach dem Essen verkündete ihm Aurelius, heute würden sie das Museum aufsuchen. Liams Ausbildung sollte damit durch die Schulung zum Erkennen bestimmter Artefakte abgerundet werden. Entgegen seiner anfänglichen Proteste, war Liam ganz versessen darauf, einen tieferen Einblick in die Schätze vergangener Tage zu erhaschen.

Die Kaiserliche Sammlung antiker und magischer Objekte zu Aestuaria, wie das Museum offiziell hieß, lag auf der gegenüberliegenden Seite des Palastviertels. Wie die meisten Gebäude der Oberstadt war es ein imposanter Steinbau mit Säulenaufgang. Was es jedoch besonders machte, war eine glitzernde Kuppel aus Bergkristall, die sein Dach schmückte. Der Bergkristall war so kunstfertig und filigran geschnitten worden, dass er dünn genug war, das Sonnenlicht ohne Weiteres in alle Ecken des quadratischen Hauptraumes fallen zu lassen, um so die zahlreichen Ausstellungsstücke erhellen zu können und doch stabil genug zu sein, nicht unter seinem eigenen Gewicht oder den Kapriolen des Wetters zusammenzubrechen.

Doch darüber brauchten sie sich heute keine Sorgen machen. Die schwachen Strahlen der Herbstsonne ließen Staubflocken in ihren Lichtkegeln tanzen, als Liam und Aurelius die Eingangshalle betraten. Da es noch früh war, waren sie fast ganz alleine. Außer ihnen war nur eine Handvoll Elfen da, zumeist Frauen mit kleinen Kindern auf den Armen, die sich schrecklich langweilten oder wohl lieber herumgetollt wären, als artig alte Vasen und Steine zu begaffen. Tische waren an den Wänden drapiert worden. In ihnen lagen unter Glaskuppeln geschützt einzelne Gegenstände, die auf roten Damastkissen den Besuchern präsentiert wurden. Dolche und Schwerter aus pechschwarzem Gestein lagen neben filigranen Goldfibeln und bunten Pharomachrusfedern, die in ihrer Schönheit nur von den atemberaubenden Schnitzereien aus Elfenbein und Jade übertrumpft wurden. In der Mitte des Saales stand ein hölzernes Miniaturmodell Elvania Novas. Auf den winzigen Straßen waren Karren zu sehen, die von Ochsen gezogen wurden und auf den Feldern arbeiteten Elfen, nicht größer als Liams kleiner Fingernagel. Sogar der Kupfergigant auf der Insel vor Aestuaria war nachgebildet worden. Zu seiner großer Überraschung brannte sogar ein winziges magisches Feuer auf dem Teller seiner linken Hand. Über all dem hing ein gigantisches Skelett von der Decke. Voller Staunen blickte Liam nach oben, während Aurelius sichtlich zufrieden war mit der Wirkung, die der Ort auf seinen Freund hatte.

»Ist das …?«, setzt Liam zu sprechen an.

»In der Tat mein Lieber, das ist ein Drache. Ein Polarer Spitzbuckel, um genau zu sein. Ein ganz seltenes Exemplar«, ertönte eine pfeifende Stimme ungefähr auf der Höhe von Liams Brust.

Erschrocken sprang er zur Seite. Gesprochen hatte ein Elf, gebeugt vom Alter und mit tiefen Falten im Gesicht. Seine wässrigen Augen musterten Liam interessiert. Beide Hände hielten ein altes Buch fest im Griff, fester als es Liam ihm zugetraut hätte.

»Verzeihung«, hauchte Liam und errötete, »ich habe Euch gar nicht gesehen. Was meintet Ihr?«

»Da seid Ihr nicht der erste, junger Freund. Manchmal ist es besser, nicht sofort entdeckt zu werden.« Er ließ ein Kichern vernehmen, das rasch in ein röchelndes Husten überging. Als er sich wieder gefangen hatte, fuhr er fort.

»Ein Polarer Spitzbuckel. Es gibt sie nur ganz oben, im hohen Norden, wo im Winter die Sonne nicht scheint und buntes Feuer den Nachthimmel erhellt. Wir haben ihn erst vor einigen Monaten erworben. Seht ihr die markanten Knochenplatten auf seinem Rücken? Diesen verdankt er seinen Namen.«

Liam schluckte und nickte bedächtig. Die Welt war wirklich voller Wunder. Mehr als er sich in seinem Dorf jemals hatte vorstellen können. Doch er konnte seine Gedanken nicht weiter verfolgen, da der alte Elf rasselnd Luft holte und sich nun an Aurelius wandte.

»Den schönsten aller Morgen wünsche ich Euch, Kaiserliche Hoheit. Es freut mich zu sehen, dass Ihr so einen begeisterungsfähigen Assistenten für Euer Vorhaben gewinnen konntet.« Er schenkte Liam ein gewinnendes Lächeln.

»Es ist auch schön, Euch wiederzusehen. Probus hier ist der Direktor und weiß mehr über die Artefakte der Alten als irgendjemand sonst. Was zweifelsohne daran liegt, dass er selbst bereits über die Erde wandelte, als sie erschaffen wurden«, fügte er mit einem süffisanten Grinsen hinzu.

Probus nahm es mit Humor. »Und ich würde mich gerne noch viele weitere Jahre mit ihnen auseinandersetzen. Doch bald werde ich den Letzten Weg beschreiten müssen. Wenn es einmal so weit ist, spürt Ihr es in den Knochen. Doch das könnt ihr jungen Leute nicht verstehen.«

»Nicht verzagen, Ihr scheint mir bei bester Gesundheit zu sein«, log Aurelius.

Probus winkte ab. »Zu viel der eitlen Worte. Nun kommt, bevor wir hier noch Moos ansetzen.« Er ließ ein leises Gackern hören, das erneut in einen Hustenanfall überging. Er bedeutete ihnen mit einer Geste und nach Luft ringend, ihm zu folgen.

Liam warf Aurelius einen unsicheren Blick zu. »Mir kommt es vor, als würde er sich eher früher als später auf den Letzten Weg begeben ...«

Probus führte sie in ein kleines Kabuff, das wohl sein Büro sein musste. An den Wänden standen Regale voller Schriftrollen, die sich bis an die Decke stapelten. Ein kleiner Hocker stand hinter einem beeindruckenden Eichenholzschreibtisch und darauf lagen ...

»Die Artefakte, junge Herren«, verkündete Probus stolz. »Wenn Ihr bitte näher treten würdet.«

Liam konnte einige abgegriffene viereckige Münzen mit runden Löchern in der Mitte erkennen, kleine pechschwarze Obelisken mit Kratzern an den Seiten, zwei ebenfalls schwarze Statuetten von Menschen mit Affenköpfen, die Liam böse anglotzten und eine Ansammlung eher unspektakulär anmutender Gesteinssplitter. Fasziniert beugte er sich näher zu den Gegenständen hinunter. Im Zwielicht des Räumchens war es schwer, irgendwelche Details zu erkennen.

»Gerade erst letzte Woche reingekommen«, erklärte Probus mit beflissener Miene. »Die Erfassung ist leider noch unvollständig.« Er deutete auf einen Stapel Tuscheskizzen, die die Artefakte in verschiedenen Seitenansichten zeigten. Selbst von den Zeichnungen schien eine beunruhigende Aura auszugehen.

Aurelius nahm eine der Statuetten in die Hand. Prüfend wendete er sie erst in die eine, dann in die andere Richtung. »Seid Ihr sicher, dass es sich um keine Fälschungen handelt? Einen Vorfall wie mit diesen Stierreliquien können wir uns nicht noch einmal erlauben.«

Probus wurde rot. Die Angelegenheit war ihm sichtlich unangenehm. »Ich versichere Euch, sie sind echt. Meinen Assistenten musste ich nach dieser Peinlichkeit entlassen. Wie sich herausgestellt hat, war er in einen Schwarzmarkthandel mit Museumsgütern verstrickt.«

»Ich nehme an, er hat seine gerechte Strafe erhalten?«, fragte Aurelius. Seine Augen hatten sich zu Schlitzen verengt.

»Die Exequites haben ihn nach Clandestia gebracht.«

Aurelius nickte zufrieden.

»Also diese Artefakte«, versuchte Liam die Stimmung etwas zu heben. »Woher kommen sie? Wie viele befinden sich im Museum?«

»Leider haben wir nicht allzu viele, wie ich zu meinem Schmerz gestehen muss. Mit diesen hier, hmmm, zwei Dutzend würde ich schätzen.«

Die Enttäuschung musste Liam wohl ins Gesicht geschrieben sein, da Probus sich anscheinend bemüßigt fühlte, sich zu verteidigen.

»Wisst Ihr, das Meiste geht über den Schwarzmarkt verloren. Diese Dinge sind ein Vermögen wert bei Sammlern. Dabei gehören sie einzig und alleine dem Museum. Ihre Aufbewahrung und ihr Studium sind von lebenswichtigem Interesse für das Imperium!« Der Direktor begann sich in Rage zu reden. Rasselnd holte er Luft.

Aurelius legte ihm beruhigend eine Hand auf die Schulter. »Lasst gut sein. In Zukunft wird deutlich härter durchgegriffen werden. Tatsächlich sind wir da an einer großen Sache dran. Bald werdet Ihr Euch vor dem Zustrom an Studienobjekten gar nicht mehr retten können, das versichere ich Euch.«

Probus fing sich wieder ein wenig. Er atmete schon etwas langsamer. »Ich danke Euch, Kaiserliche Hoheit. Diesen dreckigen Dieben gehört schon lange das Handwerk gelegt.«

»Also, woher stammen die Artefakte nun?«, mischte sich Liam wieder in die Konversation ein.

Er hatte erwartet, dass Probus von seiner Unverfrorenheit nicht besonders angetan sein würde. Doch stattdessen hellte sich sein Gesicht auf und er begann mit Begeisterung zu erzählen.

»Die Münzen, ein wahrer Glücksfund, wurden in einem tiefen Keller der Festung Neria entdeckt. Ein paar unserer Soldaten waren eines Nachts betrunken durch die Gänge geirrt. Haben doch tatsächlich den Ausgang nicht mehr gefunden. Schließlich stolperte einer über eine herausstehende Wurzel und fiel der Länge nach hin. Mit der Nase genau auf die Münzen!« Probus klatschte voller Freude in die Hände.

»Die Statuetten konnten wir über einen Mittelsmann in Emporia erwerben. Elfen sind dort nicht gerne gesehen, müsst Ihr wissen. Manchmal sind Menschen doch ganz nützlich.« Er gluckste. Plötzlich hielt er inne und seine Augen weiteten sich. »Nichts gegen Euch, junger Herr. Meistens ist es eben so, dass …« Er verstummte.

Liam runzelte die Stirn.

»Was habt Ihr sonst noch so zu bieten?«, überbrückte Aurelius die unangenehme Stille.

Dankbar nahm der Direktor den Faden wieder auf. »Einige Steinplatten mit Inschriften, die wir so einigermaßen entziffern konnten. Es handelt sich mit größter Wahrscheinlichkeit um die gleichen Schriftzeichen wie auf diesen Artefakten hier.« Er deutete auf den Tisch.

Liam hatte die Zeichen für einfache Kratzer gehalten. Das sollte eine Schrift sein?

»Leider hatte ich bei dem hier noch kein großes Glück«, er hielt den Affenmann hoch und lächelte verlegen.

»Vielleicht kann ich Euch weiterhelfen«, bot Aurelius an. »Auch ich hatte schon mit derlei Zeichen zu tun.«

»Ihr seid zu gütig, edler Herr«, sagte Probus und verbeugte sich tief. »Gerne werde ich auf Euer Angebot zurückkommen.«

»Ich glaube, wir haben vorerst genug gesehen«, sagte Aurelius. »Wir stehlen Euch nicht noch mehr Eurer wertvollen Zeit, Direktor. Habt vielen Dank für Eure Mühen. Auf Wiedersehen.«

»Auf Wiedersehen, die jungen Herren. Möget Ihr immer auf dem Einen Weg wandeln.« Pflichtschuldig verneigte sich der Direktor erneut.

»An welcher großen Sache bist du dran?«, wollte Liam wissen, als sie wieder im Freien waren.

Aurelius lächelte. »Geduld. Schon morgen wirst du es erfahren, wenn ich dich zu einem gewissen Händler mitnehme. Du weißt jetzt Bescheid, wonach wir Ausschau halten müssen auf unserem Abenteuer?«

»Ja«, gab Liam trocken zurück. »Ich hoffe, ich muss nicht erst betrunken hinfallen, bevor wir etwas finden. Aber Aurelius, findest du diese Artefakte nicht auch gruselig? Die Augen der Statuetten schienen mir überall hin zu folgen.«

»Du übertreibst ein wenig, meinst du nicht? Aber ich gebe dir recht, sie haben etwas Merkwürdiges an sich, auch wenn ich nicht genau sagen kann was«, pflichtete Aurelius ihm bei.

Kapitel 9 - Im Kuriositätenkabinett

Aestuaria. Hafenviertel. 435 SAE. Herbst.

Die Tür fiel hinter ihnen ins Schloss, als sie den schummrigen Laden betraten. Das silberne Läuten einer Klingel an der Decke verkündete ihre Ankunft. Von hinter einem Vorhang an der rückwärtigen Seite des Raumes trat ein Mann hervor. Er war breit gebaut, braungebrannt, hatte dunkle Haare und Augen. Liam konnte in seinem breiten Lächeln einen Goldzahn erkennen.

»Willkommen in meinem bescheidenen Etablissement. Man nennt mich den Kurator. Ihr habt einen besonderen Wunsch nach Antiquitäten? Ich erfülle ihn Euch. Im Rahmen des Gesetzes natürlich.« Der Mann grinste verstohlen. »Ich habe Euch mein Gesicht offenbart, so zeigt mir auch Eures, verehrte Kunden.«

»Wie du wünschst«, sagte Aurelius. Er zog seine Kapuze zurück und bedeutete Liam, es ihm gleich zu tun.

Der Kurator leckte sich mit der Zunge über die Lippen. Er ließ seinen Blick von Aurelius zu Liam und wieder zurück schweifen. Schließlich zählte er eins und eins zusammen. Er erbleichte und wich einen Schritt zurück.

»Kaiserliche Hoheit, was für eine … angenehme Überraschung Euch in meinem Laden begrüßen zu dürfen. Und Euren Menschenfreund habt Ihr auch dabei. Die ganze Stadt spricht von seinen … erhm … Heldentaten. Wie wunderbar! Wie kann ich Euch helfen?« Er blickte nervös zwischen Aurelius und Liam hin und her.

»Kein Grund zu Besorgnis, zumindest noch nicht. Wir sind auf der Suche nach gewissen Artefakten. Ich hörte, du könntest uns weiterhelfen«, sagte Aurelius.

»Da müsst Ihr falsch informiert sein, hoher Herr. Ich verkaufe nichts dergleichen. Das versichere ich Euch. Der Handel mit solchen Dingen ist strikt verboten. Sie gehören einzig und allein dem Museum, wie Ihr sicher wisst.« Der Kurator hatte in einem unterwürfigen, wenn auch nicht völlig überzeugendem Ton gesprochen. »Kann ich Euch stattdessen für diesen Kandelaber begeistern?« Er zeigte auf ein paar Gegenstände im Regal hinter ihm. »Massivgold und zwergengefertigt, eine echte Rarität. Oder lieber dieses lohidische Zaumzeug, getragen vom Lieblingspferd des Großknest? Dafür bürge ich mit einem Echtheitszertifikat.«

Aurelius langte blitzschnell zu und packte den Kurator am Kragen. Er drückte ihn gegen die Wand. Hilflos schlackerte er mit den Füßen, während er wie eine Marionette einen halben Schritt über dem Boden baumelte. Für seine schmächtige Gestalt besaß Aurelius überraschend viel Kraft.

»Genug von dieser Scharade. Lüg uns nicht an. Der Palast weiß genau, was hier vor sich geht, genauer als dir lieb sein kann. Dein richtiger Name ist Geranus Lemnos, Kurator. Du bist der Mischlingsbastard einer elvanischen Schankmaid und eines teknorischen Händlers. Wir sind hergekommen, weil man uns sagte, du hättest Verbindungen zu jedem Kunstdieb und Grabräuber westlich von Charapolis.«

Der Kurator keuchte und strampelte um freizukommen. Zwecklos. Schließlich gab er seinen Kampf auf und erschlaffte.

»Ganz recht, Herr, ganz recht. Und auch östlich davon habe ich meinen Einfluss, möchte ich meinen«, fügte er nicht ohne Stolz hinzu. »Ihr habt mich ertappt. Was habt Ihr nun mit mir vor?«

»Hilf uns, oder du wirst es bereuen.« Aurelius zog etwas aus seiner Seitentasche, das Liam nicht sehen konnte und zeigte es Lemnos. Der Kurator erbleichte.

»Dann mir nach, wenn es beliebt«, keuchte er angsterfüllt.

Aurelius ließ ihn sinken und klopfte sich den Staub von der Tunika. Lemnos ging durch den Vorhang, durch den er gekommen war. Liam und Aurelius folgten ihm. Vor ihnen lag eine Abstellkammer voller Gerümpel und Spinnweben. Der Kurator öffnete einen Besenschrank zu seiner Rechten. Er war leer. Er betastete die Rückwand des Schrankes und betätigte einen versteckten Mechanismus. Die Wand klappte auf und führte in einen weiteren Raum.

Liam staunte nicht schlecht. Hier befand sich eine Ansammlung der bizarrsten Gegenstände, die er je gesehen hatte. Ein ausgestopfter Einhornkopf hing an der Wand über einem wackligen Regal, auf dem sich goldene Kelche stapelten, in die spitze Runen eingraviert waren.

Lemnos wies sie in die hinterste Ecke zu einem von einem schwarzen Tuch bedeckten Tisch. Mit viel Getue zog er das Tuch weg und vollführte eine kleine Verbeugung.

»Hier, junge Herren, seht Ihr meine wertvollsten und seltensten Stücke.«

Für Liam sah es auf den ersten Blick aus wie eine Ansammlung von zerbrochenem Tand. Da waren eine gewöhnliche Kugel aus schwarzem Stein, etwa von der Größe eines Kohlkopfes, rostige Schnallen und ein paar Messer. Doch dann bemerkte er mehrere Statuetten mit Tierköpfen, eine davon mit einer Delphinschnauze. Genau wie die Affenmenschen im Museum! Und dann war da noch …

»Eine Karte der Smaragdsee mit Onyxintarsien in nerischem Marmor«, verkündete Lemnos stolz. »Seht nur! Über fünfhundert Jahre alt, vielleicht mehr. Ist sie nicht wunderbar? Meine neuste Anschaffung. Unbezahlbar, versteht sich.«

»Sie ist zerbrochen«, stellte Aurelius knapp fest. »Sie zeigt nur den östlichen Teil. Komm und sieh sie dir an, Liam.«

Liam trat näher an den Tisch heran und besah sie sich. Tatsächlich. Die kleine Platte, in etwa so groß wie beide Handflächen

Liams, war in der Mitte entzwei gebrochen. Drei schwarze Kreise hoben sich auffällig vom glänzend weißen Marmor ab. Konnte es sich bei den Kreisen um die Städte der Alten handeln?

»Nun gut. Die sollte für unsere Zwecke genügen«, sagte Aurelius nach eingehender Prüfung. »Du hast Glück gehabt, Lemnos. Die hier ist im Namen des Kaisers beschlagnahmt.« Er steckte die steinerne Karte ein, »wie auch der Rest hiervon.« Die ramponierten Delphinstatuetten wanderten ebenfalls in die Innentaschen von Aurelius' Umhang.

»Aber Herr, Ihr ruiniert mich«, wimmerte Lemnos.

»Keine Sorge, du sollst dein Gold bekommen, Kurator. Versuch nicht, den Rest der Artefakte wegzuschaffen. Zu deinem Unglück habe ich ein sehr gutes Gedächtnis. Später kommen ein paar Freunde von mir vorbei, die werden für den Abtransport sorgen. Wehe dir, wenn etwas fehlt.«

»Nein Herr, oh nein. Nichts läge mir ferner, das versichere ich Euch. Ich danke Euch für Eure Großzügigkeit.«

Sie wandten sich zum Gehen. Doch Liams Blick blieb im Vorraum an einem gräulich-grünen Stein hängen, größer als sein Kopf. Er sah aus wie ein perfektes Oval.

»Liam, komm«, rief ihm Aurelius zu, doch Liam zögerte.

»Ah, der junge Herr hat einen meiner besonderen Schätze entdeckt«, sagte Lemnos.

Sollte er es ihnen übel nehmen, bedroht und eingeschüchtert worden zu sein, war davon nichts mehr zu spüren. Von jetzt auf gleich wechselte er sein Gebaren. Lemnos war wieder vollkommen Geschäftsmann.

»Was ist das?«, fragte Liam.

»Das, junger Herr, ist ein Drachenei. Eine absolute Seltenheit, das versichere ich Euch.«

Liam nahm das Ei näher in Augenschein. Bei genauerer Betrachtung konnte er trotz des gedämpften Lichts Kringel und Einschlüsse auf der Oberfläche erkennen, die kleinen Muscheln ähnelten.

»Bist du des Wahnsinns Lemnos? Hängst du so wenig an deinem Leben? Erst belügst du uns, dann versucht auch noch Liam deine Hehlerware anzudrehen?«, sagte Aurelius aufgebracht.

Lemnos strich sich mit beiden Händen nervös über den Hals. Womöglich hatte er befürchtet, wieder gegen die Wand gepresst zu werden.

»Keineswegs, Hoheit, keineswegs. Keine Hehlerware, alles einwandfrei«, er verbeugte sich bis zu seinen Stiefelspitzen.

Aurelius trat näher zu ihnen heran und beäugte das Ei kritisch.

»Welche Rasse ist es?«, fragte an er an Lemnos gewandt.

»Ein Kassitischer Seeschaumdrache, Kaiserliche Hoheit. Zu erkennen an der charakteristischen Farbe und den feinen Mustern.«

»Hm«, grummelte Aurelius. »Ich nehme an, du hast die nötigen Unterlagen? Ich brauche dich nicht daran zu erinnern, dass der Handel mit Dracheneiern seit dem Vorfall in Sol Aeternus nur noch unter strengen Auflagen gestattet ist?«

»Alles ist in bester Ordnung. Ich kann Euch die entsprechenden Dokumente zeigen, wenn Ihr wünscht, Kaiserliche Hoheit«, sagte Lemnos unterwürfig.

Aurelius nickte und der Händler eilte in den hinteren Teil des Ladens.

»Was ist ein Kassitischer Seeschaumdrache?«, fragte Liam.

»Das sind Drachen mit Schuppen von hellblauer Farbe, die auf den Inseln nördlich von hier leben. Sie ernähren sich ausschließlich von Fisch und können keine Flammen speien. Deshalb stellen sie auch keine Gefahr für unsere Minenkolonie dar. Gut, manchmal gibt es Zwischenfälle mit Fischkuttern, die sich zu nahe an ihre Nester wagen. Wenn man sie jedoch in Ruhe lässt, gibt es in der Regel keine Probleme«, erklärte Aurelius.

»Du warst sehr misstrauisch«, sagte Liam.

»Ja. Ich dachte zuerst, es wäre ein Elvanischer Prachtschwanz.«

Liam versuchte ein Lachen zu unterdrücken. Doch es wollte ihm nicht so recht gelingen.

Unbeirrt fuhr Aurelius fort. »In diesem Licht sehen sich die Eier sehr ähnlich. Die Prachtwschänze leben hier in den Hügeln auf der Westseite der Insel, jenseits der Berge. Deshalb gibt es dort auch kaum Elfen«, ergänzte Aurelius auf Liams fragenden Blick hin. »Sie sind vom Aussterben bedroht, weißt du? Deshalb stehen sie unter Schutz. Der Handel mit ihren Eiern ist strikt verboten und wird streng geahndet. Natürlich versuchen Wilderer trotzdem, an ihre Gelege heranzukommen. Sie locken Weibchen mit frisch geschlachteten Ochsen heraus, während sie sich an den Nestern vergreifen. Die Männchen sind besonders aggressiv und töten sich oft mit ihren Stachelschwänzen gegenseitig.«

»Wie viele gibt es noch?«

»Bei der letzten Zählung waren es ungefähr fünfzig Stück. Ich weiß nicht, wie lange sich die Population noch aufrecht erhalten lässt.«

»Du klingst fast, als würdest du das bedauern«, sagte Liam.

»Das tue ich auch. Wenn du einmal eines von diesen Biestern gesehen hast, wie es kupfern in der Sonne schillert, gelegentlich einen giftgrünen Flammenstrahl speit und majestätisch durch die Lüfte gleitet, dann würdest auch du dich sicher in sie verlieben.«

Lemnos kam aus dem Vorderzimmer zurück. Seine Unterlagen in Händen, wuselte er zu ihnen herüber. Er reichte sie Aurelius.

»Scheint tatsächlich alles in Ordnung sein«, sagte Aurelius und musterte sie mit Kennerblick. »Weißt du was, Lemnos? Ich kaufe dir das Ei ab. Mein Bruder liebt Drachen noch mehr als ich und ich möchte ihm eine Freude machen.«

»Selbstverständlich, ich mache Euch einen wunderbaren Freundschaftspreis, was sagt ihr? Fünfhundert Goldmünzen«, sagte Lemnos.

»Schön. Ich lasse das Ei mit den übrigen Artefakten abholen, dann wirst du auch bezahlt.«

»Vielen Dank, Kaiserliche Hoheit. Ich bitte Euch untertänigst, betrachtet es als Zeichen meiner Ergebenheit und meines guten Willens.« Er verbeugte sich erneut.

Als sie den Laden verlassen hatten, hörten sie wie von innen ein schwerer Riegel vor die Tür geschoben wurde.

Aurelius lachte freudlos. »Armer Narr. Seine so genannte Ergebenheit wird ihm nichts nützen, sollte er sich nicht bessern.«

»Von welchen Freunden hast du da vorhin eigentlich gesprochen? Die werden ihm doch nichts antun?«, fragte Liam besorgt.

Obwohl er den Händler nichts besonders hatte leiden können, wünschte er ihm dennoch kein unnötiges Leid.

»Andere Indices. Und das hängt ganz von ihm ab. Wenn er sich kooperativ zeigt und sein Wort hält, wird ihm nichts geschehen«, antwortete Aurelius.

»Und wenn nicht?«, bohrte Liam nach. Doch Aurelius lächelte nur und legte seinen Zeigefinger an die Lippen. Sie setzten ihre Kapuzen auf und machten sich auf den Weg zurück in den Palast.

Als sie zurückgekehrt waren, übersprangen sie das gemeinsame Abendessen. Die beiden zogen sich stattdessen mit ihrem Fund auf Aurelius' Zimmer zurück. Damit sie trotzdem nicht hungern mussten, brachte ihnen ein Diener auf Aurelius' Befehl hin etwas roten Wein und kaltes Brathuhn. Eine Weile saßen sie nachdenklich kauend auf dem Bett.

Als sie aufgegessen hatten, legte Aurelius die zerbrochene Steintafel zwischen die beiden. Unter dem magischen Licht der Zimmerlampe waren viel mehr Details zu erkennen als noch im düsteren Hinterzimmer des Kurators. Neben den schwarzen Kreisen waren filigrane Linien zu erkennen, die sich wie ein Spinnennetz über den Stein zogen.

»Ich denke das hier«, sagte Aurelius und fuhr mit dem Finger eine der dickeren Linien nach, »markiert die Küstenverläufe. Das würde bedeuten, diese beiden schwarzen Kreise müssten ihrer Position nach Charapolis und Emporia sein.«

»Das heißt, wenn deine Berichte korrekt sind – und davon gehen wir ja aus – muss dieser dritte Kreis«, Liam deutete aufgeregt darauf, »die Stadt in den Bergen zeigen, von der du gesprochen hast. Hier auf dieser Insel.«

Aurelius nickte zustimmend. »Zerkalion in der Östlichen Smaragdsee. Das glaube ich auch. Sieht ganz so aus, als hätten wir unseren Zielort gefunden.«

»Großartig«, flüsterte Liam begeistert.

Aurelius lachte bitter. »Das war leider nur der leichte Teil, fürchte ich. Die Schwierigkeit wird sein, die Stadt im Gebirge zu entdecken und sie ist sicher gut vor Eindringlingen verborgen. Doch da kommst du ins Spiel. Mit deiner Vogelsicht wirst du uns zum Erfolg führen.«

»Wie kommen wir dorthin?«, fragte Liam.

»Wenn der Frühling kommt und du dein Training abgeschlossen hast, werden wir ein Schiff nehmen. Das bringt uns zuerst nach Neria, die elvanische Inselfestung und Operationsbasis des Imperiums in der Östlichen Smaragdsee.«

»Wie lange werden wir unterwegs sein?«

»Bis Neria? Zwischen zwei und drei Wochen, je nach Bedingungen. Bis Zerkalion sind es noch einmal bis zu sieben Tage. Wer weiß, wie viel Zeit wir dann mit der eigentlichen Suche verbringen werden?«, antwortete Aurelius.

Liam überlegte. Das würde bedeuten, dass er bei seiner Rückkehr mit Sicherheit fast ein Jahr von zuhause fort wäre. Der Gedanke behagte ihm nicht. Was konnte alles in der Zeit geschehen? Doch er wischte ihn zur Seite, wie eine lästige Fliege. Er begann, mit Aurelius die Einzelheiten ihrer Reise zu erörtern.

Die ganze Nacht saßen sie noch zusammen und diskutierten über ihre Entdeckung. Die Sonne war noch nicht aufgegangen, als Liam die Tür zu Aurelius' Zimmer hinter sich schloss. Er machte sich durch das Gängelabyrinth des Palastes auf den Rückweg zu seiner eignen Kammer.

Aus einem Zimmer, etwa zehn Schritt links vor ihm, trat eine schattenhafte Gestalt heraus. Liams Magen verkrampfte sich. Sie schloss vorsichtig die schwere Holztüre hinter sich, sichtlich bemüht, keinen Laut von sich zu geben. Es war doch wohl nicht schon wieder ein Attentäter? Entschlossen ging Liam auf sie zu. Die Schritte schreckten die sichtlich um Heimlichkeit bemühte Gestalt auf.

»Liam, was machst du denn hier?« Erst jetzt erkannte er die Person. Es war doch nur Gordianus, Marcellas Verlobter.

»Das könnte ich dich auch fragen«, entgegnete Liam.

»Dann einigen wir uns doch hierauf: Wir beiden gehen unserer Wege und vergessen, dass wir uns je begegnet sind«, antwortete Gordianus mit einem verlegenen Lächeln.

»Von mir aus«, sagte Liam. Es gelang ihm nicht, ein Gähnen zu unterdrücken.

»Einen guten Morgen wünsche ich dir noch«, sagte Gordianus in geheimnisvollem Tonfall. Er zwinkerte ihm vielsagend zu und wuselte von dannen. Es war wirklich Zeit, ins Bett zu kommen. Für Liams Geschmack waren das mehr als genug Mysterien für eine Nacht. Mit Gedanken an Gordianus wollte er sich nun wirklich nicht herumschlagen, wenn es doch so viel Wichtigeres zu durchdenken gab.

Liam hatte Aurelius noch nie nackt gesehen. Selbst während der gesamten Überfahrt auf der *Ateia* hatte er sich nie hinreißen lassen, wie einige der Matrosen ein ausgiebiges Sonnenbad an Deck zu nehmen. Doch heute würde sich das ändern. Auf besonderen Wunsch des Kaisers stand Schwimmunterricht auf dem Stundenplan. Aurelius und Valerius sollten seine Lehrer sein.

»Jeder der eine Seereise wagt, sollte sich zumindest über Wasser halten können. Und wir wollen dich ja nicht verlieren, solltest du über Bord gehen«, hatte Lucius erklärt.

Zu diesem Zweck hatten sie die private Schwimmhalle der kaiserlichen Familie aufgesucht. Hier würden sie keine Schaulustigen stören. Wann immer Liam in letzter Zeit den Palast verlassen hatte, wurde er von vielen Elfen angestarrt wie die exotischen Tiere, die er neulich im Tiergarten gesehen hatte.

Die kaiserliche Schwimmhalle war ein langgezogener Bau mit zwölf Schritt hohen Decken, gestützt von weißen Marmorsäulen, um die sich steinerne Rosen rankten. Um den Beckenrand waren Mosaike eingelassen, die Elfen in verschiedenen Alltagsszenen in idyllischem Landleben zeigten. Die ganze Szenerie wurde von der aufgehenden Sonne in ein herrliches Licht getaucht, das durch die Buntglasfenster hereinfiel. Das Becken selbst war gut dreißig Schritt lang. Sein Wasser, das in Fontänen aus den Mündern von allerlei steinernem Meeresgetier herabfiel, war türkisblau, zweifellos wegen der Kacheln am Beckenboden.

Die drei standen neben dem Mosaik einer Schafhirtin, die mit einem Hütejungen anbändelte. Valerius begann als erster seine Kleidung abzulegen, Liam machte es ihm ohne Zögern nach. Allein Aurelius ließ sich recht bitten.

»Komm schon, Bruderherz, wir sind doch unter uns«, sagte Valerius. »Hier schaut dir keiner was weg.« Er lachte.

Aurelius kam seiner Aufforderung nur widerwillig nach.

Die beiden Brüder waren sich in ihrem Körperbau sehr ähnlich und sahen um einiges männlicher aus als Liam. Valerius war zwar ein paar Fingerbreit kleiner als sein Bruder, dafür hatte er breite Schultern und war um einiges muskulöser. Liam hatte angenommen, die Bartlosigkeit der Elfen müsste sich auch auf den Rest ihres Körpers erstrecken. Doch damit hatte er sich geirrt. Neben leichter Behaarung an Armen und Beinen spross den Elfen feines Haar vom Schambereich bis zum Bauchnabel. Liam selbst konnte mit ein wenig Brustbehaarung aufwarten, das jedoch wie der Rest seiner Haare rotblond war und auf seiner hellen Haut daher kaum zur Geltung kam.

Liam fiel ein ein rosarotes Brandmal auf Aurelius' rechter Brust ins Auge, als dieser sich sein Hemd über den Kopf zog. Es hatte in etwa die Größe und Form einer Handfläche.

»Wie hast du dir das denn zugezogen?«, fragte Liam auf das Mal deutend.

Aurelius seufzte.

Valerius warf seinem Bruder einen unruhigen Blick zu.

»Das tut jetzt nichts zur Sache«, sagte Aurelius.

»Tut mir leid«, sagte Liam. »Ich wollte nicht unsensibel sein.«

»Mach dir keine Gedanken«, gab Aurelius schroff zurück. »Ist lange her. Wir sollten jetzt wirklich mit dem Unterricht beginnen.«

Den ganzen Vormittag übten sie. Liam war noch nie richtig geschwommen. Sicher, er hatte sich in die Brandung des Ozeans gestellt und an besonders heißen Tagen waren sie zum Weiher am Wasserfall gegangen. Doch hatte er dort überall stehen können und das Wasser reichte ihm höchstens bis zu den Schultern.

Wäre er in eine Situation gekommen, in der er den Boden unter den Füßen verlor, wäre er wahrscheinlich wie ein Stein zum Grund des Meeres gesunken. Dort hätte er dann in den düsteren Hallen der Meeresgöttin Farla mit den Kraken und ertrunkenen Seeleuten bis ans Ende aller Zeit sein trübsinniges Dasein fristen können.

Aurelius und Valerius konnten als Lehrmeister keine gegensätzlicheren Auffassungen vertreten. Wollte Aurelius Liam langsam an die Dinge heranführen und ihm erst einmal die theoretischen Grundlagen des Schwimmens vermitteln, machte ihm sein Bruder einen gehörigen Strich durch die Rechnung. Ohne viel Federlesen stieß er Liam einfach vom Rand ins Becken.

Liam schluckte große Mengen an Wasser. Er hustete und prustete und strampelte, um nicht unterzugehen. Tatsächlich schaffte er es, wieder an den Beckenrand zu gelangen. Er zog sich heraus auf die wunderbar festen Fliesen. Er hatte das Gefühl, er müsste sich übergeben.

Valerius lachte herzhaft, doch Aurelius konnte dessen Vergnügen nicht teilen. Er warf seinem Bruder einen finsteren Blick zu und eilte zu Liam, der sich vornübergebeugt hatte und auf seine Knie gestützt immer noch Wasser spuckte.

»Alles in Ordnung bei dir?« fragte Aurelius besorgt. »Das war wirklich unverantwortlich von dir«, tadelte er Valerius.

»Ach was, stell dich nicht so an. Hat doch funktioniert und passiert ist ihm auch nichts, oder?«

»Ja, alles gut«, keuchte Liam. Er hustete noch zweimal, dann richtete er sich wieder auf. Ein müdes Lächeln war alles, was er zustande brachte.

Aurelius wirkte wenig begeistert. »Jetzt versuchen wir es mit meiner Methode. Schau zu und lerne.«

Mit einer eleganten Bewegung ließ sich Aurelius ins Becken gleiten und schwamm im perfekten Bruststil von einem Ende zum anderen. Auch Valerius hielt es nicht länger aus. Er nahm Anlauf und sprang mit einer kindlichen Freude in das kühle Nass. In der ganzen Halle spritzte es nur so. Als er wieder auftauchte, begann er rücklings seine Runden durch das Becken zu ziehen. Zweimal wäre er beinahe mit einem ungehaltenen Aurelius zusammengestoßen.

Auch Liam, der sich inzwischen von seinem ersten Schock erholt hatte, stieg vorsichtig zu den beiden ins Wasser. Aurelius kam zu ihm herübergeglitten und demonstrierte ihm die Einzelheiten seiner Technik. Valerius, der offensichtlich genug vom Rückenschwimmen hatte, zog sich am Rand des Beckens heraus, und begann ihnen zuzusehen. Gelegentlich begleitete er das Geschehen mit hilfreichen oder auch weniger hilfreichen Kommentaren.

Nach zwei Stunden hatte Liam es langsam raus. Es fiel ihm immer noch schwer, den Kopf unter Wasser zu halten, sobald er seine Arme vorstreckte. Etwas in ihm sperrte sich regelrecht dagegen. Immerhin konnte er sich nun eine ganze Weile über der Wasseroberfläche halten und eine kurze Strecke zurücklegen, ohne in Panik zu verfallen, er würde im nächsten Moment absaufen.

Die Sonne, die durch die Buntglasfenster hereinfiel, hatte bereits einen hohen Stand erreicht, als Aurelius ihr Training für beendet erklärte.

»Für den Anfang war das gar nicht so übel. Ich bin stolz auf dich, Liam. Noch ein paar Wochen Unterricht, dann hast du den Bogen raus.«

Anerkennend klopfte ihm Aurelius auf die Schulter.

Valerius, der anscheinend unbedingt mit seinen Fähigkeiten angeben musste, sprang ein letztes Mal zu ihnen ins Wasser. Mit überheblichem Gesichtsausdruck zog er in blitzschnellem Delphinstil vorbei, bevor er sich umwandte und ihnen frech entgegen grinste. Zur Antwort spritzte Aurelius seinen Bruder mit einem gezielten Schlag Wasser ins Gesicht. Valerius machte eine verdutze Miene, dann brach er in schallendes Gelächter aus. Er wollte es seinem Bruder heimzahlen, doch erwischte er stattdessen Liam. So tollten sie noch eine Weile herum, bis es endgültig an der Zeit war zu gehen.

»Ich sterbe vor Hunger«, sagte Valerius und auch Liam knurrte bereits der Magen.

Die drei stiegen aus dem Becken. Hinter einem Mäuerchen erklang lautes Gekicher. Drei Gesichter tauchten auf. Drei Mädchengesichter. Es waren Marcella und zwei ihrer Hofdamen. Reflexhaft bedeckte Liam seinen Intimbereich. Betreten blickte er mit rosa angelaufenen Wangen zu Boden. Ganz anders reagierten seine beiden Begleiter. Aurelius verschränkte seine Arme vor der Brust und setzte ein genervtes Gesicht auf.

Valerius hingegen begann zu posieren. Er verlagerte sein Gewicht auf das linke Bein und den drehte seinen rechten Oberschenkel ein wenig nach außen, sodass sein Gemächt noch besser zur Geltung kam. Abwechselnd spannte er verschiedene Muskelgruppen an. Er schenkte den unbekannten Mädchen ein breites Lächeln.

»Habt ihr etwa die ganze Zeit zugesehen?«, fragte Aurelius ungehalten.

»Nicht die ganze Zeit«, kicherte die kleinere der beiden Damen.

Aurelius warf seiner Schwester einen missmutigen Blick zu. Diese zuckte nur gleichgültig mit den Schultern.

»Kommt, genug gesehen für heute. Clara. Drusilla. Lasst uns gehen. Ich langweile mich«, sagte Marcella bestimmt.

Spöttisch knicksten Clara und Drusilla und wandten sich zum Gehen. Feixend folgten sie Marcella, allerdings nicht ohne sich mehrmals umzudrehen, um Liam und den beiden Prinzen Kusshände zuzuwerfen.

Als die Mädchen gegangen waren, begannen sie sich abzutrocknen. Da platzte es plötzlich aus Aurelius heraus. »Es ist doch nicht zu glauben. Einfach ungeheuerlich.«

»Ach komm schon, ist doch nur Spaß«, sagte Valerius, der sich nun wieder normal gab. »Fühlst du dich etwa unwohl mit deinem Körper, Bruderherz?«

»Nein«, gab Aurelius giftig zurück. »Aber das ist noch lange kein Grund, uns so nachzustellen.«

»Entspann dich mal. Dem Volk geben, was das Volk will. Bläut uns Mutter das nicht immer ein?«, sagte Valerius mit breitem Grinsen.

Aurelius lachte bitter. »Das hat sie damit wohl kaum gemeint. Komm Liam, lass uns verschwinden bevor unser Weiberheld hier seinen Schwengel noch der gesamten Stadt präsentiert.«

Aurelius warf ein Hemd nach seinem Bruder. Dieser zog eine Grimasse. Sein Kopf verschwand kurzzeitig, um sogleich mit verstrubbelten Haaren wieder aufzutauchen.

Die drei zogen sich an und waren alsbald zum Aufbruch bereit. Liam, der während der gesamten Begegnung kein Wort gesprochen hatte, folgte den anderen schweigend. Er war noch immer etwas bedröppelt.

»Nächstes Mal schwimmen wir mit Kleidung«, sagte Aurelius. »Das ist ohnehin realistischer, sollten wir je in einen Sturm geraten.«

In dieser Nacht hatte Liam einen merkwürdigen Traum. Er war zurück in der Schwimmhalle. Im Becken waren nur er und Marcella. Beide waren unbekleidet. Doch überraschenderweise machte es ihm diesmal überhaupt nichts aus. Als ihr Gesicht dem seinen immer näher kam, warf sie ihm glühende Blicke zu.

Am nächsten Morgen musste Liam den Diener beschämt um frisches Bettzeug bitten. Fortan würde er versuchen, derlei unpassende Gedanken an die Prinzessin zu unterdrücken.

Kapitel 10 - Eine Frage der Pflichterfüllung

Aestuaria. Kaiserlicher Palast. 435 SAE. Herbst.

Der für Liams Empfinden ungewöhnlich warme Herbst ging nun endgültig dem Ende entgegen, die Blätter an den Bäumen waren bereits von Rot und Golden auf dem unvermeidlichen Weg hin zu Braun, um schließlich verschrumpelt zu Boden zu fallen. Im Hafen wurden die ankommenden Handelsschiffe immer spärlicher. Die Überfahrt nach Elvania Nova war während der Winterstürme einfach zu gefährlich. Immer häufiger regnete es nun, die offenen Spaliere, die Liam bei seiner Ankunft im Palast so verwundert hatten, wurden von den Dienern mit gewachsten Tüchern abgedeckt.

Das Leben begann sich langsam von den großen Parks und Plätzen in das Innere der Villen zu verlagern. Liam und Valerius spielten oft stundenlange Partien Novelis. Inzwischen war es ihm gelungen, Valerius zu schlagen, auch wenn er den überwiegenden Teil der Spiele noch verlor. Manchmal gesellte sich auch Marcella zu ihnen. Doch sah sie meistens nur zu. Sie war eine noch miserablere Spielerin als Liam und darüber hinaus eine schlechte Verliererin. Aurelius glänzte mal wieder durch Abwesenheit. Auf Liams Nachfrage, erklärte ihm ein schlecht gelaunter Valerius, sein Bruder sei in geheimem Auftrag unterwegs, während er mit den Beamten Papyri büffeln durfte.

Das Fest zur Tag- und Nachtgleiche kam und ging. Die Feuer, die zu diesem Anlass des Nachts auf den Aestuaria umgebenden Hügeln entzündet wurden, waren ein wahrlich gespenstischer

Anblick. Liam hätte sich das Spektakel gerne aus der Nähe angesehen, doch er war für gut drei Wochen an der Kalasgrippe erkrankt und musste zu seinem großen Verdruss das Bett hüten. Zumindest war Aurelius zurückgekehrt. Zwar weigerte er sich, ihm etwas über seinen Verbleib zu erzählen, doch brachte er Liam wenigstens neue Bücher mit, um ihn zumindest ein wenig aufmuntern zu können.

So vergingen die Monate langsam, aber sicher. Das Ende des Jahres und damit Liams Geburtstag nahten mit großen Schritten heran. Zuhause hatte seine Mutter jedes Jahr ein großes Aufhebens darum gemacht und ihm Ziegengulasch mit Apfelsaft kredenzt. Eine wahre Delikatesse. Darauf würde er in diesem Jahr wohl oder übel verzichten müssen.

Doch dann geschah etwas Unvorhergesehenes. Liam war bereits seit einigen Tagen genesen, als Valerius mit einem verstohlenen Gesichtsausdruck zu ihm ins Zimmer kam und sich auf die Kante von Liams Bett setzte. Liam legte sein Buch beiseite (*Mythen und Legenden der Stämme von Neruba. Verspeisen sie wirklich Löwenfleisch?*) und schaute ihn fragend an.

»Ich weiß etwas, das du nicht weißt«, feixte Valerius.

»Na das ist ja mal eine Überraschung«, neckte ihn Liam. Als Retourkutsche bekam er prompt ein Kissen ins Gesicht.

»Im Ernst, Aurelius hat mir die Geschichte von einem Vollmond zur Wintersonnenwende und einem gewissen schmalbrüstigen Jungen gesteckt.« Er grinste noch breiter.

Liam war verwirrt. »Woher weiß er das? Darüber habe ich nie mit ihm gesprochen?«

»Ich bitte dich. Hast du meinen Bruder getroffen? Du glaubst doch nicht ernsthaft, er hätte dich mit auf sein Schiff genommen, wenn er nicht vorher alle verfügbaren Informationen über dich gesammelt hätte. Jedenfalls bin ich der Meinung, wir sollten deinen Geburtstag gebührend feiern.«

»Das ist sehr nett, ich freue mich auch darüber. Wirklich. Aber weshalb?«

»Nun, wenn du nicht in unser Leben getreten und nach Aestuaria gekommen wärst, würde ich mich hier immer noch zu Tode langweilen. Also hast du in gewisser Weise nicht nur Aurelius das Leben gerettet. Mein Vater sollte dich dafür in den Senat aufnehmen!«, scherzte Valerius.

»Ich hatte schon befürchtet, niemand würde an mich denken«, gab Liam kleinlaut zu.

Valerius warf ihm einen mitfühlenden Blick zu. Dann stand er mit einem Mal vom Bett auf. »Gut, damit ist es beschlossene Sache. Am Abend der Wintersonnenwende werden wir zu deinen Ehren ein kleines Fest veranstalten, sobald wir aus dem Tempel zurück sind. Ich würde die Zeremonie ja schwänzen, aber meine Mutter würde mir die Ohren abschneiden und sie an die Hunde verfüttern.«

Valerius verließ das Gemach so unvermittelt wie er es betreten hatte und ließ einen nachdenklichen Liam zurück. War Kaiserin Cornelia wirklich zu so etwas fähig? Liam wollte ihre Geduld lieber nicht auf die Probe stellen.

Es war der erste wirklich kalte Tag des Winters. Die Winde hatten deutlich aufgefrischt. Am Morgen der Wintersonnenwende hatten sich die Wolken verzogen, doch das Gras war immer noch feucht, die gepflasterten Straßen waren rutschig von den herabgefallenen Blättern.

Die Wintersonnenwende war ein hoher elvanischer Festtag. Im großen Tempel würde die Rückkehr der Sonne begangen werden, bevor sie in ein paar Monaten erneut zu ihrer alten Stärke zurückfinden würde. Zur Feier des Tages hatte Liam ein neues Gewand bekommen: Forstgrün mit goldenen Wellenmustern an den Säumen.

Zusammen mit dem Kaiserpaar, ihren drei Kindern, zwei Dienern und einem guten Dutzend grimmig dreinblickender Wachen, hatten sie kurz vor Mittag den Palast verlassen und sich gemeinsam auf den Weg zum Tempel gemacht. Kaiserin Cornelia und Marcella hatten sich zusätzliche Schals umgeworfen. Auch die Männer waren von den Dienern mit dickeren Unterkleidern ausstaffiert worden, um die Zugluft fernzuhalten.

Kaiser Lucius ging voran und wurde unterwegs immer wieder von hochgestellten Persönlichkeiten angehalten. Geduldig hörte er ihnen zu, während sie ihm ihre Bitt- und Gnadengesuche überreichten. Ihre Schreiben reichte er an die Diener weiter, die sie in eigens mitgeführte Lederbeutel warfen. Was den Anschein von Spontanität erwecken sollte, konnte in Wahrheit nicht weiter davon entfernt sein. Valerius hatte ihm erklärt, dass es sich um ein genau geregeltes Zeremoniell handelte. Alles war im Vorhinein mit den großen Senatsfamilien abgesprochen. Wer sich dem Kaiser näherte, wusste genau, dass seinem Anliegen stattgegeben werden würde. Das große Rad der aestuarischen Politik drehte sich beständig weiter. Nicht einmal für den religiösen Höhepunkt des Winters machte es halt.

»Im Tempel wird es wieder eiskalt sein«, mokierte sich Valerius, der die Arme vor seinem Körper verschränkt hatte. »Man sollte meinen, das Ewige Feuer würde den alten Steinhaufen etwas mehr aufheizen, aber nein.« Demonstrativ rieb er sich seine Hände und pustete hinein. Sein Atem stieg als dunstige Wolke vor ihm auf.

»Stell dich nicht so an«, wies ihn seine Mutter zurecht. »So kalt ist es gar nicht. Ich sehe sonst keinen, der sich beschwert. Oder Kinder?«

Von Aurelius und Marcella kam ein unbestimmtes Grummeln.

»Die sagen nur nichts, weil ihnen die Zähne schon zusammengefroren sind«, erwiderte Valerius säuerlich. Er zuckte mit den Schultern. »Ich mag es eben lieber warm.«

Liam sah, wie Marcella große Mühe hatte sich ein Grinsen zu verkneifen. Es war wohl ein Witz, den nur sie verstand. Falls Aurelius eingeweiht war, ließ er sich nichts davon anmerken. Würdevoll und mit unbewegter Miene ging er einen halben Schritt hinter Valerius.

»Wie dem auch sei, du bist der Thronfolger und du wirst deine Pflicht tun«, sagte die Kaiserin. »Nimm dir ein Beispiel an deinem Bruder.«

»Perfekter Aurelius«, murmelte Valerius laut vernehmbar.

»Allerdings«, sagte die Kaiserin und schenkte ihrem Zweitältesten ein gütiges Lächeln. »Er weiß eben, was sich gehört. Ich werde euch etwas über das rechte Pflichtgefühl erzählen. Wie du weißt, war euer Vater nicht zum Thronfolger geboren. Euer Onkel Valerius war der Erstgeborene, nicht er. Wie es sich traf, war er meiner älteren Schwester Placidia versprochen.«

»Ach die Geschichte schon wieder«, sagte Marcella und rollte mit den Augen. »Die hast du uns doch schon tausend Mal erzählt.«

»Anscheinend hat das nichts gefruchtet. Also erzähle ich sie nun zum tausendundeinten Mal. Wo war ich? Achja. Als eure Tante dann von Valerius' Jagdunfall erfuhr, war sie zutiefst erschüttert. Sie ist ihm bald darauf ins Grab gefolgt. Sie ist an einem gebrochenen Herzen zugrunde gegangen. Ach, wie hat sie ihn geliebt.«

Valerius legte den Kopf schräg und ließ die Zunge heraushängen. Mit verdrehten Augen blickte er Liam an und mimte eine Person, die sich erhängte. Aurelius versetzte seinem Bruder einen Stoß zwischen die Rippen, sodass dieser scharf die kalte Luft einsog und prompt einen Hustenanfall bekam.

»Die arme Placidia«, fuhr die Kaiserin fort, die von alle dem nichts bemerkt hatte. »Sie war eine gute Seele.«

Liam bemerkte zum ersten Mal seit er sie kannte einen sanften Ton in der erinnerungsseligen Stimme der Kaiserin.

»Doch war sie nicht für die harten Erfordernissen der Ersten Familie bereit. Also trat ich an ihre Stelle, ich tat meine verdammte Pflicht.«

»Aber du hast Vater damals nicht geliebt«, mischte sich Marcella erneut ein.

»Nein, das habe ich in der Tat nicht«, antwortete ihre Mutter. Ihre Stimme war fast so kühl wie die Winterluft. Ihr Mund wurde ganz schmal. »Keinen von uns hat man nach seiner Meinung gefragt. Unsere Eltern hatten die Ehe zwischen unseren Geschwistern ausgehandelt, da es sich um eine perfekte Verbindung handelte. Unsere Blutlinien würden eine wunderbare Kombination ergeben, das Ansehen des Kaiserhauses stärken und dem Imperium mehr Macht verleihen. Warum sollte man eine solche Gelegenheit aufgeben, nur weil die älteren Geschwister ausfallen, aber noch zwei andere Kinder dafür in Frage kommen?«

»Ja, warum der Liebe wegen heiraten?«, sagte Marcella kleinlaut und ließ den Kopf hängen. Zu Liams Überraschung sah auch Valerius äußerst geknickt aus.

»Nun habt euch mal nicht so«, versuchte Aurelius sie aufzumuntern. »Ihr habt kein schlechtes Leben. Viele würden dafür töten, mit euch zu tauschen. Sie versuchen es zumindest oft genug.«

Doch bevor jemand etwas sagen konnte, tauchte Kaiser Lucius an der Seite seiner Frau auf. Offenbar war er soeben mit dem letzten Bittsteller fertig geworden.

»Was gibt es denn? Was habe ich verpasst?«, fragte er und sah strahlend seine Familie an.

»Ihr seht aber glücklich aus«, traute sich Liam festzustellen. »Gute Neuigkeiten?«

»In der Tat, mein Junge, in der Tat. Drusus hat mir etwas äußerst Interessantes über die Flaminier erzählt, wirklich äußerst interessant.«

Seine Frau und Kinder sahen ihn fragend an.

»Später, später. Dafür ist jetzt keine Zeit. Seht, der Erzpriester wartet schon auf uns.« Er deutete mit dem Arm auf eine stattliche Gestalt in wallenden Gewändern, die auf der obersten der drei

Steinstufen des Tempels stand und bei ihrem Anblick leicht den Kopf neigte.

»Lassen wir ihn nicht länger warten«, sagte Aurelius und straffte die Schultern. »Ohne uns kann die Zeremonie schließlich nicht beginnen.«

Valerius hatte recht gehabt. Der Tempel war wirklich ein alter Steinhaufen. Die Quader, aus denen er erbaut worden war, waren grobschlächtiger als die der übrigen Gebäude der Oberstadt und seine Wände weit weniger verziert.

Gemeinsam schritten sie die Treppe empor. Der Erzpriester trug zu diesem Anlass eine onxyfabrene Robe, die mit silbernen Fäden bestickt war, die sich auf seinem Rücken zum Sternenhimmel über Aestuaria verschlangen, wie man ihn zu dieser Jahreszeit beobachten konnte. Er verbeugte sich tief vor dem Kaiserpaar und Valerius als sie an ihm vorübergingen. Aurelius und Marcella schüttelte er huldvoll die Hände. Für Liam hatte er zumindest ein kurzes Nicken als Zeichen des Wiedererkennens übrig.

Gut fünfhundert Personen warteten bereits drinnen auf sie. Die Angehörigen der Senatsfamilien, Messdiener, Weihrauchschwenker und einige Magier der Quintilia, erkennbar an ihren veilchenblauen Roben, standen sternförmig um zwei Feuerschalen in der Mitte des Raumes. Nur in einer von beiden glomm der traurige Rest eines Feuers.

Sie nahmen ihre Plätze ein. Liam fand sich in der zweiten Reihe hinter Marcella zusammen mit ihren Hofdamen wieder. Sie begannen zu kichern, als sie ihn erkannten. Offenbar hatten sie den Vorfall in der Schwimmhalle nicht vergessen.

Auf der gegenüberliegenden Seite des Raumes war eine weitere große Doppeltür angebracht. Doch war diese aus Gold gefertigt. Auf ihren Flügeln waren die beiden geflügelten Schlangen abgebildet, die die Sonne in ihren Mäulern hielten.

Als die massiven Holztüren hinter ihnen mit einem dumpfen *Ummpf* geschlossen wurden, hüllte sie beinah totale Dunkelheit ein. Ein einzelner Sonnenstrahl, der durch ein kreisförmiges Loch in der Decke auf die mickrige rot-goldene Flamme fiel, spendete ihnen noch etwas Licht. Valerius hatte recht gehabt. Es war wirklich bitterkalt. Liams Zähne klapperten so heftig, dass er befürchtete, Drusilla würde ihn hören können.

Dann setzten die Stimmen ein. Ein Chor von zwei Dutzend Elfen, zu gleichen Teilen Männer und Frauen, stimmten eine schwermütige Melodie an, die immer langsamer wurde. Ein Messdiener kam mit einem langen Stab mit einem Haken an der Spitze würdevoll herangeschritten. Er musste sich ein wenig strecken, doch er schaffte es, die Luke vor dem kreisförmigen Loch zu schließen. Der letzte Sonnenstrahl erstarb. Im selben Moment brach auch der Chor ab. Bleierne Stille senkte sich über den düsteren Saal.

»Die Sonne hat uns für dieses Jahr endgültig verlassen. Die längste Nacht des Jahres naht heran«, sagte der Erzpriester. Im Widerschein der Flamme wirkte sein Gesicht merkwürdig verzerrt. Es erinnerte Liam an eine Maske aus grobem Holz. »Doch verzagt nicht. Die Sonne stirbt, aber die Hoffnung lebt. Ihr letztes Feuer wird in diesen Hallen gut behütet sein, bis es an der Zeit ist, sie wieder hervorzuholen. Oh Oberster Schutzherr des Einen Weges, Hüter der Heiligen Feuer Elvhanions, tritt vor. Versieh deine heilige Pflicht!«

Lucius löste sich aus der Reihe vor Liam und trat in den Flammenschein. Auch sein Gesicht wirkte wächsern und ausdruckslos. Der Erzpriester reichte ihm eine Art goldene Laterne, die an einer Kette am Ende eines Zepters befestigt war. Lucius nahm sie huldvoll entgegen. Er trat vor die Schalen, senkte den Kopf und hielt das Zepter über das Feuer. Die Laterne nahm die Flamme gänzlich in sich auf. Beide Schalen waren nun kalt und dunkel. Mit einem Mal wurde das Feuer größer und erleuchtete den gesamten Saal. Lange Schatten wurden an die Wände geworfen. Der bitter-süße Weihrauch biss in Liams Augen und Nase, sodass er nicht genau erkennen konnte, was als nächstes geschah. Die

Schatten bewegten sich, wurden länger, dann wurde es wieder pechschwarz.

»Was ist passiert?«, zischte er Marcella ins Ohr.

»Sie haben das Ewige Feuer ins Allerheiligste gebracht, hinter den Goldtüren. Dort bleibt es bis zur Frühlings Tag- und Nachtgleiche. Dann wird die andere Schale entzündet«, flüsterte sie zur Antwort.

Eine Weile geschah nichts. Liam begann sich bereits zu fragen, wie lange sie noch ausharren müssten, dann wurden die Holztüren aufs Neue geöffnet. Alle Beteiligten standen wieder an ihrem angestammten Platz. Die Menge begann munter zu schwatzen und begab sich zum Ausgang. Die Zeremonie war offenbar vorüber.

Valerius rieb sich mit diebischer Vorfreude die Hände. »Und jetzt zum spaßigen Teil. Das große Festmahl erwartet uns! Wetten, dass ich es schaffe, einen ganzen Pfau zu verspeisen?« Er grinste seinen Bruder an.

»Das versuchst du doch jedes Jahr.«

»Na und?«

»Du bist noch jedes Jahr gescheitert!«

»Irgendwann muss ich es ja schaffen«, antwortete Valerius voller Kampfgeist.

»Das ist die Definition von Wahnsinn«, seufzte Aurelius resigniert.

Marcella kicherte.

Das Festmahl beschäftigte sie den gesamten Nachmittag, bis in den frühen Abend hinein. Im Thronsaal waren drei lange Tische aufgebaut worden, die zusammen ein großes Hufeisen bildeten. Einer privilegierten Schar von rund einhundert Elfen, allesamt Senatoren und deren Familien, war es gestattet, das hohe Fest mit dem Kaiser zu verbringen. Die Tafeln waren über und über bedeckt mit den erlesensten Speisen. Aus allen Ecken des Imperiums waren die Köstlichkeiten bereits Wochen im Voraus herangeschafft worden, um den verwöhnten Gaumen der Gäste ein Spektakel bieten zu können, an das sie sich noch lange erinnern sollten. Alle Gänge wurden gleichzeitig serviert, sodass alle das essen konnten, was sie wollten. Ansonsten hätten die Gäste auf den Kaiser warten müssen, der ein notorisch langsamer Esser war. Der allgemeinen Moral war auf diese Weise besser gedient.

Als Vorspeise wurden Austern in Weißweinsoße und frisches Brot gereicht, zahlreiche Käse und Gänseleberpastete. Der Hauptgang bestand aus dreierlei: Hirschgulasch, gewürzt mit Pilzen und feinen Kräutern, riesige Seeteufel mit grünen Bohnen, Limonen und Lorbeerblättern sowie die gebratenen Pfaue, die Valerius sich zum Ziel auserkoren hatte. Die Tiere mit ihrer knusprig braunen Haut saßen im Ganzen auf Goldtellern. Ihre Schwanzfedern hatten sie zurückerhalten und präsentierten wie zu Lebzeiten ihr buntes Rad. Zum Nachtisch gab es allerlei süße Früchte. Weintrauben, Himbeeren, Blaubeeren, Ananas, Feigen, kandierten Ingwer und Dulcenabeeren. Die Krönung bildete eine dreistöckige Torte, auf deren oberster Etage eine goldene Sonne aus Marzipan prangte. Dazu wurden raffinierte Weine kredenzt. Eine Spätlese aus Sol Aeternus, Gewürzwein aus Sylvana und Flüssiges Gold aus Ver'layion in Hendar. Sogar ein junger Tropfen aus der Daonéa war dabei.

Liam probierte von allem etwas. Die Meeresfrüchte und den Fisch überging er allerdings. Es schmeckte köstlich, für seinen Geschmack vielleicht etwas zu schwer und ein wenig überladen. Sehnsüchtig dachte er das Ziegengulasch seiner Mutter.

Zur Unterhaltung spielten abwechselnd eine Kitharra, eine Harfe, mehrere Tuben, Trompeten und - der Höhepunkt des Ganzen - eine Wasserorgel, die ihre Zuhörer in eine angenehm schläfrige Stimmung versetzte. Wem das immer noch nicht genug war, konnte sich an den Gauklern, den Jongleuren und Feuerspuckern erfreuen, die unter großem Applaus ihre Kunststücke vorführten.

Wer sich unterhalten wollte, musste beinahe schreien, um den Lärm der Musik zu übertönen. Mit fortgeschrittener Stunde löste sich die anfängliche Formalität des Banketts zusehends auf. Die Leute erhoben sich von ihren Plätzen und machten die Runde, um mit Freunden und Verwandten zu plaudern, Allianzen zu schmieden und Intrigen zu spinnen. Wer nicht länger sitzen wollte, konnte es sich auf einer Liege bequem machen, die bei Bedarf von zwei Diener durch den Raum getragen wurden, wenn die hohen Gäste nicht mehr laufen konnten oder wollten.

Liam fiel der Erzpriester auf, der zwei junge Mädchen auf seinem Schoß hatte, die ganz sicher nicht seine Töchter waren. Falls doch, wäre die Situation nach Liams Ansicht ziemlich bedenklich gewesen. Die jungen Dinger kicherten, als sie dem beschwipsten Ascanius durch das krause Haar strichen und ihn mit Weintrauben fütterten.

Nach drei Stunden des Schlemmens entschuldigte sich Kaiserin Cornelia mit einem unmöglich zu lesenden Blick und verließ den Saal, eine äußerst widerstrebende Marcella in ihrem Schlepptau.

Valerius hatte inzwischen aufgeben. Mit dem Gesichtsausdruck des sterbenden Helden hatte er sich in die Horizontale begeben. Wehklagend rieb er sich den beunruhigend gespannten Bauch. Knapp vor dem Ziel war er gescheitert. Nur die Brust und die Schenkel des Pfaus waren noch übrig. Der Rest des einst stolzen Tieres war nurmehr ein Haufen säuberlich abgenagter Knochen, die sich, achtlos fortgeworfen, auf einem traurigen Haufen stapelten.

Nach einer weiteren Runde des Bäumchen-wechsel-dich unter der Aristokratie fand sich Liam neben Gordianus wieder, mit dem er bislang kaum ein Wort gewechselt hatte. Bis auf jene Nacht, in der er ihn durch die Gänge hatte schleichend angetroffen hatte, hatte er ihn kaum einmal bei Tageslicht und aus der Nähe gesehen. Mit seinem Onkel Pelagius verband ihn äußerlich wenig. Zu Liams großem Missfallen stellte sich Gordianus erneut als bildhübscher Mann heraus. Mit seiner Adlernase, seinen grauen Augen, den kurzen Haaren und der breiten Statur sah er aus wie eine fleischgewordene Statue eines Soldaten, wie sie überall in den Palastgärten herumstanden.

Liam wollte gerade heimlich aufstehen, um sich davonzuschleichen. Auf diese Unterhaltung hatte er überhaupt keine Lust. Doch als er sich gerade umwenden wollte, fiel der etwas vernebelte Blick seines Sitznachbarn auf ihn.

»Liam!« Seine schönen Augen weiteten sich ein wenig. »Glückliches Sonnwend!«

»Glückliches Sonnwend«, murmelte Liam, der nach einer schnellen Ausrede suchte. »Ich wollte eigentlich gerade gehen, um …«, doch er kam nicht zu Ende.

»Blödsinn«, sagte Gordianus, »setz dich und trink mit mir. Wir haben einiges zu besprechen.«

Er winkte einen Diener herbei, der einen Becher für Liam und eine Karaffe *Drucillas Tränen* brachte. Widerstrebend setzte sich Liam, während der Mundschenk auf Gordianus' Geheiß großzügig einschenkte. Erst als der Becher zu drei Vierteln gefüllt war, entließ er den Diener mit einer Handbewegung.

»Auf den Kaiser! Auf die baldige Wiederkehr des großen Feuers am Himmel!«, prostete er ihm zu. Liam hob seinen Becher, erwiderte den Trinkspruch und nahm einen kleinen Schluck der kristallklaren Flüssigkeit.

Die geringe Menge hatte ausgereicht, seinen Rachen zu verbrennen. Hustend und prustend suchte er nach Halt an der Tischplatte.

Gordianus brach in Gelächter aus. »Tut mir leid, das bist du wohl nicht gewöhnt. Mir ist es bei meinem ersten Mal auch nicht besser ergangen. Die *Tränen* bringen einen wahrhaftig zum Weinen«, sagte er leutselig.

Liam funkelte ihn böse an. »Worüber wolltest du nun so dringend mit mit sprechen?«

Gordianus gebot ihm mit einem gehobenen Finger, geduldig zu sein. Zunächst genehmigte er sich einen weiteren großzügigen Schluck.

Liam wurde zunehmend ungehalten. Was hatte das alles zu bedeuten?

Als Gordianus endlich ausgetrunken hatte, ließ er einen lauten Seufzer der Befriedigung ertönen. »Also, worüber ich mit dir sprechen wollte. Du hast doch niemandem von unserer nächtlichen Begegnung erzählt, oder?«

Wegen so etwas Unwichtigem war er aufgehalten worden? Liam konnte es nicht glauben. »Nein, habe ich nicht. Weshalb auch? Das Ganze scheint dir allerdings sehr wichtig zu sein«, antwortete Liam barsch.

»Nun, wenn das so ist … Verzeih, wenn ich dich verdächtigt habe. Mir sind in letzter Zeit nur einige Dinge zu Ohren gekommen.«

Liam wurde unwohl. Konnte es sein? Hatte Gordianus von seiner Schwäche für Marcella Wind bekommen? Nein, er hatte sich niemandem anvertraut …

Dann, wie um seine schlimmsten Befürchtungen zu bestätigen, fuhr Gordianus fort. »Mir ist aufgefallen wie viel Zeit du mit den Prinzen und der Prinzessin verbringst.«

»Nun, sie sind eben meine Freunde«, erwiderte Liam angriffslustig. Der Alkohol gab ihm sichtlich mehr Selbstvertrauen.

»Nur Freunde?«

Liam konnte erhebliches Misstrauen in den grauen Augen erkennen. »Nur Freunde. Meine einzigen hier im Palast«, sagte er etwas kleinlaut.

»Nur Freunde«, wiederholte Gordianus wie um sich selbst zu beruhigen. Sein Gesicht nahm einen sanfteren Ausdruck an. »Ich hätte es wissen müssen. In diesem Sumpf von Stadt verbreiten sich Gerüchte wie Lauffeuer, musst du wissen. Absichtlich gestreute, bösartige Gerüchte, die nur dazu dienen, andere in den Dreck zu ziehen.« Er wurde lauter. Einige der übrigen Gäste wandten ihre Köpfe zu ihnen um und begannen hinter vorgehaltenen Händen zu tuscheln, manche kicherten sogar.

Bösartige Gerüchte also? In Zukunft musste er sich wohl mehr in Acht nehmen. Vielleicht war jemandem aufgefallen, wie er die Prinzessin ansah, wenn sie es nicht bemerkte. Tatsächlich verbrachten sie viel Zeit miteinander, wenn er so darüber nachdachte. Hatte womöglich einer der Diener geplaudert, sich eine wilde Geschichte ausgedacht, um bei den anderen Lakaien im Mittelpunkt zu stehen? Oder handelte es sich um eine Intrige, die dem Kaiser schaden sollte? Aurelius hatte ihn gewarnt, dass so etwas passieren konnte.

»Vielleicht war ich etwas eifersüchtig«, gab Gordianus zu und blickte betreten auf seine feingliedrigen Hände. Sie waren makellos. Offensichtlich hatte er in seinem Leben keinen Tag körperlicher Arbeit erdulden müssen.

Liam war sich nicht sicher, ob er mit ihm oder mehr mit sich selbst gesprochen hatte. Aber eifersüchtig? Sah er, der hochgeborene Elf und Marcellas Verlobter ihn, den kleinen Menschen aus dem Nirgendwo, etwa als Rivalen an? Stolz durchzuckte Liam. Der Gedanke gefiel ihm, auch wenn es vollkommen falsch war, so etwas zu fühlen.

»Weißt du, auch ich bin etwas isoliert hier im Palast«, sagte Gordianus.

Der Knoten in seinem Inneren hatte sich offenbar gelöst, da er begann so freimütig mit ihm zu plaudern. Oder war das etwa eine List? Wollte er Liam falsches Vertrauen einflößen, um ihn doch noch zum Reden zu bringen?

»Mein Onkel hat mich nie geliebt. Wenn er mich an Sohnes statt angenommen hat, dann eher aus berechnendem Kalkül und zu seinem eigenen Vorteil, da bin ich mir sicher. Valerius ist wie ein Bruder für mich, mehr als das. Wenn ich und Marcella erst verheiratet sind, bin ich endlich auch offiziell ein Teil der Familie.« Gordianus tätschelte Liam wohlwollend die Hand. Offenbar war die Wirkung der *Tränen* auch an ihm nicht spurlos vorüber gegangen.

Liam konnte - sehr zu seinem Ärger - nicht anders, als ein klein wenig Mitleid für Gordianus zu empfinden. Womöglich war er zu harsch in seinem Urteil gewesen. Vielleicht waren sie sich am Ende gar nicht so unähnlich.

Eine Bemerkung hatte seine Neugier geweckt. »Was ist eigentlich mit deinen Eltern? Ich habe von niemanden von ihnen sprechen hören. Wie kommt es, dass du bei General Pelagius lebst?«

Gordianus' Ausdruck wurde wieder hart. »Darüber möchte ich lieber nicht sprechen. Sagen wir einfach, sie sind den Letzten Weg gegangen. Vor langer Zeit. Hofintrigen ...«, brummelte er kaum vernehmlich.

Irritiert über den plötzlichen Stimmungswechsel, wollte Liam soeben eine Bemerkung machen, als ihm von hinten jemand auf die Schulter tippte. Es war Aurelius, der da neben ihm stand. Dem Festmahl schien er kaum zugesprochen zu haben. Anders als die meisten um sie herum wirkte er wach und in bester Verfassung. Falls er Wein getrunken hatte, war ihm jedenfalls nichts davon anzumerken.

»Es ist Zeit. Alles ist vorbereitet für deine kleine Feier. Liam hier hat nämlich heute Geburtstag, musst du wissen«, erklärte er an Gordianus gewandt.

»Ein fruchtbares neues Jahr wünsche ich dir. Möge dein Feuer lange brennen«, erwiderte Gordianus mechanisch. Ohne ein weiteres Wort zu verlieren stand er auf und machte sich von dannen.

»Was ist denn mit dem los?«, wollte Aurelius mit hochgezogener Augenbraue wissen.

»Ach, er hat irgend eine infame Lüge gehört. Gerüchte, die wichtigen Personen am Hof schaden sollen.«

»Ist das so? Dem sollten wir besser nachgehen«, sagte Aurelius mit einer Spur Besorgnis in seiner Stimme. Er wirkte nachdenklich.

»Die Vorbereitungen für meine Feier sind fertig?«, riss Liam ihn aus seinen Gedanken.

»Was? Oh, ja, ja. Alles vorbereitet. Marcella und Valerius warten schon in deinem Zimmer auf dich. Nach all dem Trubel heute, schien es uns das Beste, auf ein weiteres Gelage zu verzichten. Du bist doch einverstanden?«

Liam war überhaupt nicht böse. Hätte er noch einen einzigen weiteren Bissen schlucken müssen, so wäre er geplatzt. Wie Valerius schon wieder laufen konnte, war ihm allerdings ein Rätsel.

Liam staunte nicht schlecht, als Aurelius die schwere Eichentür zu seinem Zimmer aufstieß. Valerius und Marcella hatten sich bereits eingefunden und grinsten ihn breit an. Blaue Flammen schwebten in der Luft, die alles in ein gespenstisches Licht tauchten. Eine Vase voller Eisblumen stand auf dem Tisch, die in der Wärme des Zimmers zu dampfen begonnen hatten. Der Höhepunkt war jedoch eine große Wasserschale, in deren Mitte ein lebensgroßer Falke schwamm. Auch er war ganz aus Eis. Ohne Zweifel Marcellas Werk. Auf seinem Bett lagen drei kleine Päckchen, eingeschlagen in samtige Tuche.

Aurelius schloss die Tür und gesellte sich zu seinen beiden Geschwistern. »Fruchtbares neues Jahr«, riefen die drei im Chor. »Möge dein Feuer lange brennen«, sagte ein jeder, als sie ihm nacheinander die Hand schüttelten.

»Achtzehn Sommer und schon ein richtiger Mann. Naja fast«, scherzte Valerius und patschte Liam mit der flachen Hand auf die Schultern. Beinahe wäre er vorne über gefallen, so kräftig hatte Valerius zugelangt.

Ohne Vorwarnung deutete Valerius mit theatralischer Geste aufs Bett und rief »Geschenke!«

»Vielen Dank, ihr alle. Ich meine es wirklich ernst. Als ich hier angekommen bin, hätte ich nie gedacht. Das war wirklich ein ganz außerordentliches Jahr …«

»Spar dir die Rede und pack endlich aus!«, drängte ihn Marcella.

Liam ging zu seinem Bett hinüber, während die drei ihn mit erwartungsvollen Blicken verfolgten.

»Sieh dir meins zuerst an!«, verlangte Valerius. »Es ist das in dem grauen Tuch. Aber sei besser vorsichtig.«

Mit Bedacht schlug Liam den feinen Stoff zurück. Darunter kam ein kunstvoll gearbeiteter Dolch zum Vorschein. Der goldene Griff war mit feinen Linien verziert. Die Klinge bestand aus Stahl. Im bläulichen Licht des magischen Feuers war es nicht ganz einfach zu erkennen, doch handelte es sich um verschlungene elvanische Buchstaben, die das Wort Liam bildeten. Andächtig nahm Liam ihn in die Hand. Ein wahrhaft fürstliches Geschenk.

»Das kann ich nicht annehmen«, flüsterte Liam. »Das ist viel zu wertvoll für mich.«

»Ach was«, winkte Valerius ab. »Für dich ist das Beste gerade gut genug. Trag ihn bei dir, wenn du zu einem Abenteuer aufbrichst. Falls du mal wieder in eine brenzlige Situation gerätst und gerade kein Wasserkrug zur Hand ist.« Er grinste schelmisch.

»Tausend Dank, Valerius.« Gerührt umarmte Liam seinen Freund.

Valerius, überrascht von so viel Herzlichkeit, wirkte für einen Moment verdutzt, dann erwiderte er die Umarmung aus vollem Herzen.

»Jetzt bin ich dran«, entschied Aurelius. »Das Grüne ist meins.«

Der grüne Samt bedeckte das größte der Präsente. Als Liam es lüftete, zeigte sich auch warum. Aurelius hatte ihm jede Menge Schriftrollen geschenkt.

»*Aufstieg und Fall der Elvanischen Republik* von Magister Arcturius«, erklärte Aurelius mit gewichtiger Miene. »Alle sieben Bände, unzensiert. Eine echte Rarität.« Auch sie umarmten sich.

Nun war nur noch ein das blass-blaue Leinen übrig, das Marcella gehören musste. Ohne zu zögern, lüftete Liam den Schleier. Es war ein Anhänger, etwa von der Größe seines Handtellers. Es waren die beiden geflügelten Schlangen, schwarz und weiß mit der blitzenden Sonne in ihren Mäulern an einer langen Silberkette.

»Onyx und Elfenbein, die Sonne ist aus Rosengold. Ein Andenken an deine Zeit mit uns, wenn du wieder zuhause bist«, sagte Marcella mit einem schüchternen Lächeln. »Damit du uns nicht vergisst.«

Liams Mund wurde trocken. »Wie könnte ich dich jemals vergessen, ich meine euch, ich meine … Vielen Dank, Marcella. Das sind wunderbare Geschenke. Ich werde sie stets in Ehren halten.«

Valerius lachte herzhaft. »Jetzt hast du ihn ganz durcheinandergebracht, Marcella. Schaut ihn euch nur an.«

Selbst Aurelius musste schmunzeln.

Kapitel 11 - Geh nicht allein, wenn's dunkel ist

Aestuaria. Kaiserlicher Palast. 435 SAE. Winter.

»Das kommt überhaupt nicht in Frage. Das ist mein letztes Wort. Habe ich mich klar genug ausgedrückt?«, sagte Aurelius mit zorniger Stimme. Als er über den spätnachmittäglichen Amalienhof davon stürmte, wirbelte sein Umhang links und rechts die wenigen Schneeflocken auf, die in der Nacht zuvor gefallen waren.

Erneut hatte Liam darum gebeten, die Oberstadt verlassen zu dürfen. Im Grunde war Aurelius' Reaktion absehbar gewesen, dennoch ließ Liam den Kopf hängen. Doch Valerius grinste aus irgendeinem unerfindlichen Grund.

»Komm, ich zeig dir was, das wird dich aufheitern.«

»Ich glaube wirklich nicht-«, sagte Liam. Bevor er zu Ende sprechen konnte, packte ihn Valerius am Arm und zerrte ihn fort, um zahlreiche Ecken herum und zwei Treppenfluchten hinunter.

»Valerius, wo führst du mich hin?«, keuchte Liam etwas außer Atmen.

»In den Weinkeller natürlich!«

»Wa- was? Wieso denn das? Soll ich vielleicht meine Sorgen ertränken?«

»Eine ausgezeichnete Idee«, antwortete Valerius. »Allerdings habe ich an etwas anderes gedacht. Vertrau mir einfach.«

Liam wusste nicht, was er davon halten sollte. Noch ehe er weiteren Protest anmelden konnte, waren sie im Weinkeller angelangt. Endlich ließ Valerius ihn los.

Vor ihnen erstreckten sich hunderte von Weinfässern in allen Größen. Manche waren klein wie eine Hundehütte, andere so groß wie ein ganzes Haus. Doch alle waren sie aus dem selben dunkelbraunen Holz gefertigt.

»Ta-da«, rief Valerius fröhlich aus und blieb vor einem liegenden Fass mit fast vier Schritt Durchmesser stehen.

Liam blickte ihn verständnislos an.

Unter großer Theatralik zog Valerius an dem Fackelhalter an der Wand. Der Deckel des Fasses rollte langsam und unter qualvollem Quietschen zur Seite. Doch statt einer Weinflut erschien ein schwarzes Loch, das sich schier endlos in die Tiefen des Palastes zu erstrecken schien.

»Das ist der Geheimgang, den ich benutze wenn mir hier wieder einmal alles zu viel wird«, sagte Valerius.

Liam blickte abwechselnd zum Fass, dann wieder zu Valerius. Begeisterung machte sich auf seinem Gesicht breit.

»Gut oder?« Valerius grinste noch ein wenig breiter. »Er endet in der Nähe des Osttores in einem von Büschen verborgenen Eingang, der nur mit dem Siegelring eines Mitgliedes der kaiserlichen Familie geöffnet werden kann.«

»Aber Aurelius hat es mir doch verboten …«, setzte Liam an.

»Ach, du musst nicht immer auf Aurelius hören. Manchmal hat er einfach einen Stock im Arsch. Hier nimm meinen Ring«, er streifte ihn sich vom Finger. »Aber gib acht, dass er nicht verloren geht. Am besten behältst du draußen auch deine Kapuze auf.«

»Danke Valerius, vielen Dank. Wie kann ich dir das nur vergelten?«

»Schon gut«, sagte Valerius gnädig. »Beeil dich. Ich werde eine Ausrede für dich erfinden, warum du nicht beim Abendessen bist. Und jetzt viel Spaß bei deinem Ausflug. Ich brauche gar keine Einzelheiten zu erfahren. Hier, die wirst du brauchen.« Valerius nahm die Fackel aus der Halterung und gab sie Liam. Er klopfte ihm brüderlich auf die Schulter, dann zog er von dannen.

Liam stieg in das Fass und fand einen langen steinernen Gang vor, der in die Schwärze führte. Mit dem Fuß blieb er auf einer Bodenplatte hängen. Fast wäre er gestolpert. Hinter sich hörte er, wie der Deckel geräuschvoll wieder vor die Öffnung geschoben wurde. Dann war es still. Das musste ein versteckter Mechanismus gewesen sein.

Konnte der Durchgang überhaupt von dieser Seite geöffnet werden?, überlegte Liam. Egal, damit würde er sich beschäftigen, wenn es soweit war.

Behutsam tastete sich Liam durch die Dunkelheit voran. Trotz des schwachen Fackelscheins musste er vorsichtig sein. Zwar hätte er auch eine Flammenhand heraufbeschwören können, doch er wusste nicht, wie lange er sie aufrecht erhalten konnte. Mehr als ein paar Minuten am Stück hatte er noch nicht zustande gebracht. Der Boden war an manchen Stellen aufgerissen. Steine und Wurzeln erschwerten sein Vorankommen. Einige Male meinte er, vor sich Abzweigungen erkennen zu können. Um sich nicht zu verlaufen, beachtete er sie nicht weiter.

Etwa eine halbe Stunde ging das so. Dann war sein Weg von einem eisernen Gitter versperrt. Mondlicht fiel durch die mit Frost überzogenen Gitterstäbe auf den gepflasterten Boden. Wie Valerius gesagt hatte, war an der Einfassung des Gitters eine Vertiefung. Liam steckte den Ring hinein. Nichts passierte. Das war also nicht die Lösung. Er nahm den Ring ab und platzierte ihn erneut in der Vertiefung. Diesmal drehte er ihn in Richtung der Wand. Es hatte geklappt. Mit einem metallischen Geräusch, das wie ein tiefes Stöhnen klang, schwang das Gitter zur Seite. Er nahm den Ring und steckte ihn wieder an den Finger und trat hinaus in die Nacht. Sein Herz schlug ihm vor Aufregung bis in den Hals. Er hatte es getan. Er hatte die Oberstadt verlassen. Er löschte seine Fackel und legte sie neben das Gitter. Sobald er zurückkehrte, würde er sie wieder entzünden.

Vor ihm erstreckte sich Aestuaria. In den Fluten des Anguis spiegelte sich das Licht der Sterne und des abnehmenden Mondes. In der Ferne konnte er das weit strahlende Feuer des Kupfergiganten sehen. Ohne den hellen Mondschein wäre er in der ansonsten stockfinsteren Stadt verloren gewesen. Wenige Fackeln brannten noch, doch auch sie würden bald für die Nachtruhe gelöscht werden.

Behände kletterte Liam die mit wildem Gestrüpp bewachsene Böschung hinab. Wie es den Anschein hatte, war er mitten im Händlerviertel gelandet. Ein Hauch von Freiheit umwehte seine Nase.

Wer hätte gedacht, dass die Freiheit so nach Abfall roch?, dachte Liam berauscht von Glückseligkeit.

Doch wo sollte er hin? Er überlegte kurz, dann wusste er es. Der Hafen! Er wollte die Schiffe und das Meer sehen.

Schnellen Schrittes machte sich Liam auf den Weg. Durch die Gasse der Gerber und Färber, erkennbar an den Schildern über ihren Türen und dem unverwechselbaren Geruch dieser Gewerbe nach Verwesung und Kot, der sich mit einer süßlichen Note vermischte, erreichte er bald die große Straße, die er vom Tag seiner Ankunft her wiedererkannte. Es kam ihm vor wie eine Ewigkeit, seit er in der Sänfte gesessen hatte. Fast vier Monate waren seitdem vergangen.

Sobald er das Händlerviertel und die Hauptstraße in Richtung Hafen verlassen hatte, veränderte sich die Szenerie. Er hatte es damals nicht richtig realisiert, doch die Nebenstraßen hier waren nicht mehr gepflastert, sondern bestanden nur noch aus festgetretenem Dreck. Die meisten Häuser, wenn man sie überhaupt so nennen mochte, wirkten schäbig und heruntergekommen. Im Grunde ähnelten sie eher Baracken.

Aus einer dunklen Häuserecke riefen ihm ein paar freizügig gekleidete Frauen nach. Liam hatte sie nicht verstanden, doch ehe er weiter darüber nachdenken konnte, passierte ihn eine Gruppe Betrunkener. Sie grölten laut und hielten sich nur mehr schlecht als recht auf den Beinen. Die Betrunkenen riefen den Frauen unflätige Dinge zu. Zu Liams großer Verwunderung schienen diese sich darüber überhaupt nicht zu ärgern. Stattdessen lachten sie und warfen den Männern Kusshände zu. Einer der Männer zog seine Hose herunter und steuerte auf die Frauen zu. Er kam zwei, drei Schritte weit, bevor er der Länge nach hinschlug. Seine Begleiter brüllten vor Lachen.

Liam hatte genug gesehen. Angewidert wandte er sich ab. Dafür war er nicht hergekommen. Er machte sich wieder auf den Weg zu seinem Ziel. Eine Viertelstunde war vergangen, da tat sich endlich das offene Wasser vor ihm auf. Liam atmete tief ein. Salzige Meeresluft füllte seine Lungen. Wehmütig dachte er an sein Zuhause.

In all der Aufregung seit seinem Abschied von Arcomar, hatte er vergessen, seinen Eltern die versprochene Nachricht zu schreiben, fiel es ihm schuldbewusst ein. Immerhin hatte Aurelius den Legionären, die mit den Materialien für den Hafenbau ausliefen, eine Botschaft über sein Wohlbefinden mitgegeben, versuchte Liam sein Gewissen zu beruhigen. Doch es half nichts. Sobald er wieder im Palast war, das nahm er sich fest vor, würde er einen Brief an seine Mutter schreiben. Oder morgen. Wenn er ausgeruht war.

Gedankenverloren setzte Liam sich auf die Quaimauer und lauschte den Wellen wie sie sanft gegen die Schiffswände schlugen. Es hatte etwas Beruhigendes, ja geradezu Hypnotisches. Doch er musste wach bleiben. Er durfte hier nicht schlafen. Er musste zurück.

Liam schreckte hoch. Er musste eingedöst sein. Wie lange hatte er geschlafen? Panisch blickte er umher. Die Nacht war noch nicht vorüber und der Mond am Himmel war kaum gewandert. Liam versuchte, die Müdigkeit von sich abzuschütteln und stand auf.

Der Mond war hinter einer großen Wolke verschwunden. Es wurde merklich dunkler in der Stadt. Das würde seinen Rückweg nicht gerade erleichtern. Er bog um eine Kurve, als zu seiner Rechten eine Tür aufgestoßen wurde. Der fahle Schein mehrerer

Öllampen drang heraus. Eine Gruppe von drei Elfen stolperte auf die Straße. Es waren die Männer von vorhin.

»Ohhh«, sagte einer von ihnen und deutete mit dem Zeigefinger auf ihn. Er war ein besonders übel aussehender Bursche mit kurzen schwarzen Haaren und einer Narbe, die sich längs über seine linke Gesichtshälfte erstreckte.

»Du bischt doch, du bischt doch …«, setzte einer seiner Freunde zu sprechen an. Ihm fehlte ein Ohr Doch bevor er noch mehr sagen konnte, erbrach er sich auf seine eigenen Füße. Die Freunde des Mannes lachten ihn nur aus.

Entsetzt tastete Liam nach seiner Kapuze. Sie musste ihm beim Schlafen heruntergerutscht sein. Doch ehe er sie wieder aufsetzen konnte …

»Das is doch der Mensch … hicks … von dem überall die Rede is. Das isser doch?«, sagte der Dritte der Gruppe. Er war äußert kurz geraten und als er sprach, zeigte er eine Reihe hölzerner Zähne. Er kam mit seinem Gesicht unangenehm nahe an Liams, sodass ihm der Gestank von schalem Schnaps entgegenschlug.

»Ja, ja. Allerdingsch«, pflichtete ihm der Zweite bei. Offensichtlich war er alles losgeworden, was ihn belastete und stand nun wieder aufrecht. Er schielte ein wenig und blickte eher an Liams linkem Ohr vorbei als in seine Augen.

Liam wandte sich ab. Das brauchte er sich wirklich nicht anzutun. Das ging entschieden zu weit.

»Wart mal«, sagte der Einäugige und packte ihn unsanft bei der Schulter. »Lass uns nicht einfach hier so stehen. Das ist sehr unhöflich von dir.« Sein Blick flackerte zu dem Ring an Liams Hand hinunter. Sein Gesicht nahm einen gierigen Ausdruck an.

»Ja, komm mit uns. Wir geben dir auch was su trinken«, sagte der Dritte.

»Nein, ich möchte wirklich nicht«, sagte Liam.

Doch es nützte nichts. Die Hand des Einäugigen schloss sich wie ein Schraubstock um Liams Arm. Es blieb ihm nichts anderes übrig, als sich widerwillig in die Taverne bugsieren zu lassen.

Die Schenke bestand aus einem einzigen Raum. Drei runde Tische mit kleinen Hockern boten den Gästen Platz. An einer langen Holztheke wischte ein sehr hässlich aussehender Wirt die Tonkrüge sauber. Von der Decke hing ein Wagenrad, an dem einige Öllämpchen befestigt waren, die dem ansonsten recht düsteren Raum zumindest ein wenig Licht spendeten. Der lehmige Boden war mit Sägespänen ausgestreut. Es roch nach einer fürchterlichen Mischung aus Urin, Erbrochenem und dem selben Schnaps, den Liam bereits im Atmen des Einohrigen wahrgenommen hatte. Außer ihnen waren nur zwei andere Männer in Kapuzen da, die in der entfernten Ecke des Raumes einem Würfelspiel nachgingen. Von ihren schwarzen Umhänge blitzte etwas Silbernes im schummrigen Licht zu Liam herüber.

»Ich würde jetzt gerne gehen«, setzte Liam erneut an.

»Halt den Mund und trink mit uns«, sagte der Einäugige. »He Pulchrius«, rief er dem Wirt zu, »einen Krug von deinem Spezialschnaps für unseren jungen Freund hier.«

Der Wirt grinste und offenbarte ein beinahe zahnloses Lächeln. Er goss eine Substanz von einer zartrosa Farbe in einen Tonkrug und stellte ihn vor Liam ab.

Er wollte protestieren, doch er kam nicht dazu.

»Trink«, befahl ihm der Einäugige.

Ihm blieb wohl keine Wahl. Liam stürzte den halben Becher auf einmal hinunter. Das Zeug schmeckte grausig. Er musste husten und spie die Hälfte des Getränks wieder auf den Tisch. Das Gesöff war noch schlimmer als *Drucillas Tränen*.

»Sehr gut«, sagte der Einäugige mit einem freudlosen Lächeln.

»Dann erzähl mal. Wie bist du zu der Ehre gelangt, das neue Haustier vom Prinzen zu werden?«

»Ich bin kein Haustier!«, sagte Liam empört. »Aurelius ist mein Freund und ich bin sein Gast.«

»Sicher, und ich bin die Königin von Teknorien«, spottete der Einäugige.

Langsam setzte die Wirkung des Alkohols ein. Liam war plötzlich schwindelig und er musste sich an der Tischplatte festhalten, um nicht vom Stuhl zu fallen.

»Ich … nein. Lasst mich gehen«, lallte er. Er entwand sich dem Griff seines Gegenübers und fiel nun tatsächlich hart auf den Boden. Die drei Männer lachten. Mit Mühe rappelte er sich wieder auf. Er wandte sich zur Tür, doch der Einäugige packte ihn erneut. Kein Lächeln, falsch oder echt, stand mehr in seinem Gesicht.

»Du gehst nirgends hin. Ich wette, dieser langhaarige Schnösel von Prinz würde uns sicher einen gehörigen Preis für sein Schoßhündchen zahlen.«

»Und wenn nicht«, gackerte der Elf mit den Holzzähnen, »dann schneiden wir dich in kleine Schtückchen und schicken dann die surück. Is doch so, oder?«

»Den Ring behalten wir natürlich«, sagte der Einäugige kalt. »Schaut nur«, er zerrte Liams Hand hoch und zeigte sie seinen Kameraden, »sogar mit dem kaiserlichen Wappen. Der muss ein Vermögen wert sein.«

»Nein, nein …« Liam verschwammen die Sinne. Er musste sich konzentrieren. Er musste fliehen. Mit der rechten Hand versuchte er den Griff des Einäugigen zu lockern. Doch der lachte ihn nur aus.

»Was will so ein kleiner Menschenschwächling wie du schon gegen uns ausrichten. Falls du es nicht bemerkt hast, Kleiner, wir sind in der Überzahl, du Schwächling.«

Der Winzling mit den Holzzähnen zog ein kurzes Messer und zeigte es Liam. »Wasch ich damit wohl allesch anschtellen kann? Wollen wir esch herauschfinden?«

Die anderen Gäste steckten ihre Würfel ein und verließen hastig die Taverne. Auch vom Wirt war weit und breit nichts mehr zu sehen.

Liam fingerte mit der freien Hand nach dem Dolch, den Valerius ihn zum Geburtstag geschenkt hatte, doch der Einäugige bemerkte es.

»Das würde ich an deiner Stelle lassen, wenn du weißt was gut für dich ist«, sagte er mit einem dreckigen Grinsen und entwand Liam die Waffe.

Wut und Verzweiflung pulsten durch Liams Körper. Sein Geist war immer noch verschwommen. Als er das Messer vor sich sah, durchzuckte ihn ein Moment der Klarheit.

»Ahhh«, schrie der Einäugige. Brandblasen bildeten sich dort, wo Liam seine Hand auf ihn gelegt hatte. »Du mieser kleiner … ich bring dich um!«

Das war der Augenblick, auf den Liam gewartet hatte. In der Sekunde, als der Einäugige durch den unerwarteten Schmerz abgelenkt war, riss sich Liam los. Der Winzling hechtete über den Tisch und hieb mit dem Messer nach Liam. Doch es war zu spät. Liam hatte die Tür aufgestoßen und war auf und davon gestürmt.

Er rannte, wie er im Leben noch nicht gerannt war. Liam versuchte, in seine Falkenform zu wechseln, doch es ging nicht. Etwas in ihm schien die Verwandlung zu blockieren. Er hetzte um Straßenecken und Kurven. Gewiss waren die drei ihm dicht auf den Fersen. Die kalte Nachtluft, die ihm ins Gesicht peitschte, hatte einen ernüchternden Effekt. Das Blut hämmerte ihm in den Schläfen. Seine Sinne waren nun überhaupt nicht mehr verschwommen, sondern geschärft.

Erst als er die Böschung des Geheimgangs erreichte, ließ Liam sich auf den Boden sinken. Er lauschte, doch niemand schien ihn zu verfolgen, kein Fußgetrappel war zu hören. Völlig außer Atmen lag er zwischen dem Gestrüpp und starrte in den Sternenhimmel. Was hatte er sich nur dabei gedacht? Was würde Aurelius sagen, wenn er davon erfuhr? Leichtsinnig, schoss es ihm durch den Kopf. Einfach nur leichtsinnig.

Als er eine Weile so dalag und tief aus- und einatmete, bemerkte er ein warmes Rinnsal an seiner Wange. Blut. Der Winzling hatte ihn anscheinend doch noch erwischt. Nervös lachte Liam auf. Es hätte alles so viel schlimmer kommen können. Doch noch war er nicht in Sicherheit. Er musste zurück in den Palast und zwar schnell. Was würde geschehen, wenn der Diener am Morgen in sein Zimmer treten und ein leeres Bett vorfinden würde? Liam seufzte und rappelte sich vom Boden auf. Am liebsten würde er hier und jetzt schlafen. Doch es half nichts.

Er trat an das Gitter heran, das nach wie vor halbgeöffnet dalag und schlüpfte hinein. Er schloss den Durchgang, nahm die Fackel wieder auf und entzündete sie mit seiner Flammenhand. Von dieser Seite entdeckte Liam zahlreiche Abzweigungen des Ganges, die er zuvor nicht weiter beachtet hatte.

Stunde um Stunde, so kam es ihm vor, wanderte er durch den feuchten Tunnel. Langsam hatte er das Gefühl, er würde im Kreis laufen, so ähnlich sah alles aus. Zu allem Überfluss erlosch auch noch seine Fackel. Er versuchte dreimal, sie wieder zu entfachen, doch es war zwecklos. Liam war einfach zu müde, er hatte keine Kraft mehr. Vorsichtig tastete er sich Stück für Stück in der Finsternis weiter. Bald musste er sich eingestehen, auf diese Weise würde er nie zurückfinden. Seine einzige Hoffnung war, auf den Tagesanbruch zu warten. Dann würden sie sicher jemanden schicken, um nach ihm zu suchen.

Mutlos ließ er sich an der Wand heruntergleiten. Doch dann … In der Ferne schimmerte ein grün-blaues Licht.

»Hallo, dort vorne! Ich habe mich verlaufen, ich bin hier drüben!«, rief Liam so laut er konnte.

Das Licht kam näher. Liam atmete erleichtert auf. Es war Marcella, die eine Hand voll Flammen trug.

»Liam? Was tust du hier unten?«, fragte sie einigermaßen überrascht.

»Ich war in der Unterstadt und habe mich auf dem Rückweg verlaufen. Seit Stunden irre ich in diesem Labyrinth umher.

Wenn du mich nicht gefunden hättest … Bitte erzähl keinem davon«, sprudelte es aus ihm heraus.

»Schon gut«, antwortete Marcella. »Ich nehme an, jeder braucht seine kleinen Geheimnisse. Komm, ich bringe dich zurück nach oben.« Die beiden wandten sich zum Gehen.

»Was machst du eigentlich hier unten?«, fragte Liam.

Marcella sah ihn einen Moment lang durchdringend an, bevor sie sprach. »Ich habe das Grab meiner Großmutter Iulia besucht. Wenn ich nicht schlafen kann, komme ich hierher. Das gibt mir ein Gefühl der Ruhe.«

»Grab?«, fragte Liam entgeistert. »Sind wir denn nicht mehr im Tunnel?«

»Was redest du da? Wir sind in der Familienkrypta. Schau!« Sie deutete auf ein Grabmal aus purpurnem Marmor.

»Als ich noch ein kleines Mädchen war«, fuhr sie unbeirrt fort, »bin ich immer zu ihr gerannt, wenn ich mich mal wieder mit Vater und Mutter gestritten hatte. Dann hat sie mich beruhigt und mir ein paar Süßigkeiten zugesteckt. Sie war es auch, die meine Eltern immer wieder dazu gebracht hat, mir meine Ungehorsamkeiten zu verzeihen. Vor ein paar Jahren ist Großmutter dann gestorben. Seither besuche ich sie regelmäßig.« Sie lächelte traurig.

»Das tut mir leid«, sagte Liam und er meinte es auch so. »Klingt nach einer wunderbaren Frau.«

»Das war sie.« Marcella sah ihm nun direkt ins Gesicht. Ihr Lächeln erstarb. »Was ist mit deiner Wange passiert? Du blutest ja?«, sagte sie bestürzt.

»Ach, das ist nichts, nur ein Kratzer.«

»Ich bringe das wieder in Ordnung.« Sie legte ihre wunderbar weiche Hand auf Liams Wunde und murmelte etwas. Der Riss hörte auf zu bluten und schloss sich augenblicklich. »Da hast du es, wie neu.«

Liam errötete. Hoffentlich hatte Marcella das im Halbdunkel des Ganges nicht gesehen.

»Danke«, flüsterte er kaum vernehmbar.

Sie sprachen kein Wort mehr, bis sie vor Liams Zimmer angelangt waren. Sie wünschten sich noch eine gute Nacht, dann trennten sie sich. Im Osten brach bereits der Morgen an. Rosa Wolkenschleier hingen vor einem grauen Himmel. Bald würde der Diener kommen, ihn zu wecken.

Er hatte kaum die Augen zugemacht, so kam es Liam zumindest vor, da klopfte es auch schon an der Tür.

»Aufstehen, junger Herr. Es ist ein wunderschöner Morgen.«

Liam stöhnte. Er warf sein Kissen ich Richtung Tür, was er jedoch sogleich bereute. Wenn er weiterschlafen wollte, musste er es sich wieder holen. Dann konnte er auch gleich aufstehen.

Mit verquollenen Augen begann Liam, sich etwas kaltes Wasser ins Gesicht zu spritzen. Nach einer kurzen Wäsche zog er sich an und trat auf den Gang. Noch vor dem Frühstück wollte er Valerius abfangen, um ihm seinen Ring zurückzugeben.

Er klopfte an Valerius' Tür und bekam prompt ein »Herein« zugerufen.

Valerius war noch nicht angezogen, sondern lag rücklings auf dem Bett und starrte an die Decke. Sein Zimmer war größer als Liams und sogar geräumiger als das von Aurelius. Vorhänge aus rotem Samt hingen vor den Fensteröffnungen. An einer Wand stand ein Schreibtisch aus dunklem Holz mit goldenen Krallenfüßen. Achtlos waren darauf verschiedene Papyri und Bücher verstreut, manche waren zu Boden gefallen. Offenkundig hatte sich niemand die Mühe gemacht, sie wieder aufzuheben.

Liam stellte sich vor, wie Valerius in der Nacht widerwillig die Unterlagen studiert hatte, um sie schließlich entnervt zu Boden zu werfen.

»Ah, Liam. Wie geht's?« Valerius gähnte ausgiebig. Er drehte sich auf die Seite und stützte seinen Kopf auf einer Handfläche ab. Neugierig schaute er ihn an.

»Geht so. Du hör mal. Ich wollte dir das hier zurückgeben. Muss ja sonst keiner mitbekommen.« Er gab ihm den Ring.

Valerius steckte den Ring an den Finger und betrachtete ihn nachdenklich.

»Hattest du eine aufregende Nacht? War es nach deinem Geschmack?« Er grinste unverhohlen.

Liam runzelte die Stirn. »Aufregend beschreibt es sehr gut. Ich wurde von drei Männern in der Gosse belästigt. Sie haben mir ein Getränk gegeben und dann konnte ich mich nicht mehr verwandeln.«

Jäh sprang Valerius mit entsetztem Blick vom Bett auf.

Liam erzählte ihm die ganze Geschichte.

Valerius begann, vor ihm auf und ab zu gehen. Er wirkte zorniger als Liam ihn je gesehen hatte.

»Hast du die Namen der Männer erfahren?«

»Nein. Aber der Wirt, er hieß Pulcheris oder so ähnlich«, sagte Liam.

»Und die Taverne, würdest du die wiederfinden?«

»Ich glaube nicht. Es war stockdunkel. Ich weiß nur noch, dass es irgendwo in der Nähe des Hafens war.«

»So etwas kann nicht toleriert werden. Die Autorität der kaiserlichen Familie fordert man nicht ungestraft heraus. Meinen Freund zu bedrohen!«

Liam wurde etwas unwohl. »Was hast du vor?«

Valerius legte ihm behutsam die Hände auf seine Schultern.

»Lass das mal meine Sorge sein. Du brauchst dich damit nicht zu belasten. Warte, ich ziehe mich schnell an, dann gehen wir gemeinsam zum Frühstück.«

Gesagt, getan. Schweigend gingen sie durch den Palast, als Valerius ein Gedanke ereilte.

»Und Marcella hat dich geheilt?«, fragte er.

»Ja, ist das so ungewöhnlich?«

Valerius machte ein nachdenkliches Gesicht. »Nun, normalerweise würde sie sagen, es ist deine eigene Schuld, du musst es auch alleine ausbaden. Sie scheint dich wirklich zu mögen.«

Liams Herz machte einen kleinen Hüpfer.

Für den Rest des Tages sprachen sie von anderen Dingen. Marcella schien Liam jedenfalls nicht verraten zu haben. Sie gab sich wie immer und niemand hielt Liam eine Standpauke wegen seines unerlaubten Ausfluges.

Eine Woche später, es war kurz nach dem Neujahrsfest nach dem neuem Ritus, bei dem auf den Plätzen der Stadt und auf den umliegenden Hügeln große Feuer entzündet worden waren (der Erzpriester rief in blumigen Worten den Segen des Kosmos für das kommende Jahr auf das Imperium, die kaiserliche Familie und das gesamte Volk der Elfen herab), kam das Thema doch noch einmal zur Sprache.

Aurelius und Liam warfen sich im Innenhof des Palastes einen Ball zu, als Valerius sich zu ihnen gesellte.

»Ich habe auf der Straße ein Gerücht gehört«, sagte er an seinen Bruder gewandt. »Sie sagen, man habe Geranus Lemnos mit aufgeschlitztem Bauch in der Gosse gefunden. Jemand hat ihm Goldstücke in die Innereien gestopft. Seinen Laden haben sie angeblich leer vorgefunden. Keine Verwüstungen. Also wurde nichts geplündert.«

Liam fing den Ball mit seinem Gesicht, so verdattert war er. Aurelius entschuldigte sich rasch und hob ihn auf.

Liam rieb sich die rote Stelle, die das Wurfgeschoss hinterlassen hatte. »Geranus Lemnos. Der Kuriositätenhändler?«

»Kuriositätenhändler, Schieberkönig. Genau der«, antwortete Valerius trocken.

»Das ist ja schrecklich«, sagte Aurelius. Es klang jedoch, als meinte er es gar nicht so.

Liam stutzte. So kalt und gleichgültig hatte er Aurelius noch nicht erlebt.

»Hat sich wahrscheinlich mit den falschen Leuten angelegt. Denk nicht weiter drüber nach, Liam. Um den ist es nicht schade. Aber mein lieber Bruder, auch ich habe Gerüchte gehört«, fuhr er an Valerius gewandt fort. »Von drei Taugenichtsen, die man aus dem Anguis gefischt hat. Ein Einäugiger, ein Einohriger und ein Winzling ohne Zähne. Du weißt nicht zufällig etwas darüber?«

Valerius verzog keine Miene. »Nicht mehr als du über Lemnos, Bruderherz.«

Für einen kurzen Augenblick glaubte Liam den Anflug eines Lächelns auf den Gesichtern der beiden zu erkennen. Verständnislos blickte er zwischen Aurelius und Valerius hin und her. Was verschwiegen die beiden ihm? Hatte Valerius seine Drohungen wahr gemacht? Wenn ja, wie hatte er die Männer ausfindig gemacht, die Liam in jener Nacht drangsaliert hatten? Und wie zur Anderswelt konnte Aurelius davon wissen?

Als er abends in seine Kammer ging, lag auf dem Nachttisch sein Dolch, den ihm der Einäugige entwunden hatte. Er betrachtete ihn noch lange nachdenklich, bevor er ihn wieder einsteckte.

Kapitel 12 - Für das Imperium

Aestuaria. Aufmarschplatz der Legionäre. 436 SAE. Frühling.

Es war die Woche vor ihrer Abreise. Der Winter hatte sich zum Frühling gewandelt. Die Vögel sangen wieder ihre Lieder, an den Bäumen war das erste Grün vorsichtig aus den frischen Knospen hervorgekrochen. Der kalte Regen ebbte langsam ab und die Sonne hatte schon bald ihre alte Kraft zurückerlangt.

Die letzten Tage über waren sie mit Vorbereitungen beschäftigt gewesen. Nun, da ihre Arbeitslast abnahm, kroch die Wehmut durch die Ritzen ihrer Kammern. So hatten sich die vier in Aurelius' Zimmer versammelt und erzählten sich Geschichten. Schnell waren sie beim Thema Kindheitserinnerungen angekommen.

Aurelius machte den Anfang. »Ich erinnere mich gerne zurück daran, wie ich jeden Tag in Mutters Garten verbracht habe. Dorthin hat sie sich immer zurückgezogen, wenn ihr die Lasten des Alltags zu viel wurden und sie eine Auszeit brauchte. Dann haben wir Seite an Seite gearbeitet, Unkraut gejätet, Bäume beschnitten und an den wunderbar duftenden Blüten geschnuppert. Es war einfach herrlich.«

»Dann hat wenigstens einer von uns ein gutes Verhältnis zu ihr«, sagte Valerius, halb scherzend, halb grummelnd.

»Mich hat sie nie in ihren Garten gelassen«, sagte Marcella traurig.

»Nimm es nicht persönlich«, versuchte Aurelius sie zu beschwichtigen. »Es war kurz nach deiner Geburt, als sie sich immer mehr zurückgezogen hat. Ich glaube, sie hatte das Leben im Rampenlicht des Palastes satt und wollte nur noch ihre Ruhe, nachdem sie ihre Pflicht erfüllt hatte.«

»Immer diese verdammte Pflicht«, murmelte Marcella, »wo bleibt denn da noch Platz für die Familie?«

»Valerius, du bist am Zug«, sagte Liam.

Doch der schüttelte nur den Kopf. »Ich lasse der Dame den Vortritt.« Mit einer kleinen Verbeugung bedeutete er Marcella zu sprechen.

»Mal sehen. Eigentlich sollte ich mich gut erinnern können, meine Kindheit ist noch nicht so lange her.

Clara, Drusilla und ich haben uns immer gerne durch den Palast geschlichen, um besonders furchteinflößende Orte zu finden. Früher oder später sind wir immer in der Krypta gelandet und haben uns Geistergeschichten erzählt. Als Mutter das herausgefunden hat, war sie überhaupt nicht begeistert. Sie hat es uns verboten, doch wir haben trotzdem weitergemacht.

Eines Tages, ich muss etwa sieben gewesen sein, waren wir wieder einmal in der Gruft. Es war ein besonders gruseliger Tag. Der Wind pfiff um die Grabmale und es war bitterkalt. Clara hat geschlottert vor Angst. Dann, als ich gerade mitten in meiner ersten Geschichte steckte, ist hinter dem Grabmal von Urgroßvater Aurelius ein leibhaftiger Geist hervorgesprungen. Weiß wie Meerschaum war er und sooo hässlich! Was für schreckliche Geräusche er von sich gegeben hat. Buhh, uhhh, huuu«, machte Marcella.

»Clara und Drusilla haben die Beine in die Hand genommen. So habe ich sie noch nie kreischen gehört. Ich aber habe mich nicht vom Fleck gerührt, sondern habe die Arme in die Hüften gestemmt und gesagt ›Ich habe keine Angst vor dir, du blöder Herr Geist, scher dich fort, ich bin Prinzessin Marcella. Wenn du nicht verschwindest, sage ich es meinem Vater!‹

Dann hat der Geist angefangen zu lachen. Er konnte gar nicht mehr aufhören, gekrümmt hat er sich. Ich wurde wütend, weil ich dachte, er lacht mich aus. Dann war er auf einmal nicht mehr weiß. Stellt sich heraus, es war Vater, der uns einen Schrecken einjagen wollte! Bis heute erzählt er gerne die Geschichte. Manchmal nennt er mich noch seine furchtlose Prinzessin.« Sie lächelte versonnen.

Liam runzelte die Stirn. »Aber warum war er überhaupt dort unten mit euch?«

Marcella zuckte mit den Schultern. »Mutter hatte ihn wohl gebeten, uns die Lust an der Krypta zu verderben. Das hat auch geklappt, in gewisser Weise. Clara und Drusilla wagten sich von dem Tag an nicht mehr hinunter, sosehr ich sie auch gebeten habe, mit mir zu kommen. Letztendlich hat Mutter so doch noch ihren Willen bekommen.«

»Das ist eine wirklich schöne Erinnerung«, sagte Valerius.

»Dieser Tage scheinst du so verdrossen über deine Eltern zu sein«, sagte Liam. »Was ist denn geschehen?«

Marcella verzog das Gesicht. »Gordianus ist geschehen.«

»Also nun mach aber mal halblang. Du tust gerade so, als ob das ein Todesurteil wäre. Das hat er wirklich nicht verdient«, unterbrach sie Valerius verärgert.

Marcella seufzte. »Etwas anderes habe ich auch nicht von dir erwartet, großer Bruder. Ich gestehe zu, im Grunde ist es nicht seine Schuld. An meinem dreizehnten Geburtstag haben Mutter und Vater mir eröffnet, ich würde Gordianus heiraten. Das sei mein Dienst gegenüber dem Imperium. Ich war nicht sehr begeistert, wie du dir denken kannst.«

»Ist er denn so schrecklich?«, fragte Liam. Er konnte sich nicht entscheiden, ob er hoffnungsvoll sein oder Mitleid mit Marcella haben sollte.

»Gordianus ist ein guter Mann. Er hat das Herz am rechten Fleck«, sagte Marcella. »Wir kennen uns schon Ewigkeiten. Er hat mich immer sehr gut behandelt. Aber er kann mich nicht glücklich machen«, seufzte sie. »Es ist nur … es ist eine rein politische Heirat. Er ist der Erbe des Pelagiusvermögens. Und das Kaiserhaus braucht Geld. Viel Geld. Gordianus und ich … wir haben uns beide damit abgefunden.«

»Wie traurig«, sagte Liam. »Jeder sollte das Recht haben, den zu wählen, den er liebt.«

Marcella lächelte matt.

»Das ist sehr romantisch von dir gedacht. Nur keinesfalls realistisch. Als Tochter des Kaisers habe ich eine Verantwortung. Nicht nur meiner Familie gegenüber, sondern für das gesamte Imperium. Wie jeder Mann, jede Frau und jedes Kind diene ich, verstehst du?«

»Das ist ein Schicksal, das nicht meinen schlimmsten Feinden wünschen würde, seine Freiheit aufzugeben«, sagte Liam niedergeschlagen.

»So läuft das hier nicht. Vielleicht wo du herkommst, aber nicht hier«, sagte Marcella und schenkte ihm ein liebevolles Lächeln.

Liams Wangen liefen leicht rosa an.

Alle Blicke richteten sich auf Valerius.

»Wie gesagt, ich lasse der Dame der Vortritt«, sagte er und verbeugte sich diesmal vor Liam.

Der versetzt ihm einen heftigen Knuff in die Rippen. Valerius knickte ein, doch nicht vor Schmerz, sondern vor Lachen. Er musste sich den Bauch halten und hatte Mühe, auf den Beinen zu bleiben. Als er wieder sprechen konnte, prustete er immer noch.

»Im Ernst Liam, du zuerst. Das Beste kommt zum Schluss«, sagte er und tippte sich vielsagend an die Nase.

»Na gut, wenn du darauf bestehst. Lass mich kurz überlegen«, sagte Liam. »Ah ich weiß. Ich erzähle euch die Geschichte, als ich gelernt habe, mich in einen Falken zu verwandeln. Ein Druide zu sein, das kann man niemandem beibringen, man muss so geboren werden. Das war bei mir nicht anders. Den meisten Kindern merkt man ihre Kräfte an, wenn sie ungefähr fünf sind. Doch ich war schon immer ein Spätzünder. Meine Zeit kam etwa zwei Jahre später. Meine Eltern hatten sich schon Sorgen gemacht, welches Handwerk ich wohl erleben könnte, da ich so ungeschickt war.« Liam kratzte sich verlegen am Hinterkopf.

»Sie waren so erleichtert, als ich endlich erste Anzeichen erkennen ließ. Im Schlaf waren mir ein paar Federn gewachsen. Doch sie haben mir davon erst viel später erzählt. Sie wollten mir wohl die Überraschung nicht verderben. Also, ich verwandelte mich zum ersten Mal vollständig, als ich mit Uisdean und Ryan, meinen Freunden von zuhause, auf einen Tarvan-Ahorn geklettert bin. Es war so eine Art Mutprobe, die heiligen Bäume dürfen nämlich nur von Druiden berührt werden. Als Kleinster musste ich zuerst ran. Es ging auch ganz gut, ich bin ohne Probleme fast bis zur Krone gekommen. Dann habe ich allerdings den Halt verloren. Verzweifelt habe ich noch versucht, mich an einem der Äste festzuhalten, doch ich fiel und fiel. Aber ich kam nie am Boden an. Kurz zuvor muss ich mich in Panik in den Falken verwandelt haben.

Es war ein herrliches Gefühl, so frei zu schweben. Es hat leider nicht lange angehalten. Ein paar Schritt weit bin ich geflogen, dann hat die Verwandlung plötzlich aufgehört zu wirken. Die Landung war ziemlich hart. Mein Hintern tut mir praktisch heute noch weh.« Er feixte in die Runde.

Marcella kicherte hinter vorgehaltener Hand.

»Ryan und Uisdean, die bereits Lehrlinge bei Meister Keenan waren, haben mich doch tatsächlich beim Alten verpetzt«, fuhr Liam fort. »›Jetzt bekomme ich die Prügel meines Lebens‹, dachte ich. Ihr könnt euch vorstellen, wie erleichtert ich war, als der Alte mich nicht bestraft, sondern zu seinem dritten Lehrling gemacht hat. Meine Eltern waren so glücklich, als ich es ihnen erzählt habe. Den Teil mit dem Ahorn habe ich natürlich ausgelassen. Das war der stolzeste Tag meines Lebens«, schloss Liam glücklich.

Valerius, der sich auf dem Boden lang gemacht und seinen Kopf auf beide Hände gestützt hatte, blickte zu ihm hoch. »Kann sich ein Druide aussuchen, in welches Tier er sich verwandelt?«

»Nein, das ist von den Göttern vorherbestimmt. Meine Falkenform kommt vom Blinden Gott. Meister Keenan hingegen wird ein großer Uhu. Ein Tier, in dem Ragomé, die Göttin der Nacht verehrt wird«, erklärte Liam.

»Ich gebe zu, ich bin neidisch auf dich«, kam es von Aurelius. »Das ist eine äußert nützliche Gabe. Fliegen zu können, muss wunderbar sein.«

Liam nickte eifrig. »Jetzt bist aber du dran, Valerius«, sagte er bestimmt. »Wir alle sind gespannt, auf dein ›Bestes‹. Auch wenn du uns dein bestes Stück schon präsentiert hast.«

Alle lachten. Sogar Aurelius. Inzwischen schien er seinen Frieden mit den Ereignissen in der Schwimmhalle geschlossen zu haben.

Valerius sagte zunächst nichts. Stattdessen stand er auf, begab sich zum Fenster und starrte scheinbar gedankenverloren in die Weite. Nach einer gefühlten Ewigkeit begann er zu sprechen.

»Es nützt wohl nichts. Sagt nicht, ich hätte euch nicht gewarnt. Haltet die Taschentücher bereit. Bis zu meinem siebten Geburtstag hatte ich eine unbeschwerte, glückliche Kindheit. Ich war einfach ein ganz normaler Junge. Bis zu jenem Tag als Vater mir erklärte, ich sei der Kronprinz, sein Erbe. Der zukünftige Herrscher des gesamten Imperiums. Am Anfang war es toll. Alle meine Wünsche wurden erfüllt, jeder musste tun, was ich wollte. Doch dann wurde ich fortgeschickt, um meine Ausbildung zu erhalten. Du warst damals vier Jahre alt, Bruderherz, Marcella gerade einmal zwei. Ich wollte meine Familie nicht verlassen. Doch selbst Mutter schien sich gegen mich verschworen zu haben und sagte mir, ich müsse gehen, als sie mich in ihrer Gartenlaube fand, in der ich mich mit dir und Marcella versteckt hatte.

Für euch war es anders, ich konntet während eurer Ausbildungszeit im Palast leben. Meine Unterweisungen fanden an einem abgelegenen Ort statt, wo ich in den Geheimnissen des Staates unterwiesen wurde. Als ich mit vierzehn zurückkam, erkanntest du mich zuerst nicht, Aurelius. Marcella hielt mich sogar für einen Fremden. Ein schreckliches Gefühl, nach Hause zu kommen und von den eigenen Geschwistern nicht mehr erkannt zu werden.

Vater war zwar zufrieden mit meinen neuen Fähigkeiten, die Insel durfte ich allerdings weiterhin nicht verlassen. Zu gefährlich, behauptete er. Und Mutter, Mutter zog sich immer mehr zurück, da ihre Aufgabe, die Blutlinie zu fördern, bereits erfüllt war.« Valerius brach ab. Während seiner gesamten Erzählung hatte er sie kein einziges Mal angeblickt.

Liam sprang auf, rannte zum Fenster und umarmte Valerius. Ihm glitzern Tränen auf den Wangen.

»Das tut mir so leid, Valerius. Wie schwer es für dich gewesen sein muss. Wenn ich mir vorstelle, ohne meine Familie sein zu müssen ...« Liam verstummte.

Valerius wirkte etwas überrumpelt, umarmte Liam nach kurzem Zögern knapp, aber herzlich, bevor er sich aus der Umklammerung löste.

»Wie auch immer, das ist Vergangenheit. Ich bin froh, dass mein Bruderherz sich inzwischen an mich erinnert. Auch wenn mich das Gegenteil nicht überraschen würde, so oft wie du fort bist.« Er lachte. Doch Liam entging der Anflug von Bitterkeit in Valerius' Augen keineswegs.

Alsbald war es Zeit für das gemeinsame Mittagessen. Sie schafften es bis zum Hauptgericht, ohne ihre bevorstehende Abreise auch nur anzusprechen. Doch beim Nachtisch konnte Marcella nicht länger an sich halten.

Seit sie vor einigen Tagen ihr Vorhaben kund getan hatte, Aurelius und Liam auf ihrer Mission begleiten zu wollen, lag sie mit ihren Eltern im Dauerclinch. Jedes Mal, wenn das Thema aufkam, wurden sie alle sehr laut. Doch Marcella ließ sich nicht so einfach abspeisen. Manche mochten sie dickköpfig und kindisch nennen, doch Liam bewunderte die Prinzessin für ihren Durchhaltewillen und die Weigerung aufzugeben, bevor sie nicht alles versucht hatte, um doch noch ihren Willen durchzusetzen.

»Und du gehst nicht. Das hatten wir doch schon tausend Mal, Marcella.«

»Aber Vater, ich möchte mitkommen. Ich möchte meinen Beitrag leisten. Du lässt mich nicht, weil du glaubst, ich bin ein kleines schwaches Mädchen, das man in den Palast sperren muss, weil es nicht auf sich aufpassen kann!«, schrie Marcella mit zornesrotem Gesicht.

»Das ist nicht wahr, und das weißt du auch«, entgegnete Kaiser Lucius, der allmählich die Geduld verlor. »Du kannst sehr wohl auf dich aufpassen. Deine Magie ist mächtig. Verdammt nochmal, mit genügend Zeit und Übung wärst du so mächtig wie die meisten Oberpriester. Aber du wirst hier gebraucht. Es ist an der Zeit, deine Kindheit hinter dir zu lassen und dich in den Dienst des Imperiums zu stellen, wie deine Eltern es für richtig befinden.«

»Vater, ich habe mich schon lange entschieden. Ich will es Aurelius nachtun, hinaus in die Welt, die Ruinen und Mysterien der A…« Unter dem gestrengen Blick ihres Vaters verstummte Marcella abrupt.

Nach einem betretenen Blick zu Liam fuhr sie mit gesenkter Stimme fort. »Um die Mysterien der Alten zu studieren. Genau wie Aurelius. Warum darf er gehen und ich nicht?«

»Aurelius ist nicht mein Erbe und auf alles vorbereitet, was ihm die Welt an Gefahren entgegenwirft. Bei all deinem magischen Potenzial bist du doch nicht unverwundbar. Du bist keineswegs unsterblich, auch wenn du dich vielleicht so fühlen magst. Ich spreche jetzt zu dir als Vater, nicht als Kaiser. Du bist meine einzige Tochter, dich zu verlieren wäre unerträglich für mich. Du bleibst hier und heiratest Gordianus, das ist mein letztes Wort. Für das Imperium«, sagte Lucius.

Marcella, schaute immer noch kämpferisch drein. Doch sie musste sich eingestehen, dass sie diesen Kampf verloren hatte.

»Wie du wünscht. Für das Imperium«, sagte sie steif und lief mit geröteten Augen aus dem Speisesaal.

Später am Tag hatte Liam es sich unter einer großen Eiche gemütlich gemacht. Gedankenverloren fütterte er ein paar Tauben mit Brotkrumen, die er vom Mittagstisch stibitzt hatte.

»Ah, Liam, ich habe dich schon gesucht«, sagte eine Stimme hinter ihm.

Liam wandte sich um. Es war Aurelius.

»Ich bringe gute Nachrichten. Gerade habe ich einen Bericht aus der Daonéa bekommen. Die Legionäre haben inzwischen eine kleine Befestigung errichtet und sie Castra Arania genannt. Mit dem Hafen geht es leider nicht so schnell voran. Woher die Verzögerungen kommen, stand allerdings nicht im Brief.« Er wedelte mit einem Stück Pergament.

»Oh gut«, sagte Liam. Er zögerte. »Irgendetwas von meiner Familie?«

Aurelius grinste. »In der Tat. Meister Keenan schickt seine Grüße. Deinen Eltern und deinen beiden Geschwistern geht es gut.«

»Das freut mich zu hören, ich sollte mich schon lange einmal …« Dann traf ihn die Erkenntnis wie in Schlag in die Magengrube. »Beiden Geschwistern? Heißt das?«

»Jaah, deine Mutter ist schwanger. Zumindest schreibt das euer Druide.« Aurelius hielt die Nachricht hoch. Liam konnte das wirre Gekrakel des Alten erkennen. »Ich gratuliere! Hier, lies selbst.«

Liam klappte der Mund auf. Damit hatte er als letztes gerechnet. Er nahm den Brief von Aurelius entgegen und las ihn so rasch durch, dass die Schriftzeichen vor seinen Augen verschwammen.

»Unglaublich«, murmelte er. »Einfach unglaublich.«

»So unglaublich nun auch wieder nicht«, triezte ihn Aurelius. »Man hat durchaus schon von Schwangerschaften gehört«, sagte er und nickte bedächtig mit einem Gesichtsausdruck, der eher an Valerius erinnerte.

»Ich muss antworten. Noch bevor wir abreisen. Aurelius, wann geht das nächste Schiff nach Hause?«

»Übermorgen Früh.«

»Gut, dann habe ich genug Zeit. Das sind wirklich großartige Neuigkeiten.«

An diesem Abend setzte sich Liam an den Tisch in seinem Zimmer und begann den Brief zu schreiben, den er so lange hinausgezögert hatte.

Über eine Stunde saß er vor dem leeren Pergament. Er entwarf eine Version. Strich sie durch. Er setzte eine Nächste auf. Doch auch diese zerknüllte er und warf sie weg. Erst mit dem dritten Anlauf war Liam einigermaßen zufrieden. Der Brief war kurz, viel zu kurz für die Dauer seiner Abwesenheit. Doch mehr konnte er sich im Moment nicht abringen.

Lieber Vater, liebe Mutter, lieber Tearlach,

zuerst möchte ich mich entschuldigen, dass ich solange nichts von mir habe hören lassen. Der Kaiser und seine Familie sind sehr gut zu mir und haben mich mit der größten Herzlichkeit in ihrer Mitte aufgenommen. Den Wundern, die es hier zu sehen gibt, kann ich mit Worten niemals gerecht werden.

Soeben hat mich die Nachricht von Mamas Schwangerschaft erreicht. Möge Nore über dich wachen. Ich bin überglücklich und kann es nicht erwarten, mein neues Geschwisterchen zu sehen, sobald ich zurückkomme.

Tearlach, hast du es inzwischen geschafft, eine saubere Klinge zu schmieden?

Unser Wiedersehen wird sich leider noch eine Weile verzögern. Ich werde bald auf geheime Mission gehen. Einzelheiten kann ich euch leider nicht nennen. Auch weiß ich selbst nicht, wie lange es dauern wird.

Papa und Tearlach, gebt mir nur recht auf Mama und unser kleines Schwesterchen acht! (Ich hoffe, es wird ein Schwesterchen, ein Bruder reicht mir, vielen Dank!)

Ich hoffe ihr seid alle wohlauf.

Bis bald,
euer Liam.

Das konnte man so lassen. Besser als nichts. Die Nachricht adressierte er an Meister Keenan, der sie dann seinen Eltern vorlesen konnte.

Aurelius hatte ihm erklärt, ihre Abfahrt würde als diplomatische Mission deklariert werden. Niemand sollte auf die Idee kommen, es könnte sich um eine geheime Operation handeln. Zu diesem Zweck würde eine offizielle Verabschiedung mit einer militärischen Zeremonie stattfinden, um den letzten Zweifel an ihrem Auftrag zu zerstreuen. Die Öffentlichkeit würde denken, Liam würde zurück zu seinem Clan gebracht und Aurelius ihn begleiten, um die Beziehungen auszubauen und den Fortschritt der Baumaßnahmen an den Hafenbesteigungen zu inspizieren.

Am Abend vor ihrer Abreise war zu Liams Ehren eine Legion Soldaten aufgeboten worden. Es dämmerte bereits, als sie sich im Licht der Fackeln auf dem großen Truppenübungsplatz der Palastkaserne versammelten. Liam und Aurelius standen auf einem Holzpodest, das eigens zu diesem Anlass errichtet worden war und nahmen die Truppenschau ab. Zu Liams Enttäuschung waren bis auf den Kommandanten keine berittenen Einheiten zugegen und auch kein einziger Magier war weit und breit zu finden. Doch besserte sich seine Stimmung rasant, als alle dreitausend Soldaten der zwölfte Legion angetreten waren, um sie zu verabschieden. Der Kommandant begann sogleich, Befehle zu brüllen, die mit messerscharfer Präzision ausgeführt wurden.

Die Legionäre marschierten in verschiedenen Formationen auf. Sie bildeten ein Carée, einen Halbkreis und zum krönenden Abschluss eine Schildkröte, indem sie sich zu einem Oval zusammendrängten. Sie hoben ihre großen Schilde über ihre Köpfe und schützten ihre Seiten. Zwischen den Schilden wurden die Speere hervorgestreckt, die jeden heranstürmenden Feind in große Schwierigkeiten bringen würden. Es war ein wirklich beeindruckendes Schauspiel.

Plötzlich standen alle Mann still, ihre Köpfe Liam und Aurelius zugewandt. Offenbar erwarteten sie eine Ansprache. Liam blickte erwartungsvoll zu Aurelius, doch der schüttelte den Kopf. Er bedeutete Liam vorzutreten.

»Das ist *deine* Parade. Sag ein paar Worte, das wird genügen«, sagte er so leise, dass nur Liam ihn hören konnte.

Panik stieg in ihm auf. Darauf war er nicht vorbereitet. Warum zur Anderswelt hatte Aurelius ihm nichts davon gesagt, was von ihm erwartet wurde? Zögerlich trat er an den Rand des Podests. Aller Augen waren gebannt auf ihn gerichtet.

Liam räusperte sich. »Soldaten des Imperiums. Als ich vor etlichen Monden nach Aestuaria kam, wusste ich nicht, was mich hier erwarten würde. Ihr habt meine kühnsten Träume übertroffen. Ich kam auf der Suche nach Verbündeten für mein Volk. Doch ich fand so viel mehr. Wenn ich nun wieder in meine Heimat zurückkehre, verlasse ich meine Freunde. Auf die ewige Freundschaft zwischen dem Imperium und den Daonéern!«

Dann – Stille. Die Männer der zwölften Legion sahen zu ihm auf. Liam lief es kalt den Rücken hinunter. Hatte er etwas Falsches gesagt? Warum reagierten sie nicht?

Doch Aurelius rettete ihn aus seiner peinlichen Lage. Er schlug sich mit der rechten Faust an die Brust. Die Legionäre taten es ihm nach.

»Elvania Invicta!«, rief er mit lauter Stimme über den Kasernenhof.

»Elvania Invicta!«, dröhnte es aus dreitausend Kehlen unisono zurück.

»Für das Imperium!«

»Für das Imperium!«, brüllte nun auch Liam.

»Nun, das war doch gar nicht so übel. Du hast dich sehr gut geschlagen«, grinste ihn Aurelius an, als die Truppen in geordneter Reihe wieder abgezogen waren.

Doch Liam war wütend. »Was sollte das denn? Warum hast du mir nichts gesagt?«

Beschwichtigend hob Aurelius die Hände. »Ich wollte sehen, wie du dich schlägst. Kein Grund zur Aufregung. Es ist doch alles gut gegangen. Das war eine gute Rede, für dein erstes Mal.«

Als er zu Bett ging, war Liam immer noch erzürnt. Dennoch konnte er nicht umhin, sich geschmeichelt zu fühlen. Aurelius hatte nicht ganz unrecht. Er hatte es immerhin geschafft, vor so vielen Leuten ruhig zu bleiben.

Liams Abreise aus Elvania Nova gestaltete sich ganz anders als seine Ankunft. War er bei strahlendem Sonnenschein in eine mit Leben überquellende Stadt gekommen, so standen sie jetzt im Morgengrauen auf dem fast gänzlich verlassenen Quai. In dunkle Mäntel gehüllt bestiegen Liam und Aurelius die *Iulia*. Sie ähnelte der *Ateia* in allen wesentlichen Punkten. Nur ihre Segel waren nicht purpur und mit dem Wappen des Imperiums geschmückt, sondern von einem schlichten Weiß. Keiner würde aus der Ferne sagen können, wer da durch die Wellen pflügte.

Einzig Valerius war gekommen, sie zu verabschieden. Liam hatte gehofft, Marcella noch ein letztes Mal zu sehen, doch war er enttäuscht worden. Sicherlich grollte sie immer noch wegen der Entscheidung ihres Vaters. Die Matrosen hievten in aller Stille letzte Vorräte an Bord. Vom Rest der Mannschaft war weit und breit nichts zu sehen.

Wahrscheinlich warteten sie unter Deck, überlegte Liam. Eine zu große Besatzung an Bord hätte ihre Tarnung im letzten Moment doch noch gefährden können. Die Kisten mit ihren persönlichen Habseligkeiten, den Abschriften der Schriftrollen, Landkarten und magischen Glyphen, die Liam und Aurelius für nützlich befunden hatten, waren bereits in der Nacht zuvor verladen worden.

»Nun denn, so heißt es Abschied nehmen«, sagte Valerius mit brüchiger Stimme.

»Wir kommen wieder, also mach dir keine Sorgen, Bruderherz«, sagte Aurelius mit einem sanften Lächeln. »Pass auf Marcella auf, dass sie mir keine Dummheiten macht.«

»Ich versuche es«, antwortete Valerius. Er wich dem Blick seines Bruders aus und wandte sich stattdessen Liam zu.

»Auf ein baldiges Wiedersehen, kleiner Freund.«

»Wenn ich zurückkomme, werde ich dir schon zeigen, wer klein ist«, sagte Liam und grinste.

Valerius zog die beiden in eine letzte Umarmung, dann gingen sie an Bord.

Sobald sie den festen Boden verlassen hatten, ließ der Kapitän den Anker lichten. Nur um ganz sicher zu gehen, steuerte die *Iulia* gen Norden. Erst als sie außer Sichtweite waren und den Kupfergiganten passiert hatten, schwenkten sie nach Süden ab, ihrem wahren Ziel entgegen. In ein paar Tagen würden sie das Horn von Neruba erreichen. Von dort aus würden sie in der Nähe der Küste Nord-Emnalons bleiben, immer weiter nach Osten fahrend. In gut zwei Wochen würden sie schließlich Neria erreichen.

Liam hatte bereits viele Geschichten über die exotischen Länder gehört, die sie passieren würden. Doch Aurelius hatte seine Begeisterung gedämpft. Er hatte ihm erklärt, sie würden nur selten anlegen, um ihre Wasservorräte aufzufrischen. Länger an Land zu bleiben, könnte ihre Tarnung gefährden.

Vom Heck des Schiffes aus beobachtete Liam, wie Elvania Nova immer kleiner wurde. Es war doch eine recht spannende Zeit hier gewesen. Mit etwas Glück, würde das kommende Abenteuer noch interessanter werden.

Kapitel 13 - Ein blinder Passagier

Das offene Meer. An Bord der Iulia. 436 SAE. Frühling.

Aurelius und Liam standen eng zusammengerückt um einen Tisch und studierten die darauf ausgebreiteten Karten der Östlichen Smaragdsee. Lautlos trat der Kapitän der *Iulia* an sie heran und heftete seinen Blick unverwandt auf Aurelius. Offenbar hatte er zu viel Angst ihn anzusprechen. An seinem sorgenvoll verzerrten Gesicht rannen die Schweißperlen wie Regentropfen herunter. Aurelius schien ihn nicht zu bemerkten.

»Hm-chrm«, räusperte sich Liam, um den armen Mann aus seinem stummen Leiden zu erlösen.

»Was zum …?« Aurelius blickte überrascht auf. Zunächst sah er verständnislos und etwas irritiert Liam an. Der nickte mit seinem Kopf zum Kapitän hinüber.

»Was gibt es?«, fragte Aurelius kurz angebunden.

»Kaiserliche Hoheit, ich bitte demütigst um Verzeihung für die Störung, aber ich bin gekommen, Euch zu sagen: Wir haben ein Problem.« Den letzten Teil hatte er kaum hörbar und den Blick zu Boden gerichtet geflüstert.

»Ein Problem?«, wiederholte Aurelius tonlos.

»Jawohl, Herr. Seit unserer Abfahrt berichten meine Männer von Kratzen und Rascheln unter Deck. Außerdem sind einige Dinge aus den Vorratsfässern verschwunden, hauptsächlich Schiffszwieback.«

»Ich nehme an, es handelt sich um Ratten«, sagte Aurelius. »Warum belästigt Ihr mich mit einer solchen Trivialität?«

»Vermutlich habt Ihr recht, Herr.« Der Kapitän legte eine respektvolle Pause ein. Er schien seine nächsten Worte sorgfältig abzuwägen. »Dennoch, es könnte auch etwas viel Düstereres, etwas Magisches sein. Daher ist es meine Pflicht, Euch um Erlaubnis zu bitten, bevor wir etwas unternehmen.«

»Etwas Magisches?«, mischte sich Liam ein und wechselte einen Blick mit Aurelius. »Was genau meint Ihr?«

»Die Geister von ertrunkenen Matrosen, junger Herr, die gekommen sind, die Überlebenden heimzusuchen. Oder Meeresfüchse, die in der Nacht die Augäpfel der Mannschaft verspeisen wollen.«

Liam wirkte besorgt, doch Aurelius schnaubte nur verächtlich.

»Geister gibt es nicht, guter Mann. Wie auch immer, Ihr habt meine Erlaubnis, eine magische Jagd abzuhalten. Informiert mich, falls Ihr etwas Reales finden solltet«, fügte er in spöttischem Ton hinzu.

Der Kapitän verbeugte sich und zog von dannen.

»Diese Meeresfüchse …«, begann Liam zögerlich, doch Aurelius schnitt ihm das Wort ab.

»Mach dir keine Sorgen. Es gibt sie nicht. Ein Ammenmärchen, das dazu dient, jungen Elfen Gehorsam einzubläuen. Sei brav und iss deinen Teller auf, sonst kommen die Meeresfüchse wenn du schläfst.«

»Nun gut, wenn du das sagst.« Liam war nicht ganz überzeugt, ob er Aurelius' Versicherungen Glauben schenken sollte oder nicht. Die Geschichte mit den Augäpfel hörte sich jedenfalls überhaupt nicht gut an.

In den nächsten Tagen häuften sich die Berichte über verschwundene Vorräte und geheimnisvolle Geräusche. Immer mehr Besatzungsmitglieder berichteten von einer in Weiß gehüllten Gestalt, die des Nachts umherstreifte, sodass Aurelius nicht umhin konnte, die Ereignisse länger als Seemannsgarn bei Seite zu wischen.

Am Vormittag hatten sie das Horn von Neruba passiert, eine markante Landzunge, die sich durch spitze Felsformationen und die dort lebenden Bergziegen auszeichnete. Liam betrachtete durch ein Fernrohr das Treiben der Tiere, die so behände über Abgründe sprangen und Steilwände emporkletterten, als wäre es keine große Sache, als ihm jemand auf die Schulter tippte.

Vor Schreck hätte er beinahe das Fernrohr über die Reling geworfen, bekam es jedoch noch im letzten Moment zu fassen. Neben ihm stand Aurelius.

»Du meine Güte, musst du mich so erschrecken?«

Aurelius machte eine ernste Miene.

»Liam, ich habe mich entschlossen, heute Nacht dieser Angelegenheit mit dem Schiffsgespenst auf den Grund zu gehen. Die Mannschaft wird langsam unruhig. Manche munkeln, unsere Reise stehe unter keinem guten Stern und möchten am liebsten umkehren. Das kann ich nicht tolerieren. Hilfst du mir, dieser Mär auf den Grund zu gehen?«

»Selbstverständlich, du kannst auf mich zählen«, sagte Liam. »Wann legen wir los?«

»Am besten um Mitternacht, wenn alle schlafen. Dann taucht diese Erscheinung wohl am häufigsten auf. Versuch also, ein wenig zu schlafen bevor wir aufbrechen. Ich brauche dich bei voller Konzentration.«

Aurelius zog von dannen und ließ einen nachdenklichen Liam zurück.

Wenn es wirklich ein Gespenst war, was konnten sie dann überhaupt dagegen ausrichten? Und wenn es doch etwas Bösartiges war? Denn warum sollte sich ein Geist an Vorräten vergreifen? Irgendetwas war mächtig faul an der ganzen Sache.

Wie Aurelius vorgeschlagen hatte, ging Liam an diesem Tag besonders früh zu Bett. Es kam ihm vor, als hätte er sich gerade erst hingelegt, als er auch schon wieder wachgerüttelt wurde.

Die beiden machten sich in totaler Finsternis auf die Geisterjagd. Fackeln hatten sie keine mitgenommen, denn wie Aurelius richtig bemerkt hatte, wollten sie ihre Beute nicht auf sich aufmerksam machen.

Eine halbe Stunde waren sie bereits unter Deck herumgeschlichen, ohne auch nur auf die Spur ungewöhnlicher Vorgänge zu stoßen. Dann stieß Liam unsanft mit Aurelius zusammen, der unvermittelt Halt gemacht hatte.

»Au, was soll das denn?«, zischte Liam. »Kannst du mich nicht vorwarnen?«

»Schhh«, machte Aurelius und legte einen Finger an seine Lippen. »Sei still. Hörst du das auch?«, flüsterte er.

Tatsächlich. In der Dunkelheit vernahm Liam das Trippeln kleiner Füße. Dann Rascheln und ein Kratzen.

Seit wann liefen Geister auf zwei Beinen?

Katzengleich pirschten sich die beiden näher an den Ursprung der Geräusche heran. Hinter einem Fass gepökelten Fischs bezogen sie Stellung. Das Kratzen war verstummt. Stattdessen hörten sie ... ein Schmatzen?

Vorsichtig lugte Liam hinter dem Fass hervor und sah ein grünliches Schimmern ganz in der Nähe. Tatsächlich, dort stand eine zierliche Gestalt in heller Kleidung, die sich anscheinend über eine Kiste gebeugt hatte.

Ohne Vorwarnung sprang Aurelius aus ihrer Deckung und zog eine Laterne mit magischem Feuer hervor, die er unter seinem Umhang verborgen gehalten hatte.

»Stehen geblieben und die Hände da, wo ich sie sehen kann. Widerstand ist zwecklos!«, rief er.

Dort neben einer geöffneten Kiste stand, in hellblauem Kleid und dem schuldbewussten Gesichtsausdruck, bei etwas Verbotenem ertappt worden zu sein, ein kleines magisches Feuer in der einen, einen angebissenen getrockneten Pfirsich in der anderen Hand haltend, Marcella.

Auch Liam trat hinter dem Fass hervor und starrte sie ungläubig an. Aurelius hatte es vor lauter Wut die Sprache verschlagen.

»Was tust du denn hier?«, durchbrach Liam die angespannte Stille.

»Abendessen«, sagte Marcella und versuchte es mit einem verlegenen Lächeln. Sie zeigte ihnen den Pfirsich.

Aurelius explodierte »Abendessen?! Seit einer Woche muss ich mir Geschichten anhören über Meeresdachse und Gespenster und was weiß ich nicht alles. Meine Mannschaft steht kurz vor einer Meuterei und du stehst einfach da und erzählst mir etwas von Abendessen?!«

»Meeresfüchse«, sagte Liam kleinlaut.

»Was?« Aurelius fuhr herum und starrte ihn fassungslos an. Liam schrumpfte förmlich zusammen unter der strengen Miene seines Freundes.

»Meeresfüchse, du hast Dachse gesagt.« Seine Stimme war immer leiser geworden.

Aurelius zog es vor, ihm nicht zu antworten und wandte sich erneut seiner Schwester zu, die inzwischen ihre Arme gesenkt hatte.

»Erkläre dich!«, sagte Aurelius und zeigte mit anklagender Geste auf Marcella.

Die Worte sprudelten wie ein Wasserfall aus ihr heraus.

»Nun, das war so. Vater und Mutter wollten ja nicht, dass ich mitkomme, obwohl ich bestens dafür geeignet bin. Ich meine, du hast sie doch gehört. Ich kenne die Gefahren. Warum solltest du der Einzige sein, der ausfahren und Abenteuer erleben darf? Unsere Eltern können manchmal so kindisch sein.«

»Nein, du bist kindisch«, unterbrach Aurelius sie barsch. »Du hast keine Ahnung, was uns erwartet. Du bist zu jung und nicht qualifiziert für ein solches Unterfangen.«

»Bin ich wohl!«, gab sie wütend zurück.

Nun klang sie wirklich wie ein Kind.

»Wie hast du dir das überhaupt vorgestellt? Du schmuggelst dich an Bord und dann was?«, sagte Aurelius.

»Nun, ich dachte, ich zeige mich, sobald es zu spät ist umzukehren und mich zurückzuschicken. Allerdings hätte ich nicht damit gerechnet, so schnell entdeckt zu werden.«

»Ja, du wurdest entdeckt, gleich am ersten Tag«, sagte Aurelius triumphierend.

»Allerdings dachtest du zunächst, es sei nur Seemannsgarn«, kam es von Liam.

»Nicht hilfreich, Liam, überhaupt nicht hilfreich. Das ist eine Familienangelegenheit, also halt dich besser raus.«

Beschämt trat Liam einen Schritt zurück. Doch Marcella schenkte ihm einen glühenden Blick.

»Wie auch immer, dein Ziel hast du erreicht«, fuhr Aurelius an seine Schwester gewandt fort. »Wir haben Neruba passiert. Umzukehren kommt nicht mehr in Frage. Ich lasse dich im nächsten Hafen absetzen. Dort wirst du auf ein Schiff warten, das dich nach Aestuaria zurückbringt.«

Marcella schien schockiert. »Das würdest du nicht tun?«

»Und warum nicht?«

»Ich kann so nicht zurück. Vater wird enttäuscht sein, weil ich seine Befehle missachtet habe, aber Mutter … Mutter wird mich noch mehr hassen als ohnehin schon, weil ich nicht ihre perfekte kleine Prinzessin bin.«

Sie schien den Tränen nahe. Aurelius' Züge erweichten ein wenig. Dann sprach er mit viel sanfterer Stimme als zuvor.

»Sie hasst dich nicht. Ich weiß, sie kann sehr schwierig sein, aber …«

»Du hast leicht reden«, unterbrach ihn Marcella, »du bist ihr Lieblingskind.« Sie schluchzte.

Aurelius schloss die Augen. Bevor er erneut sprach, nahm er einen tiefen Atemzug.

»Na gut, du kannst bleiben. Vorerst. Ich gebe dir die Chance, dich zu beweisen. Trotzdem muss ich eine Nachricht abschicken, zuhause ist man sicher schon krank vor Sorge. Sag nicht mehr, ich würde nie etwas für dich tun«, sagte Aurelius.

»Das wird nicht nötig sein«, versuchte Marcella ihn zu beschwichtigen. »Valerius wird Vater und Mutter bereits alles erzählt haben. Was glaubst du wie ich sonst an Bord gekommen wäre?« Sie schluckte. »Außerdem, außerdem würde das deine Mission nur unnötig Zeit kosten, oder?«

»Valerius hat dir auch noch geholfen? Ewige Verdammnis!« Aurelius wollte bereits wieder losschimpfen, doch gebot er sich rasch Einhalt. Er dachte für einen Augenblick nach. »Na schön. Du hast gewonnen. Ich würde ungern wegen dir unseren Zeitplan verzögern.« Er legte so viel Verachtung in seine Stimme wie er konnte. Doch Liam war sicher, dass er insgeheim erleichtert war, nicht von ihrem Kurs abweichen zu müssen.

»Oh danke, vielen Dank. Das werde ich dir nie vergessen.«

Marcella rannte auf ihren Bruder zu und umarmte ihn herzlich. Sie drehte sich Liam zu, zögerte einen Moment, dann umarmte sie auch ihn. Die Tränen auf ihren Wangen waren noch nicht getrocknet, doch sie lächelte bereits wieder. Bevor Liam oder Aurelius ein weiteres Wort sagen konnten, war sie auch schon davongelaufen.

»Unglaublich, das ist doch einfach unglaublich.«

»Jaah«, sagte Liam matt.

»Sei froh, dass du keine Schwester hast. Nichts als Ärger«, sagte Aurelius.

Doch Liam war überhaupt nicht wütend. Gemeinsam gingen sie zurück in ihre Kajüte. Als sie dort eintrafen, hatte sich Marcella wie eine Katze auf dem Boden zusammengerollt. Ihr Schnarchen war ein wenig zu überzeugend, sodass Liam keine Sekunde glaubte, sie würde wirklich schon schlafen. Verwirrt und von ihrer nächtlichen Eskapade erschöpft, stieg er ins Bett.

Die nächsten Tage weigerte sich Aurelius beharrlich, mit Marcella zu sprechen. Sie schien das allerdings nicht sonderlich zu bekümmern. Die meiste Zeit verbrachte sie am Bug und ließ sich die Gischt ins Gesicht spritzen. Der Wind wehte ihr durch das inzwischen nicht mehr so akkurat geflochtene Haar. Wie sie da so stand, hatte sie etwas von einer Meerjungfrau.

Solange sie in freundlichen Gewässern waren, hielten sie sich stets in Küstennähe. Als ein Außenposten des Imperiums in Sichtweite kam, ließ Aurelius Liam sich verwandeln und band ihm eine Nachricht ans Bein. So konnte er seinen Bericht absenden, ohne wertvolle Tage zu verlieren. Er schärfte Liam ein, sie nur dem Kommandanten persönlich, ebenfalls ein Exequites, zu überbringen. Früher hätte er sich darüber beschwert, als Botenvogel missbraucht zu werden, doch inzwischen war Liam einfach froh, frei über das Meer dahingleiten zu können. Seit seinem ersten Abend in Aestuaria hatte er sich immer seltener verwandelt. In Wahrheit hatte er seine Druidenfähigkeiten über den ganzen Trubel der letzten Monde beinahe völlig aus den Augen verloren.

Marcella war seit ihrer nächtlichen Entdeckung Liam gegenüber vollkommen verändert. Hatte sie ihn im Palast die meiste Zeit ignoriert, schien sie heilfroh, jemanden zu haben, mit dem sie sprechen konnte. Auch Liam war über ihre Anwesenheit nicht gerade unglücklich. Für seine magischen Fähigkeiten war sie ein viel geeigneterer Trainingspartner als Aurelius. Die beiden verbrachten zumeist den Großteil des Tages miteinander. Lachend und scherzend waren sie in irgendeiner Ecke zu finden.

Nach ein paar Tagen schien auch Aurelius seinen Ärger vergessen zu haben. Zu dritt studierten sie ihre Karten und überlegten, wo der beste Anlegepunkt auf Zerkalion wäre. Marcella erwies sich als wertvolle Ratgeberin, da sie ein Talent für alte Schriften hatte. Sie schien einfach rundheraus glücklich, etwas beitragen zu können.

Eines Abends, Marcella hatte den ganzen Nachmittag über versucht, Liam beizubringen, Wasserblasen schweben zu lassen, saßen die beiden gemeinsam an Deck.

Er hatte sein bestes gegeben, doch hatte es ihm nicht so recht gelingen wollen. Liam schaffte es, kleine Tröpfen einige handbreit über das Deck zu heben, doch dann klatschten sie zumeist wie ein toter Vogel auf die Planken. Marcella hingegen war eine wahre Meisterin. Geschickt jonglierte sie mit faustgroßen Wasserbällen, die sie sich teilen und wieder vereinigen ließ.

»Du bist wirklich talentiert«, sagte Liam anerkennend und blickte bedrückt auf die Wasserpfütze zu seinen Füßen.

Marcella strahlte ihn an. Für das große Finale vereinigte sie sämtliche Wasserbälle in eine einzige große Kugel, die zu Eis erstarrte. Auf ihrer Oberfläche blühten hunderte kleiner Eisblumen auf, nur um im nächsten Moment in heißen Wasserdampf zu zerstieben.

Liam applaudierte und Marcella verbeugte sich anmutig.

»Das war wirklich ganz große Magie«, sagte Liam. »Ich wäre auch gerne so gut wie du.«

»Vielen Dank. Es waren Jahre harter Arbeit nötig, soweit zu kommen. Die fehlen dir natürlich«, sagte sie mitfühlend.

»Vielleicht«, sagte Liam. »Allerdings bin ich nur ein Mensch. Mein magisches Potenzial wird also womöglich niemals ausreichen, um solche Kunststücke zu bewerkstelligen.« Nachdenklich wiegte er seinen Kopf hin und her.

»Nicht mit dieser Einstellung«, sagte Marcella in feurigem Ton. »Wobei du recht haben magst. Im Allgemeinen sagt man Menschen eine niedrigere Affinität zur Magie als uns Elfen nach, doch wäre ich etwas skeptisch was das angeht.«

»Wie meinst du das?«

»Es stimmt schon, Menschen scheinen in magischen Dingen nicht so begab zu sein. Dennoch musst du wissen, gibt es auch bei Elfen große Unterschiede. Schau dir zum Beispiel die Schüler der Quintilia an. Ist dir an ihnen nichts aufgefallen?«

»Ich, nein. Was meinst du?« Liam war verwirrt.

»Das will ich dir sagen. Alle, die dort ausgebildet werden, sind entweder Kinder aus Senatorenfamilien oder einige wenige Aufsteiger aus der Händlerschicht mit Aussichten auf ein Verwaltungsamt. Wer nicht die richtige Blutlinie hat, wird nicht aufgenommen. In der Gosse der Hafenstadt haben sie sicher kein viel geringeres magisches Potenzial als im Palastviertel. Doch es wird nicht gezielt gefördert, so wie bei uns. Meinen ersten Lehrer hatte ich mit drei Jahren, Liam.«

»Aber was ist mit Aurelius? Sollte er dann nicht auch so gut sein wie du? Hat er nicht das gleiche Potenzial?«

Marcella seufzte.

»Nun, ich schätze schon. Aurelius hat ein kompliziertes Verhältnis zu Kampfmagie, eine Art innere Blockade. Er benutzt sie nicht, wenn es nicht unbedingt notwendig ist. So verkümmern seine Fähigkeiten schon seit Jahren«, sagte sie niedergeschlagen.

»Was ist passiert?« Das machte Liam neugierig. Darüber hatte er noch nie mit Aurelius gesprochen.

Doch Marcella wehrte ihn ab. »Es ist nicht an mir, das zu erzählen. Wenn er nicht darüber reden will, ist das seine Sache.«

Eine Stille trat ein, in der die beiden hinaus in die anbrechende Nacht starrten. Marcella begann geistesabwesend erneut damit, Wasser schweben zu lassen. Es war Liam, der das Schweigen brach.

»Seit meiner Ankunft in Aestuaria hatte ich nicht den Eindruck, dass ihr euch besonders gut leiden könnt. Du und Aurelius.«

Zu seiner großen Überraschung lächelte Marcella.

»Es ist nicht so schlimm, wie du denkst. Ja, wir gehen uns oft hart an, aber das heißt nicht, wir würden uns nicht lieben. Du musst wissen, Aurelius war schon immer der Liebling unserer Mutter. Valerius ist der Erbe, Aurelius der Ersatz. Meine Geburt war eine Art Bonus. Eine Tochter, für die eine gewinnbringende Ehe gestiftet werden kann. Doch dem wollte ich mich nicht fügen. Ich wollte für mich selbst aussuchen. Mein Vater hat das immer respektiert. Meine Mutter hingegen war der Meinung, sie wisse, was das Beste für mich ist.

Anfangs habe ich versucht, dem zu entsprechen. Ich wollte unbedingt ihre Zuneigung und Anerkennung gewinnen. Doch ich war wohl einfach zu eigensinnig. Genau wie Valerius. Er konnte nie stillhalten, wenn er während den Audienzen neben dem Thron meines Vaters saß. Aurelius entsprach da mehr den Vorstellungen des perfekten Prinzen. Manchmal frage ich mich, ob sie ihre Rosen nicht mehr liebt als mich.« Marcella hatte aufgehört zu lächeln.

»Ich bin sicher, sie liebt dich sehr. Auch wenn sie es dir nicht zeigen kann«, sagte Liam.

Zögerlich rutschte er näher zu ihr hin. Tröstend legte Liam ihr seinen Arm um die Schultern. Als sie ihn nicht wegschob, entspannte er sich. Marcella schluchzte ein wenig. Liam tat so, als würde er es nicht bemerken. Still hielt er sie fest.

Nach einer Weile begann sie erneut zu sprechen. »Als ich vierzehn wurde, also beinahe alt genug um zu heiraten, hat sie mir Gordianus ganz offiziell und vor dem gesamten Hof präsentiert, der ideale Ehemann zur Förderung der Blutlinie. Der Gute war natürlich genauso unwillig wie ich. Doch während er sich still dem Diktat meiner Mutter und seines Großonkels Pelagius fügte, habe ich mit mich Zähnen und Klauen gewehrt. Doch es war zwecklos. Zwischenzeitlich hatte ich mich schon fast dem scheinbar Unvermeidlichen gefügt. Doch dann bist du aufgetaucht und sich die Möglichkeit ergab dieser unglückseligen Zwangsehe zu entfliehen.« Sie zeigte den Hauch eines Lächelns.

Liam, der immer eifersüchtig auf Gordianus gewesen war, konnte nicht umhin, als ein wenig Mitgefühl für ihn zu empfinden.

»Ach, was soll das Ganze«, sagte Marcella und wischte sich mit dem Saum ihres Kleides die restlichen Tränen vom Gesicht. »Schauen wir lieber in die Zukunft. Wir haben immerhin ein Abenteuer zu bestreiten! Jetzt habe ich nur über mich geredet, aber was ist dir?«

»Mit mir?«, fragte Liam perplex.

»Ja, was ist mit deiner Familie? Ich habe dich bis auf das eine Mal noch nie von zuhause erzählen hören«, sagte Marcella.

»Ach, da gibt es nicht so viel zu erzählen«, murmelte Liam. »Meine Eltern lieben mich und meinen älteren Bruder, da gibt es gar keinen Zweifel. Tearlach ist der Begabtere von uns, er wird von meinem Vater ausgebildet und wird eines Tages die Schmiede übernehmen. Ich dagegen habe zwei linke Hände. Zwar habe ich meine Druidenfähigkeiten, doch das wird mir nichts nützen. Uisdean wird neuer Druide, nicht ich. Dann ist für mich kein Platz mehr im Dorf.«

Düstere Gedanken umfingen ihn. Was sollte er nur tun, sobald er zurück in der Heimat war? Diese Reise war eine einzigartige Erfahrung, doch sie würde nicht ewig andauern.

»Sag so etwas nicht«, scholt ihn Marcella. »Du bist auf gar keinen Fall nutzlos. Du hast immerhin Aurelius gerettet. Mach dich nicht kleiner als du bist.«

»Das ist sehr lieb von dir«, sagte Liam dankbar.

»Obwohl, wenn ich mir es recht überlegte, dann bist du doch sehr klein für dein Alter, geradezu winzig«, sagte sie mit einem frechen Grinsen.

Liam sprang auf. »Na warte, du, dir zeig ich wer klein ist.«

Marcella rappelte sich ebenfalls auf und rannte vor ihm davon. Als sie ein paar Schritt zwischen sich und Liam gebracht hatte, wandte sie sich um und streckte ihm die Zunge heraus. Lachend lieferten sich die beiden eine Verfolgungsjagd über das ganze Deck, zwischen Taurollen und Matrosen. Zweimal hatte Liam sie vom Bug zum Heck und zurück gejagt, als sie nach Luft japsend zusammenbrach. Völlig außer Atem, aber immer noch kichernd, legten sich die beiden auf den Rücken.

»Oh schau nur, wie schön die Sterne heute Nacht sind!«, rief Marcella und deutete gen Himmel.

»Wirklich wunderschön«, sagte Liam geistesabwesend, obwohl er seine Augen nicht auf die Sterne gerichtet hatte.

»Dort! Da ist der Phönix, die zwölf Sterne dort drüben. Siehst du ihn?«, sagte Marcella.

Liam blickte auf. »Was dort?« Er deute auf einen Sternenhaufen.

»Nein, nein. Dort«, sagte Marcella und packte ihn ungeduldig am Arm. Mir großer Bestimmtheit richtete sie Liams ausgestreckte Hand auf das Sternbild aus.

»Ach so, dort. Du meinst den Schwan?«

»Schwan, wieso Schwan?«, fragte Marcella verständnislos. Dann ging ihr ein Licht auf. »Natürlich, dein Volk muss einen anderen Namen haben. Gibt es eine Geschichte hinter dem Schwan?«, fragte Marcella. Sie drehte sich zur Seite und schaute Liam interessiert an.

»Der Schwan gehört Belena. So wacht sie über uns, wenn wir schlafen«, erklärte Liam.

»Ich dachte, das sei die Sonnengöttin?«

»Ist sie auch. Aber nachts ruht sie sich aus. Wenn Gefahr droht, schnattert der Schwan und weckt Belena auf. Dann steigt sie auf ihren Sonnenwagen, um das Dunkel zu vertreiben.«

»Faszinierend«, sagte Marcella leise.

Liam erzählte ihr alles, was er über die Sternbilder und ihre Bedeutung wusste. Doch erst als er beim Seepferdchen angekommen war, bemerkte er, dass sie eingeschlafen war. Liam beobachtete, wie sich ihre Brust langsam hob und senkte. Sie sah so friedlich aus. Doch bevor er sich satt sehen konnte, tauchte ein ärgerlicher Aurelius über ihnen auf, der sie beide umstandslos ins Bett kommandierte.

Eines Nachts wurde Liam unsanft aus dem Schlaf gerissen. Er fiel aus seiner Hängematte und stieß sich gehörig den Kopf. Es fühlte sich an, als sei nicht nur das Schiff, sondern auch sein Schädel von einem gewaltigen Hammer getroffen worden. Bedröppelt begab er sich an Deck.

Weiß glühende Blitze zuckten am Himmel. Peitschender Regen verwandelte das Deck der *Iulia* in eine gefährliche Rutschpartie. Mächtige Wellen donnerten gegen die Reling. Die Matrosen hatten sich mit Tauen an die Masten und Haken gebunden, um nicht über Bord gespült zu werden. Wie in einer Nussschale wurden sie hilflos über das Meer geschleudert.

»Aurelius«, brüllte Liam durch den tosenden Lärm. Keine Antwort. Liam kämpfte sich weiter vor in Richtung Bug. Dort vermeinte er, drei dunkle Gestalten sehen zu können, die ihm bekannt vorkamen. Eine hielt ein helles Licht empor, das wie ein Scheinwerfer in die Nacht hinaus strahlte. Jeder Schritt vorwärts kostete ihn ungeheuer viel Kraft. Zweimal wäre er beinahe hingefallen, doch dann hatte er sein Ziel erreicht.

»Aurelius«, wiederholte er keuchend.

Es war tatsächlich Aurelius, der da am Bug stand. Zusammen mit dem Kapitän und Marcella, die eine Hand voll Feuer trug, das ihren Kurs erhellen sollte.

»Liam, was tust du hier?«, rief Aurelius aufgebracht. »Geh wieder unter Deck, hier ist es zu gefährlich.«

»Ich gehe hin, wo du hingehst«, antwortete Liam trotzig.

»Dann bind dich wenigstens fest, wir können es uns nicht leisten, dich zu verlieren«. Diesmal hatte der Kapitän gesprochen. Er warf Liam ein schweres Tau zu. Das Ende band Liam um seine Hüfte, das andere befestigte an einem Eisengestänge über der Reling.

»Was geht hier vor?«, wollte Liam wissen.

»Das ist kein normaler Sturm«, sagte der Kapitän, »der kam wie aus dem Nichts.«

Liam erwartete, dass Aurelius den Kapitän wegen seines erneuten Aberglaubens zurechtweisen würde, doch auch er sah besorgt in die Nacht hinaus.

»Womit wir auch immer hier zu tun haben, dieses Unwetter hat keinen natürlichen Ursprung. In jedem Fall müssen wir uns auf das Schlimmste gefasst machen. Kapitän, geht und sagt den Männern, sie sollen die Ladung in meiner Kabine sichern. Alles andere kann warten.«

Der Kapitän zögerte einen Moment, doch dann rannte er los, um den Befehl auszuführen. Doch er kam nicht weit. Eine Welle, so groß wie ein Haus, traf die *Iulia* mit voller Wucht. Alle fielen rücklings auf den Boden. Liam schwirrte der Kopf. Als er sich wieder aufrappelte, fühlte es sich an, als sei sein Schädel gespalten. Er betastete seine Schläfe. Dunkles Blut klebte an seinen Fingern.

Schnell ging er zu Marcella hinüber, die ebenfalls gestürzt war. Ihre Flammen waren erloschen. Liam half ihr auf. Auch sie hatte ein paar Kratzer abbekommen.

»Alles in Ordnung bei dir?«, fragte er.

»Alles gut, kein Grund so besorgt auszusehen«, versuchte sie seine Frage wegzuwischen. Doch ihr gelang nur ein halbherziges Lächeln. Als sie sich aufrichten wollte, keuchte sie und hielt sich vor Schmerzen die Seite.

»Schon gut, schon gut. Es ist nichts. Komm, ich kümmere mich um deinen Kopf. Blutrotes Haar steht dir gar nicht.«

Sie legte ihre Hand an seine Seite und Liam spürte, wie sich die Wunde schloss. Bevor er sich bei ihr bedanken konnte, stieß sie einen spitzen Schrei aus und deutete in die Ferne.

Liam hörte es, bevor er es sah. Von Steuerbord ertönte ein ohrenbetäubendes Quietschen und Stöhnen, das sogar das peitschende Meer und den rollenden Donner aus seinen Gedanken vertrieb. Zwei riesige gelbe Augen tauchten aus den Wellen auf.

»Ein Leviathan!«, rief der Kapitän. »Ein Schrecken aus der Tiefe, gekommen, um uns alle zu verschlingen!«

»Blödsinn«, sagte Marcella. »Die existieren doch nicht. Oder doch?«, fügte sie etwas zaghaft hinzu.

»Was es auch ist, das Ding muss mindestens hundert Schritt lang sein. Mach doch mal mehr Licht«, drängte Aurelius.

Doch bevor Marcella irgendetwas tun konnte, hörten sie einen weiteren lauten Knall. Ein Sausen ertönte, Holzsplitter flogen wie Geschosse durch die Luft. Ihr Hauptmast war gebrochen und stürzte auf das Deck.

Panisch hechteten die vier aus dem Weg. Kaum war der Spuk vorbei, begann sich auch das Meer wieder zu beruhigen. Der Leviathan oder welche Monstrosität auch immer es gewesen sein mochte, war spurlos verschwunden. Der Sturm verzog sich. Die See lag glatt und friedlich da, als ob nichts gewesen wäre. Liam musste dem Kapitän unweigerlich recht geben, das war kein normaler Sturm.

»Alles noch dran?« fragte Aurelius in die Stille hinein.

»Uns geht es gut«, sagte Marcella. Ihr Blick fiel auf den umgestürzten Masten. »Oh Ewige Verdammnis.«

Darunter lag mit zertrümmertem Schädel, der Kapitän. Knochensplitter, verklebt von Blut und Hirnmasse lagen überall verstreut. Tränen stiegen ihr in die Augen. Sie schwankte und musste sich an der Reling festhalten, um nicht hinzufallen. Liam musste sich übergeben. Reste von Räucherspeck und halbverdautem Zwieback verzierten das Deck.

»Ihr kanntet den Mann doch gar nicht«, sagte Aurelius trocken.

»Du bist manchmal ein gefühlloses Aas, weißt du das?«, rief Marcella und torkelte, ohne ein weiteres Wort zu sprechen, mit tränenüberströmtem in Richtung ihrer Kabine.

»Ich fürchte, sie hat recht«, sagte Liam erschöpft und wischte sich mit dem Ärmel den Rest Erbrochenes aus dem Mundwinkel.

»Was? Schließlich müssen wir alle einmal sterben und …« Er fing Liams vorwurfsvollen Blick auf. »Ich… Ich sollte mich bei ihr entschuldigen«, murmelte Aurelius und zog von dannen.

Liam starrte noch lange auf die geschundene Leiche des Kapitäns. Der Tod mochte wirklich auf sie alle warten. Der Gedanke, wie zerbrechlich das Leben doch war, ließ ihm das Blut in den Adern gefrieren.

Am nächsten Morgen versuchte Marcella, das Schiff mit Magie wieder flott zu bekommen. Nach drei vergeblichen Versuchen, den Masten wieder aufzurichten, musste sie entnervt aufgeben.

Die Mannschaft war durch den Verlust ihres Kapitäns sichtlich bedrückt. Wie es sich für einen Mann der See geziemte, wurde eine Ozeanbestattung für ihn ausgerichtet. Aurelius hatte die Zeremonie geleitet und einige bewegende Worte gefunden. Als sie die Leiche in weißes Leinen gewickelt über Bord geworfen hatten, ließ Marcella einen Kranz aus Eisblumen entstehen, um ihm die letzte Ehre zu erweisen.

Die nächste Wochen schwitzten die Ruderlegionäre Tag und Nacht in den Riemen, um so schnell wie möglich einen freundlichen Hafen zu erreichen. Die Stimmung an Bord war düster und wurde mit jedem Tag gereizter. Liam zog sich immer häufiger in den Bauch des Schiffes zurück oder flog in Falkengestalt umher, ständig auf der Suche nach Land.

In der übrigen Zeit studierten er und Aurelius wieder einmal ihre Karten. Neue Erkenntnisse würden sie nicht gewinnen, doch mussten sie sich irgendwie ablenken. Marcella übte Beschwörungen ein. Seit geraumer Zeit versuchte sie, ihr magisches Potenzial künstlich zu vergrößern.

Gegen Mittag des elften Tages nach der Sturmnacht kam endlich der ersehnte Ruf.

»Land!«, erschallte es vom Ausguck. »Land in Sicht!«

Aufgeregt liefen die drei an Bord. In der Ferne war das Flimmern der Hitze über dem Sand der Wüste zu sehen. Doch noch etwas anderes fiel ihnen ins Auge. Dort, in der Mitte eines breiten grünen Streifens von Schilf und Palmen ragte etwas Pechschwarzes und Spitzes in den Himmel.

»Was ist das?«, fragte Marcella voller Erstaunen.

»Charapolis«, sagte Aurelius trocken. »Was ihr dort vor euch seht, ist die Spitze der Schwarzen Sechseckpyramide.«

»Dann sind wir gerettet!«, rief Liam begeistert.

»Ich fürchte nicht«, sagte Aurelius bitter.

Liam entglitten die Gesichtszüge. »Wieso denn nicht?«

»Die Beziehungen zu Potamien sind angespannt«, erklärte Aurelius. »Wir sind nur um Haaresbreite vom offenen Kriegszustand entfernt. Wenn wir anlegen, ist die Wahrscheinlichkeit groß, dass sie uns nicht mehr gehen lassen.«

»Das ist nicht dein Ernst? Uns festhalten?«, fragte Liam bestürzt.

»Wir wären ideale Geiseln«, stimmte Marcella ihrem Bruder zu. »Zwei Elfen von hohem Geblüt.«

»Wenn sie uns erkennen würden, sicher. Eher werden sie uns allesamt versklaven«, erwiderte Aurelius traurig. »Wir werden uns also noch ein wenig gedulden müssen, der nächste freundliche Hafen ist in Neria. Wir sind besser vorsichtig, damit sie uns nicht entdecken.«

»Keine Sorge, Liam, es dauert nicht mehr lange. Vielleicht noch zwei Tage«, sagte Marcella und legte ihm aufmunternd die Hand auf die Schulter.

Die nächsten Tage waren sie stets auf der Hut vor den Sklavenjägern Potamiens. Doch keine feindlichen Schiffe tauchten am Horizont auf und kein Horn signalisierte ihre Entdeckung. Als sie Charapolis passiert hatten, ging ein Aufatmen durch die Crew. Von nun an würden sie wieder etwas ruhiger schlafen können. Dann, drei Wochen nach ihrer Begegnung mit dem Meeresungetüm, war es schließlich soweit.

»Ah, Neria. Endlich, wir haben es geschafft«, verkündete Aurelius mit einem zufriedenen Gesichtsausdruck und wies mit der Hand auf die große zerklüftete Insel am Horizont, die immer näher rückte.

Kapitel 14 - Der Gefangene

Neria. Festung der Exequites. 436 SAE. Frühling.

Neria war der Stachel des Imperiums im Fleisch der Östlichen Reiche. Die Insel lag in gleicher Entfernung zwischen den Küsten von Ak'Tion und Potamien. Von hier aus ließ sich der Handel zwischen Emporia und Charapolis, den größten Städten der Östlichen Smaragdsee kontrollieren.

Unzählige graue Basaltsäulen wuchsen an der Nordostküste Nerias aus dem Meer. Die bizarren konzentrischen Muster waren beinahe zu perfekt, um von der Natur erschaffen worden zu sein. Feuchte Höhlen führten ins Innere der Erde, auch dort war das merkwürdige Gestein zu finden.

Die gleichnamige Festung lag an der Spitze der Insel. Auf einer steilen Felsenklippe thronend, ragten die hohen und pechschwarzen Mauern gleich einer Lanze in den wolkenverhangenen Himmel. Allein sechseckige Fensternischen durchbrachen die ansonsten absolut gleichförmigen Wände. Von weitem hätte man sie womöglich ebenfalls für eine riesige Ansammlung von Basaltsäulen halten können. Für eine so monumentale Struktur war sie erstaunlich gut verborgen.

Die Insel an sich wirkte unwirtlich und verlassen. Die wenigen Nadelbäume, die sich auf den kargen Böden der Küstenstriche halten konnten, schwankten in einer leichten Brise hin und her. In der Ferne kaute ein Steinbock gelangweilt auf einem Kräuterbüschel herum.

Die Elfen, so hatte Aurelius Liam erzählt, hatten sie nicht errichtet, sondern unbewohnt vorgefunden. Scheinbar war sie seit Ewigkeiten herrenlos und verwaist. Von hier aus, so hatte er sich aus mitgehörten Gesprächsfetzen zusammengereimt, sollte die Eroberung der Östlichen Reiche beginnen.

Doch hatte er keine Zeit, sich weiter damit zu beschäftigen. Als sie in einer der Meereshöhlen in einen unterirdischen Hafen einliefen, war Liam einfach nur heilfroh, endlich wieder festen Boden unter den Füßen zu haben.

Kaum hatten sie die *Iulia* verlassen, wartete bereits eine Delegation aus Elfen auf sie. Die Gruppe bestand aus fünf Personen, vier Männern und einer Frau. Allesamt waren hochgewachsen und trugen einfache, schwarze Tuniken. Auf ihrer Brust konnte Liam kleine silberne Broschen erkennen, ähnlich den Rangabzeichen der Legionäre. Eine solche Uniform hatte er erst ein einziges Mal zu Gesicht bekommen, doch wollte ihm partout nicht mehr einfallen wo.

Ein junger Mann mit kurzem Haarschnitt und verwegenen Zügen trat vor. Offenbar war er der Anführer der Gruppe.

Er begann in einer Art Singsang zu sprechen. »Hoheit, welch angenehme Überraschung Eure heile Ankunft ist. Seit Wochen warten wir sehnsüchtig, stets Ausschau haltend. Wir hatten die Hoffnung schon beinahe aufgegeben. Was mag wohl geschehen sein?«

»Maxentius, schön dich wiederzusehen«, sagte Aurelius. Obwohl sichtlich ermüdet, schüttelte er ihm wie einem alten Freund freudig die Hand. »In der Tat, wir hatten Glück im Unglück. Wir sind in einen Sturm geraten und haben zu allem Überfluss unseren Kapitän verloren. Allerdings konnten wir ungesehen an Charapolis vorbeisegeln. Die gute *Iulia* hier hat auch schon bessere Tage gesehen. Schrecklich ramponiert ist das alte Mädchen. Ein neuer Masten, ein bisschen frische Farbe und wir sind wieder flott. Einen anderen Kapitän werden wir ebenfalls brauchen.« Das Auftauchen des »Leviathans« verschwieg er.

»Die Vorsehung mag Euch behütet haben«, erwiderte Maxentius. »Was Euer Schiff angeht, seid unbesorgt, ich werde alles Nötige veranlassen. Wenn ich Euch jedoch darum bitte dürfte, mir gleich zu folgen. Es gibt wichtige Dinge zu besprechen.«

Die ganze Gruppe setzte sich in Bewegung. Sie folgten Maxentius durch in den Stein gehauene Treppen hinauf in den Innenhof der Festung.

»Eins verstehe ich noch nicht so ganz«, sagte Aurelius. »Warum habt ihr uns mit einer so großen Eskorte empfangen?«

»Wir konnten uns nicht sicher sein, ob Ihr es seid. Wie gesagt, wir dachten, Ihr würdet schon vor einigen Wochen aufkreuzen.«

Aurelius lachte. »Wie viele ramponierte Schiffe kommen wohl hier durch? Was meinst du Liam?« Er gluckste immer noch über seinen Scherz.

Doch Maxentius verzog keine Miene. »Da Ihr es ansprecht, vor zwei Tagen ging uns ein ganz besonderer Fang ins Netz. Er sitzt gerade in einer unserer Zellen«, sagte er ernst.

Aurelius' Fröhlichkeit war mit einem Mal wie weggewischt. Seine Züge straffte sich und seine Augen flackerten zu den Festungstürmen hinauf.

»Womit haben wir es genau zu tun?«

Maxentius musterte Marcella und Liam, ohne stehen zu bleiben.

»Du kannst frei sprechen. Meine Schwester und mein Freund werden unsere Geheimnisse nicht verraten, das versichere ich dir.« Er hatte all seine Überzeugungskraft in den letzten Halbsatz gelegt.

Sie waren nun im Innenhof angekommen. Es herrschte relativ viel Betrieb. Etwa fünfzig Elfen in der selben schwarzen Uniform gingen eifrig ihren Geschäften nach. Vereinzelt waren auch andere Soldaten in roten, blauen und grünen Tuniken zu sehen. Ihre schmucken Helmfedern reichten von kurz und borstenartig bis schulterlang. Doch keinem reichten sie bis zum unteren Rücken wie bei Admiral Claudius oder dem alten Pelagius.

Das Klingen eines Schmiedehammers ließ Liam wehmütig an Zuhause denken. Sein Vater würde genau in diesem Moment wohl auch sein Werkzeug schwingen, Tearlach in der Hitze der Esse schwitzen, während seine Mutter im Garten Kräuter pflückte oder nach den Ziegen sah.

Neben der Schmiede waren Stallungen, die vollkommen verlassen wirkten. Selbst eine kleine Kapelle gab es hier, auch wenn sie kaum mit dem bescheidensten Wegschrein in Aestuaria mithalten konnte.

»Wie Ihr wünscht«, nahm Maxentius den Faden wieder auf. »Also hier die Kurzfassung: Wir haben ein Schiff in äußerst desolatem Zustand aufgegriffen, wie es in der Sichtweite der Festung auf dem Meer dahintrieb. Zunächst dachten wir, es wäre ein Geisterschiff, da wir aus der Ferne keine lebende Seele darauf entdecken konnten. Als wir uns die Sache näher besahen, fanden wir einen einzigen Überlebenden vor, der sich im Frachtraum versteckt hatte. Plapperte wirres Zeug, ganz offensichtlich verrückt. Gelegentlich schien sein Geist jedoch einen klaren Moment zu haben. Dann schrie er aus ganzem Leib. Meine Leute konnten lediglich Wortfetzen wie ›Zerkalion‹ und ›Schrecken‹ heraushören.«

»Hmmm, sehr gute Arbeit, mein Freund. Er könnte wertvolle Informationen haben, in der Tat«, sagte Aurelius nachdenklich.

»Ihr werdet ihn gleich selbst verhören wollen?«

»Ja, am besten auf der Stelle. Wir können uns später ausruhen.«

Marcella meldete sich zu Wort. »Ich würde lieber gleich zu Bett gehen. Für das Verhör wird meine Anwesenheit kaum erforderlich sein.«

»Selbstverständlich, Prinzessin«, sagte Maxentius und machte eine kleine Verbeugung. »Ich werde Euch zu Eurem Quartier bringen lassen. Calpernia!« Er ruckte mit dem Kopf. Die einzige Frau in ihrer Eskorte löste sich aus der Gruppe.

»Kommt, Kaiserliche Hoheit, wir suchen Euch erst einmal passende Gewänder.« Sie deutete auf Marcellas zerschlissenes Türkiskleid. »Ein heißes Bad dürfte ebenfalls nicht schaden«, sagte sie mit einem milden Lächeln. Sie legte Marcella mütterlich einen Arm um die Schultern und entschwand mit ihr.

»Ich komme mit dir, Aurelius. Das könnte wichtig sein für die Mission«, sagte Liam bestimmt.

Aurelius nickte ihm anerkennend zu.

»Sehr schön, dann folgt mir bitte«, sagte Maxentius. »Gebt auf die Treppenstufen acht.«

Ihre übrigen Begleiter verabschiedeten sich von ihnen und so stiegen sie nunmehr zu dritt in einen der Türme empor. Nach einer knappen Viertelstunde Aufstieg, die steile Treppe war Liam unendlich lange vorgekommen, kamen sie schnaufend vor einer schweren Eichentür mit eisernem Riegel zum Stehen, vor der eine einzelne Wache stand. Aus dem Inneren konnten sie leises Stöhnen und Jammern vernehmen.

Maxentius nickte der Wache zu und bedeutete der Elfe stumm, die Türe zu öffnen. Die Zelle war winzig. Zu dritt hätten sie sicher Schwierigkeiten bekommen, ihre Arme auszustrecken. Ansonsten waren die Haftbedingungen besser als erwartet. Die sechseckigen Fenster spendeten tagsüber ausreichend Licht. Der Boden war sauber und mit Stroh gedeckt. Ratten oder ähnliches Getier war nicht in Sicht. Neben einem kleinen Schemel stand ein Zinnkrug mit Wasser - daraus zu trinken oder sich damit zu waschen schien den Gefangenen selbst überlassen. An der gegenüberliegenden Wand hatte eine einfache Pritsche Platz gefunden.

Liam war verdutzt, im ersten Moment schien der Raum vollkommen leer zu sein. Dann hörte er erneut das Wimmern hinter der Tür. Die drei traten hinein und Aurelius ließ die Tür mit einem dumpfen Geräusch ins Schloss fallen. Liam bot sich der erbärmlichste Anblick, den er je gesehen hatte.

Die Gestalt - Liam scheute sich das Wort Mann zu gebrauchen -, die da in sich zusammengesunken in der dunkelsten Ecke des

Verlieses saß, hatte das Gesicht in den Händen begraben. Seine abgerissene Erscheinung wurde durch die zerschlissene Kleidung und die verfilzten Haare nur noch verstärkt. Es war unmöglich festzustellen, ob es sich um einen Elfen oder einen Menschen handelte, so verdreckt war er. Ein stechender Geruch nach Urin lag in der Luft. Es war offensichtlich, dass er keinerlei Wert auf Hygiene legte. Die plötzliche Anwesenheit von zwei Elfen und einem Menschen schien ihn in keinster Form aus der Fassung zu bringen. Unbeirrt brabbelte er weiter vor sich hin.

Maxentius ging vor ihm in die Hocke und sprach ihn mit weicher Stimme an. »He da, wie fühlen wir uns heute?«

Der Mann ließ mit keinem Zeichen erkennen, ob er die an ihn gerichtete Frage auch nur wahrgenommen hatte. Maxentius überlegte einen Moment, dann richtete er sich zu seiner vollen Größe auf und schlug einen befehlsmäßigen Ton an.

»Alle Mann angetreten und aufgepasst. Der Kapitän spricht!«

Zu Liams großer Verblüffung hatte das veränderte Gebaren augenblicklich seine Wirkung entfaltet. Der Gefangene sprang auf und stand stramm, bereit zum Rapport. Er salutierte sogar.

»Jawohl, mein Kapitän«, krächzte er.

Kaum hatte er die Hände vom Gesicht genommen war es offensichtlich, er war ein Elf. Doch der Stimmungsumschwung war nur von kurzer Dauer. Sogleich begann er wieder zu jammern und zu stöhnen. Immerhin blieb er stehen und blickte sie nun reihum und mit einer Art eigentümlichen Interesses an.

»Wie ist dein Name?«, fragte Aurelius mit bis zum Zerreißen gespannter Stimme.

Der Gefangene sah ihn urverwandt an, antwortete jedoch nicht.

»Mehr werdet Ihr nicht aus ihm herausbekommen«, wandte sich Maxentius mit entschuldigender Miene an Aurelius. »Jeden Tag wird es schwieriger, ihn zum Reden zu bringen.«

Aurelius schob Maxentius beiseite und trat direkt vor den Gefangenen. Er blickte ihm tief in die Augen. Behutsam legte er ihm den Daumen seiner rechten Hand auf die Stirn, dann drückte er unvermittelt zu. Jäh überkam Liam ein Schauer, der ihm die Haare zu Berge stehen ließ. Der Kopf des Gefangenen rollte auf die Seite, sein Blick nahm einen seligen Ausdruck an, seine Augen waren in unendliche Fernen gerichtet.

»Wie ist dein Name?«, fragte er ihn erneut.

»Laurentius Corvinus«, sagte der Gefangene mit einer friedlichen Stimme, die Liam außerordentlich beunruhigte.

Liam starrte Aurelius mit einer Mischung aus Ehrfurcht und Entsetzen an. Auch Maxentius schien nicht weniger beeindruckt zu sein. Doch auch ihm war sichtlich unwohl.

»Sehr gut«, fuhr Aurelius fort. »Was ist dir zugestoßen, Laurentius?«

»Der Kapitän hatte Gerüchte gehört, Gerüchte von einer verlassenen Stadt voller Schätze. Wir würden alle reich werden, hatte er uns gesagt.«

Aurelius' Blick schien alarmiert. »Welche Stadt, was habt ihr gefunden? Laurentius!«

»Ruinen auf Zerkalion. Doch gab es dort nichts. Eine Stadt aus Asche.«

»Was ist mit dem Rest deiner Mannschaft passiert, Laurentius?«

Liam fiel auf, dass Aurelius nach jeder Frage den Namen des Gefangenen laut und deutlich wiederholte. Versuchte er, ihn so bei klaren Verstand zu halten?

Laurentius blickte direkt in Aurelius' Augen. Er begann zu zittern wie Espenlaub.

»Wir … wir … Krallen, Zähne in der Dunkelheit, Schreie, Schreie, Freuer … Blut, so viel Blut«, wimmerte er. Dann erstarb seine Stimme.

Aurelius holte tief Luft, dann wiederholte er den Trick mit dem Daumen. Laurentius schien sich wieder etwas zu fangen.

»Geht das auch genauer? Wovon sprichst du, Laurentius?«

»Ich … ahhh, ahhh …«, er begann nun zu schreien, gequält von etwas, das nur er sehen konnte. »Die alten Götter, die alten Götter! Sie lauern in der Tiefe, uns alle zu verschlingen! Dort warten sie nur darauf, das zu holen, was einst ihres war!«

Panisch rannte er in der Zelle auf und ab. Liam bekam es mit der Angst zu tun. Doch er machte keinerlei Anstalten ihnen etwas anzutun. Stattdessen drehte er sich nun im Kreis. Der Gefangene stieß einen letzten markerschütternden Schrei aus, dann verstummte er. Sein zerrütteter Verstand kam wohl zu dem Schluss, dass es keinen Ausweg gab. Er ließ sich in seiner Ecke an der kalten Wand herabsinken und war wieder genau so, wie sie ihn vorgefunden hatten. Stumm lag er da, in seinem eigenen Dreck, ein Häuflein Elend, gebrochen und bleich.

»Bei den Ewigen Flammen«, entfuhr es Maxentius. »Was hat er damit gemeint? Die alten Götter?«

»Abergläubischer Nonsens«, antwortete Aurelius sichtlich enttäuscht. Die Prozedur hatte ihn sichtlich erschöpft.

»Das klingt gar nicht gut«, sagte Liam besorgt. »In welche Gefahr werden wir uns da begeben?«

»Hör nicht auf ihn. Sein Geist ist offensichtlich stark durcheinander. Ich denke nicht, dass wir uns deswegen sorgen müssen. Schlag es dir am besten aus dem Kopf«, erwiderte Aurelius bestimmt.

Maxentius schien nicht vollständig überzeugt, doch bohrte er vorläufig nicht weiter nach.

Aurelius beugte sich zu dem Gefangenen hinunter. Vorsichtig hob er dessen Augenlider, öffnete mit sanfter Gewalt seinen Mund und besah sich die Zähne darin. Zu guter Letzt hielt er seine Hand und fühlte ihm den Puls.

»Körperlich scheint er bei bester Gesundheit zu sein«, schloss Aurelius aus seiner kurzen Untersuchung.

»Sieht er etwa gesund aus für dich?«, fragte ihn Liam bestürzt. Was konnte einem Mann so etwas antun? Doch Aurelius ignorierte ihn.

»Das Beste wird sein, wir schicken ihn mit dem nächsten Schiff nach Elvania Nova. Die Exequites dort haben bessere Methoden, auf seinen Geist zuzugreifen. Wenn ich ihn jetzt zu geistigem Gemüse verarbeite, ist er nutzlos für uns«, fuhr Aurelius fort.

Maxentius schien bei dem Gedanken unbehaglich zu Mute zu sein. Er verlagerte sein Gewicht von einem Bein auf das andere, hielt seinen Blick jedoch unverwandt auf den Gefangenen gerichtet.

Auch Liam hatte eine üble Vorahnung. »Was meinst du damit, ›auf seinen Geist zuzugreifen‹? Aurelius!« Doch wurde er erneut ignoriert.

Aurelius wandte sich in scharfem Ton an Maxentius. »Maxentius!«

Unsanft aus seiner Trance gerissen, sah er etwas belämmert aus. »Ja, natürlich Hoheit. Wie Ihr befehlt.«

»Bestens«, sagte Aurelius. »Ich gehe sofort in die Falknerei, ich muss einige Nachrichten verschicken. Liam, wir sehen uns später.« Er klopfte mit der Faust von innen an die Zellentür, die ihm sogleich von der Wache draußen geöffnet wurde.

»Was hat er damit gemeint – sie haben Methoden, um auf seinen Geist zuzugreifen?«, fragte Liam nun direkt an Maxentius gewandt.

Ihre Blicke trafen sich kurz. Er schien drauf und dran ihm zu antworten, doch dann besann er sich eines Besseren. »Manchmal ist es heilsamer für deinen Seelenfrieden, nicht alles zu wissen. Glaub mir, ich spreche aus Erfahrung.« Er seufzte. »Armer Kerl. Er wäre besser dran, wenn wir ihm hier und jetzt die Kehle durchschneiden.«

In aller Stille stiegen sie zusammen die Truppen zum Innenhof hinunter. Den ganzen Weg arbeitete Liams Fantasie auf Hochtouren. Er versuchte sich auszumalen, was mit dem Unglücklichen wohl geschehen würde.

Im Hof angekommen trennten sich ihre Wege. Maxentius stieg weiter in den Bauch der Festung unter dem pechschwarzen Gemäuer hinab. Liam beschloss, nach Aurelius Ausschau zu halten. Interessiert schlenderte über den Hof und schaute den Elfen bei der Arbeit zu. Alle waren beschäftigt, sodass ihm kaum jemand Beachtung schenkte.

Liams Schritte führten ihn schließlich zur Schmiede. Ein Meister und zwei Gesellen waren dabei, ramponierte Rüstungen auszubeulen und Löcher mit neuem Metall zu flicken. Melancholisch beobachtete er sie eine Weile. Sein Geist schweifte ab und trieb zu fernen Ufern. Liams Blick wanderte ziellos umher. Die Stallungen nebenan waren tatsächlich vollkommen leer. Kein einziges Pferd, nicht mal ein Esel war dort zu finden.

Jäh wurde er aus seinen Gedanken gerissen, als ihm jemand von hinten auf die Schulter tippte. Aufgeschreckt wirbelte Liam herum. Vor ihm stand Marcella, in neuer Kleidung und mit frischem Haarschnitt. Ihre sonst geflochtenen schulterlangen Haare hatte sie um gut die Hälfte gekürzt.

Marcella, amüsiert durch Liams geschockten Gesichtsausdruck, kicherte leise. »Gefällt dir meine neue Aufmachung? Jetzt sehe ich fast aus wie ein Junge.«

Sie drehte sich auf der Stelle, damit Liam ihre neue Lederrüstung begutachten konnte. Darunter lugte ein einfaches graues Unterhemd hervor, das einen kratzigen Eindruck machte.

»Vorher hast du mir deutlich besser gefallen«, sagte Liam. Er fing Marcellas Blick auf und ergänzte hastig, »aber du bist selbstverständlich immer noch schöner als irgendein Junge es jemals sein könnte.«

»Da wäre Gordianus sicher anderer Meinung.« Erneut ließ Marcella ein Kichern ertönen. »Aber vielen Dank für das Kompliment«, sagte sie und errötete leicht.

Liam deutete unbeholfen auf ihre Frisur. »Was, ähm, was hat es damit auf sich?«

»Calpernia meinte, sollten wir je in einen Kampf geraten, sind kurze Haare viel praktischer. Ich stimme ihr zu«, sagte sie mit gesenktem Blick. Ein leichter Ton von Wehmut lag in ihrer Stimme. Gedankenverloren zupfte sie an einem ihrer Lederriemen.

»Lass das bloß nicht Aurelius hören. Du in einem Kampf, wie unpassend.« Liam grinste breit und auch Marcella konnte sich ein Feixen nicht verkneifen.

»Apropos Aurelius«, fuhr Liam in ersterem Ton fort, »wo steckt er eigentlich? Er wollte nur kurz eine Nachricht verschicken und dann wieder zu mir stoßen.«

Marcella verdrehte die Augen. »Mein Bruder und seine wichtige Korrespondenz. Den sehen wir vor heute Abend nicht wieder.«

Liam machte eine säuerliche Miene. Einfach so zurückgelassen zu werden, passte ihm überhaupt nicht.

Es war Marcella, die ihr kurzes Schweigen brach. »Hättest du nicht Lust, ein wenig die Insel mit mir zu erkunden? Dieses schwarze Loch hier vermiest mir die Stimmung.«

»Sehr gerne«, antwortete Liam. »Die Festung wirklich hat etwas Bedrückendes.«

Kaum hatte er ausgesprochen, war sie auch schon losgerannt. Jauchzend und springend ließ sie die dunklen Mauern hinter sich. Da die Wachen keinerlei Anstalten machten sie aufzuhalten, beeilte sich Liam, mit ihr Schritt zu halten. Es war offensichtlich, wie sehr sie sich freute, wieder festen Boden unter den Füßen zu haben. Stillschweigend gab Liam ihr recht. Nur fliegen war schöner.

Es war verblüffend, dass ihm gerade jetzt dieser Gedanke durch den Kopf schoss. Es musste eine Ewigkeit her sein, seit er sich zum letzten Mal verwandelt hatte. Keine Sekunde später stieg der Falke zum Himmel auf. Glücklich segelte er vor Marcella durch die Lüfte, die über die kargen Wiesen spurtete.

Fast eine halbe Stunde war sie gerannt, als ihr die Puste ausging. Schnaufend ließ sie sich nahe einem steinigen Abgrund auf einer umgestürzten Zeder nieder. Liam verwandelte sich vor ihren Füßen zurück und nahm neben ihr auf dem toten Baumstamm platz.

»Das … war … großartig …«, keuchte sie. »Ich würde mich auch gerne einfach so verwandeln können. Zack!« Sie schnippte mit den Fingern. »Kannst du mir das beibringen?«

»Ich fürchte nicht. Wie gesagt, man muss damit geboren sein, tut mir leid.«

Auf Marcellas Gesicht machte sich unbändige Enttäuschung breit.

»Dafür ganz du so viele andere tolle Sachen«, versuchte er sie aufzumuntern.

»Das stimmt, da hast du allerdings recht«, sagte sie trotzig. Und wie um es ihm zu beweisen, ließ sie einige große Gesteinsbrocken, die in der Nähe verstreut lagen, sich in die Lüfte erheben und um die Wette fliegen.

»Ich wünschte, ich hätte deine magischen Fähigkeiten. Alles was ich zustande bringe, ist diese blöde Flämmchenhand«, sagte Liam und verfolgte die schwebenden Felsen mit neidischen Blicken.

Sofort ließ Marcella die Steine fallen. Mit einem dumpfen Geräusch schlugen sie unsanft auf dem Boden auf. »Dann bringe ich es dir bei. Ganz einfach!«, rief sie im Brustton der Überzeugung.

»Lieb von dir, aber ich bezweifle, dass es so einfach ist.« Liam lächelte traurig. »Außerdem, ich habe nicht die entsprechenden Bücher bei mir.«

»Nun mach dich nicht lächerlich«, sagte Marcella. »Bücher. Glaubst du wirklich, die ersten Magier hatten Bücher? Nein, sie mussten alles selbst herausfinden. Also kannst du das auch schaffen.« Sie legte eine Pause ein, dann grinste sie schelmisch zu ihm herüber. »Außerdem hast du etwas viel Besseres als Bücher!«

»Achja, was denn?«

»Mich natürlich! Manchmal bist du wirklich etwas schwer von Begriff.«

Ja, manchmal war er wirklich etwas langsam, dachte Liam. »Na gut, dann zeig mir, wie es geht.«

Marcella sprang auf und klatschte in die Hände. Oberlehrerhaft marschierte sie vor Liam auf und ab.

Sie erinnerte ihn unwillkürlich an Meister Keenan. »Wenn du etwas nur mit deinem Geist bewegen willst, musst du ihn zunächst komplett leeren. Verstanden?«

Liam nickte.

»Gut. Das sollte dir nicht allzu schwer fallen«, stichelte sie. »Dann sammle deine Konzentration, du musst es bildlich vor deinem inneren Auge sehen, was du erreichen willst. Wie eigentlich bei jedem Zauber. In diesem Fall die Bewegung des Objekts. Spüre das magische Potenzial in dir, fühle wie es durch deine Venen pulsiert. Mach es dir zunutze, zapf es an und mach es deinem Willen Untertan! Gib jedoch acht, nicht zu seinem Sklaven zu werden. Sonst können schreckliche Unfälle passieren. Im Idealfall verspürst du die Entgrenzung deines Ichs, du wirst eins mit deiner Umgebung, dem Universum. Die besten Ergebnisse erhält man auf diese Weise. Verstanden?«

Liam nickte erneut. Er konnte immer noch nicht glauben, dass es so einfach sein sollte.

»Natürlich braucht man immer noch ein gewisses Talent«, sagte Marcella mit selbstgefälligem Blick. »Aber unter meiner Anleitung wirst du es schon schaffen. Also Hintern hoch, kleiner Daonéer, und Geist geleert!«

Liam sprang auf und salutierte. »Jawohl, Frau General!«

Er konzentrierte sich so angestrengt, dass er glaubte, sein Kopf müsste ihm platzen. Liam meinte zu sehen, wie sich einige kleine Steinchen vom Boden erhoben. Eine Entgrenzung des Ichs verspürte er allerdings nicht. Vor Freude riss er die Augen weit auf, um sich von seinem raschen Erfolg zu überzeugen. Marcella bekam einen Lachanfall, sie kringelte sich regelrecht auf dem Boden und konnte gar nicht mehr damit aufhören.

»Du siehst nicht aus wie ein mächtiger Magier, sondern als hättest du mächtig Verstopfung!«, prustete sie.

Auch Liam brach in schallendes Gelächter aus. Danach ging ihm die Magie um einiges leichter von der Hand. Sie übten gemeinsam, bis die Sonne zu sinken begann. Zum Schluss hatte er es tatsächlich geschafft, kleine Felsbrocken nur mit seinem Geist die Klippe hinunterzustoßen. Sehr mit sich selbst zufrieden, kehrten die beiden zur Festung zurück.

»Liam! Marcella! Wo habt ihr gesteckt? Seit Stunden suche ich nach euch!«

»Wir haben ewig nach *dir* gesucht, aber *du* warst nirgendwo zu finden«, flunkerte Marcella ohne rote zu werden. »Also haben wir einen Spaziergang gemacht und Magie geübt. Liam kann jetzt Telekinese. Naja, so halb zumindest.«

Liam nickte beflissen.

»Na schön. Dann will ich mal nicht so sein. Wie dem auch sei, ich habe gute Neuigkeiten. Maxentius hat mir versichert, wir könnten in zwei Tagen wieder auf See sein. Seine Leute arbeiten unermüdlich daran, die *Iulia* wieder flott zu kriegen.«

»Das ist ja großartig«, sagte Liam. So gerne er auch an Land war, Neria war ihm dennoch eine Spur zu deprimierend.

»Außerdem werden morgen Vormittag zwei Prätorianer hier eintreffen, die eine diplomatische Gesandtschaft nach Ak'Tion begleitet haben. Ich habe ihnen eine Botschaft geschickt und sie haben sich bereit erklärt, sich unserer Mission anzuschließen. Sie werden ein idealer Begleitschutz für uns sein, sollten wir in Gefahr geraten.« Er warf Marcella bei seinen letzten Worten einen strengen Blick zu.

»Ja, das ist alles sehr schön. Genug geplaudert, Bruderherz, mir knurrt schon der Magen«, sagte Marcella und klang dabei genau wie Valerius.

»Dann geh in die große Halle. Heute gibt es dort zu unseren Ehren Hasenragout.« Aurelius wies auf ein längliches Gebäude hinter ihm.

Ohne ein weiteres Wort zu verlieren, schritt Marcella mit erhobenem Kopf an ihrem Bruder vorbei.

»Komm Liam, etwas zu essen würde uns auch nicht schaden. War ein langer Tag.« Er rieb sich die müden Augen.

»Aurelius, ich habe eine Frage.«

Aurelius nickte stumm.

»Was Laurentius gesagt hat, diese alten Götter … Glaubst du wirklich, dass er einfach nur verrückt ist?«

Aurelius seufzte. »Ich hoffe es inständig, aber ich befürchte, da könnte mehr dran sein. Deshalb sollen sich die Exequites zuhause um ihn kümmern.«

»Denkst du, es gibt da eine Verbindung? Ich meine das Alte Volk, die alten Götter? Ist doch komisch, oder?«

Aurelius brachte ein müdes Lächeln zustande. »Klug beobachtet. Das habe ich mir auch schon gedacht. Dennoch ist es nur eine Vermutung. Wir haben keinerlei Beweise. Bis jetzt. Ich hoffe, das ändert sich, wenn wir endlich die Ruinenstadt erreicht haben.« Misstrauisch wandte er sich nach links und rechts. »Wie dem auch sei, dies ist nicht der richtige Ort, um über solche Dinge zu sprechen.«

»Wie du meinst«, sagte Liam. In diesem Moment drang ein wahrhaft köstlicher Geruch in seine Nase. »Komm schnell, bevor Marcella alles alleine aufisst!« Lachend lief er in die große Halle.

Aurelius schüttelte seinen Kopf.

An diesem Abend bereitete Liam das Einschlafen keinerlei Schwierigkeiten. Mit vollem Magen lag er in seinem Bett. Der Hase hatte wirklich ganz vorzüglich geschmeckt. Von draußen drang der das beruhigende Rauschen der Wellen an sein Ohr. Er wollte noch weiter über die alten Götter nachdenken, doch da war er bereits in das Land der Träume entschwunden.

Am nächsten Tag traf tatsächlich ein weiteres Schiff im Hafen ein. Bereits am Vormittag hatten Liam und Marcella es am Horizont entdeckt, als sie bei den Klippen erneut Telekinese übten. Gegen Mittag lief es in den versteckten Hafen unterhalb der Festung ein. Die beiden kamen gerade vom Mittagessen (Rübeneintopf mit ein paar mageren, aus Aestuaria importierten Kartoffeln) in den Innenhof. Dort plauderte Aurelius mit drei unbekannten Elfen.

Der Kleinste von ihnen war auch der Älteste. Mit seinem grauen Haar und seiner weißen Toga sah er ein wenig aus wie ein Gespenst. Obwohl sein Rücken bereits vom Alter gebeugt war, strahlte er doch eine gewisse Autorität aus. Flankiert wurde er von zwei muskelbepackten Männern in glänzenden Rüstungen. Beide trugen sie Helme mit langen violetten Federn, passend zu den Umhängen, die von ihren Schultern fielen. Das mussten die Prätorianer sein, die zu ihnen stoßen sollten. Ihre Uniform entsprach genau der der kaiserlichen Wachen, die Liam bereits im Palast gesehen hatte.

Der alte Elf hatte Liam und Marcella entdeckt, die er mit einem interessierten Blick musterte. Aurelius, sichtlich irritiert, dass sein Gegenüber ihm nicht mehr seine volle Aufmerksamkeit schenkte, drehte sich zu ihnen um. Als die beiden zur Gruppe aufgeschlossen hatten, stellte Aurelius sie seinem Gesprächspartner vor.

»Dies hier ist mein Freund Liam, der Schlüssel zu unserem Plan, Exzellenz. Meine Schwester Marcella kennt Ihr ja bereits.«

»Kaiserliche Hoheit«, murmelten die beiden Soldaten und entboten ihr den Gruß.

Der alte Elf hingegen schüttelte den beiden die Hände. »Prinzessin, es ist viel zu lange her. Und der junge Liam, Seine Kaiserliche Hoheit hat schon viel über dich erzählt. Es ist mir eine Freude.«

»Das ist Seine Exzellenz, Botschafter Cassius Diodorus«, erklärte Aurelius an Liam gewandt. »Und dies hier sind Licaeus und Marinus. Ich habe sie bereits in unser Vorhaben eingeweiht.«

Beide nickten ihm freundlich zu. Licaeus war der größere der beiden. Er strahlte eine ruhige Aura aus und hatte gütige graue Augen. Marinus, etwas kleiner, doch deutlich breiter, hatte ein aufgewecktes Gesicht. Seine dunkelbraunen Augen blitzten zwischen Liam und Marcella hin und her. Wie fast alle Elfen hatten die beiden rabenschwarzes Haar.

Diodorus gähnte ausgiebig. »Wenn Ihr mich entschuldigen würdet, es war eine lange Reise. Diese Ak'Tier haben mir ein neues Präsent für Seine Herrlichkeit mitgegeben. Einen Pegasus – schon wieder! Das Vieh hat die ganze Fahrt über gebrüllt. Ich habe kein Auge zugetan. Und das in meinem Alter«, sagte er zu niemand Bestimmtem. Und ohne sie weiter zu beachten, schlurfte er davon, zweifellos um sich ein weiches Bett zu suchen.

Licaeus nahm den Gesprächsfaden wieder auf. »Wie ich vorhin bereits sagte, Kaiserliche Hoheit, hielte ich es für weise, noch ein paar Tage auf Neria zu verbringen. Wie Ihr selbst gesagt habt, ist der Stall verwaist und Maultiere würden sich als Segen erweisen.«

»Und wie ich dir bereits gesagt habe, können wir nicht noch länger warten. Wir haben ohnehin schon zu viel Zeit verloren. Es muss also auch ohne Maultiere gehen. Das ist mein letztes Wort. Jetzt ruht euch ein wenig aus. Morgen Vormittag laufen wir aus. Alle Vorräte sind bereits an Bord gebracht.«

Die Prätorianer salutierten und machten sich auf den Weg in die Große Halle. Im Weggehen konnte Liam hören, wie Marinus seinem Kameraden etwas zumurmelte. »Hält uns wohl für gewöhnliche Packesel. Das Prinzlein soll sein Zeug gefälligst selbst schleppen.«

Aurelius hatte ihn gehört, da war sich Liam sicher, doch er ignorierte die Bemerkung.

»Dann hast du bereits einen neuen Kapitän gefunden?«, wollte Marcella von ihrem Bruder wissen.

»Allerdings. Calpernia wird das übernehmen. Du erinnerst dich? Sie hat dir deinen neuen Haarschnitt verpasst.«

Sie strahlte. »Das ist großartig. Ich hoffe, ihr ergeht es besser als unserem letzten Kapitän.«

Die drei folgten den Prätorianern in die Große Halle. Von Diodorus fehlte jede Spur. Er war wohl tatsächlich schlafen gegangen. Licaeus und Marinus saßen an einem der langen Holztische. Dem halb geleerten Kessel nach zu schließen, hatten sie dem Eintopf bereits ausgiebig zugesprochen. Aurelius ging zu einem der anderen Tische, um mit Maxentius zu sprechen. Liam sah sich nach Marcella um, doch sie war wie vom Erdboden verschluckt. Was heckte sie nun schon wieder aus?

Da er keine Lust hatte, wieder ausgeschlossen zu werden (die Unterhaltungen der Exequites pflegten zu verstummen, sobald er sich näherte) hielt er auf Licaeus und Marinus zu.

»Kann ich mich zu euch setzen?«

Marinus, der gerade den Mund voll hatte, bedeutete Liam mit seinem Holzlöffel umständlich Platz zu nehmen.

»Kann ich dich für eine Schüssel Eintopf begeistern?«, fragte ihn Licaeus freundlich. »Er schmeckt nur halb so gut wie er aussieht. Und das will etwas heißen.«

Liam lachte. »Du weißt wirklich, wie man Dinge anpreist. Werd bloß kein Händler. Aber ich verzichte, vielen Dank.«

»Scher gut«, schmatzte Marinus. »Dann bleibt mehr für mich.« Er rülpste lautstark. »Verseihung.«

Licaeus legte die Stirn in Falten. »Wie kriegst du auch nur einen Bissen von diesem Fraß runter?«

Marinus zuckte mit den Schultern. Unbeirrt schaufelte er sich Löffel um Löffel der braunen Pampe in den Mund.

Licaeus' Lippen kräuselten sich. »An der Sache mit dem Händler ist was dran. Mein Vater war der selben Meinung. Er war heilfroh, als ich bei den Prätorianern aufgenommen wurde.

Ansonsten hätte ich ihm noch das Geschäft ruiniert«, sagte er an Liam gewandt.

»Dein Vater ist Händler?«, fragte Liam interessiert. »Womit verdient er denn sein Geld?«

»Ach, ein bisschen hiervon, ein bisschen davon«, sagte Licaeus ausweichend. »Hauptsächlich beschäftigt er sich damit, die Überbleibsel von gestrandeten Schiffen aufzusammeln. Du wärst erstaunt, wie viel Hinterbliebene eines ertrunkenen Matrosen für ein Andenken an ihren Liebsten hinlegen.«

»Wie kannst du wissen, wem was gehört hat?«

»Kannst du nicht. Das ist das Schöne daran. Was zählt, ist der *Glaube* der Käufer, etwas in der Hand zu halten, das ihrem Bruder oder ihrem Sohn gehört hat.«

»Ist das nicht Betrug?«, fragte Liam angespannt.

»Doch. Aber ist es nicht besser, den Trauernden ihren Seelenfrieden zu verschaffen, wie mein Vater sagen würde? Außerdem, wenn dabei die eine oder andere Münze herausspringt, wen juckt's?«

Liam war nicht überzeugt, doch ersparte Marinus ihm eine Antwort.

»Ahh, das war gut.« Er klopfte sich auf den vollen Bauch.

»Immerhin hast du die Schüssel übriggelassen«, sagte Licaeus.

»Holz ist nicht so meins«, gab Marinus lapidar zurück.

Zwischen den dreien entspann sich ein heiteres Gespräch. Liam fühlte sich ausgesprochen wohl, die Schwere der letzten Wochen begann von ihm abzufallen. Die Größe der Aufgabe, die vor ihnen lang, war fast vergessen.

Licaeus und Marinus waren wirklich ein komisches Duo. Sie ergänzten einander perfekt. Sie hätten auch gut zu Valerius gepasst, überlegte Liam. Ihr Humor und ihre Ungezwungenheit verminderten ihre Professionalität auf keine Weise. Es dauerte nicht lange, bis sie Liam von ihren vergangenen Abenteuern erzählten, von all den Ländern, die sie bereits bereist hatten und den wunderbaren Dingen, die sie gesehen hatten. Schließlich waren sie bei ihrer jüngsten Mission angelangt.

»Der Hierarch von Ak'Tion liegt zurzeit im Krieg mit dem König von Quer'Ma«, berichtete Licaeus. »Da kann er sich nicht auch noch einen Konflikt mit dem Imperium leisten. Deshalb ist er nun zu Zugeständnissen bereit.«

»Wir konnten ihn dazu bewegen, den Sklavenhandel für die Dauer von zehn Jahren einzustellen«, sagte Marinus stolz.

»Hat auch lange genug gedauert«, meinte Licaeus düster. »Vier geschlagene Monate mussten wir in Emporia zubringen. Und zur Besiegelung des Vertrages dürfen wir auch noch diesen geflügelten Klepper den ganzen Weg nach Aestuaria schippern.«

Marinus grinste. »Den Ewigen Flammen sei Dank, ist das nicht länger unser Problem. Das kann sich der alte Diodorus schön alleine mit herumschlagen.«

»Vier Monate wart ihr weg? Das ist aber eine lange Zeit. Werdet ihr zuhause nicht vermisst?«, fragte Liam neugierig.

Licaeus' Gesicht nahm einen sanften Ausdruck an. »Du hast vielleicht bemerkt, dass wir dir nur mit unseren Vornamen vorgestellt wurden.«

Liam nickte.

»Das liegt daran, dass wir mit der Aufnahme bei den Prätorianern unsere Familien und damit auch unsere Familiennamen zurückgelassen haben. Unsere Loyalität gilt seitdem ausschließlich dem Kaiserhaus. Von jenem Tag an bis zu dem Tag an dem wir sterben.«

»Deshalb ist es uns auch nicht gestattet, zu heiraten oder Kinder zu bekommen. So entstehen keine Interessenskonflikte«, ergänzte Marinus. »Von Keuschheit steht allerdings nichts geschrieben.« Er grinste.

»Werdet ihr nicht manchmal einsam?«, fragte Liam.

»Doch manchmal. Aber nur ganz selten. Ich würde mein Leben dennoch nicht eintauschen. Mein Vater hätte mir nichts von dem hier bieten können«, sagte Licaeus stolz und machte eine ausladende Handbewegung. »Außerdem haben wir immer noch uns. Es gibt nichts so Verbindendes wie die Bruderschaft unter den Prätorianern.«

»Ich verstehe. Klingt nach einem aufregenden Leben.«

Marinus nickte eifrig. »Das ist es. Zumindest wenn man mehr sein will als eine glorifizierte Wache. Da kann man auch im Palast bleiben und ein geruhsames Dasein fristen. Von den gelegentlichen Mordversuchen auf den Kaiser mal abgesehen. Für uns wäre das allerdings nichts.« Beide lachten.

Aurelius war an ihren Tisch getreten. »Ich sehe, ihr habt euch schon miteinander angefreundet. Sehr gut. Das ist genau der Zusammenhalt in der Gruppe, den wir brauchen.«

»Setz dich doch zu uns«, sagte Liam und rutschte ein wenig zur Seite.

»Es ist schon spät und wir werden morgen in aller Frühe aufbrechen. Das Beste ist, du gehst und packst deine Sachen. Ich werde das Nämliche tun.«

Liam seufzte und erhob sich. »Na dann gute Nacht. Licaeus, Marinus. Es war mir eine Freude.«

»Bis morgen Früh dann.« Die beiden zwinkerten ihm zum Abschied freundschaftlich zu.

Kapitel 15 – Licaeus und Marinus

Zerkalion. Östliche Küste. 436 SAE. Frühling.

Die Überfahrt war diesmal völlig glatt und ohne weitere Zwischenfälle von statten gegangen. Marcella freundete sich mit Calpernia an, die entgegen ihres kriegerischen Aussehens eine fürsorgliche und gutmütige Natur war. Nach einer Woche kam Zerkalion, die Insel der Stürme wie Aurelius sie nannte, in Sicht. Liam war daraufhin etwas besorgt. Doch Aurelius versicherte ihm, es handele sich lediglich um einen Namen. Besondere Wetterkapriolen würden dort nicht auf sie warten. Nachdem sie am Südostrand Zerkalions einen natürlichen Hafen gefunden hatten, hieß Aurelius die Mannschaft unter Kapitänin Calpernia dort auf ihn zu warten. Wären sie binnen eines Monats nicht zurück, sollten sie einen Suchtrupp schicken.

Endlich hatte die Suche nach der Stadt der Alten wirklich begonnen. Liam kam es vor wie eine Ewigkeit, seit er die verstaubte Karte im Kuriositätenkabinett zum ersten Mal in Augenschein genommen hatte.

So machten sich Liam, Marcella und Aurelius auf den Weg ins Landesinnere. Daneben hatte Aurelius lediglich den beiden Prätorianern gestattet, sie zu begleiten. Wie er Liam am Abend ihrer Abfahrt aus Neria mitgeteilt hatte als die beiden alleine miteinander waren, vertraute er scheinbar weder den Ruderlegionären noch der Kapitänin genug, um sie vollständig in ihre Pläne einzuweihen. Wer wusste schon, welche Geheimnisse sie entdecken würden und ob die Matrosen sie trotz ihrer Eide für sich behalten könnten? In den Armen seiner Liebsten und mit etwas Wein im Magen, sei schon so mancher Mann schwach geworden, hatte Aurelius gesagt.

Drei Tage waren sie unterwegs gewesen, als zum ersten Mal die Berge im Herzen der Insel am Horizont zum Vorschein kamen. Grau, gezackt und rasiermesserscharf stachen sie in die Wolken, die im Licht der untergehenden Sonne zu bluten schienen. Ein böses Omen, da war sich Liam sicher. Im Angesicht von Aurelius' heftiger Abneigung gegen jeglichen Aberglauben behielt er seine Gedanken jedoch lieber für sich.

Von der Stadt war nach wie vor weit und breit keine Spur. Sie stießen stündlich weiter vor, doch keine Straßen, keine Ruinen, nicht der kleinste bearbeitete Stein kam ihnen unter die Augen. Liam hatte es sich zur Gewohnheit gemacht, dreimal am Tag seine Gestalt zu wechseln und aus der Luft Ausschau zu halten. Doch selbst der Falke konnte nichts Ungewöhnliches entdecken. Marcella versuchte, der Gruppe neuen Mut zu geben. Wenn sie erst einmal die Berge erreicht hatten, würden sie sicher etwas finden. Schließlich hatte die Karte es ihnen so gezeigt.

Liam klammerte sich an diesen Hoffnungsschimmer, doch gleichzeitig fürchtete er um die allgemeine Moral, sollte sich Marcellas Vorhersage nicht bewahrheiten.

Immerhin war auf der Insel genug Essbares vorhanden und ihre Diät würde nicht nur aus fadem Schiffszwieback bestehen. Wurzeln und Knollen gab es in Hülle und Fülle. Auch kleine gelbe Beeren, die an stacheligen Büschen wuchsen und einen süßlichen Geschmack hatten, sammelten sie. Die Beeren seien genießbar, teilte ihnen Aurelius mit, der – sehr zu seiner Verzückung – an die Grenzen seines botanischen Wissens stieß. So jubelten sie ob der guten Neuigkeiten und stopften sich die Früchte zu Dutzenden in ihre hungrigen Münder.

Ihr vierter Tagesmarsch war ohne besondere Ereignisse vergangen und als die Nacht hereinbrach, wurden Marinus und Licaeus ausgeschickt, Feuerholz zu suchen. Für ihr Lager hatten sie einen windgeschützten Platz zwischen zwei Felsbrocken ausfindig gemacht.

»Was glaubst du, wie lange dauert es, bis wir etwas finden?«, fragte Liam mit gedämpfter Stimme an Aurelius gewandt.

»Schwer zu sagen.« Er rollte seine Decke auf dem Boden aus und legte sich rücklings hin. »Wenn sich unsere Vermutungen bestätigen, dauert es noch fünf Tage, bis wir ins Gebirge gelangen. Vier, wenn das Wetter mitspielt.« Er warf den düsteren Wolken, die bedrohlich am Himmel hingen, einen besorgten Blick zu.

»Wir werden die Stadt finden. Wir müssen«, sprach Aurelius in die Stille hinein, mehr zu sich selbst als zu Liam.

Bevor dieser seine Sorgen diesbezüglich zum Ausdruck bringen konnte, schreckten die beiden hoch. Sie hatten einen Ast hinter sich knacken gehört. Doch es waren nur die Prätorianer, die mit dem Feuerholz zurückgekehrt waren.

»Das sollte brennen wie Zunder«, sagte Licaeus und ließ einen Arm voll verdorrter Äste auf den Boden fallen. »Ganz in der Nähe gibt es ein totes Zypressenwäldchen.«

»Vielleicht sollten wir morgen etwas Holz auf den Weg mitnehmen, wer weiß, ob wir noch einmal so eine Gelegenheit bekommen«, fügte Marinus hinzu.

»Kann nicht schaden«, antwortete Aurelius. »Achtet jedoch darauf, euer Gepäck nicht zu überladen. Gibt es sonst etwas zu berichten?«

»Nein, Herr. Nichts«, sagte Marinus. »Licaeus hält das für äußerst verdächtig. Kaum Tiere. Überhaupt sehr wenig Anzeichen von Leben.«

Licaeus nickte bestätigend.

»Nun denn, dann müssen wir eben auf der Hut sein«, sagte Marcella, die gerade hinzukam. Während die anderen sich ausgeruht hatten, war sie mit ihrer Flammenhand die Gegend auskundschaften gegangen.

»Ganz recht«, grinste Liam sie frech an. »Du übernimmst am besten gleich die erste Wache.«

Aurelius warf Liam einen mahnenden Blick zu, doch Marcella streckte ihm nur die Zunge heraus.

»Dann kannst du Feuer machen«, erwiderte sie schnippisch.

»Nichts leichter als das.«

Liam machte sich sogleich daran, das Holz zu entzünden, scheiterte jedoch kläglich. Mehr als ein paar Funken brachte er zu seinem großen Ärger immer noch nicht zustande. Nach dem dritten gescheiterten Anlauf erbarmte sich Marcella schließlich und im Handumdrehen prasselte ein munteres Feuer vor sich hin, das ihnen Kälte und Dunkelheit vertrieb. Aurelius zauberte (wenngleich ganz ohne Magie) eine überraschend wohlschmeckende Wurzelsuppe. Das Geheimnis, so verriet er Liam, waren die Kräuter, die er eigens aus Aestuaria mitgebracht hatte.

Schließlich war es an der Zeit sich hinzulegen. Die Gestalten der fünf warfen groteske Schatten auf die umstehenden Felsen. Liam musste unwillkürlich an die Geschichten denken, die ihm seine Mutter erzählt hatte, als er noch klein war. Geister aus der Anderswelt, die Schatten der Verstorbenen, würden sich nachts erheben und ihn holen, sollte er nicht brav sein.

Dunkle Träume von Feuer und langen, spindelartigen Fingern plagten ihn in dieser Nacht. Ob es sein voller Bauch war oder die Mären seiner Kindheit, konnte Liam später nicht sagen. Als Marcella kam, um ihn für die Wachablöse zu wecken, war er kaum erholt.

Neben dem angenehmen prasselnden Feuer sitzend, hatte Liam große Schwierigkeiten, seine Augen offen zu halten. Nach einer gefühlten Ewigkeit kam endlich Licaeus, seinen Posten zu übernehmen. Dankbar ließ Liam sich auf die Erde fallen und schlief auf der Stelle ein.

Am nächsten Morgen löschten sie nach einem hastigen Frühstück (die Beeren schmeckten bei weitem nicht mehr so gut wie noch tags zuvor) ihr Feuer und packten zusammen. Gegen Mittag kamen die Berge erneut in Sicht, was der Gruppe nach dem eintönigem Marsch neue Zuversicht einflößte. Nachmittags ließ der

Himmel ein paar Tropfen fallen, doch zu ihrer großen Erleichterung, blieb ihnen der befürchtete Regen erspart. Liam flog weiter seine Erkundungsrunden. Einmal glaubte er, in der Ferne des Gebirges Formen erkennen zu können, die auf einen nicht natürlichen Ursprung zu deuten schienen. Bei näherer Betrachtung entpuppte es sich lediglich als eine ungewöhnlich geformte Bergspitze.

Wie von Marinus vorgeschlagen, hatten sie einen Umweg über das Zypressenwäldchen gemacht und zwei Bündel Holz aufgenommen, die Marinus und Licaeus zusätzlich zu ihrer Ausrüstung auf dem Rücken trugen. Zu ihrem großen Glück, wie sich an diesem Abend herausstellen sollte. Denn je näher sie den Bergen kamen, desto geringer wurde die ohnehin schon spärliche Vegetation. Abgesehen von ein paar Büschen und vertrockneten Gräsern wuchs hier kaum noch etwas.

»Wir hätten ein paar Maulesel mitbringen sollen«, keuchte Marinus, als er das Holzbündel auf die Erde legte. »Dann wäre uns diese Plackerei erspart geblieben.« Er warf Aurelius einen verächtlichen Blick zu, bevor er sich daran machte, die Umgebung nach Gefahren abzusuchen.

»Stimmt«, gluckste Licaeus. »Denn so fühlst du dich sicher einsam, ganz ohne deinesgleichen.«

Marinus versetzte ihm einen freundschaftlichen Schlag, der ihn beinahe aus dem Gleichgewicht gebracht hätte, so schwer beladen wie er war.

Am morgigen Tag sollte das Gebirge endlich in greifbare Nähe rücken. Damit würden sie hoffentlich endlich auf ein Zeichen von Zivilisation stoßen. Sollte sich die Stadt nicht in einem der zahlreichen Täler befinden?

Am nächsten Morgen wehte ein für die Jahreszeit erstaunlich kalter Wind von Norden her. Marcella, die die letzte Wache innegehabt hatte, weckte Liam unsanft, indem sie mit kleinen Holzstückchen nach seinem Gesicht warf.

»Lass das!«, rief Liam erzürnt. Doch Marcella rannte ausgelassen vor ihm davon. Liam hatte keine Lust auf eine Verfolgungsjagd, nicht heute. Enttäuscht, dass sie ihr Ziel nicht erreicht hatte, ließ sie sich schmollend unter einem toten Baum nieder.

»Was ist nur ihn sie gefahren?« Aurelius war mit seiner morgendlichen Ration Beeren und Wurzeln zu ihm herübergekommen.

»Was meinst du?«, schmatzte Liam. Die Beeren hatte er mit gierigen Blick allesamt auf einmal verschlungen. Das war ein Fehler gewesen, denn nun war sein Mund ganz verklebt.

»Seit wir sie im Frachtraum gefunden haben, ist meine Schwester so anders. So viel kindischer.« Ratlos kratzte er sich am Kopf.

Liam hatte es endlich geschafft, den süßen Brei in seinem Mund herunterzuschlucken. »Sie genießt die Freiheit, die sie im Palast nicht hatte.«

»Möglich«, sagte Aurelius nachdenklich. »Dennoch ist das kein Grund, sich so aufzuführen. Sie wird noch die gesamte Mission gefährden.«

»Lass ihr doch die Freude.«

Aurelius grunzte zur Antwort nur missbilligend. »Heute bist du dran, uns Nahrung zu suchen. Du und Marinus.«

»Wer soll dann die Umgebung auskundschaften, wenn der Falke fehlt?«

»Unsere Vorräte gehen langsam zur Neige. Das da in deinem Mund war der Rest. Und die eiserne Ration an Schiffszwieback möchte ich lieber für absolute Notfälle aufbewahren. Denn selbst wenn wir die Stadt heute finden, nützt uns das wenig. Ein knurrender Magen ist der Feind eines jeden Abenteuers«, belehrte Aurelius ihn.

»Ich werde sehen, was ich tun kann«, sagte Liam. »Ich meine natürlich, ich gebe mein Bestes und kehre erfolgreich zurück«, ergänzte er hastig, als er Aurelius' Blick auffing.

In diesem Moment kam Marinus zu den beiden herüber geschlurft. »Das muss der härteste Boden sein, auf dem ich jemals das Missvergnügen hatte zu schlafen.«

»Du kannst es ja in deinem Bericht erwähnen. Vielleicht nimmt jemand in Zukunft Rücksicht auf deinen empfindlichen Hintern«, ätzte Aurelius.

Marinus schnitt eine Grimasse. »Also wir beide sind heute dran mit Beerenklauben, Liam? Ausgezeichnet. Endlich mal jemand mit Humor, mit dem man sich auch unterhalten kann.«

Liam hielt es für besser, nicht darauf einzugehen. Gestern war Marinus mit Aurelius unterwegs gewesen. Anscheinend hatte es einen Vorfall zwischen den beiden gegeben. Als er nachforschen wollte, hatten sie nur gemauert und schließlich hatte Liam entnervt aufgegeben. Sollten die beiden nur ihre Probleme miteinander austragen, solange es der Gruppe nicht schadete. Außerdem hatte es auch sein Gutes, wenn sie etwas Abstand von den anderen hielten. Aurelius' konstante Überwachung kam ihm äußerst ungelegen, wenn er einige Momente alleine mit Marcella verbringen wollte.

Liam und Marinus zogen gemeinsam los, jeder ausgestattet mit einem ledernen Beutel, in dem sie alles Essbare, was sie zu finden hofften, sicher und trocken verstauen konnten. Nur zur Sicherheit hatte Marinus auch noch seinen Speer dabei. Man konnte schließlich nie wissen, wann man ihn brauchte.

Sie zogen gen Westen, einen sanften Hügel hinauf, der nach einem breiten Tal hin abfiel. Hier schien es mehr Grün zu geben als auf der steinigen Hochebene, auf der sie die Nacht verbracht hatten. Wenn sie Glück hatten, bekämen sie vielleicht sogar einen Hasen zu fassen.

Da er die Gesellschaft des Prätoriners genoss und sich auch mal wieder ordentlich die Beine vertreten wollte, verzichtete Liam darauf, sich zu verwandeln. So würden sie zwar etwas länger brauchen, aber zumindest hatten sie so die Gelegenheit, sich besser kennenzulernen. Seit ihrem kurzen Gespräch auf Neria hatten sie kaum miteinander geredet.

Die meiste Zeit verbrachte Marinus mit Licaeus. Wenn er ansonsten etwas beizutragen hatte, waren es schlechte Witze oder er geriert wegen Kleinigkeiten mit Aurelius aneinander.

Als sie eine Weile still nebeneinander hergegangen waren - gelegentlich wiesen sie sich auf markante Punkte in der Landschaft hin - schien sich Marinus' Stimmung aufzuhellen. Er pfiff eine fröhliche Melodie, die zu keinem bestimmten Lied gehörte. Im Vorbeigehen zupfte er mal hier, mal dort eine reife Beere von den Dornbüschen.

»Dein Groll ist also verraucht?«, sagte Liam und schaute seinen Begleiter vielsagend an.

»Kann man wohl so sagen«, erwiderte er lachend. »Das Prinzlein nimmt sich viel zu ernst, wenn du mich fragst.«

»Er will doch nur das Beste für die Gruppe. Unsere Mission soll schließlich ein Erfolg werden«, verteidigte Liam seinen Freund.

»Das Beste für die Gruppe? Das bezweifle ich!«, schnaubte Marinus. »Den Erfolg der Mission? Das schon viel eher!«

»Willst du damit sagen, ihm liegt nichts an uns?«, fragte Liam. Aurelius' Verhalten und seine manchmal etwas ruppige Art waren ihm in letzter Zeit häufiger sauer aufgestoßen. Doch hatte er seine Bedenken bislang immer heruntergeschluckt. Er war schließlich der Experte und würde schon wissen, was er tat.

Es war, als hätte Marinus in seinen Gedanken gelesen. »Weißt du, dass dies das erste eigene Kommando des jungen Herren ist?« Den letzten Worten hatte er einen spöttischen Unterton beigemischt.

Liam riss seine Augen voller Erstaunen weit auf.

Marinus nickte eifrig. »So ist es. Er hat dir vielleicht den Eindruck vermittelt, das sei alles nur Routine für ihn. Nichts könnte weniger wahr sein. Pah. Bislang hat er nur irgendwelche Bücher und Schriften studiert und sich an die Fersen von erfahreneren, besseren Leuten geheftet.«

Er bemerkte Liams unglücklichen Blick. Marinus seufzte. »Ich zweifle nicht an seinen Beweggründen. Manche seiner Entscheidungen machen mir Sorge. Ein erfahrener Anführer hätte noch ein paar Tage auf Neria verbracht. Dann hätten wir die Maultiere bei uns und müssten nicht alles selbst schleppen. Wir kämen schneller voran. Wir wären nicht jeden Abend so erschöpft. Falls es zum Kampf kommt, wird uns das noch gehörig in den Arsch beißen. Aber nein, er wollte sofort aufbrechen, nur keine Zeit verlieren, die Mission nicht gefährden.«

Was Marinus da sagte, gefiel Liam überhaupt nicht. Doch sprach er nur aus, was er selbst schon so häufig gedacht hatte.

»Mehr Männer hätten uns auch nicht geschadet«, fuhr Marinus fort. »Aber er ist ja paranoid, hat Angst, dass etwas nach außen dringt von dem, was er hier zu finden hofft. Ich kenne Leute wie ihn. Will Mami und Papi um jeden Preis stolz machen, weil er sich nicht genug geliebt fühlt. Pah. Als ob das etwas daran ändern würde …«

So ging es noch eine ganze Weile weiter. Offenbar tat es Marinus gut, seinen über die letzten Tage und Wochen angestauten Ärger abzulassen. Als er geendet hatte, blieb er plötzlich stehen. Er schien unsicher geworden.

Er blickte Liam nun direkt in die Augen. »Erzähl ihm bitte nichts von unserem kleinen Plausch. Dass ich seine Entscheidungen so offen in Frage stelle, tut dem fragilen Ego des Prinzleins nicht gut. Und ich habe so ein Gefühl, dass Aufmüpfigkeit ihm so gar nicht schmeckt. Besonders von *Freunden*.«

Liam nickte. Mit Grauen dachte er an Geranus Lemnos, den Kuriositätenhändler, den sie so grausam abgeschlachtet hatten. War dies Aurelius' wahres Ich? Nein, das konnte er nicht glauben. Das wollte er nicht. Schließlich gab es noch den lachenden, unbeschwerten Aurelius. Den Aurelius, den er in der Daonéa kennengelernt hatte.

Den ganzen Nachmittag zogen sie durch die Weiten der kargen Wiesen, zupften mal hier, mal dort an einem Busch. Die Sonne brannte erbarmungslos über ihren Köpfen und ließ sie gehörig ins Schwitzen kommen. Nach einigen Stunden hatte sich Liams Beerentasche erst zur Hälfte gefüllt. Frustriert ließ er sich im Schatten eines vertrockneten Lorbeerbaums ins Gras fallen.

»Das bringt doch nichts«, rief er frustriert und warf die Arme zum Himmel. »So werden wir heute Abend niemals alle satt.«

»Nicht verzagen«, sprach ihm Marinus Mut zu. »Ich habe so ein Gefühl, dass wir Glück haben«, fügte er mit einem Grinsen hinzu und deutete nach oben in die blattlose Baumkrone.

Zwischen den Ästen entdeckte Liam ein Vogelnest.

»Glaubst, dass wir dort Eier finden? Vielleicht ist es schon alt und leer«, flüsterte Liam, als ob er Angst hatte, das Nest würde sich in Luft auflösen, wenn er zu laut sprach.

»Gibt nur einen Weg das rauszufinden. Am besten du kletterst hinauf. Ich kann nicht so gut wegen der Rüstung, du verstehst.« Marinus machte eine entschuldigende Geste.

Liam nickte. Nichts leichter als das. Schließlich hatte er das als Kind ständig getan, sagte er sich. Er nahm seine Umhängetasche ab und machte sich daran, den Baum zu erklimmen. Zunächst hatte er keine Schwierigkeiten, dann musste er sich mit einem Fuß in ein hohles Astloch klemmen, das ihn nicht mehr freigeben wollte. Er zog und zerrte und wäre beinahe heruntergefallen, wenn er nicht im letzten Moment einen starken Ast in die Finger bekommen hätte. Er zog sich in die Höhe. Liam war nun nah genug, um einen Blick zu riskieren. Er streckte sich und lugte in das Nest. Sein Herz machte vor Aufregung einen kleinen Hüpfer. Drinnen lagen tatsächlich sechs Eier von gräulicher Farbe mit blauen Flecken. Behutsam langte er mit der freien Hand danach. Es saß fest. Er schüttelte etwas an dem Baum. Das Nest löste sich. Liam griff danach, doch schon war es seinen Fingerspitzen entronnen.

»Verdammnis«, fluchte Liam. »So ein Dreck aber auch.«

Marinus lachte ihn aus. »Keine Sorge, ich hab es aufgefangen, alles heil«, sagte er und hielt triumphierend ihr Abendessen in die Luft.

Liam ließ sich vom Baum gleiten und kam nicht so sanft auf dem Boden auf, wie er sich vielleicht gewünscht hätte.

»Wenn wir doch nur etwas Speck hätten …«, sagte Marinus und begutachtete die Eier mit sehnsuchtsvollem Blick. »Hmm, wenn ich nur dran denke, läuft mir das Wasser im Munde zusammen.«

»Puh, das war anstrengender als gedacht«, sagte Liam und zog den Stöpsel aus seinem Wasserschlauch. Er wollte einen großen Schluck nehmen, um sich zu erfrischen, doch fiel nur ein einziger Tropfen auf seine Zunge. Fluchend warf er den Schlauch auf den Boden.

Wortlos hielt Marinus Liam seinen eigenen Schlauch hin.

»Das kann ich nicht annehmen«, wehrte er ab.

Marinus schüttelte mit dem Kopf. »Mach schon. Im Lager gibt es genug Nachschub. Wer Durst hat, der soll trinken.«

»Na dann, vielen Dank«, erwiderte Liam und stürzte den gesamten Inhalt auf einmal hinunter.

»Ahh, das war gut«, sagte er und wischte sich mit dem Ärmelsaum den feuchten Mund ab. »Wird Zeit, dass wir auf den Rückweg machen. Die anderen werden Augen machen«, fügte er mit einem Blick auf die bereits im Sinken befindliche Sonne hinzu.

Doch als sie im Lager ankamen, zerstoben seine Hoffnungen mit einem Mal. Von weitem konnten sie schon aufgebrachte Stimmen hören. Was ging da vor sich? Sie beschleunigten ihre Schritte. Im Lager angekommen bot sich ihnen ein bizarres Bild. Licaeus hatte sich schützend zwischen Aurelius und Marcella gestellt, die sich gegenseitig lautstark ankeiften.

»Was zur Anderswelt ist hier los?«, fragte Liam mit gebieterischem Ton.

Plötzlich verstummten die beiden Streithähne und sahen sich um, wer da gesprochen hatte. Überrascht erkannten sie Liam, der ihnen gegenüber bislang nie so ernst aufgetreten war.

»Ah, gut, dass du kommst! Jetzt wird es eng für dich, Marcella!« Mit anklagender Geste deutete Aurelius auf seine Schwester.

»Du reagierst völlig über! Ist doch alles halb so wild!«, konterte sie in wenig überzeugendem Ton.

»Das reicht. Seid still, alle beide«, sagte Marinus. Aurelius wollte schon aufbegehren, doch Marinus' Gesichtsausdruck ließ keinerlei Widerspruch zu. »Licaeus, sag uns bitte, was hier vorgefallen ist.«

Licaeus wählte seine nächsten Worte mit Bedacht. »Die Prinzessin wollte ihre Feuer- und Eiszauber üben. Doch hatte sie den Kreislauf nicht mehr unter Kontrolle und da …«

Aurelius konnte nicht mehr an sich halten. »Da hat sie unseren gesamten Wasservorrat verdampft. Einfach so. Puff!«

»Das war doch keine Absicht! Bitte, ihr müsst mir glauben.« Flehentlich wandte sie sich an Liam und Marinus.

»Warum hast du überhaupt mit unserem Wasser herumgespielt?«, fragte Liam aufgebracht.

»Nicht gespielt! Geübt! Ich dachte, ich habe das im Griff, sonst hätte ich das doch nie gemacht.« Sie ließ den Kopf hängen.

»Offensichtlich nicht!«, schnaubte Aurelius. Doch Liam ließ ihn nicht zu Wort kommen. Er hatte es so satt, immer stumm dabeizusitzen, wenn die anderen ihren Emotionen freien Lauf ließen.

»Ihr führt euch unmöglich auf. Alle beide! Wenn man euch nur sehen könnte. Was würde Valerius denken? Marcella, das war sehr dumm von dir. Mach das nie wieder«, sagte Liam.

Aurelius, von Liams neuer Entschlossenheit entwaffnet, öffnete den Mund um etwas zu erwidern und schloss ihn wieder. Stattdessen besann er sich eines Besseren und verschränkte die Arme. Marcella tat es ihm gleich und drehte ihrem Bruder den Rücken zu.

»Wir haben Eier gefunden«, versuchte Marinus die Lage zu entschärfen und zeigte den anderen ihre Ausbeute. »Mit vollem Magen sieht die Welt gleich ganz anders aus.«

Liam entzündete (ganz ohne Magie) ein Feuer und Aurelius machte sich daran, die Eier zu braten. Er war so wütend auf Marcella, dass er sie anbrennen ließ. Missgelaunt kratze er schwarze Flocken auf ihre Teller. Sie schmeckten noch schlimmer als sie rochen. Genauso gut hätten sie die Asche aus dem Feuer verzehren können. Marinus starrte Aurelius fassungslos an. Der Ausdruck von unverhohlener Abscheu stand in seinen Augen geschrieben.

Liam schlief ausgesprochen schlecht, der Wassermangel machte ihm von allen besonders zu schaffen. Ihr Leiden wurde am nächsten Morgen etwas gelindert, als Wolken aufzogen. Marinus äußerte die Hoffnung, es würde bald regnen, doch niemand antwortete ihm.

Der nächste Tag war ausgesprochen hart für die Gruppe. Ihr Durst schlug sich schnell auf die Stimmung nieder. Sie kamen nur sehr langsam voran. Aurelius machte Marcella nach wie vor Vorwürfe. Zunächst hatte sie das wortlos hingenommen, doch gegen Mittag platzte ihr der Kragen. Sie wies Aurelius zurecht, dass er für die Missstimmung in der Gruppe ebenso verantwortlich war wie sie. Dabei sah sie ihrer Mutter mächtig ähnlich, dachte Liam. Doch behielt er diesen Gedanken wohlweislich für sich. Aurelius wirkte nicht weniger wütend als zuvor, doch enthielt er sich fortan eines Kommentars. Marinus beklagte sich fortwährend darüber, dass Aurelius ihr Abendessen ruiniert hatte. Licaeus und Liam bemühten sich gar nicht erst, den Streit zu schlichten. Stumm gingen sie hinter den anderen her.

Am Mittag des zweiten Tages seit Marcellas Missgeschick nahm Aurelius Liam bei Seite.

»Wir können so nicht weitermachen. Wenn wir nicht bald etwas zu trinken auftreiben, sind wir am Ende. Geh mit Licaeus und finde etwas, egal was. Es kann auch frisches Blut von Tieren oder Obst sein. Wir dürfen nicht scheitern! Zu viel hängt davon ab.«

Liam nickte und machte sich zusammen mit Licaeus auf den Weg, die leeren Trinkschläuche in den Umhängetaschen. Er hatte versucht, sich zu verwandeln, doch es gelang ihm nicht. Liam war einfach zu schwach, seine Kräfte ausgezehrt. Sie zogen in Richtung einer Hügelkette im Nordwesten. Licaeus war davon überzeugt, dort müsse es Wasser geben. Von der Ferne sahen die Bäume und das Gras auf den Hügelkuppen um einiges grüner aus als die braunen Flecken der Umgebung.

Langsam, ganz langsam, schleppten sie sich die Anhöhe hinauf. Tatsächlich. Die Lorbeerbäume hier trugen saftige Blätter. Zur Not konnte man vielleicht die verzehren?

Liam überlegte noch, wie viele er wohl essen müsste, um seinen Flüssigkeitsbedarf zu decken, als Licaeus ihn am Ärmel zupfte.

»Liam schau, dort unten«, sagte er aufgeregt und deute ihn die Ferne.

Tatsächlich. Unten, etwas eine Stunde Fußmarsch von ihnen entfernt glitzerte etwas im Sonnenlicht.

»Wasser, das ist Wasser«, schrie Liam so laut es seine raue Kehle zuließ. Sie rannten so schnell sie konnten auf das kühle Nass zu. Zweimal wäre Liam beinahe gestolpert, als er mit den Füßen in Erdlöchern hängen blieb. Doch dafür hatte er im Moment keine Augen. Dort unten schlängelte sich ihre Rettung durch die Landschaft. Nach etwa einer Stunde erreichten sie die Sohle des Tales. Der kleine Fluss plätscherte munter vor sich hin. Wasseramseln badeten fröhlich. Sie flatterten herum und zwitscherten unbekümmert.

Liam lachte vor Freude und Erleichterung wie ein Wahnsinniger. Ohne Nachzudenken sprang er hinein. Die Wasseramseln flogen aufgeschreckt davon. Der Fluss war nicht tief, er reichte Liam bis zur Hüfte.

Unbändige Freude brach sich auf Licaeus' Gesicht Bahn. »Ateia sei Dank!«, rief er mit zitternder Stimme. »Noch einen Tag hätten wir nicht überlebt.«

»Schau nur«, sagte der klitschnasse Liam und deutete auf ein paar Fische, die sich im kristallklaren Wasser tummelten, »heute gehen wir nicht hungrig zu Bett.«

Licaeus wollte gerade sein Langmesser zücken, doch Liam hielt ihn mit einer Handbewegung zurück. Nun war es an der Zeit, sein theoretisches Wissen in die Tat umzusetzen. Fische mussten schließlich einfacher zu bewegen sein als Steine, sagte er sich. Liam zwang sich zu äußerster Konzentration. Er visualisierte sich sein Ziel.

Ein Platschen sagte ihm, dass er es geschafft hatte. Die Verwirrung auf Licaeus' Gesicht machte heller Begeisterung Platz. Dank Telekinese konnte Liam ein, zwei, drei Karpfen mühelos aus dem Fluss ziehen. Als seine Umhängetasche voll war, musste er sich erschöpft auf den Boden setzten. Die Magie zu wirken, hatte ihn mehr angestrengt als erwartet. Dennoch war er sehr glücklich über seinen Fang.

Licaeus nickte anerkennend. »Sehr gut, Liam. Das wird die Gemüter besänftigen. Gefüllte Schläuche und gefüllte Mägen sind des Abenteurers bester Freund«, fügte er altklug hinzu.

Liam konnte nicht aufhören zu grinsen. Die Sonne stand bereits hoch am Himmel, als sie sich auf den Rückweg machten. Sie wollten die anderen nicht länger als nötig warten lassen und Aurelius würde sich sicher schon fragen, wo sie so lange steckten.

Als das Lager in Sicht kam, hielt es Liam nicht länger aus. Aufgeregt lief er auf die anderen zu, um ihnen die guten Nachrichten zu verkünden.

»Aurelius! Licaeus und ich nicht weit von hier einen Fluss entdeckt. Einen Fluss! Dort können wir unsere Reserven und Feldflaschen wieder auffüllen. Ist das nicht fantastisch?«

Ein betretenes Schweigen trat ein. Dann brach allgemeiner Jubel aus. Alle stimmten in die Freudenschreie ein. Alle, außer Aurelius.

»Hat dir Liam mal wieder aus der Patsche geholfen«, sagte Aurelius mit trockener Stimme an Marcella gewandt. Offensichtlich hatte er ihr noch immer nicht verziehen. »Du kannst ihm auf Knien dafür danken. Geh mit Marinus und füll die hier auf.« Unsanft warf er ihr die Feldflaschen zu, die sie gerade noch auffangen konnte.

Marcella funkelte ihren Bruder feindselig an, dann warf sie Liam einen glühenden Blick zu. »Danke«, sagte sie. Dann machte sie sich zusammen mit Marinus auf den Weg.

»Hier, wir haben Fisch mitgebracht«, versuchte Liam mit einem unsicheren Lächeln Aurelius' Stimmung zu heben. Das funktionierte tatsächlich und sogleich machte er sich ans Werk. Diesmal ohne ihn vollständig zu verkohlen.

Marcellas Fehler war ausgemerzt und die Gemüter durch das frische Wasser und den köstlich geräucherten Fisch beruhigt worden. Doch der Friede hielt nicht lange vor. Frustriert, noch immer keine Ruinen von Straßen, Gebäude oder überhaupt irgendeine Spur von Zivilisation entdeckt zu haben, brachen die alten Streitigkeiten bald wieder auf und die Gruppe warf sich immer persönlichere Kränkungen an den Kopf.

Das Gebirge war ihnen inzwischen zum Greifen nahe und rückte mit jeder vergangen Stunde näher. Liam hatte das fortwährende Gezänk der anderen satt. Jeder Misserfolg ließ die Stimmung weiter sinken. Ihre Mission war gescheitert. Ihre Vorräte reichten gerade noch für den Rückweg zum Schiff. Morgen würden sie sich geschlagen geben und heimkehren müssen.

Als er sich zu seinem dritten Erkundungsflug an diesem Tag aufmachte, glaubte er nicht mehr daran, auch nur irgendetwas zu finden. Mehr einer inneren Ahnung als einem bewussten Entschluss folgend, beschloss er, sich noch den merkwürdig geformten Berg aus der Nähe anzusehen, den er bereits am zweiten Tag ihrer Ankunft auf Zerkalion in der Ferne hatte thronen sehen. Die dichte Decke der niedrig hängenden Wolken machte ihm sein Vorhaben nicht gerade leichter. Ständig musste er durch sie abtauchen, nur um kurz darauf wieder aufzusteigen, wollte er sein Ziel nicht verfehlen.

Dann sah er ihn. Mit bis zum Zerreißen gespannten Nerven ließ er sich ein paar Schritt sinken und segelte weiter auf den Berg zu. Nein, das konnte nicht sein, dachte Liam. Tatsächlich war sein erster Gedanke vollkommen richtig gewesen. Das war kein Berg. Das war die Spitze einer grotesk aussehenden sechsseitigen schwarzen Pyramide, die sich halb versteckt an die steinige Flanke des Berges hinter ihr drückte.

Liam stieß erneut durch die Wolkendecke. Von Menschenhand erbaute Strukturen zogen sich durch das versteckte Tal unter ihm. Konnten das Mauern sein? Und dort! Überreste von Straßen, vom Zahn der Zeit beinahe völlig zu Staub zermahlen. Liam flog etwas näher heran, um sicherzugehen, dass er nicht einer Illusion erlegen war.

Er landete auf der Spitze der Pyramide und richtete den Blick talauswärts. Bedrohlich und ehrfurchtgebietend ragte sie über den Ruinen der ehemals vor Leben pulsierenden Metropole auf, die nurmehr eine Geisterstadt war. Wie Aurelius ihm gesagt hatte, musste sie seit Jahrhunderten verlassen sein, wenn nicht länger. Was war hier geschehen? Warum war sie in der seither vergangenen Zeit nicht wieder in Besitz genommen worden? Wie sich die Leute wohl gefühlt hatten, die im Schatten des titanenhaften Bauwerks ihren alltäglichen Besorgungen verrichtet hatten?

In dem Moment, als seine Krallen den unnatürlich kühlen Stein berührten, durchlief ihn eine Woge der Nervosität. Dies war kein gewöhnlicher Ort. Die Pyramide selbst, so wurde ihm klar, schien auf bizarre Weise eine Art magisches Signal auszusenden. Liam versuchte, sich darauf zu konzentrieren. Vielleicht lag es daran, dass er sich verwandelt hatte, doch konnte er nichts als Leere in dem Signal spüren. Ihn fröstelte. Er würde nicht lange hier verweilen können.

Die Stadt war von drei Mauerringen umgeben. Die Pyramide befand sich im innersten Ring zusammen mit überraschend gut erhaltenen steinernen Großbauten. Im mittleren Ring wimmelte es nur so von Ruinen. Im äußersten Ring konnte er rein gar nichts erkennen.

Ein ausgetrockneter Flusslauf, der womöglich als Graben gedient hatte, führte an einer der äußeren Mauern entlang und schien nicht allzu weit von ihrem Lager entfernt seinen Weg zum Meer zu nehmen. Sie konnten ihm problemlos folgen und die Stadt ohne große Umwege erreichen. Das musste er auf der Stelle den anderen berichten.

So schnell ihn die Flügel trugen, flog er zu ihrem Unterstand. Als Liam sich in Menschengestalt zurück verwandelte, keuchte er vor Aufregung und Erschöpfung.

»Ich hab ihn gefunden. Ich hab den Eingang in die Stadt gefunden.«

Aurelius ließ vor Überraschung sein gebratenes Kaninchen fallen, ihm stand der Mund offen. Marcella klatschte freudig in die Hände. Marinus und Licaeus nickten ihm anerkennend zu.

Liam berichtete ihnen auf die Schnelle alles, was er gesehen hatte.

»Fantastische Arbeit«, sagte Aurelius. Die Stimme zitterte ihm vor Aufregung. »Alles zusammenpacken. Wir brechen sofort auf!«

Kapitel 16 - Die Stadt aus Asche

Kervadimos. Äußerer Ring. 436 SAE. Sommer.

Eine geschlagene Woche lang hatten sie nach dem Eingang gesucht, bis Liam ihn durch Zufall ausfindig gemacht hatte. Durch seine Entdeckung war die gereizte Stimmung der letzten Tage wie weggeblasen. Obwohl sich der Tag bereits langsam dem Ende zuneigte, beschlossen sie, sofort aufzubrechen, um die neu gefundene Zuversicht in ihren Auftrag nicht gleich wieder zu verlieren.

Liam, den es vor Aufregung schüttelte, musste seine Schritte zügeln, damit die anderen mit ihm mithalten konnten. Besonders die schwer beladenen Prätorianer schnauften, als sie den stetig ansteigenden Hang in den Schatten der gigantischen über ihnen aufragenden Berge hinaufstiegen.

Alles in allem hatten sie drei Stunden gebraucht, um ihr Ziel zu erreichen. Zweimal hatte sich Liam verwandeln müssen, um sicherzugehen, sie nicht in das falsche Tal zu führen. Doch dann standen sie endlich vor den gewaltigen schwarzen Mauern. Hoch wie fünf Elfen, waren sie von bedrohlich spitzen Zinnen gekrönt und von Gussöffnungen für siedendes Pech durchzogen.

Das Tor erwartete sie mit herausfordernder Offenheit. Die Torflügel waren entweder schon längst verrottet oder vor langer Zeit fortgeschafft worden. Als sie die Mauern durchschritten hatten, erwartete sie im Inneren … Leere.

Bis auf den Rest einiger Mauern und gepflasterter Straßen war nichts von der einstigen Größe dieser Metropole übrig geblieben.

»Was ist hier geschehen?«, flüsterte Liam.

Licaeus und Marinus ließen ihre Hände vorsichtig zu den Griffen ihrer Schwerter wandern. Obwohl keine unmittelbare Bedrohung in Sicht war, verstärkte sich das altbekannte Gefühl, beobachtet zu werden.

»Ich weiß es wirklich nicht. Suchen wir uns einen sicheren Platz zum Lagern«, sagte Aurelius. »Marinus, du sicherst uns nach hinten ab. Licaeus, übernimm du die Führung. Liam, am besten du kundschaftest die Umgebung ein wenig aus.«

Die drei taten wie geheißen. Der Falke stieg empor und flog über die Überreste der Mäuerchen hinweg. Wie sie da im Staub lagen, ähnelten sie achtlos verstreuten Knochen. Die Gebeine einer Stadt, dachte Liam. Aber wie war sie gestorben? Aus der Luft war das alte Straßennetz klar auszumachen. Sechs Hauptachsen liefen sternförmig auf den inneren Mauerring zu. Von ihnen zweigten zahllose kleinere Gassen ab, die keinem erkennbaren Muster folgten.

Liam entdeckte ein Gebäude, das nicht völlig zerstört war. Es ähnelte einem der Kaufmannshäuser, wie er sie aus Aestuaria kannte. Zweistöckig und mit einem Innenhof, der in einer Vertiefung wohl einmal ein Wasserbecken beherbergt hatte. Vielleicht war es einst ein Springbrunnen gewesen. Es juckte Liam in den Flügelspitzen, die innere Stadt zu erkunden und sich der schwarzen Pyramide zu nähern. Doch er hatte seine Aufgabe erfüllt und die Nacht begann bereits hereinzubrechen. Widerwillig machte er sich auf den Rückflug.

Liam fand die anderen auf etwa einem Drittel der Strecke zwischen den beiden Mauerringen. Die Gruppe hatte sich aufgrund ihrer Vorsicht nur sehr langsam fortbewegt. Liam berichtete ihnen von seinen Fund.

»Sehr gut, Liam, wirklich sehr gut«, lobte ihn Aurelius, als sie bei der Ruine abgekommen waren. »Hier können wir lagern. Durch die Mauern sind wir von zwei Seiten geschützt. Ich übernehme die erste Wache, dann Licaeus, Marinus und zum Schluss du, Marcella.« Die Angesprochenen nickten stumm. Die Anspannung stand ihnen allen ins Gesicht geschrieben.

»Was ist mit mir?«, fragte Liam rebellisch. »Warum übernehme ich keine Wache?«

»Du hast heute schon genug geleistet. Ruh dich aus, wir werden dich morgen bei vollen Kräften brauchen«, sagte Marinus und klopfte ihm auf die Schulter.

Sie luden ihre Rücksäcke ab und breiteten ihre Decken für die Nacht aus.

»Sollen wir ein Feuer machen, Herr?«, wandte sich Licaeus an Aurelius.

»Hmm. Wir wollen keine Aufmerksamkeit auf uns ziehen. Andererseits haben wir seit unserer Ankunft keine unmittelbare Bedrohung gesehen.«

»Oh bitte, bitte Aurelius, lass uns ein Feuer machen«, bettelte Marcella. »Wir sind nicht mehr unten im Tal und hier oben wird es bestimmt richtig ungemütlich in der Nacht. Hast du mal auf die Gipfel geschaut? Da ist alles voller Schnee. Schnee! Und das im Sommer.«

Es war womöglich nicht die klügste Idee, ein Feuer zu entfachen, doch insgeheim gab Liam ihr recht. Die kalten Winde würden ihr Übriges tun, auch wenn sie durch die Mauern notdürftig geschützt waren.

Aurelius schmunzelte. »Na gut, Schwesterherz, wenn du mich schon so bittest. Macht ein Feuer, aber versucht sparsam mit dem Holz zu sein. In dieser Stadt scheint es nichts als alten Stein zu geben.«

»Oh wunderbar, vielen Dank!« Marcella umarmte ihren Bruder herzlich, wie sie es in Liams Anwesenheit noch nie getan hatte. Verdattert stand Aurelius da und noch bevor er die Umarmung erwidern konnte, hatte sie ihn auch schon wieder losgelassen.

Diese neue Marcella stimmte Liam misstrauisch. Sie führte doch irgendetwas im Schilde. Was als Nächstes kam, sollte seine Vermutungen bestätigen.

»Komm mit, ich will dir was zeigen«, sagte sie an Liam gewandt. Ohne viel Federlesen nahm sie ihn bei der Hand und zog ihn um das Gemäuer, außerhalb der Sichtweite der anderen.

»Was ...«, setzte Liam an, doch er kam nicht mehr dazu die Frage auszusprechen.

»Sieh mal hier!« Marcella hatte ihre Flammenhand entzündet und stand mit der Nasenspitze knapp vor der Mauern.

Liam trat heran, um zu sehen was sie meinte, doch konnte er nichts erkennen, was auch nur irgendeine Form von Aufmerksamkeit gerechtfertigt hätte.

»Ich sehe gar nichts.«

Marcella verdrehte genervt die Augen. »Na hier, und da, und da! Manchmal bist du wirklich blind.« Sie fuhr mit dem Finger über die Wand und zeigte ihre Fingerkuppen Liam. Sie waren geschwärzt. »Ruß!«, rief sie. »Da ist überall Ruß. Da müssen einmal Stützbalken oder so etwas gewesen sein. Sie sind alle restlos verbrannt.«

Jetzt sah auch Liam, was sie meinte. Konnte das bedeuten? Doch es war Marcella, die seinen Gedanken zuerst aussprach.

»Wenn mich nicht alles täuscht, ist diese Stadt einer gewaltigen Feuersbrunst zum Opfer gefallen. Das würde erklären, warum keines der Häuser mehr steht«, meinte sie besserwisserisch.

»Vielleicht«, sagte Liam langsam. »Aber warum sind dann fast alle Häuser bis auf die Grundmauern niedergebrannt? Selbst ein großes Feuer könnte nicht eine solche Vernichtungskraft aufbringen, oder?«

»Die Gebäude können nicht alle aus Stein gewesen sein, sondern aus verputzten Lehmziegel, oder Stroh. Oder was weiß ich. Es könnte auch ein magisches Feuer gewesen sein.«

Liam war nicht überzeugt.

»Was es auch war, wir werden es wohl nicht mehr herausfinden. Komm, gehen wir zurück zu den anderen, ich bin müde. Inzwischen sollten sie ein Lagerfeuer zustande gebracht haben.«

Er wandte sich zum Gehen, doch Marcella hielt ihn am Ellbogen fest.

»Bitte warte, ich wollte dir noch etwas geben.«

Liam wandte sich um. Was könnte das wohl sein? Er wollte gerade den Mund aufmachen, als Marcella sich vorbeugte und ihn küsste. Ihn einfach küsste. Auf den Mund!

Liam war wie vom Donner gerührt. »Wa-was, was tust du da?«

»Schhh,« sie legte ihm den Finger auf den Mund. »Sei leise, du willst doch nicht, dass die anderen davon Wind bekommen? Aurelius würde durchdrehen. Also, kannst du unser kleines Geheimnis für dich behalten?«

Liam nickte stumm.

»Ausgezeichnet!«, rief Marcella und stürmte davon.

Was war bloß in sie gefahren? Hatte sie das die ganze Zeit über geplant? Womöglich hatte sie die Rußspuren in einem unbeobachteten Moment selbst gelegt, um Liam auf eine falsche Fährte zu locken. Sicher, er hatte sich lange Zeit gewünscht, gehofft, doch nie ernsthaft in Erwägung gezogen. Sie war die Tochter des Kaisers, eine elvanische Prinzessin und er nur ein einfacher Daonéer. Es könnte nie funktionieren.

»Außerdem ist sie verlobt«, meldete sich eine leise Stimme in Liams Hinterkopf. »Du hast eine jemand anderem versprochene Frau geküsst.«

Sei still, dachte er. Sie hat mich geküsst. Dann meldete sich eine andere Stimme zu Wort. »Sie liebt ihn nicht, sie hat es dir selbst gesagt.« »Dennoch werden sie heiraten«, mischte sich die erste Stimme wieder ein.

Doch war er noch der kleine Daonéer von einst? Seit seiner Abreise war er um fast eine Handbreit gewachsen. Er hatte es an den kürzeren Säumen seiner Kleidung bemerkt. Liam war auch etwas breiter und muskulöser geworden.

Gedankenverloren rieb er sich das Kinn. In den letzten Monaten waren ihm immer mehr rotblonde Haare auf der Brust gesprossen und auch der Schatten eines Bartes begann sich langsam auf seinem Gesicht abzuzeichnen. Nein, er war kein Kind mehr. Er war nun ein Mann! Oder etwa nicht?

In tiefe Gedanken versunken setzte sich Liam neben Marinus ans Feuer. Dessen Anekdoten nahm er nur am Rande war, während er nachdenklich an dem halben Hasen kaute, der ihm noch vom Vortag übriggebliebenen war. Als er schon auf seiner Decke lag, dachte er immer noch angestrengt nach. Was hatte das alles zu bedeuten? Doch bevor er zu einem Schluss kommen konnte, war er schon längst eingeschlafen.

Merkwürdige Träume plagten ihn. Er war wieder in der kaiserlichen Schwimmhalle, auch Marcella war da. Er versuchte, sie zu küssen, doch ihre Gestalt löste sich in Aurelius auf, der ihm schwere Vorwürfe machte. Dann veränderte sich sein Traum. Es wurde stockduster und er meinte, schweres Schnaufen zu hören und einen glühend heißen Atem auf seinem Gesicht zu spüren. Doch dann drehte er sich murmelnd auf die andere Seite und der Spuk war vorüber.

Am nächsten Morgen erwachte er zu den Lauten sich streitender Stimmen. Etwas war ganz und gar nicht in Ordnung.

»… deine Verantwortung. Hättest du deine Pflicht erfüllt, wäre das nicht passiert!«, schrie Aurelius.

Liam rieb sich verschlafen die Augen. Was ging da vor sich?

»Und ich sage dir, das hätte ich, wenn er mich geweckt hätte!«

Liam stand auf und ging zu den beiden heftig gestikulierenden Geschwistern hinüber. Licaeus hielt sich merkwürdig abseits. Er hielt den Blick gesenkt und schnitt eine hässliche Grimasse. Es schien in ihn große Überwindung zu kosten, ruhig zu bleiben. Die Haut spannte sich über seinen Kieferknochen, die bedrohlich mahlten.

»Was ist los, warum streitet ihr schon in aller Frühe?«, fragte Liam und rieb sich verschlafen die Augen.

»Marinus ist verschwunden! Und das ist ganz allein ihre Schuld!« Theatralisch deutete Aurelius auf Marcella.

»Nein ist es nicht«, sagte sie flehentlich Liam gewandt. Ein Hauch von Selbstzweifel lag in ihrer Stimme.

»Wäre wohl einer von euch so gütig, mir zu erklären, was passiert ist?« Liam war plötzlich hellwach. Er hatte gereizter geklungen als er eigentlich wollte, doch der Ernst der Lage schien entschlossenes Vorgehen zu erfordern.

Aurelius und Marcella hatten beide die Arme verschränkt und sich von einander abgewandt. Keiner von beiden machte irgendwelche Anstalten zu sprechen.

Es war Licaeus, der vortrat. Seine Stimme zitterte. »Wir wissen nicht, was passiert ist. Ich habe Marinus am Ende meiner Wache geweckt, damit er für mich übernimmt. Dann habe ich mich schlafen gelegt. Morgens bin ich aufgewacht, weil ich mal austreten musste. Da war keine Spur von Marinus und die Prinzessin hat geschlafen. Wie es aussieht, ist Marinus in der Nacht verschwunden. Die Prinzessin behauptet, er habe sie nicht geweckt.«

»Das behaupte ich nicht nur, das war so«, kam es von Marcella. »Vielleicht ist er abgehauen, weil er nichts von deiner so genannten Führung gehalten hat.«

Ihre Worte trafen Aurelius wie ein vergifteter Pfeil. »Meine Führung, wie kannst du … meine Führung?!«

»Seid vorsichtig mit Euren Anschuldigungen, Kaiserliche Hoheit. Marinus war ein Prätorianer, er würde niemals Schande über sich und seine Kameraden bringen, indem er einfach desertiert.« Licaeus hatte ganz ruhig gesprochen. Doch die stumme Drohung in seinen Worten war für alle laut hörbar gewesen.

»Ich, es tut mir leid. Bitte verzeiht mir. So habe ich es nicht gemeint. Es war doch nicht wirklich meine Schuld. Wenn er nicht von alleine gegangen ist, dann muss ihm jemand etwas angetan haben, ohne dass es jemand mitbekommen hat. Ich meine, das ist doch beängstigend«, schloss sie verzweifelt.

»Schon gut Prinzessin, wir sind alle angespannt deswegen.« Licaeus klang schon um einiges versöhnlicher, wenn auch nicht minder besorgt. »Marinus ist nicht freiwillig gegangen, dafür kenne ich ihn zu gut. Außerdem«, er deutete auf den Lagerplatz, »all seine Sachen sind noch hier. Die hätte er wohl mitgenommen.«

Liam kam ein wahrlich beunruhigender Gedanke. »Aurelius! Erinnerst du dich nicht mehr daran, was der Gefangene auf Neria gesagt hat? Blut, Knochen und wer weiß was noch? Könnte er am Ende nicht recht gehabt haben? Ich meine …«

Marcella erschauderte und zog sich selbst in eine Umarmung. Niemand hatte ihr vom Inhalt des Verhörs berichtet.

Doch Aurelius wollte davon nichts wissen. »Blanker Unsinn. Habe ich dir nicht gesagt, du sollst dem, was dieser Corvinus gesagt hat, keine Aufmerksamkeit schenken. Er war offensichtlich geistig verwirrt. Schau nur, was du mit deinen haltlosen Theorien anstellst!« Vorwurfsvoll deutete er auf die schlotternde Marcella. »Ich wiederhole, es gibt keinen Grund zur Beunruhigung.«

Ein Licht ging in Liams Kopf an. Schlagartig war er alarmiert. »Ich habe etwas mitbekommen. Etwas Konkretes, das meine Vermutung bestätigten könnte. Ich dachte zuerst, es sei nur ein Traum gewesen.« Er biss sich auf die Lippe. Die anderen starrten ihn erwartungsvoll an. »Heute Nacht kam es mir so vor, als hätte ich ein heißes Atmen auf meinem Gesicht gespürt. Das muss der Schrecken gewesen sein.« Liams Augen weiteten sich im Angesicht seiner eignen Schlussfolgerung.

Aurelius' gespannte Miene erschlaffte. »Das hilft uns nicht wirklich weiter. Es war nur das: Ein Traum. Am besten, wir reden nicht mehr davon. Kommt, brecht das Lager ab, wir suchen die Gegend ab. Weit kann Marinus in dieser Ödnis ohnehin nicht gekommen sein. Liam, du suchst aus der Luft.«

Die vier taten wie geheißen und packten in aller Hast zusammen. Marinus' Habseligkeiten teilten sie zu gleichen Teilen auf ihre eigenen Rucksäcke auf. Wider besseres Wissen hoffte Liam, Marinus seine Sachen schon bald zurückgeben zu können. Die Asche des erloschenen Feuers bedeckten sie mit ein paar herumliegenden Steinen, dann machten sie sich auf die Suche. Auf Aurelius' Bitte hin erwähnte er den Schrecken des Laurentius Corvinus nicht mehr, obwohl in seinem Inneren die Überzeugung reifte, dass er recht gehabt hatte. Allerdings wollte er Marcella nicht unnötig Angst einjagen.

Den ganzen Vormittag verbrachten sie damit, die Ruinenfelder in immer größeren Kreisen zu durchstreifen. Gegen Mittag mussten sie einsehen, dass es zwecklos war. Sie hatten nicht das Geringste gefunden. Keine Kleidungsfetzen, keine Blutspuren, denen sie folgen konnten. Liam war sogar talabwärts geflogen und hatte das ausgetrocknete Flussbett überprüft. Nichts. Absolut nichts. Marinus schien wie vom Erdboden verschluckt.

Als Marcella, selbst nicht recht überzeugt, vorschlug, es könnte spuken und einer der Geister hatte ihn womöglich mitgenommen, erntete sie nur ein Kopfschütteln von Licaeus und ein verächtliches Schnauben von Aurelius. Liam versuchte, sie aufzumuntern. Doch sie schüttelte ihn ab und beschleunigte ihre Schritte.

Zerknirscht und demoralisiert machten sie sich in völliger Stille auf den Weg zum nächsten Mauerring, der die mittlere Ebene von der Unterstadt abtrennte. Ihnen bot sich das gleiche Bild wie am Tag zuvor. Hoch empor ragende pechschwarze Mauern mit fehlenden Toren. Die Mittelstadt selbst bildete einen starken Kontrast zu den äußeren Bezirken. In den Fahrrillen der Pflasterstraßen hatten sich Moose eingenistet. Zwischen den einzelnen Steinen kroch das eine oder andere Unkraut grün und braun empor. Alte knorrige Bäume streckten ihre Äste wie lange dürre Finger begierig zum grauen Himmel hinauf. Die meisten Häuser standen noch und fristeten ein trauriges Dasein als halbverfallene Ruinen. Welche Katastrophe auch in der Stadt gewütet haben mochte, offenkundig war sie in diesen Vierteln deutlich schwächer ausgefallen.

Sie erreichten ein großes Oval, einen zentralen Platz, in dessen Mitte ein überwuchertes Becken eingelassen war. Dies musste einmal ein Brunnen gewesen sein. In der Mitte des Beckens stand ein Sockel, auf dem noch die metallenen Füße einer Statue zu sehen waren. Vom Rest der Skulptur war weit und breit nichts zu sehen. Womöglich lag sie im Gestrüpp verborgen oder war vor langer Zeit Plünderern in die Hände gefallen. Von Marinus fehlte weiterhin jede Spur.

Die Anwesen, die sich um den Platz herum gruppierten, waren von enormen Ausmaßen. Sogar noch größer als die der Kaufleute in Aestuaria. Dreistöckig waren sie und mit aufwendigen Steinmetzarbeiten an den Fassaden verziert. Kleine Balkone mit schmiedeeisernen Gittern waren auf den Brunnen hin ausgerichtet. Soweit es noch erkennbar war, hatten sämtliche Gebäude große Fensternischen und weit ausladende Treppen besessen. Die Hauptstraße, der sie bis zu diesem Punkt gefolgt waren, gabelte sich in zwei entgegengesetzte Richtungen. Sie standen vor der Wahl, sich fortan entweder einen Weg durch die Seitengassen zu bahnen oder von ihrer bislang gerade Route abzuweichen. Da Aurelius keine Zeit verlieren wollte, entscheiden sie sich für die Seitengassen.

Doch da sie den ganzen Vormittag gewandert waren, ließ sich Aurelius zumindest breitschlagen, zuvor eine kleine Rast einzulegen. In einem Hinterhof entdeckten sie einen Brunnenschacht, der auf wunderbare Weise noch Wasser führte. Zur Sicherheit hatte Marcella das Wasser mit ihrem Feuer erhitzt. Licaeus hatte ihnen berichtet, dass schon viele Soldaten nach dem Genuss von abgestandenem Wasser furchtbar krank geworden oder sogar gestorben waren.

»Was das hier alles wohl einmal war?« Liam deute auf die eingestürzten Gebäude rings um sie herum.

»Händler, Beamte oder Offiziere haben ihr gehaust«, antwortete Aurelius. »Zumindest wenn meine Erfahrungen mit jeder anderen Stadt, die ich jemals besucht habe, von Wert sind. Dennoch müssen diese Leute besonders wohlhabend gewesen sein.«

»Ich frage mich wie sie so reich geworden sind«, sagte Liam. »Überlegt doch mal. Ist nicht gerade zentral gelegen, oder? Soweit im Gebirge.«

»Sie könnten Bergbau betrieben haben. Eine Minenstadt?«, schlug Marcella vor.

»Mit etwas Glück werden wir es herausfinden«, sagte Aurelius. »Kommt weiter. Die Sonne wandert beständig und ich will die Oberstadt noch erreichen bevor es dunkel wird. Dort suchen wir uns ein geschütztes Plätzchen.«

Doch sie kamen nicht so rasch voran, wie Aurelius es sich gewünscht hätte. Nachdem sie die Hauptstraße erst einmal verlassen hatten, stellte es sich als äußert schwierig heraus, auf den richtigen Weg zurückzufinden. Die Gassen zwischen den eingestürzten Häusern erwiesen sich als einziges Labyrinth. Sobald sie glaubten, sich ihrem Ziel zu nähern, standen sie vor den hohen Mauern einer Sackgasse oder der Durchgang war durch Schutthaufen versperrt. Dann mussten sie umkehren, was sie jedes Mal wertvolles Tageslicht kostete.

Wieder einmal standen sie vor einem verschütteten Weg und wollten bereits umdrehen, als Liam etwas entdeckte.

»Aurelius, komm schnell und sieh dir das an! Das ist einfach unglaublich.«

»Was gibt es denn? Ist es Marinus?«, sagte Aurelius mit skeptischem Blick.

Doch Liam deutete nur stumm auf die Hauswand neben ihm. In leuchtenden Farben, als ob es erst gestern gemalt worden wäre, prangte dort eine recht primitive Zeichnung auf dem alten Gemäuer. Ausgemergelte kleine Gestalten warfen sich vor einem überlebensgroßen Adler in den Staub. Dann tauchte ein Schwarm Raben auf, die den Adler mit ihren blitzenden Schnäbeln angriffen. Die ausgemergelten Gestalten schwangen Speere und stachen ebenfalls auf den Adler ein. In der letzten Szene lag der Adler blutüberströmt und tot auf dem Boden. Die Gestalten jubelten den Raben zu, die wieder davonflogen.

»Was hat das zu bedeuten?«, murmelte Aurelius.

»Ich finde es sieht so aus, als würden sie den Adler anbeten«, sagte Liam. Mit schräg gelegtem Kopf kniff er die Augen zusammen, um weitere Einzelheiten aufzuspüren, konnte jedoch keine erkennen. Im Grunde war die Abbildung nicht mehr als eine Strichmännchenzeichnung. »Was denkst du?«, fragte er an Aurelius gewandt.

»Für mich sieht es aus wie ein Aufstand. Das würde auch den Zustand der Stadt erklären«, erwiderte Aurelius. »Allerdings habe ich keine Ahnung, was es mit den Raben auf sich hat.«

»Vielleicht Druiden«, schlug Liam selbst nicht ganz überzeugt vor. »Was ich allerdings nicht verstehe«, fügte Liam langsam hinzu, »warum haben sich diese Aufständischen, wenn es denn welche waren, im Eifer des Gefechts die Mühe gemacht sich an dieser Wand zu verewigen?«

Aurelius kniff angestrengt nachdenkend die Augen zusammen. »Es muss eine Botschaft sein. Eine Warnung an alle, die nach ihnen womöglich wieder in die Stadt kamen. Sie wollten ihr erlebtes Leid nicht ungehört dem Vergessen überlassen. Das ist die einzige Erklärung, die ich habe.«

»Und weshalb sie die Farben nach wie vor so gut erhalten?«, bohrte Liam nach.

»Das ist einfach«, erwiderte Aurelius und zuckte mit den Schultern. »Du kannst Farbe so verzaubern, dass sie ewig frisch und lebendig wirkt.«

»Magier unter den Sklaven? Oder Verbündete unter den Sklavenhaltern? Das kommt mir nicht schlüssig vor«, sagte Liam ungläubig.

»Ich weiß im Moment auch nicht mehr als du«, erwiderte Aurelius in gereiztem Tonfall. »Vielleicht waren es diese Raben, die ihnen zu Hilfe kamen? Wir brauchen mehr Informationen. Am besten, du zeichnest das schnell ab, könnte wichtig sein. Haltet nach weiteren Zeichnungen an den Wänden Ausschau«, fügte er an Marcella und Licaeus gewandt hinzu.

Liam begann, die Skizze auf ein Stück Pergament zu übertragen. Kaum hatte er geendet, als ein lauter Pfeifton plötzlich die Stille zerriss. Beinahe hätte er sein Pergament fallen lassen. Licaeus und Aurelius tasteten nach ihren Waffen und machten sich kampfbereit. Die Anspannung war mit Händen greifbar. Dann entdeckte Liam den Verursacher des Geräusches. Auf dem Ast eines toten Baumes hatte sich ein einsames verirrtes Vögelchen niedergelassen. Die grüne Kehle und die abstehenden roten Federn am Kopf erinnerten Liam an einen der Elfengeneräle. Unwillkürlich musste er lachen. Wie hatten sie sich nur von so einem Tierchen erschrecken lassen? Einzig Licaeus machte ein enttäuschtes Gesicht. Liam war klar, dass er darauf gehofft hatte, es handle sich um seinen vermissten Kameraden.

Als sie sich von ihrem Schrecken erholt hatten, machte sich die Gruppe erneut auf den Weg. »Wisst ihr, ich kenne Marinus schon lange«, begann Licaeus zu erzählen, »sehr lange sogar. Es muss ganz am Anfang meiner Zeit bei der Truppe gewesen sein. Eines Tages kam mein damaliger Kommandant Proteus zu mir in die Stube, einen ungewaschenen und wild aussehenden Jungen hinter sich herschleifend. ›So, der hier ist jetzt deine Verantwortung!‹, hatte er zu mir gesagt. Als jüngster Rekrut war es meine Pflicht, die Neuen mit den Abläufen und unseren Gepflogenheiten vertraut zu machen.

Marinus war von Grund auf misstrauisch. Damals habe ich das nicht verstanden. Freute er sich nicht bei den besten Kriegern zu dienen, die das Imperium zu bieten hatte? Rückblickend muss ich sagen, hatte er allen Grund uns nicht zu vertrauen. Er hatte versucht, dem Kommandanten seinen Münzbeutel zu stehlen. Am helllichten Tag, auf offener Straße! Man stelle sich diese Kühnheit einmal vor. Von Proteus zur Rede gestellt, stritt er seine

Tat nicht einmal ab. Sagte, er sei nicht stolz, doch jeder müsse sehen, wie er durchkomme und er finde keine andere Arbeit.

Da hat ihn der Kommandant wortlos mit in die Kaserne genommen. Marinus muss gedacht haben, er würde hingerichtet oder zumindest ins tiefste Loch des Kerkers geworfen werden. Doch der Kommandant hatte immer ein Auge für Talent und Marinus war ganz gewiss eines davon. Seitdem dienen wir zusammen«, schloss Licaeus stolz.

»Eine ganz außergewöhnliche Geschichte«, sagte Liam. »Kommen viele Prätorianer so in eure Reihen?«

»Oh nein«, antwortete Licaeus. »Kommandant Proteus war in seinen Methoden immer etwas unkonventionell. Die meisten Offiziere waren skeptisch, was das anging, haben aber nie offen protestiert. Die einfachen Soldaten dagegen haben ihm dafür großen Respekt entgegengebracht. Die meisten Prätorianer der höheren Ränge sind jüngere Söhne von Senatoren, musst du wissen. Hätten sie Wind davon bekommen, dass Marinus ein Verbrecher war, sie hätten Beschwerde eingelegt.«

»Hat er jemals etwas von seiner Kindheit erzählt? Von seiner Familie zum Beispiel?«

»Nein, hat er nicht. Das hat er alles unter der Decke gehalten. Ich glaube, er hatte keine Familie. Oder zumindest keine, über die man gerne spricht. Einzig, dass er ursprünglich aus Sylvanum stammte, da bin ich mir sicher. Er hat es mir nie direkt gesagt, aber sein Akzent hat ihn verraten. Er hat den selben Zungenschlag wie alle vom Lagus Stellaris.«

»Klingt als wäre Marinus ein ganz wunderbarer Elf gewesen«, warf Marcella ein, die einige Schritte hinter ihnen ging und offenbar ihren Worten gelauscht hatte.

»*Ist* ein ganz wunderbarer Elf. Er *ist* noch am Leben, ich kann es spüren!« Licaeus hatte versucht, es sich nicht anmerken zu lassen, doch er war wütend auf Marcellas Unglauben und beschleunigte seine Schritte. Stumm ging er einige Schritte von der Gruppe entfernt.

Marcella warf Liam einen vielsagenden Blick zu. Er zuckte nur ratlos mit den Schultern. Im Stillen gab er ihr jedoch recht. Mit jeder Stunde war es unwahrscheinlicher, dass Marinus noch am Leben war. Egal wie sehr sich Licaeus es sich auch wünschen mochte.

Die Sonne zog unerbittlich ihre Bahn am Himmel. Aurelius trieb sie immer weiter an, doch es hatte keinen Zweck. Auch wenn er es nicht zugeben wollte, so war auch der Prinz vom langen Marschieren erschöpft. In der letzten Stunde hatten sie einiges an Weg gutmachen können und die schwarzen Mauern der Oberstadt waren ihnen ein gewaltiges Stück nähergerückt. Die Dunkelheit zog jedoch schon herauf und selbst Aurelius musste einsehen, dass sie ihr Ziel an diesem Tag nicht mehr erreichen würden. Weitere Graffiti hatten sie auch nicht gefunden. Missmutig gab er den Befehl, ihr Nachtlager aufzuschlagen.

Sie hatten sich erneut eine Ruine für ihr Lager ausgesucht, deren Wände sie nach drei Seiten hin schützen würde. Sogar ein Rest von Dach, um sie vor eventuellem Regen zu bewahren. Liam war sehr zufrieden mit der Wahl, die er getroffen hatte.

Ihnen würde hier allerdings kein Fluchtweg offen stehen, sollten sie angegriffen werden, warnte Licaeus. Doch waren sie alle zu müde, sich einen besseren Ort zu suchen. Die Nacht war bereits hereingebrochen und so mussten sie sich mit dem begnügen geben, was sie hatten. Aurelius übernahm die erste Wache. Liam war die letzte Schicht zugeteilt worden.

Marcella weckte ihn pünktlich und sie tauschten ihre Plätze. Kaum hatte sie sich hingelegt, begann sie auch schon zu schnarchen. Versonnen lächelte Liam in sich hinein. Selbst in der kalten Bergluft war noch ein Hauch von Sommer zu spüren.

Im Grunde waren sie bislang sehr gut vorangekommen, überlegte Liam. Von Marinus' Verschwinden einmal abgesehen. Doch entschied er sich, Licaeus' Hoffnung auf seine baldige und wohlbehaltene Rückkehr zu teilen. In diesem Moment wollte er sich keine Sorgen machen. Nein. In diesem Moment wollte er einfach nur Marcella beobachten, wie sie da lag und ihre Augenlider im Traum flatterten. Im Schlaf war sie beinahe noch schöner.

Gedankenverloren hing er seinen Fantasien nach. Die Stunden verstrichen und im Osten begann der Himmel, sich grau einzufärben. Bald würde die Morgenröte beginnen und ihr Licht auf Marcellas wunderbares Haar werfen. Es fiel ihm immer schwerer, die Augen noch offen zu halten. Doch er wollte nicht einschlafen, er durfte nicht.

Wie in der letzten Nacht spürte Liam einen warmen Luftzug, der beinahe zärtlich um seinen Hals spielte. War er etwa doch eingenickt? Doch nein, das konnte nicht sein. Er zwickte sich mit Daumen und Zeigefinger in seine rechte Hand. Er war hellwach.

Langsam wandte Liam den Kopf über seine rechte Schulter. Er wusste nun, wem der Atmen gehörte. Doch was da vor ihm stand war kein Traum. Es war fürchterliche Realität.

Kapitel 17 – Das Feuer in deinem Herzen

Kervadimos. Tempelbezirk. 436 SAE. Sommer.

Es war ein wahrhaft abscheuliches Monster, das da vor ihm stand. Wenn sie nicht in Lebensgefahr geschwebt hätten, hätte Liam gelacht, so grotesk sah es aus. Es hatte den Körper eines Löwen, dessen Maul auf Augenhöhe mit ihm war. Aus der Seite wuchs ihm der Kopf einer Ziege und statt eines Schwanzes peitschte eine Schlange am Hinterteil der Bestie hin und her.

Die gerade erwachte Marcella stieß einen spitzen Schrei aus und weckte damit auch die anderen beiden auf. »Was bei den Ewigen Flammen ist das für ein Wesen?«

Alle drei Häupter brüllten, fauchten und meckerten, dass es ihnen das Blut in den Adern gefrieren ließ.

»Das ist eine Chimära, zusammengeschustert von einem schwarzen Magier. Es dürfte sie gar nicht geben!«, rief Aurelius, der gerade seinen Speer zog.

»Oh wunderbar. Sag ihr das, vielleicht verschwindet sie dann?!« Liams Stimme triefte vor Sarkasmus, während er die Hände zum Kampf erhob, bereit jeden Zauber zu wirken, der ihm einfiel.

Aurelius hatte keine Zeit zu antworten. Die Chimära war zum Angriff übergegangen. Mit ihren krallenbewehrten Pranken hieb sie nach Licaeus. Der konnte gerade noch ausweichen. Seine Rüstung war arg in Mitleidenschaft gezogen worden, doch ansonsten schien ihm nichts zu fehlen. Zu Liams Erleichterung rappelte er sich sofort wieder auf. Aurelius und er zückten ihre Speere, Marcella begann, komplizierte Handbewegungen in die Luft zu malen. Was sollte Liam tun? Als Magier oder Kämpfer taugte er nicht viel. Aber was würde ihnen der Falke im Kampf groß nützen? Auf so etwas war er in keinster Weise vorbereitet.

Doch er hatte keine Zeit nachzudenken. Das Biest ging erneut zum Angriff über. Mit seinen rasiermesserscharfen Krallen hieb die Chimära nach Liam. Er duckte sich. Über ihm flirrte die Luft. Offenbar hatte Marcella einen Schutzzauber gewirkt, da die Pranke in der Luft erstarrt war. Liam warf ihr einen dankbaren Blick zu. Doch der Zauber würde nicht lange vorhalten. Er musste sich entscheiden, was zu tun war. Als Mensch war er viel zu langsam. Er konnte dem Wesen nicht ewig ausweichen und Marcella musste sich auch noch um Aurelius und Licaeus kümmern. Liam beschloss, seine Falkenform anzunehmen und darauf zu hoffen, so zumindest irgendetwas bewirken zu können und der Gruppe nicht zur Last zu fallen.

»Ich bin hier drüben, du Scheusal«, rief er, bevor er sich verwandelte.

Er hüllte sich in Schatten ein. Wo zuvor noch Liam gestanden hatte, erhob sich der Falke in die Lüfte. Und keinen Moment zu früh. Der Schutzschild war gebrochen. Die Pranke des Untiers sauste mit einer unglaublichen Kraft zu Boden und schlug einige Splitter aus dem Stein.

Liam kreiste um die drei Häupter der Chimära. Die Ziege fauchte ihn an, während die Schlange versuchte, ihn zu verjagen wie eine lästige Fliege.

Konnte ihm seine alte Strategie, die er bereits gegen den Eber angewandt hatte, erneut helfen? Doch das würde schwierig werden. Immerhin gab es sechs Augen auszukratzen, nicht zwei. Selbst wenn er es versuchte, musste er dem Biest gefährlich nahe kommen. Er konnte nicht überall gleichzeitig sein. Nein, es musste einen anderen Weg geben. Vorerst würde er das Untier weiter umkreisen, um es zumindest zu verwirren.

Aurelius stürmte mit einem Kampfschrei an ihm vorbei, bereit die Spitze des Speeres in das Maul des Löwen zu versenken. Gerade setzte er zum Sprung an, als der Ziegenkopf einen markerschütternden Schrei ertönen ließ. Aurelius fiel unsanft zu Boden. Marcella und Licaeus erstarrten auf der Stelle. Ein unbeschreiblicher Schrecken hielt sie gefangen. Die gemeckerte Kakophonie war kaum zu ertragen.

Liam hätte sich die Ohren zugehalten, wenn er nur gekonnt hätte. Aus einem unerklärlichen Grund, vielleicht weil er in seiner Tierform war, wurde er nicht wie die anderen gelähmt. Dennoch fühlte er einen schier unglaublichen Schmerz. Bald würden ihm die Trommelfelle platzen, da war er sich sicher. Am liebsten wäre er geflohen, doch die anderen brauchten ihn. Es kostete ihn eine immense Willensanstrengung, doch er flog auf den Ziegenkopf zu. Wütend hackte und kratze er nach dem Biest. Tatsächlich verstummte es für einen Moment. Doch lange konnte er nicht in ihrer Nähe bleiben. Die Schlange hatte ihm nun ihre volle Aufmerksamkeit zugewandt. Zischend stieß sie nach ihm. Ihre Giftzähne verfehlten ihn nur um Haaresbreite. Liam konnte noch die widerlich glatte Reptilienhaut an seinem Gefieder spüren, als er außer Reichweite stürzte.

Er blickte sich um. Seine verzweifelte Aktion hatte Aurelius genug Zeit verschafft, sich wieder aufzurappeln. Licaeus rannte frontal auf den Löwenkopf zu. War er wahnsinnig geworden? Das Vieh würde ihn mühelos in Stücke reißen. Gerade als der Löwe seine Pranken hob, ließ sich Licaeus zu Boden fallen und rutschte unter dessen Bauch durch und versenkte seinen Speer tief in den Eingeweiden des Tieres.

Alle drei Köpfe jaulten, zischten und schrien vor Schmerz, doch es war kein Blut zu sehen. Erneut überkam sie die Lähmung, doch diesmal waren sie vorbereitet. Auf Aurelius' Signal hin steckten sie sich die Finger in die Ohren. Langsam, ganz langsam konnten sie sich bewegen, dann war der Bann gebrochen.

Licaeus, der dem Biest am nächsten war, zog sein Langmesser, sein Speer steckte noch tief im Bauch der Chimära - nutzlos und unerreichbar. In einer fließenden Bewegung trieb er das Messer von unten durch das Maul der Ziege, so tief bis die Spitze auf der anderen Seite des Schädels zwischen ihren Hörnern wieder zum Vorschein kam.

Der Ausdruck des Triumphs machte sich auf Licaeus' Gesicht breit. Doch war er nun unbewaffnet. Der Anflug des Lachens war noch nicht von seinem Gesicht gewichen, als der Schlangenschwanz blitzschnell auf ihn zusauste. Diesmal traf er sein Ziel mit voller Wucht. Mit einem widerlichen Geräusch versenkte die Schlange ihre Zähne in die verwundbare Stelle an Licaeus' Hals, die nicht von der Rüstung geschützt wurde.

Liam kreischte vor Entsetzen und auch Aurelius ließ einen Wutschrei ertönen. Marcella rannte so schnell sie konnte in Richtung des tödlich getroffenen Licaeus. Liam musste die Chimära von ihr weglocken, sonst würde es Marcella nicht besser ergehen.

Doch ergab sich ein neues Problem. Das Tier, verletzt und zum Äußersten entschlossen, enthüllte seine letzte und schrecklichste Waffe.

Liam spürte es, bevor er es sah. Eine unbändige Hitze schien plötzlich vom Kopf des Löwen auszugehen. Er öffnete sein Maul weit, weiter als er es je ein lebendes Tier hatte tun sehen und ließ einen hellrot glühenden Feuerball durch die Luft sirren. Damit hatte er nicht gerechnet. Das Biest war auch noch magisch?

Der Falke ging in einen steilen Sturzflug, direkt auf den Löwenkopf zu. Der öffnete sein Maul, um ihm weitere Flammen entgegen zu schicken. Liam wich auch den nächsten Stößen behände aus und näherte sich in einem ständigen Zickzackkurs. Als er nahe genug war, hieb er mit dem Schnabel nach dem Kopf des Untieres. Er konnte es zwar nicht richtig verletzen, hatte jedoch seine volle Aufmerksamkeit auf sich gezogen. Noch dreimal wiederholte er das Manöver, bis die Chimära sich endlich in Bewegung setzte.

Marcella warf dem Falken einen dankbaren Blick zu, als sie sich neben Licaeus auf die Knie sinken ließ. Liam hoffte inständig, dass sie ihn würde retten können. Doch es sah ganz und gar nicht gut aus. Sein Gesicht hatte eine gräulich-grüne Farbe angenommen und das Leben sickerte beständig aus ihm heraus.

Liam führte die Chimära wie an einem Nasenring in einem Kreis, immer weiter von dem Verletzten weg. Wenn er es schaffte, die volle Aufmerksamkeit der beiden verbliebenen Köpfe auf sich zu ziehen, hatte Aurelius womöglich eine Chance, sie von hinten anzugreifen.

Aurelius schien zu begreifen, was Liam vorhatte. Er rannte über das Schlachtfeld und verschanzte sich hinter einer eingestürzten Hauswand. Seinen Speer warf Aurelius beiseite. Stattdessen zog auch er sein Langmesser aus der Scheide, die an seinem Bein befestigt war. Geduldig wartete er, bis Liam und die Feuer und Gift spuckende Bestie ihm ganz nahe gekommen waren.

Mit all seiner Kraft stieß er sich vom Boden ab und sprang hoch in die Luft. Mit größter Präzision hieb er nach dem Schwanz der Chimära. Die Schlange hatte sich zu ihm umgewandt, doch da war es bereits zu spät. Mit ungeheurer Leichtigkeit durchdrang das Metall ihren Hals, dann schlug die sich noch windende Schlange dumpf auf dem steinernen Untergrund auf.

Das Biest röhrte vor Schmerz und Wut. Wieder hieb die Chimära mit ihren Pranken nach Aurelius. Diesmal hatte er jedoch nicht so viel Glück. Sie riss ihn glatt von den Füßen. Aurelius stürzte hart mit dem Kopf auf den harten Boden und blieb bewusstlos liegen.

»Nein!«, schrie Marcella und hechtete zu ihrem Bruder. Konzentriert sprach sie die Heilungsformeln. Liam indessen versuchte, das Biest erneut von seinen Begleitern abzulenken.

Unterdessen hatte Aurelius die Augen aufgeschlagen, doch war er zu schwach, um aufzustehen, geschweige denn weiterkämpfen zu können.

Der Löwenkopf, völlig unbeeindruckt von Liams Flugkünsten, öffnete sein Reißzahn bewehrtes Maul. Liam spürte die Hitze kommen, bevor er die Flammen sah. Ein weiterer glühender Feuerstoß ballte sich im Maul des Löwenkopfes zusammen und raste sirrend auf Aurelius und Marcella zu. Aurelius schrie aus Leibeskräften, die Augen in Panik weit aufgerissen.

Marcella schaffte es gerade noch rechtzeitig, einen Schild zwischen sich und den heraneilenden Tod zu werfen. Das Flammeninferno zerstob in tausend kleine Feuerzungen, deren Leben in Sekundenschnelle erstarb.

Die Anstrengung, den Schild gegen diese enorme magische Energie aufrechtzuerhalten, hatte Marcella die letzte Kraft gekostet. Nun war sie es, die das Bewusstsein verlor. Der Schildzauber erlosch.

Die Chimära holte schon wieder tief Luft, diesmal um ihre Beute endgültig einzuäschern. Liam landete in Menschengestalt vor Aurelius und der bewusstlosen Marcella, um sie vor dem Kommenden zu schützen. Wut und Verzweiflung ergriffen von ihm Besitz, als das Feuer der Kreatur auf sie zuraste. Liam wusste nicht, was er tat. Sein Kopf war leer. Er fühlte nur noch seinen Hass auf diese Perversion der Natur in sich brennen. Instinktiv hob er seinen rechten Arm.

Liam hatte erwartet, zu glühendem Staub zu zerfallen. Stattdessen sah er, wie blau-grünes Feuer aus seiner ausgestreckten Hand hervorbrach. Der scharlachrote Feuerball der Chimära prallte mit ohrenbetäubenden Lärm auf seinen eigenen. Staunend verfolgte Liam, wie die verschiedenfarbigen Flammen wie zwei wild gewordene Regenbögen miteinander rangen. Eine unbändige Hitze brachte die Luft in der Umgebung zum Kochen. Der Stein zu seinen Füßen begann zu bersten.

Sein Arm zitterte jetzt. Vor Anstrengung begannen weiße Sterne vor seinen Augen zu tanzen. Doch er musste sich konzentrieren, seine Freunde retten. Das blau-grüne Feuer begann, die Oberhand zu gewinnen bis es das scharlachrote endgültig absorbiert hatte. Nun war es an der Chimära, vor Angst zu brüllen. Ihr Kreischen und Zischen verstummte jäh, als sie zum Opfer ihrer eigenen Waffe wurde.

Der Kampf war vorbei. Ascheflocken, die vor wenigen Augenblicken noch die Chimära gewesen waren, fielen wie schwarzer Schnee vom Himmel und begannen den Ort des Geschehens unter sich zu bedecken. Liam keuchte. Er war völlig erschöpft. Die Sterne vor seinen Augen machten einer undurchdringlichen Dunkelheit Platz. Er fiel, fiel in die ihn umfangende Nacht.

Als Liam wieder zu sich kam, sah er zwei Malachite vor sich schweben. War er tot? Aber nein, es waren nur Aurelius' Augen, die ihn strahlend anblickten.

»Du hast es geschafft. Du hast es tatsächlich geschafft. Ich muss mich wohl für meine erneute Rettung bei dir bedanken.«

Liam bemerkte, dass sich eine Strähne von Aurelius' Haar während des Kampfes silbrig-weiß verfärbt hatte.

»Keine Ursache.« Liam schluckte schwer. Ihm war immer noch etwas schwindelig zu Mute. »Wo ist Marcella? Geht es ihr gut?«

»Keine Sorge, mir geht es gut«, kam es von einer Stimme außerhalb von Liams Sichtfeld. Er drehte den Kopf. Marcella saß immer noch in sich zusammengesunken an einem Stein. Aus ihrem rechten Bein ragte ein Knochen heraus. Liam stieß einen spitzen Schrei aus.

»Aber dein Bein!«

»Nichts, was ein richtiger Heiler nicht wieder hinbiegen könnte«, beschwichtigte sie ihn. »Doch der werde nicht ich sein. Zumindest nicht für eine Weile. Meine ganze Kraft ist aufgebraucht. Ihr werdet mich wohl oder übel auf dem Weg zurück tragen müssen.« Marcella versuchte es mit einem Lächeln, doch durchzuckte sie dabei ein heftiger Schmerz.

Dann, ganz plötzlich, änderte sich ihr Gebaren. Sie begann so stark zu weinen, dass es sie am ganzen Körper schüttelte.

Schluchzend deutete sie auf den reglosen Körper des Prätorianers. »Ich kann Licaues nicht retten. Es tut mir so leid«, sagte sie mit Tränen verschmiertem Gesicht. »Das Gift der Schlange ist einfach zu stark.«

Liam rannte zu ihr, um ihr seinen Arm um die Schultern zu legen. Beruhigend streichelte er ihr über den Kopf. »Shhh, du hast dein Bestes gegeben. Er fühlt jetzt keinen Schmerz mehr.«

Marcella konnte nicht antworten. Sie hatte einen schlimmen Schluckauf bekommen. Dankbar lehnte sie sich an Liam, der sie fest an sich presste. Zu seiner großen Überraschung stöhnte der totgeglaubte Licaeus neben ihm plötzlich auf und versuchte sich aufzurappeln. Aurelius kniete sich neben ihn nieder und drückte ihn mit sanfter Gewalt wieder auf den Boden.

»Bleib liegen. Dein Angriff war ganz große Klasse, eines wahren Prätorianers würdig«, sagte Aurelius mit ruhiger Stimme.

»Nur meine … ahhh … Pflicht«, stöhnte Licaues. Er drückte sich die Hand auf die Bisswunde am Hals. Marcella hatte es geschafft, die Blutung zu still. Doch sah der Prätorianer ganz und gar nicht gut aus. Schwarze Adern breiteten sich vom Biss seinen Körper entlang aus.

»Ich kann aufstehen«, sagte er mit zittriger Stimme und schob Aurelius' Hand bei Seite. »Noch bin ich nicht besiegt,« Er wankte etwas, doch er konnte sich auf den Beinen halten.

»Auch große Klasse von dir«, ergänzte Aurelius an Liam gewandt und in einem freudigen Ton, den Liam völlig unangemessen fand. »Wie du einfach diesen Feuerball aus dem Hut gezogen hast. Schlussendlich waren die vielen Fehlversuche im Unterricht doch zu etwas gut.«

»Das wollte ich eigentlich gar nicht«, sagte Liam betreten. »Mein Ziel war, einen Schild zu beschwören. Das ist wohl mächtig nach hinten losgegangen.«

»Mach dir keinen Kopf«, versuchte Marcella ihn aufzumuntern. »Es hat doch geklappt, oder? Kommt lasst uns diesen Ort verlassen und das erledigen, weshalb wir hergekommen sind.«

Liam legte einen Arm um Marcella, Aurelius stütze Licaeus. Zusammen begannen sie mehr schlecht als recht durch das große Tor zum Innenhof des Tempels zu gehen. Marcella ächzte vor Schmerz. Licaeus hatte die Zähne zusammengebissen.

»Das funktioniert so nicht. Lasst mich runter.« Liam leistete ihrer Bitte Folge und setzte sie unter dem Torbogen ab.

»Geht ihr alleine weiter. Ich versuche derweil, mein Bein zu schienen. Mir droht hier keine Gefahr mehr. Na los, geht!«

Aurelius nickte und wollte weitergehen, doch Liam hielt ihn zurück.

»Das kann nicht dein Ernst sein? Du willst Marcella alleine zurücklassen?!«

»Ich bleibe bei ihr. Keine Sorge, Prinzessin, mit mir seid ihr sicher«, stöhnte Licaeus und ließ sich auf einer umgestürzten Säule neben ihr nieder. Er versuchte es mit einem Grinsen, doch geriet es etwas schief. Qualvoll hielt er sich die geprellten Rippen.

»Worauf wartet ihr?«, sagte er an Liam und Aurelius gewandt. »Je eher ihr zurück seid, desto schneller können wir diesen verdammten Ort wieder verlassen.«

Liam und Aurelius blickten sich mit sorgenvollen Blicken an, doch nickten sie beide und gingen schnellen Schrittes durch das Tor in den inneren Ring.

»Was ist mit deinen Haaren passiert?«, sagte Liam an Aurelius gewandt, nachdem sie außer Hörweite der beiden anderen waren.

»Ich schätze, das war das Feuer der Chimära. Ich hatte solche Angst, ich dachte ich mach mir gleich in die Hose.« Er lachte kurz und freudlos auf. »Hat schlechte Erinnerungen in mir geweckt. Weißt du noch, was du mich in unserem Schwimmunterricht gefragt hast?«

Liam nickte.

»Du wolltest den Ursprung der Narbe auf meiner Brust erfahren. Die Wahrheit ist, ich habe sie mir im Kampfmagietraining zugezogen als ich ungefähr vierzehn war. Wir Schüler waren damals etwas hitzköpfig und haben den Anweisungen von Erzmagierin Merianda nicht genug Aufmerksamkeit geschenkt. Mein Übungspartner hat mich so schwer verbrannt, dass sogar mein rechter Lungenflügel beschädigt war. Zwei Wochen musste ich das Bett hüten. Seitdem habe ich Angst vor Feuer, wie du vielleicht bemerkt hast. Der Schrecken des Kampfes hat wohl mein Haar vorzeitig altern lassen.« Er zuckte mit den Schultern.

»Oh. Warum hast du es nicht mit Magie wieder ganz gemacht?«, fragte Liam.

»Da es magisches Feuer war, konnten die Heiler nichts für mich tun. Die Verletzung musste von selbst ausheilen. Dabei blieb diese Narbe zurück.« Aurelius legte seine Hand auf die Brust.

Liam überlegte eine Weile. »Dann bist du jetzt wohl Aurelius der Silberne.«

Aurelius blieb so abrupt stehen, dass Liam beinahe in ihn hineingerannt wäre.

»Das ist ja fantastisch! Ich wollte schon immer einen Spitznamen, der mich von all den anderen Prinzen namens Aurelius absetzt. Vielen Dank.«

Als sie die mächtigen Mauern durchschritten hatten, bot sich ihnen ein atemberaubender Anblick. Ein weiterer ovaler Platz, auf dem Liams gesamtes Dorf mit Leichtigkeit Platz gefunden hätte, lag vor ihnen. In dessen Mitte ragte ein aus schwarzem Gestein gehauener Obelisk von dreißig Schritt Höhe auf, der an jeder Ecke von vier gewaltigen Adlerstatuen gestützt wurde. Merkwürdige Inschriften zierten den Obelisken, die mehr Bildern als Buchstaben ähnelten. Um den Platz herum waren fünf große Tempelanlagen angeordnet, die mehr oder weniger verfallen und in den Jahrhunderten, die dieser Ort schon verlassen sein mochte, in sich zusammengebrochen waren. Einer von ihnen war bis zur Unkenntlichkeit zerstört worden.

Vor den fünf Tempeln standen etwa sechs Schritt hohe Statuen. Sie hatten menschliche Leiber mit Tierköpfen. Liam konnte einen Kranich, einen Pavian, einen Delphin und ein Anthokephalon - eine Art Hirsch mit einem blühendem Busch als Geweih - erkennen. Allein der Sockel vor dem zerstörten Tempel war verwaist. Ihnen gegenüber am anderen Ende des Ovals reckte sich die pechschwarze sechsseitige Pyramide in den düsteren Himmel. Ihre Spitze stach wie ein Dolch in die Wolken. Sie stand nicht frei, sondern schien mit dem gewaltigen Berg hinter ihr zu verschmelzen.

»Schau, ein Adler, wie auf der Wandzeichnung« sagte Liam und deutete auf den Obelisken.

»Aller Wahrscheinlichkeit nach besteht zwischen den beiden ein Zusammenhang«, erwiderte Aurelius.

»Die Figuren haben den Adler angebetet. Hier finden wir Adler im Tempelbezirk. Ein Gott also?«, schlug Liam vor.

»Könnte sein«, erwiderte Aurelius und begutachtete die fein gearbeiteten Statuten vor ihnen. »Raben kann ich allerdings nirgendwo erkennen. Immerhin sind wir der Lösung des Rätsels einen Schritt näher gekommen. Das ist mit Sicherheit der Ort, den wir suchen. Dort werden wir fündig werden. Ich kann es spüren«, fügte er hinzu und deutete auf den Eingang zur Pyramide, der wie eine offene Wunde in ihrer Seite klaffte.

Vor beiden Seiten des Eingangs standen ebenfalls Statuen, etwa zwei Schritt größer als die anderen, adlerköpfig und mit dem Torso eines Mannes. Einer der Figuren fehlte ihr Kopf, der zerbrochen zu ihren Füßen lag. Als sie sich näherten, konnten sie einen Haufen Knochen erkennen. Wer auch immer dort lag, war ein Pechvogel gewesen. Eingeklemmt unter einem riesigen Felsbrocken war er oder sie zu Tode gekommen.

Liam trat näher heran, um die Szenerie genauer zu betrachten. Die Knochen schimmerten silbrig und waren in gutem Zustand. So weit sich das sagen ließ, schien die Person etwa zwei Kopf größer gewesen zu sein als der durchschnittliche Mensch.

»Was ist das? Das kann kein Mensch sein!« Liam starrte ungläubig auf die ungewöhnlich gefärbten Knochen. Sie alle waren lang und schmal, trotzdem machten sie einen recht stabilen Eindruck. Der Schädel war langgezogen mit einem breiten Hinterkopf. Die Augenhöhlen sahen den eines Elfen nicht unähnlich, nur lagen sie etwas weiter seitlich am Kopf, waren größer und abgerundeter.

»Ein Elf ist es auch nicht«, stellte Aurelius mit trockener Stimme fest.

»Das heißt, das Alte Volk war eine andere, unbekannte Rasse«, erwiderte Liam langsam, als ihn die Erkenntnis mit Wucht traf.

Aurelius schloss die Augen und seufzte tief. »Das ist eine unglaubliche Entdeckung, die alles ins Wanken bringen könnte, was viele bislang zu wissen glaubten. Wir müssen sie um jeden Preis geheim halten. Die Knochen nehmen wir am besten mit.«

Liam nickte und beugte sich zu dem Skelett hinunter.

»Wie er wohl gestorben ist?«

»Verblutet? Verhungert?«, schlug Aurelius mit Blick auf das unter dem Gesteinsbrocken eingeklemmten Bein vor.

Liam hob behutsam einen der Knochen auf. Beinahe wäre er ihm aus der Hand gefallen. Er war nicht schwer, wie er erwartet hatte, sondern federleicht.

»Sonderbar, wirklich sonderbar«, murmelte Liam.

Liam reichte Aurelius das unbeschädigte Wadenbein. Nachdenklich wog er es in der Hand.

»Aurelius, sieh mal«, rief Liam aufgeregt. Als er sich wieder aufrichtete, entdeckte er etwas an der Statue. »Hier ist etwas.« Aurelius kam zügig herüber geschritten. Liam wies auf den Sockel. »Da ist etwas eingeritzt. Kannst du es entziffern? Ich kenne die Schrift nicht.«

Aurelius musste sich hinknien, um auf einer Höhe mit dem Sockel zu sein.

»Das ist Oikumenon, die Hochsprache der Östlichen Smaragdsee, wenn auch ein altertümlicher Dialekt. Nicht gerade meine Stärke, aber ich kann es einmal versuchen«, antwortete Aurelius und begann mit vor Konzentration zusammengekniffenen Augen zu lesen.

Mein Name ist Lykos, einfache Wache im Heiligtum des Zerkalon. Die Welt soll sich meiner erinnern. Vor Äonen kamen wir an diese Küsten. Wir brachten den Menschen die Götter und beherrschten sie. Unsere Priester entfesselten durch die Augen der Götter unbeschreibliche Macht.

Doch nun wollten sie selbst Götter sein und brachten das Unheil über uns. Der Himmel hat sich verfinstert, das Meer und die Erde selbst haben sich gegen uns gewandt.

Ich habe den Vollstrecker der Stürme getötet, als er vor dem wütenden Volk fliehen wollte. Ich habe seinen Schlüssel an mich genommen. Die Welt soll sich meiner erinnern, als Lykos, Hohepriester und freier Mann.

»Das klingt wichtig, das sollten wir festhalten«, sagte Liam.

»Du hast recht. Mach einen Kohleabrieb. Der Museumsdirektor sollte uns mehr sagen können, sobald wir zurück sind.«

Liam nahm Kohle und Papier aus seiner Tasche und verbrachte die nächsten Minuten damit, fein säuberliche die Einkerbungen auf das Blatt zu übertragen. Während er so arbeitete, dachte er über die Botschaft nach.

»Dieser Schlüssel … was hat es damit auf sich? Und wenn dieser Lykos ihn an sich genommen hat, warum ist er dann nicht hier?«, fragte Liam.

»Das sind ausgezeichnete Fragen, Liam. Leider habe ich darauf genauso wenig eine Antwort wie du. Ich kann nur Vermutungen anstellen.«

»Zum Beispiel?«

»Zum Beispiel hört sich das an, als sei dieser Schlüssel ein Artefakt großer magischer Macht. Es sollte also leicht zu erkennen sein, vorausgesetzt wir stoßen darauf. Warum er nicht hier ist? Wer weiß, wie lange der Kerl hier lag. Jahrhunderte? Länger? Da kann viel passieren.«

»Was diesen Zerkalon angeht …«, setzte Liam an.

»Ich denke, wir haben ihn gefunden.« Aurelius ruckte mit dem Kopf in Richtung des Adlermannes. »Seine Standbilder sind am prominentesten platziert. Und sie sind größer als die anderen.«

»Dieses Unheil, das der Hochmut der Priester entfesselt haben soll, was könnt damit gemeint sein?«, fragte Liam beunruhigt.

Doch Aurelius ging nicht auf ihn ein. »Wir haben noch den Tempel vor uns und ich will Marcella und Licaeus nicht so lange alleine lassen.«

Liam beeilte sich, seine Arbeit zu beenden. Als er fertig war, stand er auf und sie begaben sich ins Innere der Pyramide.

Liam hatte erwartet, undurchdringliche Finsternis vorzufinden, doch zu seiner großen Überraschung brannten an den Wänden der Gänge Feuer von blau-grünlicher Farbe, ganz ähnlich den Flammen, die er gegen die Chimära beschworen hatte. Ihre magische Natur war anscheinend so mächtig, dass sie niemals erloschen.

Sie waren kaum zwanzig Schritt gegangen, da trafen sie auf ein weiteres silbriges Skelett, das mit dem Bauch nach unten mitten im Korridor lag. Überreste einer opulenten Robe waren zu erkennen, wie auch ein Messer mit einem verzierten Griff, das zwischen den Rippen lag. Liam hob das Messer auf und zeigte es Aurelius. Die Klinge war trotz ihres Alters nicht verrostet. Sie sah sogar aus, als sei sie gerade erst geschliffen worden.

»Sieht so aus, als hätten wir den Hohepriester gefunden«, sagte Aurelius.

»Aber immer noch kein Zeichen von diesem Schlüssel«, murmelte Liam.

Auch diese Knochen und das Messer steckten sie ein. Ihre Taschen füllten sich sehr schnell. Dank des ungewöhnlich leichten Gewichts der Skelette hatten sie zwar keine Schwierigkeiten sie zu tragen. Dennoch würde ihnen bald der Platz für andere Artefakte ausgehen, wenn das so weiterging.

Sie folgten dem Gang weitere hundert Schritt, ohne auf eine Abzweigung zu stoßen. Mehrere Male hatte Liam für einem kurzen Moment geglaubt, Einkerbungen an den Wänden zu erkennen. Doch bei genauerer Betrachtung waren es nur mannshohe Nischen, etwa eine Hand breit, die mit den übrigen Wänden zu verschmelzen schienen. Keine Tür war auszumachen, wie auch keine Fugen zwischen den Steinen. Liam war sich nicht einmal sicher, ob es sich überhaupt um Mauerwerk handelte. Das bleierne Grau von Boden und Wänden schien wie aus einem Guss. Liam untersuchte die Nischen genau mit den Händen, fuhr mit den Fingern über ihre Ränder. Keine Kanten, nichts dergleichen. Er klopfte die Wände mit der Faust ab. Es klang so, als ob hinter den Nischen weitere Räume waren, doch konnte er keinen Mechanismus erkennen, wie sie sich hätten öffnen lassen. Er teilte seine Vermutungen Aurelius mit.

»Hm. Ich glaube, du hast recht«, antwortete er. »Die Pyramide ist so riesig. Unmöglich, dass sie nicht aus dutzenden, wenn nicht hunderten Räumen besteht. Lass uns sehen, ob wir weiter vorne nicht doch eine Öffnung finden.«

Nachdem sie zehn Minuten gegangen waren, endete ihr Weg vor einem Trümmerhaufen. Treppenfluchten führten nach oben und nach unten in die Dunkelheit. Sie versuchten, das Geröll bei Seite zu räumen, doch es hatte keinen Zweck.

»Hier gibt es kein Durchkommen«, keuchte der erschöpfte Aurelius. »Merken wir uns diese Stelle. Sobald wir zurück im Imperium sind, werde ich eine Gruppe von Indices schicken, die eingehende Untersuchungen durchführen soll.«

»Gut«, antwortete Liam angespannt. Dieser Ort behagte ihm ganz und gar nicht. Ständig hatte er das Gefühl, beobachtet zu werden. Doch wenn er sich umwandte, war da niemand.

Der einzige freie Weg führte sie durch einen weiteren Gang nach rechts. Sie folgten ihm für fünfzig Schritt, als sich ihnen ein bizarrer Anblick bot. Sie hatten eine schier riesige Kammer betreten, an die fünfundzwanzig Schritt hoch. »Kammer« wurde diesem Raum keineswegs gerecht, vielmehr war es eine riesige Halle. Eine Halle, deren gleichmäßig pechschwarze Wände, Decke und Boden aus zwanzig gleichseitigen Dreiecken bestanden, durch die armbreite Rillen verliefen, die sich mit eingelassenen Halbkugeln kreuzten. Auf der Grundfläche der Kammer stand ein sechseckiges Podest. Auf ihm ruhte eine etwa eineinhalb Schritt hohe Stele. Wie an den Wänden waren auch hier Vertiefungen eingelassen. Ausgehend von einer halbkugelförmigen Kuhle, erstreckten sich die selben blutleeren Arterien, die den gesamten Raum verbanden, über die Oberfläche der Stele. Anders als in den Gängen waren in der Halle keine Fackeln vorhanden. Das schwache grünliche Licht, das die Umgebung erleuchtete, schien aus dem Raum selbst zu kommen.

Liam ging staunend durch die Halle. Seine Schritte hallten von den leeren Wänden wider. Aurelius nahm indessen das Podest genauer in Augenschein.

»Das muss das Allerheiligste sein«, rief Aurelius.

Liam trat an seine Seite.

»Ich hoffe, diese Rillen bedeuten nicht das, was ich denke«, fuhr Aurelius grimmig fort.

Liam sah ihn mit einem Blick an, der Unverständnis signalisierte.

»Blutopfer«, erklärte Aurelius schlicht und deutete auf die Einkerbungen.

Sie sahen sich weiter um, doch außer einem weiteren Gang gegenüber konnten sie nichts entdecken. Schweigend gingen sie darauf zu. Als sich sich der Öffnung nährten, schlug ihnen ein erbärmlicher Gestank entgegen.

Hier musste einmal jemand gelebt haben. Ein Bett war zu sehen, Berge von Staub auf einem Regal, das einmal Bücher enthalten haben mochte sowie allerhand Krempel, den jemand in einem Anfall von Wut zertrümmert hatte. Ein steinerner Tisch schien noch intakt zu sein.

An einer der Wände war eine großformatige Metallplatte befestigt worden. Sie war aufwändig mit abstrakten Mustern verziert worden. Adlermänner in triumphierenden Posen rahmten einen Text ein. Liams Neugier wurde jedoch von der leuchtend scharlachroten Farbe angezogen, die quer über die Inschrift geschmiert worden war. Die Schriftzeichen ähnelten denen, die sie auf dem Vorplatz gefunden hatten.

»Aurelius?«

Ohne zu zögern begann er mit der Übersetzung.

Seine Heiligkeit hat den totalen Sieg errungen. Seine nichtswürdigen Feinde liegen vor ihm im Staub und wälzen sich in ihrem eigenen Blut. Wer gegen den Vollstrecker aufbegehrt, soll keine Gnade erfahren. Die Häretiker werden an ihren falschen Worten ersticken. Ihre Erinnerung vom Wind der Zeiten verweht werden. Allein der Sturm ist ewig. Alle Macht und alles Leben dem Vollstrecker der Stürme!

»Und die rote Farbe?«, sagte Liam.

»Eine Botschaft«, gab Aurelius knapp zurück.

Lügen, alles Lügen. Der Dunkle Prälat schenkt uns die Freiheit. Vor dem Erstgeborene des Todes gibt es kein Entrinnen. Er findet Euch. Immer. Preiset Emithos!

»Was hat das bloß zu bedeuten?«, fragte Liam mit großen Augen.

»Ich habe keine Ahnung. Statt Antworten finden wir nur noch mehr Rätsel. Wir können im Moment nicht viel mehr tun, als alles aufzuzeichnen«, stellte Aurelius resigniert fest.

Liam hingegen zitterte förmlich vor Begeisterung. In der Nähe gab es gewiss noch mehr zu entdecken. Er blickte sich Raum nach weiteren Hinweisen um und trat an den Tisch heran.

»Eine Karte! Diese Küstenlinie kommt mir vage bekannt vor«, rief Liam.

»Zeig mal her«, sagte Aurelius. Er trat an das Relief heran und studierte es genau. »Das hier sieht aus wie die Östliche Smaragdsee.«

»Bist du dir sicher?«, sagte Liam. »Ich habe die Karten in Aestuaria studiert, bevor wir aufgebrochen sind. Aber diese Inseln hier und hier und diese Landbrücke da waren nirgends verzeichnet.« Er fuhr mit seiner Hand die Küstenverläufe entlang. Fragend blickte er seinen Begleiter an.

»Wir wissen«, begann Aurelius langsam, »dass es vor langer Zeit einmal ein großes Ereignis gegeben hat, das das Antlitz von Raktonis radikal verändert hat.«

»Wie lange? Und von welchem Ereignis sprichst du da? Das große Unheil, das dieser Lykos gemeint hat?«, hakte Liam nach. Ihm schwirrte etwas der Kopf.

»Sehr sehr lange. Niemand weiß genau, wie lange. Es können tausend, aber auch genauso gut zehntausend Jahre sein. Die Zwerge nennen es den Kataklysmus. Die spärlichen Quellen, die wir haben, sprechen vom Himmel, der sich verfinstert hat, von Sturmfluten, Bergen, die Feuer speien, Erdbeben und dergleichen. Geschehnisse, die den gesamten Globus erschütterten. Weißt du noch, als ich dir zum ersten Mal vom Alten Volk erzählt habe? Das ist der Grund, den wir hinter ihrem Verschwinden vermuten.«

Liam riss vor Staunen die Augen auf. »So wie es dieser Lykos beschrieben hat! Aber dann bedeutet das«, begann er langsam, »dann bedeutet das … diese Ruinen – dieser Tempel …«

»... müssen mindestens tausend Jahre alt sein, wenn nicht noch mehr«, vollendete Aurelius seinen Satz.

»Hier sind Schriftzeichen eingraviert. Sie sehen anders aus als die, die wir an diesem Sockel gesehen haben.« Liams Herz pochte vor Aufregung bis in seine Ohren.

»Und hier ist noch eine Inschrift. Und hier. Und hier.« Liams Aufregung kannte keine Grenzen mehr. »Kannst du die auch entziffern?«, fragte er in einem beinahe unhörbaren Flüstern an Aurelius gewandt.

Aurelius trat noch näher an den Stein heran und starrte mit zusammengekniffenen Augen die Wand an. »Ker ..., Kervade ..., Kervadimos. Dieser Ort, dieser Tempel. Kervadimos. Wir sind hier, siehst du? Die Berge im Osten von Zerkalion. Lemnos' Karte hat also die Wahrheit gesagt.« Aurelius deutete auf die Stelle der Karte, von der er wusste, dass sie in etwa ihrem Standort entsprach.

»Emporia in Ak'Tion und Charapolis, die Hauptstadt von Potamien«, las er die anderen Zeichen für Liam laut vor. »Das sind die anderen Städte, die angeblich von den Alten erbaut wurden.«

Selbst Aurelius, den sonst kaum etwas aus der Ruhe brachte, schien von ihrem Fund schwer beeindruckt zu sein.

»Und diese hier? Auf dieser Insel?«, fragte Liam mehr an sich selbst als an seinen Begleiter gerichtet.

»Phyllasia auf Kaloros. Aber das kann nicht sein.«, fügte Aurelius rasch hinzu. »Wir Elfen befahren die Smaragdsee seit Jahrhunderten und eine solche Insel gibt es nicht. Wir hätten sie längst gefunden.«

»Vielleicht ist sie in dieser großen Katastrophe untergegangen, so wie die anderen?«, schlug Liam vor. »Wenn es allerdings noch Überreste gäbe, unberührt und unter Wasser über die Jahrhunderte konserviert ... Stell dir vor, was wir alles finden könnten! Eine intakte Stadt unter Wasser.« Sein Enthusiasmus überschlug sich regelrecht.

»Du könntest recht haben. Wir müssen zurück nach Elvania Nova, meinem Vater Bericht erstatten. Er wird wissen, was zu tun ist. Mach eine gründliche Kopie der Karte«, sagte Aurelius.

»Fertig!«, rief Liam, als er zu Ende gezeichnet hatte.

»Immer langsam mit den jungen Pferden. Da gibt es noch einen weiteren Raum, den wir uns ansehen müssen.« Aurelius hatte ein ernstes Gesicht aufgesetzt.

Tatsächlich, da war noch ein Durchgang, den Liam in seiner Aufregung noch gar nicht bemerkt hatte. Von dort schien auch der bestialische Gestank zu kommen, der gewaltsam in ihre Nasen eindrang.

Der Kontrast zu der vorherigen Kammer hätte nicht größer sein können. Dies konnte nur ein Verlies sein. Der kaum erleuchtete Raum zog sich lang und schmal vor ihren Augen hin. Am anderen Ende war ein schwacher Lichtschein zu erkennen. In einer Ecke lagen fein säuberlich aufgereiht Zangen, Kneifer und Eisen aus schwarzem Metall, die vom Zahn der Zeit unberührt waren. An den Wänden waren Reihen um Reihen an Ketten angebracht, in den eine Vielzahl silbrige Skelette und auch einige hingen, die menschlich aussahen. Verrostete Gegenstände, die Liam an Küchenmesser, Mistgabeln und provisorische Waffen erinnerten lagen auf dem Boden verstreut, steckten zwischen den Rippen oder in den Schädeln ihrer Opfer. Manchen der Skelette fehlten Gliedmaßen, die nicht weit entfernt zu Haufen drapiert worden waren.

»Herren oder Sklaven?«, flüsterte Aurelius. »Was denkst du, Liam? Liam!«

Liam hatte sich umgewandt. Der Anblick war einfach zu viel für ihn. Er erbrach sie geräuschvoll in eine Ecke.

»Alles in Ordnung bei dir?«, fragte Aurelius und legte Liam behutsam die Hand auf die Schulter.

»Geht schon wieder. Ich hatte nur nicht … mit dem hier gerechnet«, antwortete Liam, der etwas blass geworden war.

Aurelius nickte und wandte sich wieder den Überresten zu.

»Die können wir unmöglich alle mitnehmen. Vielleicht können wir den Eingang hinter uns versiegeln, damit sie niemand findet«, sprach er mehr zu sich selbst.

Liam drängte Aurelius, weiterzugehen. Hier wollte er um keinen Preis der Welt länger als unbedingt notwendig verweilen. Sie schritten auf das schwache Licht zu.

Gemeinsam betraten sie den angrenzenden Raum. Sie waren in eine Sackgasse geraten. Zumindest konnten sie keine weiteren Durchgänge erkennen. Verbogene Gitterstäbe streckten sich in grotesken Winkeln in alle Richtungen. Dies war einmal ein Käfig gewesen. Alte Knochen, weiß, gelb, silbrig-grau, manche zersplittert, lagen auf dem Boden verstreut. Blut klebte an Boden und Wänden, manches alt und braun. Einige Spritzer waren noch dunkelrot und frisch. Der Gestank war nun überwältigend. Dies musste der Hort der Chimära gewesen sein.

Zwischen den silbrigen und gelblich weißen Knochen lag, bis zur Unkenntlichkeit von den scharfen Zähnen des Monsters zerfetzt, aber immer noch an seiner purpurnen Uniform erkennbar …

»Marinus!«, brach es entsetzt aus Liam hervor. »Ich wusste, dass Marinus nicht einfach so verschwindet.«

»Die Chimära muss ihn sich heimlich in jener Nacht geholt haben, bevor er Alarm geben konnte. Was für ein krankes Spiel! Ob diese Monstren wohl intelligenter sind als wir glauben?«, sagte Aurelius und hielt sich die Hand vor die Nase, um sie vor dem beißenden Geruch zu schützen.

Doch Liam hielt es nicht länger aus. Keuchend erbrach er sich bereits zum zweiten Mal. Als er die Augen wieder öffnete, entdeckte er im Nest des Ungetüms eine schwarze Kugel, etwa so groß wie der Kopf eines Menschen, in die merkwürdige Rillen eingraviert waren.

»Der Schlüssel«, keuchte Liam. »Aurelius, ich glaube, ich hab ihn gefunden. Aber wie um alles in der Welt ist er hierher gekommen?« Da lag das mächtige magische Artefakt, gebettet in eine Mischung aus Erbrochenem, Blut und Monsterexkrementen. Aurelius hob sie ohne viel Federlesen auf und begann, sie mit seinem Umhang zu säubern.

»Da kommt mir ein Gedanke. Komm, lass uns diesen schrecklichen Ort verlassen.«

»Was ist mit Marinus?«, sagte Liam.

Aurelius seufzte und stieg hinüber zu der blutigen Masse, die einst Marinus gewesen war. Mit andächtigem Blick murmelte er ein Gebet für ihn.

»Ich fürchte, wir können nicht mehr viel für ihn tun. Lassen wir ihn hier«, sagte Aurelius.

Sie waren bereits in der Tür, als sich Aurelius noch einmal umwandte. Er schien zu zögern. Dann ging er zurück zu Marinus' Leiche und nahm einen unversehrten Finger an sich.

»Den werden wir verbrennen«, erklärte er auf Liams fragenden Blick hin. »Er hat ein anständiges Begräbnis verdient, doch das ist das Beste, was wir ihm im Moment bieten können.

Zurück im Allerheiligsten folgte Liam seinem Begleiter auf das Podest. Behutsam legte Aurelius den Schlüssel in die Mulde. Sie passte perfekt. Nur, es passierte nichts.

»Verdammt, ich war mir so sicher. Fluch und Verdammnis«, rief Aurelius.

»Vielleicht musst du Magie wirken«, schlug Liam vor. »Wenn es ein magisches Artefakt ist, braucht es womöglich einen Auslöser.«

»Versuchen können wir es zumindest«, stimmte Aurelius zu.

Er konzentrierte sich und schoss einen weißen Blitz reinster magischer Energie auf die Kugel. Die Magie zu wirken, hatte ihn sichtlich einiges an Überwindung gekostet.

Und tatsächlich, es geschah etwas. Die Kugel begann über dem Becken zu schweben. Ihre Rillen erstrahlten in einem stechenden Hellgrün, wie auch die spinnennetzartigen Vertiefungen im ganzen Saal.

»Aha!«, entfuhr es Aurelius triumphierend.

»Immerhin war es kein Blutopfer …«, wusste Liam beizutragen, doch die Worte blieben ihm im Halse steckten. Das selbe unangenehme Gefühl, das er empfunden hatte, als er zum ersten Mal auf der Spitze der Pyramide gelandet war, traf ihn erneut. Tausendfach verstärkt sandte der Schlüsselstein mächtige Wogen durch seinen Körper. Seine Auge drohten unter dem Druck zu bersten, sein Kopf dröhnte ihm, als würden hundert Pferde über ihn hinweg galoppieren.

Aurelius packte die Kugel mit beiden Händen. Der Ausdruck des Sieges auf seinem Gesicht wich wildem Entsetzen. Die Augen weit aufgerissen, schrie Aurelius aus Leibeskräften. Er schüttelte seine Hand, aber die Kugel schien wie festgeklebt. Doch das Spektakel währte nur wenige Augenblicke. Das Licht erlosch ebenso schnell wie es erschienen war. Die Kugel fiel mit einem dumpfen Geräusch auf den Boden. Aurelius brach in sich zusammen.

»Aurelius, nein!«, rief Liam. Er unterdrückte die Panik, die in ihm hochstieg und stürzte auf Aurelius zu. Liam konnte ihn gerade noch auffangen, bevor sein Körper den Boden erreichte.

»Aurelius was ist mit dir, geht es dir gut?«

»Ahh, das war dumm von mir«, sagte Aurelius. »Ich war unvorsichtig, ein Anfängerfehler. Diese Bilder in meinem Kopf …«

»Was für Bilder?«, fragte Liam erschrocken. »Was hast du gesehen?«

»Einen schneebedeckten Berg, schöner als ich je einen gesehen haben. Darunter eine Stadt voller schwarzer Statuen«, antwortete Aurelius.

»War es Kervadimos?« Liam flüsterte jetzt. Langsam begann er, sich ernsthaft Sorgen um seinen Freund zu machen.

»Nein, sie war umgeben von leuchtenden grünen Wäldern. Und da waren Leute. Alles war belebt.«

Liam starrte ihn an. »Eine Stadt der Alten? Lebt dort noch das Alte Volk?«, fragte er völlig außer sich.

»Womöglich. Allerdings wissen wir nicht, ob das überhaupt die Gegenwart war. Wir brauchen mehr Informationen. Lass es mich nochmal versuchen«, sagte Aurelius und rappelte sich auf.

Bevor Liam seine Bedenken äußern konnte, hatte Aurelius die Kugel erneut gepackt. Doch es passierte nichts. Es versuchte es wieder und wieder.

Aurelius kochte vor Wut. »Ich kann das schaffen, ich muss das schaffen«, stieß er zwischen seinen zusammengepressten Zähnen hervor.

Auch nach dem gefühlt dreißigsten Mal trat keine sichtbare Veränderung ein. Resigniert musste er aufgeben.

Es dauerte eine Weile, bis sich Liam traute, das Wort zu ergreifen. »Das bringt nichts, wenn wir nicht wissen, was wir tun.«

Aurelius schnaubte verächtlich. Ein wilder Ausdruck stand ihm in den Augen. Als er Liam anblickte, verflog seine Entschlossenheit.

»Ich fürchte, du liegst richtig … Wir sollten uns freuen. Wir haben mehr auf dieser Mission erreicht, als ich jemals zu träumen gewagt habe. Falls irgendwo da draußen noch Altes Volk lebt, wäre das eine Sensation. Natürlich müssen wir darüber Stillschweigen bewahren. Hast du das verstanden?«

Liam schluckte, dann nickte er.

»Ausgezeichnet!« Aurelius klatschte in die Hände. »Lass uns zu Marcella und Licaeus zurückgehen und ihnen von unserem Fund berichten. Und dann auf nach Aestuaria!«

Liam konnte nicht anders, als Aurelius für seine scheinbar endlose Energie und seinen Tatendrang zu bewundern. Seine plötzlichen Stimmungsumschwünge ließen jedoch Besorgnis in ihm aufkeimen.

Sie waren heilfroh, die unheimlichen Kammern der Pyramide hinter sich lassen zu können. Am Eingang zur Oberstadt trafen sie auf Marcella, deren Augen von Tränen gerötet waren. In ihrem Armen hielt sie den leblosen Licaeus, schrecklich entstellt von schwarzen Adern, die seinen gesamten Körper bedeckten.

»Ich konnte ihn nicht retten«, schluchzte sie. »Ich habe alles versucht. Das Gift war einfach zu stark. Er hat so geschrien als … als …« Die Stimme versagte ihr.

Aurelius nahm den Toten aus ihren Armen und schloss ihm die Augen. Liam ließ sich neben Marcella auf die umgestürzte Säule sinken und vergrub das Gesicht in den Händen. Das hatte Licaeus nicht verdient. Ohne die Prätorianer konnte ihr Rückweg zu einem wahren Spießrutenlauf werden. Wer wusste schon, welche Gefahren noch auf dieser Insel lauern mochten?

Kapitel 18 – Klänge der Heimat

Zerkalion. 436 SAE. Sommer.

Es hatte eine ganze Weile gedauert, bis sie das nötige Holz beisammen hatten, um einen angemessenen Begräbnisscheiterhaufen zu errichten. Marcella war seit ihrem Kampf gegen die Chimära auffallend still gewesen. Während Liam und Aurelius die Vorbereitungen für die Bestattung der Prätorianer trafen und ihre verbliebene Ausrüstung zusammensammelten, saß sie zumeist in ihrer Nähe auf dem Boden und versuchte, sich selbst zu heilen. Ohne Erfolg.

»Wenn man es genau bedenkt«, sagte Liam als sie die Rucksäcke der beiden Prätorianer leerten und den letzten Rest Zwieback, Beeren sowie die halb gefüllten Schläuche mit sauberem Wasser heraus kramten, »haben uns die beiden durch ihr Opfer das Leben gerettet. Wären wir noch zu fünft, würden unsere Vorräte niemals für die Rückreise ausreichen.«

»Sie verdienen das Begräbnis von Helden«, stimmte Aurelius ihm grimmig zu.

Schließlich war es so soweit. Die Reste von Marinus und Licaeus wurden in ihrer Uniform und der Ausrüstung, die sie nicht zurück zum Schiff nehmen konnten, auf den Holzstoß gebettet. Aurelius hatte Liam erklärt, sie sollten nichts zurücklassen, das auf ihre Anwesenheit hindeuten konnte. Kein Überbleibsel sollte an die weltliche Existenz der beiden erinnern. Ihrer Rüstungen entkleidet und nur mit Leinen bekleidet lagen sie da. Licaeus, mit den tiefen Wunden in Gesicht und Bauch – die Reste getrockneten Blutes hatten sie zuvor entfernt so gut es ging – und das Häufchen Knochen und Hautfetzen, das noch von Marinus übrig war.

Mit erhabener Stimme begann Aurelius seine improvisierte Trauerrede. »Am heutigen Tag nehmen wir Abschied von zwei treuen Dienern des Imperiums. Licaeus und Marinus. Beide waren stolze Mitglieder der Prätorianergarde.

Licaeus kam als Sohn eines Kaufmannes aus Argania zu uns. Er schloss sich bereits im Alter von sechzehn Jahren der Kaiserlichen Garde an und war ein leuchtendes Beispiel an Hingabe, Treue und Pflichterfüllung. Wissentlich und willentlich verzichtete er auf ein Leben in Reichtum und auf eine eigene Familie. Die Garde wurde zu seiner Familie und er zu ihrem respektierten Mitglied.

Marinus hat niemals von seiner Vergangenheit gesprochen. Als Kind, ohne Eltern oder Verwandtschaft, kam er von Sylvanum nach Aestuaria und schlug sich auf den Straßen der Stadt durch. Sein Mut und seine Verachtung für körperlichen Schmerz machten ihn – wohl zu seiner eigenen größten Überraschung – zu einem idealen Kandidaten für den Purpurmantel. Auch wenn sein Temperament bisweilen hochkochte, vermochte er es stets, die Wogen mit seinem Sinn für Humor zu glätten.

Licaeus und Marinus. Sollten sie jemals in ihrer Treue gewankt haben, sollte jemals jemand an ihrer Loyalität und ihrem Mut gezweifelt haben, so haben sie die Welt in ihrem Tod eines Besseren belehrt. Licaeus und Marinus. Ihr seid den Tod von Helden gestorben, das Imperium ist euch zu ewiger Dankbarkeit verpflichtet. Eure Namen werden niemals vergessen werden. Gemeinsam habt ihr den Letzten Weg beschritten, gemeinsam werdet ihr Teil der Ewigen Flamme und damit ein Teil von uns allen.«

Als Aurelius geendet hatte, zündete Liam den Scheiterhaufen an.

»Elvania Invicta!«, rief Aurelius mit gebrochener Stimme, als die Flammen empor züngelten.

»Elvania Invicta!«, murmelte Liam. Marcella schniefte neben ihm und bewegte wortlos ihre Lippen.

»Lebt wohl, Marinus und Licaeus. Mögen die Götter euren Seelen gnädig sein«, sagte Liam. Als er zu Marcella blickte, sah er eine stumme Träne ihre Wange herunterkullern.

Wortlos sahen sie zu, wie das Feuer immer höher loderte. Das Holz ächzte und stöhnte und Liam meinte, in den Seufzern die Stimmen der beiden Soldaten vernehmen zu können. Eine gefühlte Ewigkeit standen sie so da und warteten, warteten bis die letzte Glut erstarb. Die Asche und der Gestank der brennenden Leichen bissen ihnen in Augen und Nase.

Dann war es endlich vorbei. Aurelius zog zwei Metallkapseln von der Größe eines Hühnereis aus seinem Gepäck. Er schraubte sie auf und füllte sie mit ein wenig Asche. Sobald er sie wieder eingesteckt hatte, bedeckte er die Reste des Scheiterhaufens mit großen Steinen, die sie den Tag über gesammelt hatten.

»Das war eine wunderbare Rede«, brach Liam das Schweigen.

»Vielen Dank. Es war nicht meine Erste, aber die Schwierigste.«

»Musstest du schon viele Trauerreden halten?«, fragte Liam.

»Ein paar. Jedoch noch nie für Personen, mit denen ich mehr als oberflächlichen Kontakt hatte. Ich musste in Vertretung meines Vaters schon öfter auf die Begräbnisse von Senatoren gehen und so Präsenz für das Kaiserhaus zeigen. Meist war es dort mit belanglosen Worten getan. Doch die beiden hatten etwas Besseres verdient. Ihr Schicksal ist auch meine Verantwortung«, er zeigte auf die Steinhaufen, die sie zum Gedenken errichtet hatten. In der untergehenden Sonne hatten sie etwas seltsam Beruhigendes an sich.

Liam nickte bedächtig. Er legte seinem Freund eine Hand auf die Schulter. Aurelius zögerte kurz, schließlich drückte er Liams Hand und wischte sich die Tränen vom Gesicht.

Ihre eigenen Knochen nicht wieder heilen zu können, hatte Marcellas Selbstbewusstsein einen sichtlichen Dämpfer versetzt. Liam hatte für sie notdürftig eine Schubkarre gezimmert. Marcella saß darin, während Liam und Aurelius sie abwechselnd zurück zum Schiff schoben. Geschwächt wie sie waren, kamen sie nur ganz langsam, wie im Schneckentempo voran. Durch das Opfer von Marinus und Licaeus hatten sie zwar vorläufig genug zu essen und zu trinken, doch würde ihre Vorräte auch nicht ewig halten. Nach drei Tagen konnten sie nicht mehr. Aurelius, der Marcellas Schubkarre geschoben hatte, brach im Schatten eines großen Felsen zusammen.

»Es tut mir leid. Ich hab einfach keine Kraft mehr«, hauchte er erschöpft.

»Nicht aufgeben, den halben Weg haben wir schon geschafft«, versuchte ihn Marcella zum Durchhalten zu bewegen.

Sie rasteten den Nachmittag über. Obwohl die Chimära besiegt war, wussten sie nicht, ob noch weitere Gefahren auf sie lauerten. Als die Dunkelheit hereinbrach, verschanzten sie sich in einem behelfsmäßig zusammengezimmerten Unterschlupf. Liam wich nicht von Marcellas Seite. Die ganze Nacht konnte er sie zittern spüren.

Am nächsten Morgen beschloss Liam, zur *Iulia* zu fliegen und Hilfe zu holen. Als er das Schiff erreichte, traf er auf eine zutiefst besorgte Calpernia, die bereits drauf und dran war, einen Suchtrupp aufzustellen. Liam berichtete ihr, wo Aurelius und Marcella ausharrten. Ohne zu zögern, übernahm sie selbst den Befehl über das Rettungskommando von einem halben Dutzend Matrosen. Liam sollte zurückbleiben und sich ausruhen, doch wollte er davon nichts wissen. Schließlich wollte er nicht untätig zurückbleiben, während seine Freunde noch in der Wildnis waren. Also brachen sie gemeinsam auf. Innerhalb eines Tages hatten sie den Unterschlupf erreicht. Aurelius und Marcella wurden auf einen Wagen verladen, den die Matrosen Richtung Meer zogen.

Die Mannschaft war außer sich vor Freude, alle wohlbehalten wiederzusehen. Drei Tage hatten sie bereits Ausschau nach ihnen gehalten. Doch als sie nach Licaeus und Marinus fragten, schüttelte Aurelius nur stumm mit dem Kopf. Beständig drängten sie ihn, zu berichten, was passiert war. Doch er weigerte sich standhaft, die Einzelheiten ihrer Mission preiszugeben und so ließ die Besatzung niedergeschlagen von ihm ab.

Während der Überfahrt verbrachte Liam viele Stunden an Marcellas Seite. Wenn sie Schmerzen hatte, konnte sie sich bei ihm ausweinen und seine Hand halten.

Eines Abends trat Liam zu ihr in die Kabine. Marcella saß friedlich auf dem Boden und las in einem Buch. Sie tat zunächst so, als habe sie sein Kommen nicht bemerkt.

Er räusperte sich.

»Liam. Wie schön dich zu sehen. Gerade habe ich an dich gedacht«, sagte sie und blickte ihn mit ihren schönen aquamarinblauen Augen an.

Wortlos setze er sich neben sie und küsste sie heftig.

Überrumpelt ließ sie es geschehen. Nach einigen glückseligen Augenblicken löste er sich von ihr.

»Verzeih. Das war nicht recht von mir. Beim dem Kampf mit der Chimära, da dachte ich es sei aus mit dir.« Liam schluckte. Dann lächelte er unsicher. »Du kannst dir vorstellen, wie glücklich ich war, als ich gesehen habe, dass du wohlauf bist. Naja, fast.« Er deute auf ihr gebrochenes Bein. »Ich weiß, wir können nicht zusammen sein, aber ich dachte …«

Sie legte ihm einen ihrer schönen Finger auf seinen Mund.

Nun war es an ihr, den Kuss zu erwidern.

Aurelius hatte sich gänzlich von der Außenwelt abgeschirmt. Den ganzen Tag blieb er in seinem Quartier. Der Verlust von Licaeus und Marinus auf seinem ersten richtigen Kommando hatte ihn sichtlich mitgenommen. Der Smutje berichtete, er habe sein

Essen kaum angerührt und brüte ständig über Zeichnungen alter Karten.

Günstige Winde brachten die *Iulia* innerhalb kürzester Zeit zurück nach Neria. Dort angekommen konnten sie endlich einen Heiler für Marcellas Bein auftreiben. Auch nach ihrer Genesung bevorzugte sie die Zweisamkeit mit Liam vor der Gesellschaft aller anderen. Die meisten Tage verbrachten sie gemeinsam an irgendeinem stillen Plätzchen.

Nachdem sie sich zwei Wochen auf Neria ausgeruht und ihre Vorräte aufgestockt hatten, konnten sie endlich die Rückfahrt nach Aestuaria antreten. Zwei Monate waren seit den Ereignissen in Kervadimos vergangen. Das Grauen, das sie dort vorgefunden hatten, verfolgte Liam bis in seine Träume. Was sie in der Pyramide gesehen hatten, ließ ihn nachts schweißgebadet aus dem Schlaf schrecken. Auch den Gestank nach Schwefel und Verwesung würde er nicht so schnell vergessen können.

Dann, am Morgen des fünfzehnten Tages seit ihrem Aufbruch von Neria, ertönte der ersehnte Ruf.

»Land in Sicht!«

Langsam kam das Feuer des Kupfergiganten in Reichweite. Seit Liam ihn zum letzten Mal gesehen hatte, hatte der Grünspan noch größere Ausmaße angenommen. Liam und Marcella rannten zum Bug, um die Stadt näherkommen zu sehen. Selbst Aurelius gesellte sich zu ihnen. Erleichterung machte sich beim Anblick des Riesen auf seinem Gesicht breit. Die innere Anspannung der letzten Wochen schien für einem Moment von ihm abgefallen. Marcella weinte vor Glück. Liam legte seinen Arm um ihre Schultern und auch er konnte sich eine Träne nicht verkneifen.

Die Hörner ertönten und kündeten weithin von ihrer Ankunft. Am Quai wartete bereits eine Traube Elfen auf sie. Ein Dutzend Legionäre stand bereit, sie in Empfang zu nehmen. Liam erblickte einen sichtlich bewegten Valerius und – zu seiner großen Überraschung – Kaiserin Cornelia. Heute trug sie ein aquamarinblaues

Kleid mit geschlitzten Ärmeln. An den Handgelenken prangten feine goldene Armreife mit kleinen Diamantsplittern, die in der Sonne glitzerten.

»Sollte das nicht eine geheime Mission sein?«, wunderte sich Liam.

»Du vergisst, dass wir offiziell als diplomatische Delegation unterwegs waren«, erinnerte ihn Aurelius. »Würde es da nicht mehr Verdacht erregen, wenn wir heimlich, still und leise zurückkehrten?«

Liam nickte langsam. Das hatte er nicht bedacht.

Ihr Schiff hatte kaum angedockt und seine Rampe ausgefahren, da stürmte Valerius bereits an Bord. Ungestüm zog er seine Geschwister und Liam in eine stumme Umarmung, die niemals zu enden schien. Liam fühlte sich wie in einem Schraubstock gefangen. Doch genoss er die Herzlichkeit, auch wenn er kaum atmen konnte.

Mit Mühe konnte sich Aurelius loseisen. »Ist ja gut, ist ja gut. Jetzt sind wir ja da«, sagte er sanft.

»Was zur Ewigen Flamme ist mit dir passiert?« Erst jetzt hatte Valerius die schlohweiße Strähne im sonst so schwarzen Haar seines Bruders bemerkt.

»Eine lange Geschichte. Die erzähle ich dir, wenn wir alleine sind«, wehrte Aurelius schnell ab.

Gemeinsam gingen sie an Land. Marcella schien unendlich froh, wieder festen Boden unter den Füßen zu haben. Die letzten Wochen hatte sie erstmals die Seekrankheit geplagt, von der sie in den Monaten zuvor stets verschont geblieben worden war.

Valerius war ausgesprochen guter Stimmung. Beständig löcherte er die drei mit Fragen und reagierte ausgesprochen beleidigt, wenn er von ihnen auf einen späteren Zeitpunkt vertröstet wurde. Schließlich kamen sie vor Kaiserin Cornelia zum Stehen, die das gesamte Geschehen bislang stumm und mit unbewegter Miene verfolgt hatte.

»Da bin ich wieder, Mutter«, verkündete Marcella mit stählerner Stimme. »Du siehst, mir geht es gut, all deinen Warnungen zum Trotz.«

Cornelia verkniff sich eine Bemerkung über Marcellas neuen, kurzen Haarschnitt. Stattdessen schloss sie ihre Tochter für einen Moment fest in ihre Arme. Verwirrt und hilflos blickte Marcella in die Gesichter ihrer Brüder. Diese hatten jedoch nur ein Schmunzeln für sie übrig.

»Du siehst gut aus. Die frische Luft ist dir wohl bekommen. Deine rosigen Wangen und der dunklere Teint sind ganz bezaubernd«, antwortete die Kaiserin leichthin. Die Provokation durch ihre Tochter überging sie. »Verrate mir nur eines. Wie um alles in der Welt hast du es geschafft, während solcher Strapazen zuzunehmen?«

»Habe ich das?«, fragte Marcella erschrocken und betastete ihre Figur mit zitternden Händen.

»Eine Mutter merkt so etwas. Aber kein Grund zur Panik, meine Liebe. Mit den richtigen Übungen und ein wenig Mäßigung hast du deine Figur im Nu wieder zurück. Gordianus wird überhaupt nichts davon merken und zur Hochzeit wirst du perfekt in dein Kleid passen«, flötete die Kaiserin.

Marcella machte ein schockiertes Gesicht. Ihre Mutter hatte sie mit ihrer Ankündigung derart überfahren, dass ihr zum ersten Mal keine Antwort einfiel.

Ihre Sänften warteten bereits auf sie. Umgeben von ihrer Eskorte wurden sie von den Dienern hinauf ins Palastviertel auf der Hügelkrone getragen. Liam wähnte sich in der Zeit zurückversetzt. Vor annähernd einem Jahr war er in gleicher Weise in Aestuaria angekommen. Doch seine Stimmung hatte sich gänzlich gewandelt. Von der damaligen Vorfreude und Nervosität war nichts geblieben. Erschöpfung und der Wunsch, sein Abenteuer möge vorbei sein, hatten der einstigen Erregung Platz gemacht.

Ihre Garde führte sie schnurstracks auf den Palast zu. Liam dachte, sie würden alle zusammen den Kaiser aufsuchen, doch vor der Tür des Geheimen Rates trennten sich ihre Wege. Die Kaiserin nahm Marcella unter ihre Fittiche und führte sie weiter in den Palast hinein. Liam, Aurelius und Valerius wurden von zwei Dienern in den Saal komplimentiert. Als sie eingetreten waren, gesellte sich Valerius sogleich zu seinem Vater. Neben dem Kaiser waren auch alle übrigen Räte versammelt. Auf sämtlichen Gesichtern war ein Ausdruck der gespannten Erwartung zu lesen. Auf allen, außer dem von General Pelagius (die Maske des Secretissimus zeigte keinerlei Regung).

Pelagius war es auch, der zuerst das Wort ergriff. »Schön, schön. Ihr seid zurück. Dann steht der Hochzeit meines Neffen mit der Prinzessin ja nichts mehr im Wege!« Die Verärgerung über die Komplikation seiner Pläne war deutlich zu spüren.

Bevor Pelagius noch etwas sagen konnte, wurde er durch einen Blick des Kaisers zum Schweigen gebracht. Der breitete die Arme aus und ging auf seinen Sohn zu. Wie Liam bestürzt feststellte, war Lucius während ihrer Abwesenheit deutlich gealtert. Sein Haar war nun fast vollständig ergraut. Auch die Falten auf seiner Stirn waren tiefer geworden.

»Mein Sohn. Welch Erleichterung, dich wohlbehalten wiederzusehen. Das gleiche gilt selbstverständlich auch für dich«, fügte er an Liam gewandt hinzu.

»Ich bin ebenso froh, wieder hier zu sein, Vater.«

Nach dieser herzlichen Begrüßung verbrachten sie die nächsten Stunden damit, all die Vorkommnisse zu berichten, die sich seit ihrer Abfahrt ereignet hatten. Der Rat drang auf jedes noch so kleine Detail, sodass sich Liams Hirn am Ende der Befragung wie ein Schwamm anfühlte, dem der letzte Tropfen Wasser abgerungen worden war. Als die Erzählung sich der Chimära zuwandte, zischte der Erzpriester, der diese Abart schwarzer Magie zutiefst missbilligte. Die meiste Zeit nickte Kaiser Lucius bestätigend, einzig als die Erzählung sich um Licaeus und Marinus drehte, wurden seine Züge hart. Er verzichtete jedoch auf eine öffentliche Zurechtweisung seines Sohnes. Besonderen Stolz empfand er bei der

Erwähnung von Marcellas Leistungen (ihre Fehlschläge hatte Aurelius dankenswerterweise verschwiegen).

»Ausgezeichnet«, lobte sie der Erzpriester, als sie geendet hatten. »Ich entnehme dem Bericht, dass ihr einige Artefakte sichern konntet?«

Liam zog die Abriebe sämtlicher Inschriften, die Skizze der Zeichnung, das sie an einer Hauswand gefunden hatten und die Kopie der Karte aus Kervadimos, sowie die silbrigen Knochen aus seiner Tasche. Aurelius legte vorsichtig die schwarze Kugel auf den runden Tisch. Die Räte drängten sich zusammen, um die Artefakte genauer in Augenschein zu nehmen.

»Faszinierend, wirklich faszinierend«, sagte Valerius. »Was hat es mit dieser Kugel auf sich?«

»Wir haben sie nahe dem Hauptraum der schwarzen Pyramide entdeckt«, erklärte Aurelius. »Sie gehörte wohl dem Hohepriester. Als ich sie berührte, hat sie aufgeleuchtet und mir eine Art Vision beschert.«

»In der Notiz der Wache, die wir gefunden haben, war ein Schlüssel beschrieben. Womöglich handelt es sich dabei um die Kugel«, ergänzte Liam. »Allerdings konnte Aurelius nicht alle Texte übersetzen, die wir gefunden haben. Vielleicht gibt es dort noch mehr Hinweise.« Hilfesuchend blickte er in die Runde.

»Wenn ich bitten dürfte. Vielleicht kann ich mehr entziffern als der junge Herr«, sagte der Secretissimus und streckte die Hand nach der Schriftrolle aus. Liam überreichte sie ihm.

Die Augen hinter der Maske flogen fieberhaft über die Zeichen. »Arulaion! Das ist der Beweis! Unsere Vermutungen wurden bestätigt«, entfuhr es dem Secretissimus.

Auch wenn es fast unmöglich war, dies mit Sicherheit zu sagen, so meinte Liam doch eine Spur von Aufregung in der verzerrten Stimme ausmachen zu können.

»Ich empfehle dem Rat, weitere Expeditionen auszurüsten und umfassende Ausgrabungen anzustellen. Zerkalion ist für das

Imperium von unschätzbarem Wert und sollte umgehend zum Sperrgebiet erklärt werden«, sagte Aurelius.

Der Secretissimus nickte eifrig und auch der Kaiser signalisierte seine Zustimmung. Aurelius wirkte sichtlich zufrieden mit sich selbst.

»Das ist alles gut und schön«, meldete sich Admiral Claudius zu Wort. »Was mir Sorgen bereitet, ist dieses Ungeheuer, oder was es auch auch gewesen sein mag, das die *Iulia* angegriffen hat. Dem sollten wir dringend nachgehen. Eine mögliche Bedrohung unserer Schiffsrouten nach Osten können wir keinesfalls dulden«, fügte er an die Runde gewandt hinzu.

»Das können wir später noch besprechen«, sagte der Kaiser. »Ich bin euch beiden sehr dankbar, dass ihr eure Erkenntnisse mit uns geteilt habt. Für die Zukunft und die Sicherheit des Imperiums war das ein unbezahlbarer Dienst. Wir müssen um jeden Preis in Erfahrung bringen, was es mit dem Kataklysmus auf sich hat, der die Alten ausgelöscht hat. Wir können nicht ruhen, bis wir genauere Erkenntnisse darüber haben. Bei unseren zukünftigen Unternehmungen werden euer Wissen und eure Hilfe unerlässlich sein. Ich kann doch auf die Mithilfe von Liam in dieser Sache rechnen?«

Liam nickte.

»Gut. Wie dem auch sei, ihr seid sicher sehr erschöpft von der langen Reise. Geht und ruht euch aus, ihr habt es euch redlich verdient«, fuhr der Kaiser fort.

»Mit deiner Erlaubnis werde ich mit ihnen gehen, Vater«, sagte Valerius. »Aurelius schuldet mir noch eine gute Geschichte.« Er feixte in Richtung seines Bruders.

»Nun gut, ich denke, wir kommen vorerst ohne dich aus«, antwortete Lucius zögerlich.

So entfernten sich die drei unter Verbeugungen. Als die Tür hinter ihnen ins Schloss gefallen war, sagte Valerius »kommt, Marcella wartet sicher bereits auf uns. Inzwischen sollte sie Mutters Klauen entkommen sein.« Im Gehen legte er den beiden seine Arme um die Schultern. »Die alte Truppe ist wieder beisammen. Ihr glaubt gar nicht, wie mich das freut!«

Zusammen betraten sie Marcellas Zimmer. Sie saß mit hängendem Kopf auf ihrem Bett zusammen mit – und es versetzte Liams Herzen einen Stich – Gordianus, der ihre Hand hielt.

Als Gordianus sie bemerkte, ließ er ihre Hand sofort los. Marcella sah auf. Ihr Blick traf Liams. Ein sanftes Lächeln flackerte auf ihren Lippen. Liams Herz pochte bis in seine Ohren.

»Was sollen die langen Gesichter?«, sagte Valerius und sah neugierig zwischen Gordianus und Marcella hin und her.

Da sie beharrlich schwieg, war es an Gordianus zu antworten. »Die Kaiserin hat uns gerade einen Besuch abgestattet. Unsere Hochzeit wird in zwei Wochen stattfinden, am Tag nach Liams Abreise.«

Eine eiserne Faust schloss sich um Liams Eingeweide. Zu seiner großen Verärgerung schien auch Gordianus düsterer Stimmung zu sein. Konnte er nicht sehen, was für eine wunderbare Frau Marcella war? Wenn er schon das Glück hatte, sie abzukommen, sollte er dann nicht vor Freude Purzelbäume schlagen? Und was hatte es mit dem Datum auf sich? Hatte die Kaiserin etwas herausgefunden, das sie nicht wissen sollte? Nein, das konnte nicht sein!

»Was, wieso das denn? Wozu die Eile?«, fragte Aurelius in besorgtem Ton.

Liam konnte nicht umhin, als noch mehr Zuneigung für seinen Freund zu empfinden. Zumindest er schien auf seiner Seite zu sein. Wann hatte er diesen Gesinnungswandel vollzogen? Sonst hatte er doch immer mit Missmut reagiert, wenn er und Marcella zusammen Zeit verbrachten.

»Ohne Zweifel das Werk meines Onkels. Er will diese Verbindung endlich unter Dach und Fach bringen. Seiner Ansicht nach haben wir lange genug gewartet.« Gordianus zog eine Grimasse.

»Widerstand ist zwecklos«, sagte Marcella matt. »Es ist schade, dass du nicht dabei sein kannst«, fügte sie an Liam gewandt hinzu.

Doch Liam war es insgeheim lieber auf diese Weise. Er wusste nicht, ob er den Anblick ertragen hätte, wie Marcella einem anderen Mann übergeben wurde.

»Wozu denn Trübsal blasen? Alle, die mir am Herzen liegen, sind an einem Ort versammelt, das muss gefeiert werden. Wir sind jung und am Leben!«, jauchzte Valerius und begann ein albernes Tänzchen. Mit sanfter Gewalt zerrte er Gordianus auf die Beine und wirbelte ihn im Kreis herum. Er sträubte sich zunächst ein wenig, ließ sich dann doch mit einem verlegenen Lächeln darauf ein.

Valerius schaffte es mit seiner ganz eignen Art, ihre düsteren Gedanken zu vertreiben. Die halbe Nacht lachten und scherzten sie. Liam musste immer und immer wieder die Geschichte erzählen, wie er geschafft hatte, die Chimära zu besiegen. Aurelius, genötigt durch einen hartnäckigen Valerius und mit einer durch mehrere Becher Wein gelockerten Zunge, erzählte endlich die Geschichte seines ergrauten Haares. Gordianus riss vor Erstaunen die Augen auf. Obwohl Marcella selbst dabei gewesen war, schien sie an diesem Abend besonders emotional gestimmt. Ihre Tränen erreichten ihren Höhepunkt, als das Opfer von Licaeus und Marinus zur Sprache kam.

Liam erhob seinen Becher und forderte die anderen auf, es ihm nachzutun und ihre gefallenen Beschützer zu ehren. »Licaeus und Marinus.«

»Licaeus und Marinus«, erwiderten sie einstimmig.

Gegen Mitternacht bat Marcella die anderen, sie in Ruhe zu lassen. Die Ereignisse des Tages hatten sie sehr geschwächt und sie wolle nun schlafen. Liam bemerkte, dass sie ihren Wein kein einziges Mal angerührt hatte.

Valerius, der sich partout noch nicht schlafen legen wollte, überredete Liam und Gordianus, ihn auf ein nächtliches Bad in die kaiserliche Schwimmhalle zu begleiten. Sogar Aurelius ließ sich nach langem Bitten und Triezen durch die anderen dazu breitschlagen und willigte schließlich unter Protest ein.

Den Rest der Nacht verbrachten sie planschend und spritzend im Schwimmbecken und mit einer großen Karaffe Wein (von *Drucillas Tränen* hielten sie wohlweislich Abstand). Erst als der Morgen graute, machten sich die vier völlig durchnässt, aber glücklich auf den Weg in ihre Schlafkammern.

An diesen Tag würde er sich noch lange zurückerinnern, dachte Liam. Schwankend ließ er sich auf einen Hocker nieder. Er schaffte es gerade noch, seine klitschnasse Kleidung auszuziehen (in ihrem angeheiterten Zustand hatten sie vergessen, sich abzutrocknen) und auf einen Haufen zu werfen. Schwer wie ein Stein fiel er in sein Bett und schlief auf der Stelle ein.

Die nächste Woche verging wie im Flug. Die Kapseln mit Licaeus' und Marinus' Asche wurden in einer feierlichen Zeremonie in der Wand der gefallen Prätorianer beigesetzt. An jeder Nische wurde eine kleine Messingplakette mit Namen, Rang und Verdiensten der Soldaten angebracht. Kaiser Lucius hatte beschlossen, Liam aufgrund seines heldenhaften Einsatzes und des Sieges über die Chimära die Ehrenbürgerschaft des Imperiums zu verleihen. Eine Auszeichnung, wie sie bislang nur einer Handvoll Menschen zuteil geworden war. Allerdings musste die Verleihung im kleinen Kreis erfolgen, da von offizieller Seite die sich verbreiteten Gerüchte um geheime Vorgänge in der Östlichen Smaragdsee beharrlich geleugnet wurden.

Die meiste Zeit verbrachte Liam in den Gärten des Palastviertels beim Ballspiel mit Valerius oder mit Novelis (Liam war inzwischen so gut, dass er Valerius in vier von fünf Partien besiegte). Sogar Aurelius gesellte sich die meiste Zeit zu ihnen. Er war nicht mehr so ernst wie früher, sondern lachte und scherzte mit ihnen. Auch musste er sich fortan wachsender Scharen an Verehrerinnen erwehren, die seine silberne Haarsträhne bewunderten.

Nach seinen eigenen Angaben zu schließen, war Valerius heilfroh, dass er zur Abwechslung einmal nicht im Rampenlicht stand.

Eigentlich hatte Liam gehofft, ausführlich mit Marcella über die Ereignisse ihrer Reise sprechen zu können. Doch zog sie sich mehr und mehr zurück. Sie schien irgendwie niedergeschlagen. Liam machte ihre unmittelbar bevorstehende Hochzeit für ihre schlechte Stimmung verantwortlich und dachte sich weiter nichts dabei. Oft ertappte er sich, wie er mit seinen Fingern über den Anhänger fuhr, den sie ihm zu seinem Geburtstag geschenkt hatte. Wohin er auch ging, legte er seinen Talisman niemals ab. Valerius hatte sich bereits darüber lustig gemacht, dass er ihn im Schlaf nicht abnahm, doch es kümmerte ihn nicht. Er würde ihr Geschenk in Ehren halten. Wer wusste schon, wann er sie wiedersehen sollte?

Schneller als es ihm lieb war, war dann auch schon die Zeit des Abschieds gekommen. Aurelius würde ihn begleiten, um die Fortschritte beim Aufbau der Garnison und der Errichtung des Hafens zu begutachten. Diesmal wahrhaftig und nicht als Vorwand für geheime Vorgänge.

Liam freute sich, dass sie wieder auf der *Ateia* reisen würden. Die Mannschaft war zum großen Teil die selbe wie damals und auch sein Freund Kapitän Horacius war noch immer an Bord. Er begrüßte ihn mit einem breiten Grinsen. Liam genoss es, in seiner Falkenform über die Wogen zu gleiten und seine Flügelspitzen in den Wellen unter ihm zu baden. Wenn er nicht gerade mit Flügen oder Gesprächen mit der Crew beschäftigt war, brütete er über den Wälzern, die ihm Valerius zum Abschied geschenkt hatte.

Der Wind war günstig und die Überfahrt dauerte nur wenige Tage. Am dritten Tag sahen sie einen Vogel am Himmel eilends Richtung Westen ziehen. Jetzt konnte es nicht mehr lange dauern. Gegen Mittag des vierten Tages zeichneten sich am Horizont bereits die weißen Klippen ab, von denen herab Liam einst die *Ateia* beobachtet hatte. Es schien eine Ewigkeit her zu sein. Beständig näherten sie sich dem Dorf. Am Horizont stieg Rauch auf. Bestimmt waren Tearlach und sein Vater bereits fleißig bei der Arbeit. Wie freute er sich drauf, seine Familie wiederzusehen. Seine Ankunft würde ein großes Hallo auslösen. Schließlich hatte er es in all dem Trubel wieder einmal versäumt, den entsprechenden Brief zu schreiben. Er konnte bereits ihre überraschten Gesichter vor seinem geistigen Auge sehen. Würden sie ihn überhaupt noch erkennen? Voller Spannung sah er seiner neuen Aufgabe als Vermittler zwischen dem Imperium und den Daonéern entgegen, auf die ihn seine Reise hatte vorbereiten sollen. Dann war es endlich soweit. Er war wieder zuhause. Sein Abenteuer war zu Ende, dachte Liam etwas wehmütig.

Als sie sich näherten, stockte Liam der Atem, das Blut gefror ihm in den Adern. Der Rauch war bei näherem Hinsehen nicht weiß, wie er erwartet hatte, sondern pechschwarz. Über ganz Arcomar wandten sich die Säulen unheilverkündend in den Himmel. Hier musste etwas wahrhaft Schreckliches passiert sein.

Lesen Sie weiter in

Alfred R Berntaler

Die Raktonis-Saga

Zweiter Teil: Rückkehr nach Arcomar

Herzen aus Stahl

Daonéische Küste bei der Mündung des Ar.

436 SAE. Sommer.

Es war gerade einmal einige Tage her, da hatte Liam der Druidenjunge noch im Kaiserlichen Palast zu Aestuaria auf seidenen Laken geschlafen und die erlesensten Speisen zu sich genommen. Dennoch konnte er nicht umhin, sich zu freuen, nicht mehr dort zu sein. Nicht, dass es ihm schlecht ergangen wäre. Keineswegs. Erst vor wenigen Wochen waren er und sein Freund, der Elfenprinz Aurelius, von einer lebensgefährlichen Reise im Dienste des Imperiums zusammen mit wertvollen Artefakten des mysteriösen Alten Volkes in die Hauptstadt zurückgekehrt. Zum Dank war er von Kaiser Lucius zum Ehrenbürger des Imperiums ernannt worden.

Ein Wermutstropfen war die anstehende Heirat seiner geliebten Marcella mit dem reichen und gutaussehenden Gordianus Pelagius gewesen. Inzwischen mussten sie unter den Augen sämtlicher Würdenträger des Reiches ihre Eide vor der Ewigen Flamme im Großen Tempel ausgetauscht haben.

Liam seufzte. Er konnte sich den überlegenen Gesichtsausdruck von Kaiserin Cornelia lebhaft vorstellen, die mit der Vermählung der beiden nach so langer Zeit ihre Ziele doch noch erreicht hatte. Es wäre auch zu schön gewesen. Wie hätte er, ein Mensch, mit dem letzten Spross einer einflussreichen und wohlhabenden Senatorenfamilie konkurrieren können? Sicher, Marcella hatte sich für Liam entschieden. Doch was nützte das, wenn die Pflichterfüllung im Dienste des Kaiserhauses an erster Stelle stand? So hatte sich Liam, der es ohnehin nicht ertragen hätte, der Zeremonie beizuwohnen, dem Diktat der Kaiserin gebeugt und Aestuaria noch vor der Hochzeit verlassen.

Nein, der Grund für seine Vorfreude lag andernorts. Er war auf dem Weg in seine Heimat. Das kleine Fischerdorf Arcomar an der daonéischen Küste, wo sich der grüne Ar in die Fluten des Saphirozeans ergoss, hatte er seit knapp einem Jahr nicht mehr gesehen. Damals hatte er Prinz Aurelius vor einem wilden Eber gerettet. Als Belohnung war er von ihm mit nach Elvania Nova genommen worden. Seine Familie und Freunde hatte er damals bereitwillig für diese einmalige Chance verlassen.

Doch nun brannte eine neue Flamme in seinem Herzen, eine neu gefundene Liebe. Er heftete seine bernsteinfarbenen Augen auf die Kreideklippen seines Zuhauses, die sich am Horizont abzuzeichnen begannen. Während der Wind ihm durch das rotblonde Haar strich, dachte er zurück an die Abenteuer, die er im letzten Jahr durchlebt hatte. Seine Fähigkeit, sich willentlich in einen Falken zu verwandeln, hatte nicht nur ihm selbst mehr als einmal das Leben gerettet. Mit Wehmut erinnerte er sich an Licaeus und Marinus, ihre gefallenen Beschützer, die nicht so viel Glück gehabt hatten.

Er schüttelte den Kopf, um diese trübsinnigen Gedanken zu vertreiben. Ein schweres Herz war das letzte, was er gebrauchen konnte, wenn er seinen Leuten gegenüber trat. Würden sie ihn gleich erkennen? Immerhin war er ein gutes Stück gewachsen. Achtzehn Sommer hatte er nunmehr hinter sich und war nicht mehr der bartlose, schwachbrüstige Junge von damals. Liam war nun ein ausgewachsener Mann. Doch was nützte das? Zuhause erwartete ihn die Untätigkeit. Meister Keenan, der alte Druide, hatte seine Nachfolge einem anderen versprochen. Doch womöglich ließ er sich umstimmen, wenn er von Liams Taten und Erfahrungen erfuhr?

Geistesabwesend strich Liam über den Anhänger, den Marcella ihm letzten Tenebris zum Geburtstag geschenkt hatte - zwei geflügelte Schlangen, eine weiß, eine schwarz, die ineinander verschlungen waren und in ihren Mäulern eine strahlende Sonne hielten. Sie war das Symbol für den Einen Weg, die eigenartige Religion der Elfen, die ganz ohne Götter auskam.

Die *Ateia* glitt mit beständiger Geschwindigkeit durch die Wogen. Die Segel blähten sich und die Ruderlegionäre konnten eine wohlverdiente Pause einlegen. Bevor Liam sich weiter in melancholischen Erinnerungen verlieren konnte, wurde er von Aurelius in das Hier und Jetzt zurückgeholt.

»Woran denkst du gerade?«, fragte er. Aurelius war kein einfacher Elf, sondern der zweite Sohn des elvanischen Kaisers. Sein Aussehen hätte keinen größeren Kontrast zu Liams Äußerem darstellen können. Aurelius hatte mandelförmige dunkelgrüne Augen, spitze Ohre, eine Adlernase und bronzefarbene Haut. Seine schulterlangen schwarzen Haare mit der schlohweißen Strähne, die vom Kampf mit der Chimära herrührten, waren zu einem Pferdeschwanz gebunden.

»Nichts Bestimmtes«, log Liam.

Aurelius durchschaute ihn sofort.

»Komm schon, das brauchst du bei mir gar nicht erst versuchen. Also, was bedrückt dich?«

Liam seufzte. »Was ist mein Platz in der Welt? Als du mich damals mitnahmst, wurden meine Probleme hier wohl nur aufgeschoben, aber nicht aufgehoben. Die Nachfolge des Alten ist mir versperrt und andere Druidenstellen gibt es im Moment auch nicht. Sonst habe ich keinerlei Fähigkeiten, die mir in der Heimat etwas nützen würden. Die Schmiede wird Tearlach weiterführen, wenn Vater eines Tages den Hammer nicht mehr halten kann. Was bleibt also für mich?«

»Du bist zu hart zu dir selbst«, sagte Aurelius und legte ihm eine Hand auf die Schulter. »Du hast sehr wohl Fähigkeiten. Sonst stünden wir heute nicht hier. Für dich findet sich schon etwas.«

Stille trat ein. Liam fühlte sich etwas besser. Es stimmte schon. Er hatte sich schon mehrmals aus brenzligen Situationen befreien können. Er war also nicht völlig unfähig.

»Warum gibt es überhaupt immer nur einen Druiden pro Dorf?«, fragte Aurelius neugierig.

»Das ist so eine uralte Regel, die irgendwann mal vom Konzil beschlossen wurde. Jeder Druide geht eine ganz spezielle Beziehung zu seinen Schutzbefohlenen und mit den Göttern ein. Ein weiterer Druide würde dieses direkte Verhältnis bloß stören. So hat es mir zumindest der Alte einmal erklärt«, berichtete Liam niedergeschlagen.

»Vielleicht wollte das Konzil verhindern, dass es auf diese Weise einmal widersprüchliche Botschaften der Götter gibt? Wie heißt es doch? Viele Köche verderben den Brei. Außerdem wäre es sicher kostspielig, zwei Druiden zu versorgen«, fügte Aurelius nachdenklich hinzu.

»Wie wäre es«, fuhr er nach einer Weile fort, »wenn du mich nach Castra Arania begleitest? Ich könnte Hilfe bei meiner Inspektion des Lagers gebrauchen.«

Das war zumindest eine Option, über die sich nachdenken ließ.

»Außerdem kennst du nun beide Seiten, Elfen und Daonéer. Damit könntest du ein nützlicher Vermittler sein. Eine Brücke zwischen den Welten. Das war doch der ursprüngliche Gedanke hinter deiner Reise nach Aestuaria, oder nicht?«, fuhr Aurelius fort.

Liam starrte ihn an. Aber natürlich! Das war Meister Keenans Lösung für ihn gewesen. Wie hatte er das nur vergessen können? Als Vermittler hätte er eine richtige Aufgabe! Dabei würde ihm wohl oder übel nicht so schnell langweilig werden. Und wenn er dazu noch Einfluss auf die Entwicklung des Dorfes nehmen konnte, war das mit Sicherheit nicht das schlechteste Los.

»Ist das immer noch eine Option? Ich meine, ich war so lange fort«, erwiderte Liam zögerlich.

»Das sollte deine Chancen eher fördern als behindern.« Aurelius zeigte zum ersten Mal seit sehr langer Zeit ein Lächeln. »Dennoch möchte ich, dass du mich zunächst noch eine Weile begleitest. Schließlich habe ich noch eine Menge über dein Volk zu lernen. Danach kannst du deine neue Aufgabe antreten. Der arme Präfekt Domitianus kann jede Hilfe sicher gut gebrauchen. Mein Vater hat ihn vor ein paar Wochen in die Daonéa versetzt.«

»Wer ist Präfekt Domitianus?«, fragte Liam neugierig.

»Er war bis vor kurzem der Statthalter von Hendar.«

»Warum wurde er ausgetauscht? Er war doch nicht korrupt?«

»Nein, nein, nichts dergleichen«, antwortete Aurelius. »Er ist nur etwas zu gutmütig. Kam mit den Ränkespielen der lokalen Elite in Ver'layion nicht zurecht. Vater tut so, als ob er ihm einen Gefallen getan hat. Doch er weiß genau, dass Domitianus es als Strafe empfindet, an die unerschlossene Grenze geschickt zu werden. Noch dazu, wo es hier keine Freudenhäuser gibt.«

»Die gibt es wirklich nicht«, sagte Liam nachdenklich. Hoffentlich würde der Präfekt hier keine Probleme machen, überlegte er.

Die blütenweißen Klippen kamen inzwischen immer näher. Hinter ihnen, Liams Blick entzogen, lag das Dorf. Rauch stieg am Horizont auf. Sein Vater und sein Bruder Tearlach mussten heute besonders eifrig am Schmieden sein. Der Wind blies kräftig in ihre geblähten Segel, nur noch eine knappe Stunde. Eigentlich hatte Liam erwartet, ein paar Fischkutter zu sehen, doch bis auf einen Schwarm Möwen schienen die Küstengewässer vollkommen ausgestorben.

Horacius, der Kapitän der *Ateia*, trat neben Liam an die Reling. Wie so häufig saugte er genussvoll an seiner kleinen Pfeife.

»Freust du dich, wieder zuhause zu sein?«

»Ja schon«, antwortete Liam. »Doch werde ich auch so manches vermissen.«

Horacius grinste.

»Wenn einen einmal die Schönheit des Meeres eingefangen hat, lässt sie dich auch nie wieder los.«

Liam lachte.

»Nein, nein. Auf die Ratten und den Gestank kann ich getrost verzichten, vielen Dank. Die Gesellschaft werde ich aber vermissen«, ergänzte er auf Horacius' beleidigten Blick hin.

Durch Liams Worte schnell wieder versöhnt, klopfte er ihm anerkennend auf die Schulter.

»Du bist recht, wenn nur alle Menschen so wären.«

»Werden wir uns denn wiedersehen?«, fragte Liam traurig. Der raubeinige Kapitän war ihm durch seine einfache, aber gutmütige Art schon lange Zeit ans Herz gewachsen.

»Darauf kannst du Gift nehmen, mein Junge. Wenn Castra Arania so schnell wächst, wie der Prinz sich das wünscht, wird mein altes Mädchen noch oft die Strecke nach Aestuaria zurücklegen.« Liebevoll patschte er mit seiner Hand auf die Reling.

Der Wind begann sich zu drehen. Der beißende Geruch von verkohltem Holz drang Liam in die Nase. Ihm schwante Übles. Wenn er sich recht besann, war ihm die Rauchsäule am Horizont viel zu schwarz und zu hoch vorgekommen, um von der Schmiede zu stammen.

Ein Hornsignal ertönte.

»Land in Sicht!«, rief der Ausguck.

Seine dunklen Vorahnungen bestätigten sich, sobald der Hafen in Sichtweite kam.

So schnell er konnte rannte er in ihr Quartier.

Aurelius, der gerade seine Sachen für den Landgang zusammenpackte, hielt unentschlossen ein Herbarium in Händen.

»Aurelius! Komm schnell, da stimmt etwas nicht!«, keuchte Liam, von seinem Spurt völlig außer Atmen.

»Wie meinst du das?«, fragte Aurelius scharf.

»Ich. Weiß. Nicht. Genau.« Liam konnte nur abgehackte Wortfetzen hervorbringen. Sein Herz pochte ihm in den Ohren. »Rauch. Gestank. Der Hafen.«

Ohne ein weiteres Wort zu verlieren, rannte Aurelius aus dem Zelt. Als Liam ihn einholte, stand er bereits am Bug. In seinem Blick spiegelte sich mehr Besorgnis, als Liam lieb gewesen wäre.

»Das ist nicht gut. Das ist gar nicht gut«, sagte Aurelius und deutete auf den Strand, das Herbarium immer noch fest umklammernd.

Liams Blick folgte dem ausgestreckten Arm. Sein Magen schien durch das Deck unter ihm zu fallen. Das zu drei Vierteln fertig gebaute steinerne Hafenbecken der Elfen war in einem erbärmlichen Zustand. Stapel an Baumaterialien lagen ringsum verstreut, große Mengen an Steinen waren mit Bedacht ins Meer gestoßen worden. Auf einem Haufen lagen die verkohlten Reste eines hölzernen Baukrans sowie die geschwärzten Überbleibsel mehrerer Fischerboote, die nur noch traurig vor sich hin glommen und eine dünne Rauchsäule gen Himmel schickten.

»Was ist hier geschehen? Wie konnte das nur geschehen?«, sagte Liam mit schwacher Stimme. Tränen standen ihm in den Augen.

»Ich weiß es nicht«, antwortete Aurelius mit grimmiger Miene. »Aber eines weiß ich. Wer auch immer das getan hat, wird bitter dafür bezahlen. Das verspreche ich dir.«

Fortsetzung folgt

Danksagung

Liebe Leserin, lieber Leser,

ich möchte mich an dieser Stelle ganz speziell bei Ihnen bedanken, weil Sie sich für die Raktonis-Saga entschieden haben. Ich hoffe Sie hatten mindestens genauso viel Freude beim Lesen wie ich beim Schreiben. Wenn Sie möchten, dass noch mehr Menschen auf diese wundervolle Welt aufmerksam werden, hinterlassen Sie doch eine Bewertung auf Amazon.
Bleiben Sie auf dem Laufenden und schauen Sie bei @WorldofRaktonis auf Instagram vorbei. Dort werden Sie über aktuelle Entwicklungen rund um die Welt von Raktonis informiert.

Herzlichst,
Ihr Alfred R Berntaler

Printed in Poland
by Amazon Fulfillment
Poland Sp. z o.o., Wrocław

79347322R00179